Knaur.

Knaur.

*Im Knaur Taschenbuch Verlag ist bereits folgendes Buch des Autors erschienen:*
Frei von Schuld

*Über den Autor:*
Chris Tvedt wurde 1954 in Bergen geboren. Neben dem Jurastudium absolvierte er u. a. auch ein Studium der Literaturwissenschaft. Von 1998 bis 2007 praktizierte er als Rechtsanwalt. Seitdem widmet er sich nur noch seinen Romanen und lebt mit Frau und zwei Kindern in Bergen. Weitere Romane um den Helden Mikael Brenne sind in Vorbereitung.

*Für Elisabeth, die immer da ist,*
*auch im heftigsten Gegenwind.*

# Kapitel 1

Ich schlug die Augen auf und hatte keine Ahnung, wo ich war. Alles war grün. Glitzernd, leuchtend, saftig grün. Und alles war in Bewegung, als zitterte und flimmerte die Welt vor meinen Augen in kurzen, goldenen Lichtblitzen. Es brauchte Zeit, die Sinneseindrücke zu sortieren. Den Geruch der warmen Erde und des Grases. Das Geschrei der Möwen und weit entfernt das Lachen der Kinder. Den weichen Hauch der Sommerluft auf meiner Haut. Dann wusste ich wieder, wo ich war. Ich lag auf dem Rücken unter einer gewaltigen Buche und sah die Blätter im Wind spielen. Sonnenstrahlen glitzerten wie kleine Juwelen durch all das Grün des Laubes. Es war Sommer.

Ich stemmte mich auf die Ellbogen und sah mich benommen um. Neben mir in einem Korb stand eine fast leere Flasche Weißwein. Der Wein war lauwarm und schmeckte abgestanden, aber ich trank ihn trotzdem. An meiner Seite hätte Kari liegen sollen, aber da war nur ein Paar Sandalen. Ich legte mich wieder hin und wartete, und nach ein paar Minuten sah ich sie im Sonnenlicht durch das Gras auf mich zukommen. Ihre Haare waren nass, und auch auf ihren Oberarmen glitzerten Wassertropfen. Sie war klein und schlank mit wunderbaren Rundungen, die man ihr, wenn sie Kleider trug, gar nicht ansah. Für mich war sie einfach nur schön. Ich lächelte sie an.

»Du warst schwimmen«, sagte ich.
Sie lachte mich an. »Vor diesem scharfsinnigen Strafanwalt kann man aber auch wirklich gar nichts geheim halten«, sagte sie. »Ich gestehe, ich habe gebadet. Das solltest du auch tun. Es war herrlich.«
»Kommt überhaupt nicht in Frage. Ich bade nur im Süden. Und da auch nur, wenn ich allein bin. Ich kann eigentlich nicht richtig schwimmen, mich bloß über Wasser halten. Das ist so peinlich.«
»Es ist nicht kalt, nur ein bisschen frisch.« Sie legte sich neben mich. »Und … so ist das viel kälter«, sagte sie, rollte sich zu mir und legte einen Arm und ein Bein auf meinen von der Sonne gewärmten Körper. Ihre kalte Haut und der nasse Badeanzug jagten mir einen solchen Schock ein, dass ich nach Atem rang. Selbst ihre Nase und ihr Mund waren so kalt, dass sich die Haut an meinem Hals zusammenzog, aber ich versuchte, mir nichts anmerken zu lassen, blieb ruhig liegen und wartete darauf, dass die Sonne und unsere Körper uns aufwärmten.
Es tat gut, gemeinsam so dazuliegen. Ich schloss die Augen, spürte ihren Atem an meinem Hals und die Schwere ihres Körpers. Ihr Unterleib presste sich gegen meinen Schenkel, und mit einem Mal hatte ich Lust auf sie. Mit einer Wärme und Ruhe, wie ich sie selten empfunden hatte. Sie spürte meine Erektion und schmiegte sich noch enger an mich. Es war mir unangenehm inmitten der Leute, so dass ich mich auf den Bauch drehte. Kari streichelte mir mit ihren Fingerkuppen sanft über den Rücken. Ich schloss die Augen und schlief wieder ein.
Als ich wach wurde, waren die Schatten länger, die Farben wärmer und intensiver geworden. Kari hatte mir ein T-Shirt

über die Schultern gelegt. Sie selbst hatte sich ein kleines Top und einen weißen Rock angezogen, saß mit übereinandergeschlagenen Beinen da und las Zeitung. Als ich meine Hand ausstreckte und sie berührte, blickte sie lächelnd auf.

»Endlich wach?«, fragte sie.

Ich nickte nur.

»Bist du dir eigentlich im Klaren darüber, dass du den ganzen Tag geschlafen hast, Mikael?«

»Ja, das war wunderbar.«

»Wahrscheinlich hast du das mal gebraucht. Weißt du, wann du dir das letzte Mal einen Tag freigenommen hast? Das muss Monate her sein.«

Es war Monate her. Das letzte Jahr war wie im Flug vergangen. Ein Fall war dem anderen wie am Fließband gefolgt: Drogen, Gewalt, Vergewaltigung, Inzest und wieder Drogen. Ich hatte vor gut einem Jahr auf ziemlich spektakuläre Weise einen aufsehenerregenden Mordfall gewonnen, was einen riesigen Medienrummel ausgelöst und mich auf einen Schlag berühmt gemacht hatte. Die Journalisten rannten mir förmlich die Türen ein. Plötzlich ging alles wie von selbst. Ich wurde in Talkshows eingeladen, Zeitungen und Zeitschriften wollten meine Meinung zu allen möglichen Themen wissen, und selbst auf Theaterpremieren war ich ein gefragter Mann. Im Kielwasser dieser Berühmtheit waren neue Fälle gekommen. Und viel Geld. Ich war auf der Welle geritten und ritt sie immer noch.

Aber heute hatte ich zum ersten Mal seit langem frei und spürte bis tief in mein Inneres, wie müde ich war. Als hätte ich ein Jahr lang nur von Adrenalin und nervöser Energie gelebt, bis alle Akkus leer waren.

»Du bist so dünn geworden, Mikael, viel zu dünn.«

Ich drehte mich auf die Seite. Wie immer, wenn sie nachdachte, zog sie die Stirn in Falten. Ihre Haare führten ein Eigenleben und ließen sich von keiner noch so sorgsam gekämmten Frisur bändigen.

»Ich weiß, dass ich zu viel gearbeitet habe, Kari«, sagte ich. »Aber das war meine Chance, es wirklich zu schaffen. Ich musste sie ergreifen, solange sie sich bot. Ich weiß, dass es für dich anstrengend war und wir kaum Zeit füreinander hatten.«

Sie sah mich voller Ernst an. »Ich liebe dich, Mikael, aber du hast recht … es ging immer nur um die Arbeit und wenig um uns.«

»Das wird bald besser werden. Ich bin jetzt am Ziel und kann es mir erlauben, nur noch die Fälle anzunehmen, die ich wirklich haben will. Wir werden wieder mehr Zeit füreinander haben, das verspreche ich dir.«

Sie sah mich an und nickte, aber die skeptische Falte wich nicht von ihrer Stirn.

Hand in Hand folgten wir dem schmalen, kurvigen Pfad unter den Bäumen hindurch zu dem Restaurant am Fjordufer. Nach dem Essen tranken wir Bier und blickten übers Wasser. Während die Industrieanlagen und Docks auf der anderen Seite des Fjords bereits im Schatten lagen, glitzerte das Meer im Nordwesten rotgolden in der Abendsonne. Nur die Kielwasserstreifen der Motorboote durchbrachen die glatte Wasserfläche.

»In zwei Wochen«, sagte ich, »in zwei Wochen fahren wir zusammen in Urlaub. Ich werde das Handy ausschalten und nicht ein einziges Blatt Papier mitnehmen. Nur wir zwei.«

In diesem Augenblick klingelte mein Handy. Ich hatte es den

ganzen Tag ausgeschaltet gelassen und erst vor kurzem mit schlechtem Gewissen wieder eingeschaltet. Ich warf einen Blick aufs Display, sah dann zu Kari und ließ es klingeln. Nach einer Minute klingelte es wieder – so schrill und wütend, dass sich die Leute an den Nachbartischen verärgert umdrehten. Ich nahm das Gespräch entgegen.

Es war Synne. Sie ist meine Gerichtsreferendarin, jung, schnell und voller Ambitionen. Ihre Stimme klang vor Aufregung gehetzt.

»Warum gehst du denn nicht ans Telefon, Mikael? Ich hab dich ständig zu erreichen versucht.«

»Weil ich heute freihabe.«

»Jetzt nicht mehr. Du musst sofort kommen.«

»Was ist los?«

»Erinnerst du dich an den Mord, der hier im Frühjahr passiert ist? Das junge Mädchen, das tot aufgefunden wurde? In der Presse kursierte das als der Maja-Mord.«

»Ja.«

»Da ist ein Anruf aus dem Gefängnis gekommen. Der Angeklagte, ein gewisser Alvin Mo, will seinen Anwalt wechseln. Er will dich und erwartet deinen Anruf.«

Ich seufzte. »Da wird er sich ein bisschen gedulden müssen. Du weißt ja, was zu tun ist, Synne. Schriftliche Bestätigung des Wechsels der anwaltlichen Vertretung, ein Brief an das Untersuchungsgericht mit einer Kopie an die Polizei und den bisherigen Anwalt. Das kannst alles du machen.«

»Aber …«

»Wenn er wirklich *mich* will, wird er das akzeptieren. Ruf ihn an, erkläre ihm das Prozedere und sag ihm, dass ich komme, sobald alle Formalitäten erledigt sind.«

Ich konnte beinahe hören, wie sie sich am Telefon zusammenriss. »Gut, Mikael, gut. Ich werde mich darum kümmern. Aber …«

»Ja?«

»Das ist ein Riesenfall, nicht wahr?«

»Kann man so sagen«, antwortete ich.

Nachdem ich aufgelegt hatte, starrte ich eine Weile wie abwesend vor mich hin.

Der Maja-Mord hatte über Wochen auf den Titelseiten aller Zeitungen gestanden. Maja war ein junges Mädchen gewesen, nur dreizehn oder vierzehn Jahre alt. Sie wurde irgendwo in einem stadtnahen Erholungsgebiet gefunden, übel zugerichtet und sexuell missbraucht.

Ein paar Wochen später hatte die Polizei einen Verdächtigen verhaftet. Mehr wusste ich im Grunde nicht. Die Zeitungen waren damals mit Details zurückhaltend gewesen, trotzdem war durchgesickert, dass der Mord überaus brutal gewesen war.

»Was ist los?«, fragte Kari.

»Der Maja-Mord … der Angeklagte will mich als seinen Verteidiger.«

Sie schauderte. »Packst du das? Dieser Fall …«

Ich zuckte mit den Schultern. »Ja, eine furchtbare Geschichte, aber das ist schließlich mein Job. Und ganz sicher wird das in der Öffentlichkeit wieder hohe Wellen schlagen.«

Wir gingen händchenhaltend durch den warmen Sommerabend nach Hause. Der Asphalt strahlte immer noch Wärme ab, die Farben glühten im Abendlicht, aber der Zauber war verflogen.

Der Fall beschäftigte mich auch noch, als wir zu Hause im Bett lagen.

Das Fenster war geöffnet, die Gardine flatterte leicht im Nachtwind, und Kari schlief ruhig neben mir. Trotzdem gingen mir die Gedanken an den neuen Fall nicht aus dem Kopf, sie steckten wie ein Tiefdruckgebiet in meinem Schädel, wie eine Unwetterwarnung nach einem warmen Tag.

## Kapitel 2

Tags darauf informierte ich meine Partner. Auch Peter ist Strafverteidiger, aber im Gegensatz zu mir bearbeitet er vorwiegend Zivilverfahren. Finn geht überhaupt nicht mehr vor Gericht. Er ist klein, alt und klug und arbeitet seit ewigen Zeiten als Wirtschaftsberater und Konkursverwalter. In regelmäßigen Abständen droht er uns damit, in den Ruhestand zu treten.

Jetzt wedelte er mit einer unangezündeten Pfeife in der Luft herum und fragte: »Ja und? Wo liegt das Problem?«

»Kein Problem«, sagte ich. »Aber das wird ein großer Fall, noch dazu ein unangenehmer. Das wird ziemlichen Wirbel geben. Ich wollte nur, dass ihr das wisst.«

»Jede Reklame ist gute Reklame«, sagte Finn.

Peter sah weniger glücklich aus. »Schon, aber … Ich weiß nicht. Bei diesem Fall müssen wir wohl auch mit negativer Publicity rechnen, was Mikael angeht. Dieses Thema berührt die Massen.«

»Darüber bin ich mir im Klaren«, sagte ich. »Aber das ist mein Job. Wir Verteidiger dürfen uns vor unangenehmen Sachen nicht drücken. Arbeitet man in dieser Branche, muss man auch die Fälle annehmen, die kommen.«

»Ja, Mikael. Aber du musst darauf vorbereitet sein. Wann soll der Fall verhandelt werden?«

Ich warf ihm einen überraschten Blick zu. »Ich habe keine Ahnung. Ist der denn schon angesetzt? Mir hat niemand etwas gesagt.«

Peter sah mich an. »Ich glaube schon, dass das Verfahren bereits angesetzt ist. Ich habe da irgendwas in der Zeitung gelesen. Wolltest du nicht bald Urlaub machen?«

Als ich in meinem Büro war, rief ich im Gericht an. Das Verfahren sollte in sechs Wochen beginnen. Die Kanzlei hatte bereits bestätigt, dass ich Kapazitäten frei hätte und den Fall übernehmen könne. Ich entschuldigte mich und öffnete meinen Online-Kalender. Dort stand es schwarz auf weiß: »Strafverfahren – Alvin Mo.«

Mir blieb nicht viel Zeit, und ich wusste, dass sich mein Urlaub soeben in Luft aufgelöst hatte.

Synne öffnete die Tür und steckte ihren Kopf herein. »Dieser Fall, brauchst du meine Unterstützung?«

Sie sah motiviert aus. Groß, schlank und elegant. Lange Finger, lange Beine – ein Mädchen, das sich mit einem dunkelblauen Kostüm und einer weißen Bluse als Frau verkleidet hatte. Sie sah wie der Prototyp einer jungen Anwältin aus.

»Der Maja-Fall?« Ich schüttelte den Kopf. »Nein, das geht nicht. Das Verfahren beginnt schon in sechs Wochen. Wenn wir das hinkriegen wollen, musst du dich um all die anderen laufenden Verfahren kümmern.«

Sie sah enttäuscht aus.

»Das wird mit Sicherheit unangenehm«, sagte ich. »Sei lieber froh darüber.«

Ich ging auf die Toilette und wusch mir das Gesicht mit kaltem Wasser. Im Neonlicht sah es blass und müde aus. Meine Haare waren inzwischen mehr grau als schwarz, und die Nase wirkte größer und krummer als jemals zuvor. Tiefe Falten zogen sich zu den Mundwinkeln herab. Einen Moment lang sah ich mich selbst als alten Mann, und plötzlich blickte mich das Gesicht meines Vaters aus dem Spiegel an.

Ich hatte nie den Eindruck gehabt, wir sähen uns ähnlich, doch die Zeit schien die Oberfläche abzutauen und die darunterliegende Knochenstruktur meines Gesichts zu entblößen wie eine Winterlandschaft bei Tauwetter. Und das, was unter der Oberfläche lag, ließ keinen Zweifel an unserer Verwandtschaft.

Als Kari und ich abends nach dem Essen am Tisch saßen, sagte ich es ihr. »Wir werden die Ferien nachholen, Kari. Ich reserviere etwas Neues, sobald der Fall abgeschlossen ist.«
Sie nahm es ruhig auf, aber ich kannte Kari gut genug, um ihre Enttäuschung in dem resignierten Lächeln und ihren vorsichtig gewählten Worten zu erkennen. Den Rest des Abends sah sie fern, während ich las.
Als wir im Bett waren und ich sie an mich zog, ließ sie es geschehen, aber ihr Körper war irgendwie steif, und es gelang mir nicht, den unsichtbaren Abstand zwischen uns zu überwinden.
Ich lag wach, hatte die Arme noch um sie geschlungen, als sie schon schlief, und lauschte ihrem ruhigen Atem in der Sommernacht, als könnte er mir versichern, dass alles gut war.

Alvin Mo kippelte mit dem Stuhl, während ich ihm meine Standardrede über Schweigepflicht und Vertrauen hielt. Es sah nicht so aus, als hörte er mir wirklich zu. Seine Augen waren auf einen Punkt über meinem Kopf geheftet, während ein vages Lächeln seine Mundwinkel umspielte. Aber auch ich hatte Probleme, mich auf meine Worte zu konzentrieren. Mo war eine auffällige Erscheinung: schlank, feingliederig und etwas kleiner als ich. Ich schätzte ihn auf etwa dreißig.

Es war warm im Besucherraum. Das Hochdruckgebiet lag jetzt schon zehn Tage über Norwegen und bescherte uns Temperaturen von über fünfundzwanzig Grad, und noch immer war keine Änderung in Sicht. Mo saß in einer kurzen Trainingshose und einem dünnen T-Shirt vor mir. Er glänzte vor Schweiß.

Sein Körper war vollständig haarlos. Seine Arme und Beine waren glatt, und sein Kopf glänzte wie eine Billardkugel. Nicht einmal Augenbrauen oder Wimpern waren zu erkennen. Die Gesichtszüge waren seltsam verschwommen und unklar. Seine enganliegenden Ohren waren klein, Nase und Mund glichen denen eines Kindes. Nur seine blassblauen, irgendwie abwesenden Augen waren von normaler Größe. Der Gesamteindruck war seltsam verstörend, als gehörte Alvin Mo einer eigenen, nicht wirklich menschlichen Rasse an.

Meine Stimme erstarb langsam, und es wurde still im Raum. Ich ließ das Schweigen zwischen uns stehen, aber das schien ihn nicht im Geringsten zu stören. Er sah mich noch immer nicht an.

»Hören Sie, Alvin …«, begann ich nach einer Weile. »Ich frage mich … vielleicht ist es ja unhöflich zu fragen, aber warum haben Sie keine Haare? Ist das angeboren oder …?«

Er unterbrach mich voller Engagement. »Nein, nein, das hat nichts mit einer Krankheit oder so zu tun. Ich rasiere mich. Ich mag keine Haare. Ich finde sie eklig. Sie geben mir das Gefühl, nie richtig sauber zu sein.«

»Gilt das für alle Haare an Ihrem Körper?«

»Absolut alle.«

»Aber das dauert doch ewig! Ich meine, wie lange brauchen Sie denn dafür?«

»Fünfundsiebzig Minuten.«
»Jeden Tag?«
Er wirkte vollkommen ernst. »Ja, jeden Morgen. Das ist immer das Erste, was ich mache. Ich … ich bin einfach wie gelähmt, bevor ich mich nicht rasiert habe.«
Ich nickte, wusste aber nicht, was ich dazu sagen sollte. Erneut wurde es still zwischen uns.
»Wohnen Sie allein?«, fragte er plötzlich und sah mich zum ersten Mal richtig an. Sein Blick war jetzt nicht mehr abwesend, sondern scharf und interessiert.
»Ich? Nein, ich wohne mit meiner Lebensgefährtin zusammen. Warum?«
Er ignorierte die Gegenfrage und fuhr fort: »Wie alt ist sie? Wie sieht sie aus?«
»Sie ist zweiunddreißig und sieht ziemlich normal aus.«
»Ist sie schlank? Hell oder dunkel?«
»Schlank und blond.«
Er schien meinen Widerwillen nicht zu bemerken. »Wie heißt sie?«
Ich richtete mich auf meinem Stuhl auf. »Hören Sie, Alvin. Warum fragen Sie mich das alles?«
Seine Stimme klang hart und verärgert. »Das ist doch bloß eine ganz einfache Frage. Wie heißt sie?«
Seine Reaktion kam so überraschend, dass ich ihm beinahe geantwortet hätte, bevor meine Unruhe und mein Unbehagen ihm gegenüber wieder die Oberhand gewannen. »Es geht Sie nichts an, wie meine Lebensgefährtin heißt!«, sagte ich und stand auf.
Er schien sich erneut in sich zurückzuziehen. Sein Blick entfernte sich, und er starrte wieder auf denselben unbestimmbaren Punkt über meinem Kopf wie zuvor. Aber so leicht

wollte ich ihn nicht davonkommen lassen. »Hören Sie mir zu, Alvin. Und sehen Sie mich an. Sehen Sie mich an, wenn ich mit Ihnen rede!«

Unsere Blicke trafen sich. »Ich bin hier, weil Sie wegen Mordes angeklagt sind und einen Anwalt brauchen. Nur aus diesem Grund. Das bedeutet, dass wir über den Fall reden müssen, damit ich Sie so gut wie möglich verteidigen kann. Die Spielregeln sind einfach. Sie können mir alles sagen. Alles wird unter uns bleiben. Aber ich bin es, der diese Gespräche steuert. Wir werden nur über den Fall und über Sie sprechen. Wir reden nicht über mich, mein Privatleben oder meine Lebensgefährtin. Wenn Sie jemanden brauchen, mit dem Sie über alltägliche Dinge reden können, gehen Sie zum Pastor oder suchen Sie sich einen anderen Anwalt.«

Ich machte eine Pause und sah ihn an. Sein Gesicht war vollkommen ausdruckslos. Ich ließ das Gesagte ein paar Sekunden auf ihn einwirken und fügte dann mit leiserer Stimme hinzu: »War das klar genug? Sie halten sich an meine Spielregeln, oder ich gehe jetzt.«

Er hob seine Hände und lächelte. »Klar, schon gut, geht in Ordnung, Anwalt.«

»Vergessen Sie das nicht, Alvin! Können wir jetzt über den Fall reden?«

Wir taten es, doch unser Gespräch war ziemlich unergiebig. Er war am Tatort gewesen und sogar dem Opfer begegnet. Sie hatten ein paar Minuten miteinander geredet, dann war er gegangen. Mehr wusste er eigentlich nicht. Ich hatte die Unterlagen noch nicht bekommen und quetschte ihn deshalb nicht nach weiteren Details aus.

»Wie war sie?«, fragte ich. »Das spätere Opfer, meine ich. Maja. Was hatten Sie für einen Eindruck von ihr?«

»Sie war …«, er suchte nach Worten, »… jung … und hübsch. Eigentlich noch ein Mädchen. Und sie wirkte so unschuldig. Aber …«

»Ja?«

Er winkte ab. »Nein, ich weiß nicht. Nichts. Ich habe sie ja nur ein paar Minuten gesehen.«

Ich hakte nicht nach, doch irgendwie beunruhigte mich seine Äußerung. Das kleine Wörtchen »aber« hing immer noch in der Luft.

Ich stand auf. »Bevor ich die Unterlagen nicht habe, kann ich nicht viel für Sie tun. Ich komme wieder, sobald ich die Akten erhalten und gelesen habe.«

Er nickte und stand höflich auf.

Ich war erleichtert, als ich wieder ins Sonnenlicht trat. Alvin Mo war keine angenehme Bekanntschaft, und der Gedanke, in der nächsten Woche viele Stunden mit ihm verbringen zu müssen, deprimierte mich.

## Kapitel 3

Die Fallunterlagen kamen zwei Tage später per Kurier. Zwei große Kartons mit Aktenordnern. Es war viel mehr Papier, als ich erwartet hatte. Ich packte die Ordner aus, stellte sie in der richtigen Reihenfolge auf die Fensterbank und sah sie mir vom Schreibtisch aus an. Etwas in mir wehrte sich dagegen, mit dem Fall anzufangen, die Ordner zu öffnen und mich in den Mord an einem jungen Mädchen zu vertiefen. Draußen war es noch immer sommerlich heiß. Die Akten, die in ihrer Gesamtheit eine Strafsache ausmachen, besitzen eine seltsame Ambivalenz. Rein äußerlich handelt es sich um bürokratische, unglaublich trockene Dokumente. Es gibt nicht eine einzige Seite, die nicht einem Schema, einer konkreten Vorgabe folgt. Die Sprache ist nüchtern, leblos und manchmal geradezu aufsehenerregend schlecht. Nicht jeder Polizeiermittler versteht sich darauf, sich schriftlich auszudrücken. Außerdem ist vieles langweilig und ohne jede Relevanz für den Fall: Verhöre und Berichte, die keine neuen Erkenntnisse gebracht oder für den Fall keine Bedeutung haben, Spuren, denen nachgegangen wurde, die aber nicht weiterführten. All diese Unterlagen sind nach einem festen System geordnet – erst die Anklageerhebungen, dann die Untersuchungsbeschlüsse und Beschlagnahmungen und so weiter und so fort. Auf Außenstehende wirkt das Ganze ziemlich chaotisch, und selbst wenn man das System kennt, braucht es eine Weile, bis daraus ein konkretes Bild entsteht. Doch indem man sich Seite für Seite durch diese trockene Materie arbeitet, wird der Fall mit immer mehr Leben erfüllt. Langsam zeichnen sich die Konturen eines Stücks Wirklichkeit ab. Das Fragment eines Lebens, verschiedener Leben, von Menschen, die sich über den Weg laufen, von Blut und Tod, Sehnsucht und Trauer.

Hinter den Worten verbirgt sich die Realität, und an diesem Nachmittag ertrug ich es nicht, mich dieser Realität zu stellen. Vorläufig war Maja für mich nur ein Name, aber ich wusste, dass sie mir bald mehr bedeuten würde.

Ich rief Kari an und lud sie zum Essen ein.

Auf dem Rückweg vom Restaurant duftete der Sommerabend süßlich und schwer nach Geißblatt. Wir gingen langsam nebeneinanderher.

»Wie läuft es mit dem neuen Fall, Mikael?«, fragte sie. Sie hatte viele Jahre als meine Sekretärin gearbeitet und studierte jetzt selbst Jura. Trotzdem interessierte sie sich noch immer für alles, was in der Kanzlei geschah.

»Ich weiß nicht, eigentlich habe ich noch gar nicht angefangen. Abgesehen von einem ersten Termin im Gefängnis.«

»Und wie lief der?«

Ich erzählte ihr von Alvin Mo, und sie schauderte trotz der warmen Sommernacht. »Hört sich irgendwie unheimlich an.«

Wir gingen eine Weile schweigend weiter. Es war ein schöner Abend gewesen, wir hatten gegessen und getrunken, aber trotzdem spürte ich bei ihr eine Reserviertheit, die mir nicht gefiel.

»Ich habe eine neue Reise nach Italien gebucht … nach dem Verfahren.«

»Schön.«
»Bist du mir noch immer böse, dass wir die Ferien verschieben mussten?«
»Ich bin dir nicht böse. Das war ich nie.«
»Und was bist du dann?«
Sie seufzte, als wäre ich ein Kind, das nichts verstand. »Ich war enttäuscht und traurig.«
Jetzt war es an mir zu seufzen. »So etwas kommt eben vor, Kari. Das war einfach Pech. Und … du kannst jetzt doch nicht wochenlang traurig sein.«
»Das ist doch erst ein paar Tage her.«
Es war nicht wirklich ein Streit, aber etwas zwischen uns stimmte nicht. Keinem von uns gelang es jedoch, dieses Gefühl in Worte zu fassen, so dass bei jedem unserer Sätze etwas Unausgesprochenes mitschwang.
Nachdem wir ins Bett gegangen waren und Seite an Seite im Dunkeln lagen, fragte sie plötzlich: »Weißt du eigentlich, wie oft wir zurzeit miteinander schlafen?«
»Muss ich das zählen?«
»Da brauchst du nicht viel zu zählen. Denn eigentlich tun wir das nur noch sehr selten.«
Etwas später sagte sie ins Dunkel hinein: »Ich liebe dich, Mikael. Aber Beziehungen muss man pflegen. Ich werde dich irgendwann nicht mehr lieben, wenn du mir nichts zurückgibst. Du musst mich wollen.«
Und noch etwas später: »Ich glaube ja, dass auch du mich liebst. Aber du musst mir das zeigen. Ab und zu. Ich weiß, dass du viel gearbeitet hast und dass du müde bist. Aber … du musst auch für uns etwas tun.«
Ich wusste, dass sie recht hatte, und ein Teil von mir sehnte sich geradezu danach, mich ihrer Wärme hinzugeben. An-

dererseits hatte sie sich gerade jetzt darüber beklagt, dass wir zu selten miteinander schliefen. Sie war dreizehn Jahre jünger als ich, und wenn ich erschöpft und müde war, spürte ich den Altersunterschied nur zu deutlich. Statt sie zu umarmen, lag ich also steif und beleidigt da und starrte in die blasse Sommernacht, bis der Morgen graute.

Am nächsten Morgen verschlief ich, und als ich endlich in die Kanzlei kam, gelang es mir einfach nicht, mit der Arbeit zu beginnen. Ich lief mit einer Tasse Kaffee in der Hand von Büro zu Büro und quälte meine Kollegen mit sinnlosem Small Talk, bis mich schließlich auch der Letzte vor die Tür gesetzt hatte. Die Aktenordner über den Maja-Fall standen auf der Fensterbank und erfüllten mich mit einem fast körperlichen Widerwillen. Einen Moment lang spielte ich mit dem Gedanken, den Fall einfach abzugeben, mich nicht mehr darum zu kümmern und stattdessen mit Kari eine längere Reise anzutreten. Gleichzeitig wusste ich aber, wie lange und hart ich gearbeitet hatte, um dorthin zu kommen, wo ich jetzt war. Ein solches Verhalten durfte ich mir nicht erlauben.
Ich dachte an Alvin Mo, an sein blasses, haarloses Gesicht und den abwesenden Blick seiner Augen. Ich fragte mich, was bloß in seinem Kopf vor sich ging. Irgendwie musste ich in diesen Schädel hineingelangen und herausfinden, wer Alvin Mo wirklich war.

Schließlich öffnete ich den ersten Aktenordner und begann zu lesen. Ich fing mit den persönlichen Daten über Alvin Mo an und war nicht überrascht zu lesen, dass er bereits früher im Leben Probleme gehabt hatte. Im Alter von zwölf Jahren war er in einem Heim gelandet, wobei die Gründe dafür aus den Akten nicht hervorgingen. Im Laufe seiner Zeit im Heim war er zweimal aktenkundig geworden. Beide Male handelte es sich um Sittlichkeitsverbrechen, doch in beiden Fällen war er noch nicht strafmündig gewesen und deshalb der Kinderfürsorge unterstellt worden. In den Jahren danach folgten Drogendelikte, Eigentumsdelikte und Autodiebstähle, doch immer hatte es sich um minderschwere Fälle gedreht, bis er vor einigen Jahren wegen zweifacher Vergewaltigung verurteilt worden war. Auch dieses Gerichtsurteil war Bestandteil der Akten. Es waren brutale Überfälle mit anschließender Vergewaltigung gewesen, bei denen Alvin Mo seine Opfer mit einem Messer bedroht hatte.

Ich rief Kari an und sagte ihr, dass es spät werden würde, bevor ich weiterlas. Vor dem Ordner mit den Bildern vom Tatort graute es mir. Als ich so weit war, blätterte ich ihn rasch durch, um nicht jedes Detail mitzubekommen. Aber das reichte schon. Die Übelkeit stieg mir in die Kehle, und ich musste die Augen schließen und ein paar Minuten tief durchatmen, um mich zu beruhigen.

Erst am späten Abend hatte ich alle Akten gesichtet. Während des gesamten Heimwegs lebten der Fall und seine Bilder in meinen Gedanken weiter, so dass ich auch in dieser Nacht sehr unruhig schlief. Morgens schwirrten mir noch immer Fragmente eines Alptraums über ein zerstückeltes junges Mädchen durch den Kopf und belasteten meinen Tag, noch ehe er richtig begonnen hatte.

## Kapitel 4

Nach der Tat waren beinahe drei Wochen vergangen, bis Alvin Mo verhaftet worden war. Seine Vorstrafen hatten ihn ins Blickfeld der polizeilichen Ermittlungen gerückt, doch ausschlaggebend für die Verhaftung war sein alter Toyota Pick-up gewesen.
Maja war an einem Dienstagvormittag inmitten eines beliebten Wandergebietes ermordet worden, das am Rande einer der Trabantenstädte lag, die Ende der 1960er Jahre wie Pilze aus dem Boden geschossen waren. Ihr Leichnam hatte nur fünfzig Meter vom Weg entfernt zwischen zwei Felsblöcken gelegen und war nur notdürftig mit ein paar Büschen bedeckt worden. Sie war in der Morgendämmerung von der privaten Suchmannschaft entdeckt worden, die aktiv geworden war, nachdem ihre Eltern sie tags zuvor als vermisst gemeldet hatten. Es gab keinen Zweifel, dass sie einem Gewaltverbrechen zum Opfer gefallen war. Die beiden, die sie gefunden hatten, waren nach einem flüchtigen Blick auf den geschändeten Leichnam in ihren eigenen Spuren zurückgewichen, bevor sie die Polizei gerufen hatten. Gleich darauf hatten die Ermittlungen der Kripo begonnen.
Sogar die erfahrenen Beamten der Spurensicherung hatten sich erst einmal abwenden und tief durchatmen müssen, bevor sie mit ihrer Arbeit beginnen konnten. Maja war nackt. Ihre Kleider lagen sorgsam zusammengefaltet fünf Meter neben dem Körper. Sie war mit einer Gummikugel gekne-

belt worden, die mit Lederriemen an ihrem Kopf befestigt war. Ihre Hände waren mit breitem braunem Klebeband auf dem Rücken fixiert. Sie war sexuell missbraucht und grausam zugerichtet worden. Zwei Messer, ein Tapetenschneider und ein einfaches Fahrtenmesser mit blauem Schaft, alle braun von geronnenem Blut, lagen neben dem toten Körper auf dem Boden.

Außer den Messern hatten die Kriminaltechniker aber kaum etwas gefunden. Es lag zwar ein wenig Abfall herum, Schokoladenpapier, ein paar Zigarettenkippen und eine leere Flasche, aber für ihre trainierten Augen war rasch zu erkennen gewesen, dass all dies schon dort gelegen haben musste, bevor der Mord geschehen war.

Trotz des sexuellen Missbrauchs waren keine biologischen Spuren entdeckt worden, weder an der Leiche selbst noch in ihrer unmittelbaren Nähe. Auch die Obduktion hatte keine solchen Spuren ergeben.

Majas Kleider waren sichergestellt und im Labor untersucht worden. Auf ihnen fand man außer Majas eigenen Haaren drei fremde Haare, die genetisch analysiert wurden.

Auf Majas Körper und auf dem Boden neben ihr waren weiße Fasern einer organischen Substanz gefunden worden, die sich später als Cellulose entpuppt hatte.

Niemand verstand, woher dieses Material stammte, bis ein kluger Kopf im kriminaltechnischen Labor die Anwesenheit dieser Fasern mit der Abwesenheit anderer Spuren in Verbindung brachte und die Cellulose mit den Einmalanzügen aus Papier verglich, die von den Einsatzkräften bei der Sicherung eines Tatorts getragen wurden. Es zeigte sich, dass die Fasern identisch waren. Die Techniker waren sich hingegen sicher, dass die Fasern nicht von ihren eigenen Kleidern stammten. Sie kamen also zu dem Schluss, der Mörder habe vermutlich Schutzkleidung getragen, um keine Spuren zu hinterlassen.

Unter Leitung der übergeordneten Kriminalbehörde begannen die Beamten des lokalen Polizeireviers mit der mühsamen Kartierung und Auflistung der Personen, die sich zur fraglichen Zeit im Bereich des Tatorts aufgehalten hatten. Die Menschen wurden über die Medien aufgerufen, sich zu melden, und anschließend gründlich befragt. Alle Informationen über Bewegungen, Zeiten und Begegnungen wurden gespeichert und analysiert. Des Weiteren überprüften die Beamten, welche Fahrzeuge auf dem Parkplatz in der Nähe, der häufig von Wanderern benutzt wurde, abgestellt worden waren. Es war eine langsame und akribische Arbeit, ein Puzzle, doch mit der Zeit hatte sich ein deutliches Muster ergeben.

An diesem Dienstag war eine ganze Reihe von Menschen in der Gegend unterwegs gewesen. Die meisten von ihnen konnten identifiziert und später wieder von der Liste gestrichen werden, nachdem man ihre Aussagen miteinander verglichen hatte. Viele von ihnen waren Maja begegnet, einige hatten sogar mit ihr gesprochen. Durch den Vergleich der Zeitangaben und Bewegungen wusste man alsbald, wann sie zuletzt gesehen worden war. Lebendig. Zu guter Letzt blieben der Polizei noch drei nicht identifizierte Personen, die sich zur fraglichen Zeit in der Gegend aufgehalten hatten. Es handelte sich um eine alte und eine jüngere Frau sowie um einen Mann, der etwa Mitte dreißig sein musste. Es war bisher nicht gelungen, die Identität der jungen Frau festzustellen. Bei der älteren hingegen musste es sich nach Ansicht der Ermittler um eine Achtzigjährige handeln, die häufig in der

Gegend unterwegs gewesen, allerdings drei Tage nach dem Mord an Herzversagen gestorben war. Die Polizei hatte sich aber ohnehin mehr für den bislang nicht identifizierten Mann interessiert. Keiner der Zeugen hatte mit ihm gesprochen, doch viele hatten ihn kurz vor dem Mord in das betreffende Gebiet gehen sehen, während niemand gesehen hatte, dass er dieses Gebiet auch wieder verlassen hatte.

Gleichzeitig hatte eine andere Ermittlungsgruppe Listen über frühere Sexualstraftäter erstellt, die in der Stadt oder in ihrer näheren Umgebung wohnten. Alvin Mo, der gerade erst wegen schwerer Vergewaltigung eingesessen hatte, stand auf dieser Liste.

Die Wagen auf dem Wanderparkplatz wurden überprüft und als unverdächtig eingestuft. Nur zwei Wagen konnten den identifizierten Zeugen nicht zugeordnet werden. Von dem einen wusste die Polizei bloß, dass er rot war, während der andere gleich von mehreren Zeugen als alter blauer Toyota Pick-up beschrieben worden war. Die Ermittler machten eine Halterabfrage, verglichen das Ergebnis mit der Liste der Sexualstraftäter und stießen auf einen Namen, der auf beiden Listen stand: Alvin Mo.

Mo wurde an einem Freitagnachmittag verhaftet und den ganzen Abend verhört, leugnete aber, etwas mit dem Mord zu tun zu haben. Zuerst bestritt er sogar, überhaupt in der Nähe des Tatorts gewesen zu sein. Zwei Tage später räumte er dann ein, Maja dort getroffen zu haben. Er leugnete aber weiterhin, ihr Mörder zu sein. Bei der Durchsuchung seiner Wohnung fand die Polizei einiges, das ihn mit dem Mord in Verbindung bringen konnte, doch klare Beweise fehlten. Der größte Trumpf der Polizei war ein Haar von Maja, das sie auf einem Pullover in Mos Wohnung fanden. Mo kam in Untersuchungshaft, wo er seither einsaß.

Es war ein schwülwarmer Abend. Die Hitzewelle hatte ihren Höhepunkt erreicht. Trotz der heruntergekurbelten Seitenscheibe klebte mir das schweißnasse Hemd am Körper, als ich mit dem Wagen zum Gefängnis fuhr. Am Horizont türmten sich schwarze Wolken auf. Beim Abstellen des Wagens sah ich ein Flackern am Himmel. Bald würde es zu regnen beginnen.

Alvin Mo wirkte ruhig und gefasst. Ich hatte mich langsam an sein Äußeres gewöhnt, und es fiel mir nun leichter, mit ihm zu reden. Er hörte mir aufmerksam zu und antwortete auf meine Fragen. Wir gingen seine Aussage gemeinsam durch, bevor ich meine weiteren Punkte ansprach.
»Wir konzentrieren uns jetzt erst einmal auf die schwierigen Themen, Alvin«, begann ich. »Vor Gericht wird sicher zur Sprache kommen, was Sie zuerst gesagt haben.«
»Warum?« Seine Augen waren blank und ausdruckslos. Ich hatte keine Ahnung, was sich hinter ihnen verbarg.
»Weil es da zwei Dinge gibt, die noch zu klären sind. Zum einen die Tatsache, dass Sie sich in den Tagen nach dem Mord nicht auf den Aufruf der Polizei gemeldet haben. Bei der ersten Befragung wollten Sie dazu nicht Stellung nehmen. Das reicht nicht. Außerdem haben Sie beim ersten Verhör gelogen, als Sie behaupteten, nicht in der Gegend gewesen zu sein und Maja nie getroffen zu haben.«
»Ich war doch wohl nicht verpflichtet, mich zu melden, oder? Und muss ich denn überhaupt auf alle Fragen antworten?«

Im Grunde wusste ich nichts über ihn. Nicht einmal, ob er intelligent oder dumm, vollkommen verrückt oder extrem clever war.
»Nein, Alvin, natürlich müssen Sie das nicht. Aber normale Menschen würden das wohl tun. Außerdem sollten Sie berücksichtigen, dass dieser Fall vor ein Geschworenengericht kommt. Und die Geschworenen werden denken, dass Sie sich nicht gemeldet oder im Verhör gelogen haben, weil Sie der Mörder sind. Deshalb brauchen wir Antworten auf diese Fragen.«
Er saß eine Weile schweigend da und starrte vor sich hin. Dann nickte er langsam. »Okay, ich hatte Angst. Ich habe es nicht gewagt, mich zu melden. Schließlich bin ich vorbestraft, wie Sie wissen. Ich hatte Angst, dass mich alle gleich für den Täter halten. Im Nachhinein erkenne ich, dass das nicht klug war, aber ich war in Panik. Deshalb habe ich zuerst geleugnet, in der Gegend gewesen zu sein. Das war auch nicht klug.«
»Ja, in Ordnung. Das ist eine Erklärung.«
Außerdem beantwortete das die Frage nach seiner Intelligenz. Alvin Mo war weder dumm, noch hatte er den Blick für die Wirklichkeit verloren. Es war gut möglich, dass er ein Mörder war, aber sein Gehirn funktionierte ganz ausgezeichnet.
Wir gingen seinen damaligen Tagesablauf bis ins kleinste Detail durch. Minute für Minute.
Wie lange hatte er für die einzelnen Wegstrecken gebraucht? Wo war er Maja begegnet, über was hatten sie gesprochen, wo und wie nah hatten sie beieinandergesessen? Mo erinnerte sich gut, und ich füllte Blatt für Blatt mit Notizen. Dann rekonstruierten wir seinen Rückweg. Ich blätterte die

Verhörsprotokolle durch, um alles mit seinen früheren Aussagen abzugleichen.

»Auf dem Rückweg habe ich ein Mädchen getroffen. Besser gesagt, eine junge Frau, etwa in meinem Alter oder etwas jünger.«

Ich nickte. »Ja, wie ich sehe, haben Sie das bereits im Verhör ausgesagt. Aber es gibt keine junge Frau, die sich daran erinnert, Sie getroffen zu haben.«

»Aber ich habe sie getroffen. Sie hat mich aufgehalten und nach irgendwas gefragt ... ich glaube, nach dem Weg.«

»Und wo haben Sie sie getroffen?«

Er zeigte es mir auf der Karte. »Hier, glaube ich. Irgendwo zwischen diesen beiden Punkten.«

»Haben Sie irgendwo den Weg verlassen?«

»Ja, an einer Stelle. Ich dachte, ich könnte eine Abkürzung nehmen, bin aber bloß in einem Moor gelandet und musste wieder zurück.«

Ich blätterte die Papiere durch. »Warum steht das nirgendwo in den Verhörsprotokollen?«

»Ich glaube schon, dass ich das auch bei der Polizei gesagt habe. Ja, ich bin mir sogar sicher.«

»Ich werde das später noch einmal genauer nachlesen. Noch andere Abstecher?«

»Nein ... oder doch: Ich musste mal pinkeln.«

»Wie meinen Sie das?«

»Na, ich bin einmal zum Pinkeln in die Büsche gegangen.«

»Davon steht hier aber auch nichts.«

»Na ja. Vermutlich habe ich das vergessen.«

»Okay. Es gibt noch etwas. Sie sind vorbestraft wegen Vergewaltigung. Der Staatsanwalt wird mit aller Macht versuchen, das auszunutzen.«

Sein Gesicht verzog sich zu einer ärgerlichen Grimasse, wie bei einem beleidigten Kind. »Was soll das denn heißen? Ich habe meine Strafe doch abgesessen.«

»Es wird trotzdem zur Sprache kommen.«

»Außerdem haben die gelogen, diese Weiber. Die haben nur gekriegt, was sie wollten, und dann haben sie vor Gericht gelogen. Genau wie beim ersten Mal.«

»Was für ein erstes Mal? In den Unterlagen steht nichts von einer früheren Verurteilung.«

Er lächelte mich triumphierend an. »Genau, da sehen Sie es. Das war im Kinderheim ... damals hat ein Mädchen behauptet, ich hätte sie vergewaltigt ... aber das Verfahren wurde dann eingestellt. Niemand hat ihr geglaubt.«

»Das erwähnen Sie aber nicht vor Gericht, Alvin!«

»Warum nicht? Das zeigt doch nur, wie verlogen diese Mädchen sein können.«

Ich war kurz davor zu resignieren und versuchte, ihm zu erklären, warum und wie er die Dinge vor Gericht handhaben musste. Er hörte mir nickend zu, sah aber nicht überzeugt aus.

Als ich aufstand, um zu gehen, sah er mich plötzlich mit einem ganz anderen Ausdruck an und fragte mich, warum ich nicht alle Unterlagen über den Fall mitgenommen hätte. Ich antwortete, das gesamte Material sei zu umfangreich. »Warum fragen Sie danach?«

Er zuckte mit den Schultern. »Ich hätte mir das nur mal gerne angesehen.«

»Es ist wirklich viel. Ich bringe bei jeder Sitzung mit, was wir brauchen.«

Er saß einen Moment regungslos da. »Haben Sie die Bilder gesehen?«

»Von Maja? Ja, das habe ich.«
»Die waren … echt schlimm«, sagte er, aber das Blitzen in seinen Augen und die plötzliche Anspannung in seinem Körper lösten bei mir ein beklommenes Gefühl aus.

Draußen regnete es so stark, dass ich vollkommen durchnässt war, als ich in meinen Wagen stieg. Die großen Tropfen, die auf das Autodach trommelten, verwandelten die Straßen im Handumdrehen in kleine Flüsse. Die Temperatur war in wenigen Stunden um gut zehn Grad gestürzt, so dass ich zitternd auf dem Fahrersitz saß, während sich der Verkehr langsam vorwärtsschob.
Als ich nach Hause kam, lag ein Zettel von Kari auf dem Küchentisch. Sie war zu ihren Eltern gefahren, die auf einer kleinen Insel, zirka eine Stunde vor der Stadt, wohnten, und wollte ein paar Tage dort bleiben. Sie hatte neben ihren Namen drei Kreuze gemacht, und ich dachte, dass sie mich eigentlich auch hätte anrufen können. Im Kühlschrank waren noch Reste vom Mittagessen, daneben stand ein kaltes Bier, auf dem ein weiterer Zettel von Kari klebte: »Als Trost, wenn du allein bist!«

## Kapitel 5

Das warme Wetter hielt an. Manchmal ballten sich nachmittags die Wolken zusammen, um sich in einem heftigen Gewitter zu entladen, doch stets klarte der Himmel danach wieder auf, so dass die Temperaturen erneut stiegen, bis es wieder so heiß und schwül war, dass die Menschen schwitzten und reizbar wurden.

Eines Morgens zog ich mir eine kurze Hose und ein T-Shirt an, nahm eine Karte und eine Stoppuhr mit und fuhr in die Gegend, in der Maja ermordet worden war. Auf den schmalen Pfaden, die zwischen den Bäumen hindurchführten, war es drückend heiß. Mir begegnete kaum eine Menschenseele, und ich dachte, dass wahrscheinlich jeder, der jetzt freihatte, ans Meer ging.

Schon nach wenigen Minuten war kein Haus mehr zu sehen. Es war vollkommen still im Wald, nicht einmal die Geräusche des Verkehrs drangen bis hierher. Einzig das träge Summen der Insekten und vereinzeltes Vogelgezwitscher waren zu hören.

Vor knapp einem Jahr war ein Mörder über diese Wege gelaufen. Ich versuchte, mir seinen Gemütszustand vorzustellen. Was hatte er gefühlt? Er musste enorm erregt gewesen sein. Ich war mir sicher, dass der Mord geplant gewesen war. Alles war viel zu gut vorbereitet gewesen, um einer Affekthandlung zu entspringen. Die Messer, das Klebeband, die Schutzkleidung – das alles musste fertig gepackt im Ruck-

sack gelegen haben, bevor er aufgebrochen war. Ich konnte mir kaum vorstellen, was in ihm vorgegangen war. Sexuelle Erregung beim Gedanken an das, was geschehen würde? Vermutlich. Vielleicht aber auch Angst und Verzweiflung. Vielleicht hatte er noch keinen endgültigen Entschluss gefasst und gegen seine eigenen Dämonen angekämpft. Schon möglich, dass er seit Tagen unter ständig wachsendem Druck umherirrte und sich wie eine Feder fühlte, die immer weiter gespannt wurde, bis sie brach und er die Kontrolle über seine Impulse verlor. Vielleicht freute er sich aber auch nur, war voller Erwartung, ohne jede Form der inneren Gegenwehr.
Ich wusste nicht einmal, ob er sein Opfer vorher ausgewählt hatte oder aufs Geratewohl unterwegs war, bis er einer Frau oder einem Mädchen begegnete, das seinen Vorstellungen entsprach, das gewisse Extra hatte, unschuldig oder attraktiv genug war … Was wusste ich denn schon, welche Eigenschaften dazu führten, dass Wut und Begierde eines Mörders die Oberhand gewannen und einen unzähmbaren Drang auslösten, zu zerstören und auszulöschen?
Ich kam an einen kleinen, dunklen Waldsee. Das klare Wasser spiegelte perfekt die Bäume und den blauen Himmel; am Ufer stand eine Bank im Schatten. Ich nahm Platz und drückte auf die Stoppuhr. Ich war siebzehn Minuten in ruhigem Tempo gegangen.
Ich musste etwas suchen, bis ich den Tatort entdeckte, hatte dann aber keine Zweifel mehr, mich am richtigen Ort zu befinden.
Die kleine Senke war vom Weg aus nicht einzusehen. Zwei steile Felsen ragten rechts und links wie dunkle Wände empor. In dem Spalt dazwischen wuchs dichtes Gebüsch. Vor diesen Büschen lag eine kleine, dreieckige Lichtung. Ich trat

aus dem dichten Unterholz und blieb am Rand der Lichtung stehen. An den Zweigen der Büsche hingen sogar noch vergilbte Reste des Absperrbandes der Polizei. Ich setzte mich am Rand der Lichtung auf einen Stein und blieb dort lange sitzen. Es war ein friedlicher Ort. Insekten summten. Ameisen hasteten vor meinen Schuhen hin und her und bauten eine Straße. Schmetterlinge flatterten durch die Sonne, Hummeln brummten. Ein paar kleine lästige Fliegen hatten es auf den Schweiß meiner nackten Unterarme abgesehen, und nach einer Weile gab ich mein Vorhaben auf, sie zu verscheuchen.

Hier also war das junge Mädchen getötet worden. Die Fotos der Leiche waren grausam, unwirklich und grotesk gewesen. Man hatte sie missbraucht, zerstört und weggeworfen. Jetzt saß ich auf einem Stein und versuchte, mir das eigentliche Verbrechen vorzustellen. Den Schmerz, die Gerüche. Die Wut und Erregung des Mörders, der alle Grenzen überschritten und jegliche Hemmungen abgelegt hatte. Ich versuchte, ihn mir vorzustellen, in seiner weißen Schutzkleidung. Hatte er eine Binde vor dem Mund und Überzüge über den Schuhen getragen? Eine Kopfbedeckung? Ich war mir fast sicher. Der Mörder hatte alles sorgsam durchdacht und geplant und peinlich genau darauf geachtet, keine genetischen Spuren zu hinterlassen. Die Angst des Opfers. Die Vorgehensweise. All das war unvorstellbar.

Es gelang mir nicht. Mein Hirn weigerte sich, die Bilder miteinander zu verbinden und weiterzudenken. Sobald ich mich den fiktiven Bildern der Geschehnisse näherte, stießen sie sich ab wie zwei magnetische Pole. Ich ertappte mich dabei, an meinen Vater zu denken. An Kari. An die Ferien, die ich in wenigen Wochen beginnen sollte. An alles, nur nicht

an das, was hier geschehen war. Ich stand auf und trat den Rückweg an.
Ich stieß auf den Ort, an dem Alvin vermutlich seine Abkürzung hatte nehmen wollen. Ein Trampelpfad führte vor dem kleinen See nach rechts in den Wald hinein. Fünfzig Meter vom Weg entfernt begann es unter meinen Schuhen zu gurgeln. Ich versuchte ein Stück weit von Grasbüschel zu Grasbüschel zu springen, doch schließlich musste ich mit durchnässten Schuhen aufgeben und umkehren. Ich machte mir ein Zeichen auf der Karte und schlenderte zum Weg zurück.

Als ich wieder im Auto saß und nach Hause fuhr, dachte ich an Alvin Mo. Ich konnte mir nicht vorstellen, wie der Mörder gedacht, funktioniert und gefühlt hatte. Auch den Mord konnte ich mir nicht vorstellen, ich brachte das alles nicht übers Herz. Aber ich hatte eine Art Bild von dem Täter gewonnen, von seinen Kleidern und seinem Aussehen, und plötzlich ging mir auf, dass es Alvin Mo war, den ich da vor meinem inneren Auge in einem weißen Schutzanzug sah. Alvin Mo, der sich über Maja beugte, Alvin Mo, der zum Messer griff und …
Mir schauderte. Es war nichts Ungewöhnliches, dass ich meine Mandanten für schuldig hielt. Das belastete mich aber nur selten. Ich wusste es nicht, wollte es nicht wissen und kümmerte mich nur um die Beweise und um meine Arbeit. Doch dieses Mal war das anders. Wer auch immer Maja ermordet hatte, war ein sehr kranker Mensch, und ich glaubte nicht daran, dass solch ein Mensch sich damit begnügte, nur einen einzigen Mord zu begehen. Er würde wieder töten. Ungeheure innere Kräfte mussten einen solchen Menschen

antreiben, und es war wirklich kein angenehmer Gedanke, dass er möglicherweise dank meiner Arbeit wieder auf neue Opfer losgelassen wurde. Ich versuchte, den Gedanken zu verdrängen. So darf man in meinem Job nicht denken.

»Was quält dich denn so, Mikael? Ist es der neue Fall?« Wir saßen im Garten und tranken Kaffee. Kari sah mich über ihre Zeitung hinweg besorgt an.
»Wieso?«, fragte ich.
»Du hast fast den ganzen Nachmittag nichts gesagt.«
»Möchtest du ein Glas Wein?«
Sie sagte ja, und ich holte eine Flasche Weißwein und zwei Gläser. Wir saßen unter den Bäumen, während das Blau des Himmels immer dunkler wurde und sich die Schatten um uns herum im Garten ausbreiteten, bis Kari nur noch eine Silhouette in der Dämmerung war. Ich erzählte von meiner Tour und von meinen Gedanken über Alvin Mo. Kari nickte ab und zu und gab einsilbige Laute von sich, um mir zu zeigen, dass sie zuhörte. Als ich zum Ende gekommen war und all meine Zweifel, Unruhe und Sorgen vor ihr ausgebreitet hatte, blieben wir eine Weile schweigend sitzen. Es duftete intensiv nach frisch gemähtem Gras. Aus einem der Nachbargärten trieb Grillduft herüber. Kari stand auf, nahm meine Hand, führte mich ins Schlafzimmer und schlief mit einer so zärtlichen Entschlossenheit mit mir, wie ich sie bei ihr nie zuvor erlebt hatte. Sie saß auf mir, und als sie kam, sah ich ihr Gesicht im Widerschein der Straßenlaternen. Ich erkannte den Schatten ihrer Wimpern auf ihrer Wange und die glatte, geschwungene Linie, die vom Hals zu ihrem Kiefer führte – wie ein perfekter Strich auf einer Kohlezeichnung.

## Kapitel 6

Ich arbeitete oft bis in die Nacht hinein, während der Sommer langsam älter wurde. Das Grün der Büsche und Bäume verblich und verlor seine Frische, die Straßen waren staubig und trocken. Die Einheimischen verließen die Stadt, die gleich darauf von Touristenscharen in Besitz genommen wurde. Synne machte eine Woche Ferien und sah ebenso erschöpft aus wie zuvor, als sie wiederkam.

Die Redaktionen der Zeitungen riefen mich in regelmäßigen Abständen an und fragten mich nach Neuigkeiten aus, doch ich hatte ihnen nichts mitzuteilen. Trotzdem schrieben sie weiter über den Fall.

Ich bekam Hass- und Drohbriefe, was für mich eine ganz neue Erfahrung war, arbeitete ich doch zum ersten Mal an einem Fall, der derartige Gefühle weckte. Die Briefe waren sehr unterschiedlich. Die meisten kamen anonym, andere trugen den vollen Namen und die Adresse ihrer Absender. Viele stammten von funktionellen Analphabeten, es gab aber auch eine verblüffend hohe Anzahl von anscheinend gebildeten Menschen. Die Botschaft war im Großen und Ganzen stets dieselbe: Alvin Mo sei ein Monster und müsse sterben, am besten auf qualvolle Weise. Ich, der ich mich auf die Seite des Monsters gestellt hatte, sei kaum besser. Viele waren der Ansicht, ich verdiene ein ähnliches Schicksal. Diese Briefe waren deprimierend, aber ich kümmerte mich nicht wirklich darum. Auch in der Kanzlei kamen solche

Briefe an. Dort landeten sie sicherheitshalber in einem separaten Ordner. Zu Hause sammelte ich sie in einer Schublade. Ich wollte sie später mit ins Büro nehmen.

Als ich eines Abends nach Hause kam, saß Kari am Küchentisch, vor sich die Briefe. Sie sah blass und krank aus.

»Warum hast du mir denn nichts davon gesagt, Mikael?«

Ich breitete die Arme aus. »Warum sollte ich das tun? Das sind doch nur Verrückte. In der Kanzlei kommen noch mehr davon an.«

Sie biss sich auf die Lippen. »All diese Menschen, die sind doch wahnsinnig. Hast du gesehen, was die schreiben?«

»Ich weiß, Kari. Darum darf man sich gar nicht kümmern.«

»Aber … glaubst du denn nicht, dass die gefährlich sind? Ich meine, solltest du nicht lieber zur Polizei gehen?«

Ich ging zu ihr, legte meine Arme um sie und sagte, dass so etwas bei solchen Fällen ganz normal sei. Diese Leute seien nicht gefährlich, man dürfe das einfach nicht zu nah an sich heranlassen. Trotzdem blieb sie den ganzen Abend schweigsam und nachdenklich. Während der Spätnachrichten sah sie mich plötzlich an und sagte: »Ich hasse diesen Fall, Mikael. Ich hasse ihn.«

Sie drückte damit exakt aus, was auch ich fühlte, doch ich konnte ihr nur sagen, dass alles in ein paar Wochen vorbei sein würde. Sie musterte mich skeptisch und ging ins Bett.

Eine Woche vor Beginn der Verhandlung wurde der Druck der Medien gewaltig. Etwas Vergleichbares hatte ich nie zuvor erlebt. Unablässig riefen Journalisten an, oft auch abends, aber ich hatte ihnen nichts zu sagen. Normalerweise freue ich mich über solche Aufmerksamkeit und versuche, den Medien gegenüber offensiv und optimistisch zu sein, doch bei diesem Fall brachte ich das nicht fertig. Ich sah keine Chance, dieses Verfahren zu gewinnen, auch nicht, nachdem ich drei Tage hintereinander bei Alvin Mo gewesen war, um seine Aussage vorzubereiten. Selbst im Gefängnis war der Druck der Öffentlichkeit zu spüren. Mo hatte Drohungen von Mithäftlingen bekommen und wurde zu seiner eigenen Sicherheit isoliert.

»Alles nur Bluff«, sagte er und sah mich trotzig an. »Ich habe keine Angst.«

Ich glaubte ihm nicht.

Als ich zum letzten Mal vor der Verhandlung bei ihm war, fragte er mich, wie hoch ich seine Chancen einschätzte. Zuvor hatte er mich das noch nie gefragt. Die meisten Mandanten fragen ständig danach.

»Sie haben ein Problem, Alvin. Mit höchster Wahrscheinlichkeit werden Sie verurteilt werden. Sie sollten sich darauf einstellen.«

Ich weiß nicht, welche Reaktion ich erwartet hatte, aber sein Lächeln verwunderte mich. Es war amüsiert, beinahe schelmisch. »Nein, nein, dazu wird es nicht kommen.«

»Wie meinen Sie das?«

Er schüttelte nur den Kopf und grinste mich unvermindert an. Ich machte mir weiter keine Gedanken darüber, da ich mich inzwischen mit seinen Launen und seiner Irrationalität abgefunden hatte. Stattdessen gingen wir noch einmal die Hauptpunkte seiner Aussage durch. Es zog sich in die Länge. Mo war unkonzentriert, kam mehrmals ins Stocken und starrte bloß vor sich hin, ohne auf meine Fragen zu antworten. Nach einer Stunde gab ich es auf.

»Das ist sinnlos, Alvin. Sie sind mit Ihren Gedanken nicht bei der Sache.«

»Ich bin es leid. Wir sind das doch schon hundert Mal durchgegangen.«
Ich seufzte. »Okay. Dann hören wir auf. Aber am Montag müssen Sie sich konzentrieren.«
Im Auto auf dem Weg nach Hause dachte ich noch immer an ihn. Ich war mir sicher, dass er vor den Geschworenen keine gute Figur machen würde. Er war nicht dumm, aber es machte den Eindruck, als wolle er die einfachsten Prinzipien und Mechanismen, die wir anderen für selbstverständlich hielten, nicht verstehen. Mit komplizierten Schlussfolgerungen hatte er hingegen keine Probleme. Ich hielt ihn nicht für verrückt, war mir aber nicht sicher, ob er wirklich so tickte wie die meisten anderen. Es würde ein schwerer Fall werden.

Am Sonntag machten Kari und ich eine lange Wanderung durchs Gebirge, wobei uns der Himmel abwechselnd mit klarem Sonnenschein und prasselndem Regen verwöhnte. Es war der Tag vor Verhandlungsbeginn, und ich hatte gedacht, besser einschlafen zu können, wenn ich körperlich müde war. Doch als ich im Bett lag und ans Einschlafen dachte, blieb der Schlaf natürlich aus.
Schließlich stand ich auf und setzte mich mit einer Tasse heißem Kakao in den Erker.
Draußen vor den Fenstern war die Nacht voller Schatten. Meine Gedanken wirbelten durcheinander wie unzusammenhängende Fragmente, die keinen Sinn ergaben. Es fühlte sich an, als würde ich träumen, und für einen kurzen Augenblick wurde ich von einem Gefühl der Angst übermannt, das mich zitternd, wie nach einem Fieberschub, zurückließ. Als es vorbei war, steckte wieder die Unruhe in meinem

Körper und machte jede Hoffnung auf Schlaf zunichte. Ich versuchte, Zeitung zu lesen, bekam aber kaum etwas mit. Ich fragte mich, ob Alvin Mo schlief oder ob auch er in seiner Zelle wach saß und zusah, wie die Welt hinter den Gitterstäben seines Fensters langsam aus dem Dunkel trat und Konturen und Substanz annahm. Niemals zuvor hatte es mir derart vor einem Verfahren gegraut.

Um fünf Uhr morgens ging ich unter die Dusche. Um halb sieben war ich in der Kanzlei, blätterte nervös die Unterlagen durch und überprüfte zum wiederholten Mal, dass ich alles dabeihatte. Ich trank Kaffee und las die Morgenzeitung. Bevor ich aufbrach, ging ich noch einmal auf die Toilette. Das Gesicht, das mich aus dem Spiegel ansah, war müde und grau wie Papier, die Augen blutunterlaufen. Es war an der Zeit, ins Gericht zu gehen.

## Kapitel 7

Der Staatsanwalt hieß Christer Bonde. Einer dieser jungen, ambitionierten, glatten Karrieretypen mit guten Noten und stromlinienförmigen Lebensläufen, von denen es in der Staatsanwaltschaft nur so wimmelt. Doch im Grunde konnte ich ihm nichts vorwerfen, davon abgesehen, dass ich mir in seiner Gegenwart alt und unordentlich vorkam.

Ich nickte der Nebenklägerin zu, einer älteren Frau, die ich schon seit Jahren als ruhige und äußerst kompetente Person kannte. Sie sprach mit einem Mann und einer Frau, die beide etwa Ende dreißig waren. Die alte Dame hatte ihren Arm um die Schultern der jüngeren, kleinen Frau gelegt, die aber so steif und angespannt wirkte, als sei ihr der Körperkontakt unangenehm. Der Mann stand neben ihr, hatte seine Hände in den Hosentaschen vergraben und schien vollkommen in sich versunken zu sein. Sie sahen einander nicht an. Leicht schockiert wurde mir bewusst, dass es sich bei diesen beiden um Majas Eltern handeln musste, die während der Verhandlung anwesend sein würden. Ich wusste das eigentlich, hatte diesen Gedanken aber erfolgreich verdrängt. Ich wollte nicht daran denken, wie es ihnen in der letzten Zeit ergangen sein musste und wie sie das kommende Verfahren erleben würden. Ich wünschte mir, sie wären nicht da.

Alvin Mo wirkte fast gut gelaunt, als er auf seinem Stuhl in der Mitte des Saals Platz nahm. Ich hatte mich an sein Aussehen gewöhnt, nicht aber die Geschworenen, was leicht zu erkennen war. Sie studierten seinen haarlosen Kopf und die seltsam konturlosen Gesichtszüge mit wachsender Abscheu, was mich automatisch an meine Gefühle bei unserer ersten Begegnung denken ließ.

Zu Beginn schlug Mo sich ganz gut. Der Staatsanwalt begann vorsichtig, indem er ihn fragte, wo er am Tag des Verbrechens gewesen war. Dann rekonstruierte er seinen Tagesablauf und kam direkt auf Mos erste Aussage bei der Polizei zu sprechen.

»Erinnern Sie sich, was Sie bei der Polizei zu Protokoll gegeben haben?«

»Nein … ja, schon, auf jeden Fall, dass ich nicht da war. Also da, wo der Mord passiert ist.«

»Sie haben vorgegeben, den ganzen Tag zu Hause gewesen zu sein.«

»Ja.«

»Aber das war eine Lüge, nicht wahr?«

Mo antwortete nicht, sondern zuckte bloß mit den Schultern.

»Und wie war das bei den nächsten beiden Verhören? Was haben Sie da ausgesagt?«

»Dasselbe.«

»Dass Sie zu Hause waren?«

»Ja.«

»Dann haben Sie die Polizei also bei drei Verhören belogen? Warum?«

»Weil ich Angst hatte, in die Sache hineingezogen zu werden.«

»Wie meinen Sie das? Hineingezogen – wieso sollten Sie das werden, wenn Sie nichts Falsches getan haben?«

Auf Mos Gesicht war ein fast aggressiver Trotz zu erkennen. »Ich … Sie wissen doch ganz genau, dass ich vorbestraft bin.

Ich hatte Angst, die Polizei würde mir den Mord in die Schuhe schieben, wenn ich zugebe, dass ich das war.«
»Ach ja? Auf Ihre früheren Verurteilungen kommen wir noch zu sprechen. Aber haben Sie nicht befürchtet, dass Sie eine Lüge nur noch verdächtiger machen würde?«
»Nein.«
»Nicht? Aber ist es nicht offensichtlich, dass …«
»Im Nachhinein sehe ich ja ein, dass das dumm von mir war. Es ist nicht so leicht, in so einer Situation klar zu denken.«
Der Staatsanwalt stocherte weiter in Mos Aussagen herum, kam aber nicht weiter. Mein Mandant meisterte seinen Teil gut.
Schließlich machte das Gericht eine Pause. Ich sagte Mo, dass es gut liefe und er so weitermachen solle. Er zuckte mit den Schultern. »Kein Problem.«
Ich sah ihn an. »Werden Sie nicht hochnäsig, Alvin. Lassen Sie sich nicht provozieren, und hüten Sie sich, zu lächeln oder zu lachen. Bleiben Sie sachlich und ernst, und halten Sie Ihre Antworten kurz, verstanden?«
»Das haben Sie schon hundert Mal gesagt.«
Das hatte ich, aber ich vertraute ihm nicht.

Kurz vor der Mittagspause wurde eine Frage gestellt, mit der ich nicht gerechnet hatte.
»Besitzen Sie eine Videokamera?«, fragte der Staatsanwalt.
»Eine Videokamera? Nein«, antwortete Mo.
»Nicht? Oder ein Kamerastativ? Sie wissen schon, so eines mit drei Beinen, die man ausziehen kann, damit die Kamera fest auf dem Boden steht. Haben Sie so etwas?«
»Nein.«
Der Staatsanwalt nahm seine Mappe hervor. »Ich habe hier

eine Quittung für eine Videokamera und ein Stativ, beides wurde im vergangenen Februar gekauft. Wir haben die bei Ihnen zu Hause gefunden. Sind Sie sicher, dass Sie keine solche Kamera oder ein Stativ besitzen?«

Ich hatte keine Ahnung, worauf der Staatsanwalt hinauswollte, erkannte aber an Mos Körpersprache, dass er sich unwohl fühlte.

»Ich habe sie verloren«, murmelte Mo.

»Was haben Sie gesagt? Sie haben sie verloren? Wann und wo?«

»Ich weiß nicht mehr, kurz nach dem Kauf.«

Der Staatsanwalt quälte ihn noch für einen Moment mit der Kamera, ohne dass etwas Neues dabei herauskam. Ich fragte mich, was ich übersehen hatte. Die Quittung lag bei den in der Wohnung beschlagnahmten Gegenständen, aber mir war nicht klar, welche Bedeutung das für den Fall haben sollte.

Nach der Mittagspause wurde es schlimmer. Es begann mit Mos Haarlosigkeit. Der Staatsanwalt wollte wissen, warum er seinen ganzen Körper rasiere. Mo erklärte ihm, dass er Körperbehaarung unangenehm fände. Bonde sah ihn ausdruckslos an. Lange. Dann schüttelte er den Kopf.

»Haben Sie das nicht eher deshalb getan, um keine Haare beim Mord an Maja zu hinterlassen? Um biologische Spuren für eine mögliche DNA-Analyse zu vermeiden? Ist das nicht der wahre Grund?«

Als Mo das leugnete, reagierten die Geschworenen mit einem kollektiven Murmeln. Sie hatten verstanden.

»Lassen Sie uns jetzt über Ihre früheren Verurteilungen reden, Herr Mo. Weshalb sind Sie verurteilt worden?«

Mos Antwort zog sich so in die Länge, dass er schließlich

jede Frage einzeln beantworten musste; dabei hatte ich ihn gebeten, eine rasche und vollständige Übersicht über seine bisherigen Verurteilungen zu geben. Wir hatten das richtiggehend geprobt, doch er hielt sich nicht an die Vorgaben, was keinen guten Eindruck machte.

Der Staatsanwalt fasste schließlich alles noch einmal zusammen und fragte dann: »Als Sie Maja getroffen haben – Sie geben ja zu, mit ihr zusammengesessen und geredet zu haben –, fanden Sie das Mädchen da … reizvoll?«

Da war es wieder, dieses seltsame, beinahe geheimnisvolle Lächeln, das ich so fürchtete und vor dem ich ihn eindringlich gewarnt hatte. »Ja, doch, das war sie.«

»Ebenso reizvoll wie die Mädchen, die Sie vergewaltigt haben?«

Ich zuckte zusammen und beugte mich vor, um zum Mikro zu greifen, aber der Richter kam mir zuvor.

»Derartige Unterstellungen dulde ich hier vor Gericht nicht, Herr Staatsanwalt. Halten Sie sich bitte an die Fakten.«

»Entschuldigen Sie, Herr Richter«, sagte Christer Bonde, sah dabei aber nicht so aus, als täte ihm etwas leid.

Bonde trat an seinen Tisch und holte einen ganzen Stapel von Blättern. »Das sind die Ausdrucke von Bildern, die wir auf der Festplatte Ihres Computers gefunden haben, Herr Mo. Es handelt sich um Aufnahmen, die Sie von verschiedenen Internetseiten heruntergeladen haben. Webseiten mit so klingenden Namen wie …«, er blickte auf die Liste in seinen Händen, »House of Cruelty, Mutilation.com, Torturerape.com und so weiter. Hohes Gericht, darf ich diese Bilder an die Geschworenen weiterreichen?«

Ich protestierte, wusste aber, dass ich mit diesem Einwand keine Chance hatte.

Ich betrachtete die Gesichter der Geschworenen, als sie den Stapel der Ausdrucke durchblätterten. Einer von ihnen, ein älterer Mann, schloss die Augen.
»Es handelt sich um Bilder von Frauen oder Mädchen, die gefoltert, misshandelt oder getötet werden, Herr Mo. Sie haben diese Bilder heruntergeladen, stimmt das?«
»Ja.«
»Warum?«
»Ich habe es einfach getan. Das Internet ist doch voll davon. Ich habe auch noch viele andere Sachen heruntergeladen.«
»Das stimmt. Wir haben bei Ihnen viel mehr gefunden, als wir hier zeigen können. Gefallen Ihnen die Bilder?«
»Tja … nein.«
»Nicht? Warum haben Sie sie dann heruntergeladen?«
»Ich weiß nicht. Aus Neugier.«
So ging es lange Zeit weiter. Wir hatten gewusst, dass diese Sache zur Sprache kommen würde, hatten aber keine brauchbare Gegenstrategie gefunden. Die ekelerregenden, schockierenden Bilder existierten, und es gab keine vernünftige Erklärung dafür, warum Mo sie heruntergeladen hatte. Jedenfalls keine, die uns weitergeholfen hätte.

Die trockene, nüchterne Stimme des Gerichtsmediziners erfüllte den Saal. Er ging bis ins Detail auf alle Wunden und Verletzungen, Läsionen und Blutungen ein. Der Kontrast seiner Stimme zu den Bildern des Opfers war gewaltig, waren es doch Fotos, die Weinen und Wehklagen hervorrufen sollten und keine sachliche Analyse. Andererseits waren es gerade die Nüchternheit, der knappe, wissenschaftliche Ton und die lateinischen Fachausdrücke, die das Ganze erträglich machten und uns halfen, die Wirklichkeit zu verdrängen. Das Hirn registrierte, was es sah und hörte: ein Schnitt hier, so und so lang, ein Messerstich in exakt definierter Tiefe. Es schien kein Mensch zu sein, über den wir hier sprachen, sondern ein Gegenstand. Ich blickte zu der Bankreihe hinüber, auf der Majas Eltern gesessen hatten. Ihre Plätze waren leer, die Nebenklägerin hatte sie nach draußen geleitet, bevor der Gerichtsmediziner seine Erklärung begonnen hatte. »Sie haben gesehen, was sie sehen wollten und verkraften können«, hatte sie gesagt.

Die Stimme des Gerichtsmediziners schnurrte weiter, immer wieder unterbrochen von knappen Fragen des Staatsanwalts. Im Hintergrund war ein beständiges Brummen und Rascheln zu hören, das ich so zuvor noch nie in einem Gerichtssaal gehört hatte.

Es dauerte eine Weile, bis ich verstand, um was es sich handelte. Die Zuhörer bewegten sich. Sie rutschten unablässig auf ihren Bänken umher. Das Unbehagen, das die Bilder und das Gesagte hervorriefen, sorgte dafür, dass die Menschen nicht mehr ruhig zu sitzen vermochten. Es raschelte und knirschte ohne Unterbrechung.

»Was war konkret die Todesursache?«, fragte der Staatsanwalt.

»Ihr wurde die Kehle durchgeschnitten. Das war ganz ohne Zweifel die Todesursache.«

»Können Sie … ist es möglich, eine Aussage darüber zu treffen, ob ihr die anderen Verletzungen nachher oder … vorher zugefügt worden sind?«

»Vorher. Die meisten Verletzungen wurden ihr bei lebendigem Leibe zugefügt.«

»Woher wissen Sie das?«

»Durch den Blutverlust. Die Intensität der Blutung hängt zu

einem hohen Grad davon ab, ob ein Organismus am Leben ist oder nicht.«

Ein Organismus. Maja, vierzehn Jahre.

»Warum?«

»Das ganze System des Blutkreislaufs steht unter Druck. Die Pumpe, also das Herz, schlägt und lässt das Blut zirkulieren. Punktiert man das System, wird das Blut mit Druck herausgepresst. Ist der Tod erst eingetreten, bleibt das Herz stehen, wodurch der Druck abfällt. Dann tritt das Blut auf andere Weise aus dem Körper aus.«

»Das heißt dann … dass sie … dass sie vor ihrem Tod starke Schmerzen erleiden musste? Dass sie gequält wurde?«

Der Gerichtsmediziner hob seinen Blick, sah zu Alvin Mo, mir und dem Richter, ehe er zum ersten Mal direkt zu den Geschworenen hinüberblickte. Und dann war plötzlich auch ein anderer Klang in seiner Stimme, ein Anflug von Gefühl. »Unbeschreibliche Schmerzen«, sagte er. »Vollkommen unvorstellbar.«

## Kapitel 8

Erst als ich nach Hause kam, fiel mir wieder ein, dass mein Vater an diesem Abend zum Essen kommen wollte. Er saß in der Küche und plauderte vergnügt mit Kari. Sie mögen einander. Er kann mit ihr freier und ungezwungener reden als mit mir, ohne die beinahe formelle Steifheit, die den Ton zwischen uns kennzeichnet. Dabei lieben wir uns. Es ist einfach so gekommen, vermutlich weil wir beide über Jahre hinweg versucht haben, alle wichtigen oder schwierigen Themen zu umschiffen. Ich bin bei ihm aufgewachsen. Als meine Mutter uns verlassen hat, war ich noch ein kleiner Junge. Mein Vater nahm seine Aufgabe als Erzieher sehr ernst, und ich kann mich nicht daran erinnern, ihn auch nur ein einziges Mal lachen gesehen zu haben. Selbst ein Lächeln war selten. Als ich jetzt den Flur betrat, hörte ich sein Lachen aus der Küche, ein typisches, leicht knirschendes Altmännerlachen, gefolgt von Karis hohem Trillern.

»Mikael«, sagte er, »da bist du ja.«

»Hallo, Papa«, sagte ich. »Schön, dich zu sehen.« Ich ging zu ihm und wusste plötzlich wieder nicht, ob ich ihn umarmen oder ihm nur die Hand geben sollte, also wurde es eine unbeholfene Mischung aus beidem. Als er mich etwas verwirrt ansah, wurde mir bewusst, dass ich mich wirklich freute, ihn zu sehen. Nach dem Tag im Gericht musste ich einfach auf andere Gedanken kommen. Kari umarmte ich. Richtig.

»Ich gehe schnell duschen«, sagte ich.

»Anstrengender Tag?«
»Verdammt anstrengend.«
Das Essen war sehr schön. Wir redeten über Gott und die Welt. Mein Vater hatte gute Laune und aß mit gesundem Appetit. Er erzählte Geschichten aus meiner Jugend, und wir lachten, obwohl sie weiß Gott nicht neu waren. Gegen neun Uhr abends fuhr ich ihn nach Hause. Er wohnt in einem Altenheim, hat dort aber eine eigene Wohnung. Als ich vor dem Haupteingang anhielt, sah er mich an und sagte: »Einen anstrengenden Fall hast du da, Mikael. Wie läuft es denn?«
»Mühsam.«
»Kannst du ihn gewinnen?«
»Ich glaube nicht.«
»Es ist nur ein Job, Mikael. Vielleicht musst du ihn auch gar nicht gewinnen.«
»Nein, vielleicht nicht«, sagte ich. »Gute Nacht, Papa.«
Ich sah ihm nach, bis er durch die Tür verschwunden war. Seine Schritte waren kürzer und unsicherer geworden, und sein Körper sah unter dem blauen Anzug erbarmungswürdig dünn aus; nur seine Haltung war unverändert. Dann folgte eine Bewegung, die ich schon Hunderte Mal gesehen hatte und die mir so vertraut war wie mein eigenes Spiegelbild und mir doch die Tränen in die Augen trieb. Er drehte sich um und hob die Hand zum Gruß, leicht schräg vom Körper weg, die Handfläche mir zugewandt. Ich winkte zurück und fuhr nach Hause zu Kari.

Der Kriminaltechniker hatte den Tatort mit monotoner Stimme bis ins letzte Detail beschrieben. Dabei war eigentlich nichts davon für den Fall relevant, nichts verwendbar, weder für noch gegen meinen Mandanten, so dass ich kaum

zuhörte. Es dauerte deshalb ein paar Sekunden, bis ich registrierte, was er gerade gesagt hatte. Ich musste mental zurückspulen, um die Frage des Staatsanwalts zu verstehen.
»Sie erwähnten ein paar Abdrücke auf dem Boden, was war das?«, hatte er gefragt.
»Nun, das wissen wir nicht genau. Es handelt sich um drei allem Anschein nach identische Abdrücke im Boden, wobei der Abstand zwischen diesen Punkten in etwa gleich ist. Sie bilden ein gleichschenkeliges Dreieck.«
»Was kann das sein?«
Der Zeuge zuckte mit den Schultern. »Wir halten es für die Abdrücke eines Stativs. Ein Kamerastativ. Vielleicht für eine Video- oder Filmkamera.«
Bonde zog die Augenbrauen hoch. »Wollen Sie damit sagen, dass der Mord *gefilmt* wurde?«
Neuerliches Schulterzucken. »Das ist durchaus möglich. Wir haben keine andere Erklärung für diese Abdrücke.«
Ich wusste, dass ich etwas tun musste, jetzt sofort, aber die Aussage hatte mich so kalt erwischt, dass ich nach Worten ringend in meinen Unterlagen blätterte:
»Also diese … diese Abdrücke … wissen Sie, von woher die stammen?«
»Wie ich schon gesagt habe: Wir glauben, dass sie von einem Kamerastativ stammen.«
»Ja, das habe ich gehört. Was ich meine … gibt es einen Grund dafür, das zu glauben, sieht man einmal davon ab, dass Sie keine bessere Erklärung gefunden haben?«
»Das habe ich doch schon gesagt: Es ist wohl die naheliegendste Erklärung.«
»Und worauf basiert diese Erklärung? Darauf, dass Ihnen nichts Besseres eingefallen ist?«

»Äh, ja … schon. Ich weiß halt nicht, was es sonst sein könnte.«
»Es handelt sich also um eine bloße Vermutung?«
»Ich weiß nicht, ob ich das als Vermutung bezeichnen würde.«
»Ich schon.«

Majas Vater saß regungslos da wie ein Stein und beantwortete leise die Fragen. Er war von kleiner, gedrungener Statur und hatte dunkle, nach hinten gekämmte Haare mit tiefen Geheimratsecken. Nur die Muskelknötchen seiner zusammengebissenen Kiefer verrieten, wie es ihm ging. Er hieß Hans Godvik und war Klempner mit einer eigenen Firma. Godvik war nicht sehr wortgewandt, aber irgendwie gelang es ihm trotzdem, ein recht lebhaftes Bild seiner Tochter zu zeichnen. Er war stolz auf sie gewesen. Sie war hübsch und kam in der Schule problemlos zurecht, eine gute Handballerin, die sehr beliebt bei ihren Freunden war. Er presste die Worte über die Lippen, als wäre sein Mund voller Schotter.
Der Staatsanwalt fragte ihn, wie es ihnen danach ergangen sei, also nach dem Mord, doch Godvik schüttelte nur den Kopf. »Das kann ich nicht erzählen«, sagte er. »Es ist so … als wäre unser Leben zu Ende.«
Ich weiß nicht, warum ich ihn überhaupt etwas fragte. Ich hätte ihn einfach gehen lassen sollen. Vielleicht fühlte ich mich irgendwie verpflichtet oder hatte Angst, sonst zu passiv zu wirken.
»Es gibt eine Sache, die ich nicht ganz verstehe«, begann ich. »Es geht um den Tag … den Tag, an dem das geschehen ist. Warum war sie da im Wald? Hätte sie nicht in der Schule sein müssen?«

»Doch.«
»Hat sie geschwänzt?«
»Ja.«
»Warum?«
Es wurde still. Hans Godvik starrte schweigend vor sich hin, so dass ich nicht sicher war, ob er meine Frage verstanden hatte.
»Wir haben gestritten«, sagte er plötzlich.
»Wer hat sich gestritten?«
»Maja und ich.«
»Sie hat die Schule geschwänzt, weil sie sich mit Ihnen gestritten hat? Worüber denn?«
»Ach, über alles, worüber man sich mit einem Teenager streiten kann. Wann sie nach Hause kommen soll, dass sie ihr Zimmer mal wieder aufräumen müsste, solche Sachen.«
Zum ersten Mal drehte Alvin Mo sich um und sah Godvik direkt an.
»Wir haben im Flur gestanden und uns gegenseitig angeschrien. Das ist die letzte Erinnerung an meine Tochter. Das Letzte, was sie gesagt hat, war, dass sie mich hasst. Und ich habe ihr gesagt, dass sie ein verwöhntes, faules und vollkommen unbrauchbares Mädchen ist.«
Seine Hand hob sich und deutete auf Alvin Mo, während seine Stimme anschwoll und zitterte wie die Saite einer Geige. »Das ist meine letzte Erinnerung! Wegen dem da! Wegen dir da! Ich würde dich mit bloßen Händen töten, wenn ich könnte!«
Ich sah zu meinem Mandanten hinüber, wie auch alle anderen, doch er saß scheinbar ungerührt da. Ich wusste nicht, ob ich mich täuschte, glaubte aber den Anflug eines Lächelns an seinen Mundwinkeln ausmachen zu können. Ich hatte

keine weiteren Fragen. Die Nebenklägerin nahm Godviks Arm und führte ihn aus dem Gerichtssaal. Sie war sehr vorsichtig, als fürchtete sie, er könne zerbrechen, wenn sie ihn zu hart anfasste.

Ich war an diesem Nachmittag deprimiert und dachte, dass es uns mit vereinten Kräften schon gelingen würde, Alvin Mo hinter Gitter zu bringen. Ich mit meinen dummen Fragen und Mo mit seinem unglaublichen Verhalten.

Ich hatte mich vor dem Verfahren gefragt, wie der Staatsanwalt Mos Bewegungen am Tag des Verbrechens rekonstruieren wollte. Jetzt sollte ich es erfahren. Zuerst kam ein junger Kriminalbeamter mit einer Stellwand und einem Zeigestock. Er gestikulierte und erklärte, zeigte den Weg, den Alvin Mo nach eigener Aussage gegangen war, wann er an welchem Punkt gewesen sein wollte und wer in dieser Zeit sonst noch im betreffenden Gebiet unterwegs gewesen war und Mo hätte sehen müssen. Es war ziemlich langweilig, für die Geschworenen aber sehr verständlich und gut nachvollziehbar. Anschließend folgten zwei Tage mit Zeugenaussagen, wobei alle befragt wurden, die Mo in Richtung Tatort hatten gehen sehen, sowie all jene, die ihn auf seinem angeblichen Rückweg hätten sehen müssen, ihn aber nicht gesehen hatten.

Der Effekt war gewaltig und unausweichlich wie eine Naturkatastrophe: Allmählich wurde auch noch dem Letzten im Saal klar, dass Alvin Mo über seine Bewegungen an diesem Tag nicht die Wahrheit gesagt hatte.

Ich tat, was ich konnte. Konzentrierte mich auf Details. Quälte die Wanderer mit anderen Menschen, die sie hätten sehen müssen, an die sie sich aber nicht erinnerten. Einige verwirrte das, während andere trotzig und selbstbewusst

reagierten. Dabei wusste ich die ganze Zeit, dass meine Bemühungen vergeblich waren. Alle starrten nur zu Mo hinüber, studierten sein konturloses Gesicht und seinen kahlen Schädel und sagten: »Ja, kann schon sein, dass ich jemanden vergessen habe, aber an den da hätte ich mich erinnert!«
Es war wie ein Kampf gegen Windmühlenflügel. Ich schwitzte und rackerte, doch alles glitt mir aus den Händen. Ich konnte meine Schläge nicht plazieren, meine Pointen saßen nicht, und wenn ich endlich an der Reihe war, einen Zeugen zu befragen, spürte ich, wie müde und resigniert die Geschworenen mich anstarrten.
Es gab auch noch andere Zeugen: Polizisten und Kriminaltechniker, die aber nicht so wichtig waren. Nicht wirklich gefährlich. Mo hatte vor seiner Festnahme etwas im Ofen verbrannt. Sie hatten Plastikreste und Papier gefunden, doch niemand konnte sagen, um was es sich gehandelt hatte. Möglicherweise ein Schutzanzug und Plastiküberschuhe, möglicherweise aber auch etwas anderes. Das Haar auf Mos Pullover stammte definitiv von Maja. Natürlich war es vorstellbar, dass es sich an die Wollfasern geheftet hatte, als er sie getroffen und mit ihr auf einer Bank gesessen und geredet hatte. Vorstellbar. Es bewies jedenfalls nicht, dass er der Täter war.
Trotzdem verstärkte sich das Gefühl, dass sich die Schlinge um Mos Hals langsam zusammenzog. Es war wie das hereinbrechende Dunkel einer Herbstnacht – kaum spürbar, aber nicht aufzuhalten.

Als ich nachmittags in die Kanzlei zurückkam, nachdem der Staatsanwalt seinen letzten Zeugen aufgerufen hatte, wartete eine junge Frau auf mich. Ich versuchte, sie zu übersehen, aber meine Sekretärin sagte mir, sie säße bereits seit zwei Stunden dort.

»Sie behauptet, Informationen über den Fall zu haben«, flüsterte sie, »den Fall Alvin Mo.«

Ich musterte die Frau, als sie in meinem Büro auf der anderen Seite des Schreibtisches Platz nahm. Sie hatte sich als Nina Hagen vorgestellt. Ich schätzte sie auf etwas über dreißig. Sie war unauffällig gekleidet, trug eine schwarze Hose, einen schwarzen Pullover und einen grauen Sommermantel. Sie hatte eine gute Figur, volle Brüste, soweit ich das erkennen konnte, und wirkte attraktiv, wenn auch nicht wirklich schön. Ihre Nase war etwas zu groß und ihr Kinn zu weich, aber sie hatte sinnliche Lippen und große blaugraue Augen. Die hellen Haare hatte sie zu einem straffen Pferdeschwanz zusammengebunden. Sie war ungeschminkt und trug keinen Schmuck, saß aufrecht auf ihrem Stuhl, hatte die Hände im Schoß gefaltet und sah mich überrascht an.

»Warum ich nicht zur Polizei gegangen bin? Hätte ich das tun sollen?«

»Ja, das wäre der richtige Weg gewesen.«

»Das wusste ich nicht … Ich habe in der Zeitung gelesen, dass Sie ihn verteidigen. Stimmt das?«

»Ja. Aber warum sind Sie nicht eher gekommen, wenn Sie Informationen haben? Der Mord liegt schon Monate zurück.«

»Ich wusste nichts von dem Fall. Ich war im Ausland, in Dänemark. Ich bin erst gestern nach Hause gekommen und habe darüber in der Zeitung gelesen.«

»Und wann sind Sie abgereist?«

Sie nannte mir das Datum. Es war der Tag, an dem Maja ermordet worden war. Mein Interesse wuchs.

»Ich habe in Dänemark gearbeitet«, fügte sie hinzu. »Ich bin Krankenschwester. Da findet man leicht Arbeit.«

»Okay«, sagte ich. »Was haben Sie zu erzählen?«

Nachdem sie ihren Bericht beendet hatte, blieb ich eine Weile nachdenklich sitzen. Am liebsten hätte ich sie gebeten, am nächsten Tag vor Gericht zu erscheinen und ihre Aussage zu machen, doch ich wusste, dass ich den offiziellen Weg einhalten musste. Deshalb griff ich zum Telefon und rief die Staatsanwaltschaft an. Zum Glück war noch jemand im Büro, doch Christer Bonde war bereits gegangen.

»Hier spricht Anwalt Brenne«, sagte ich. »Ich bin der Strafverteidiger im Fall Maja. Richten Sie Staatsanwalt Bonde bitte aus, dass er mich sofort zurückrufen soll. Bei mir hat sich eine neue Zeugin gemeldet, die gerade in meinem Büro sitzt. Sie muss eine Aussage vor der Polizei machen. Es ist wichtig.«

Bonde rief nach weniger als fünf Minuten zurück. Ich erklärte ihm, was ich wollte, worauf er ein lautes Stöhnen von sich gab. »Mein Gott, Mikael, wir sind fast durch mit dem Verfahren. Was ist das jetzt wieder für ein Einfall?«

»Hören Sie, Christer. Diese Zeugin ist wirklich wichtig. Ich kann sie auch morgen ins Gericht mitbringen, wenn Ihnen das lieber ist. Mir ist das gleich. Ich versuche nur, die Regeln einzuhalten. Sie können sie noch heute Abend befragen. Entscheiden Sie selbst.«

»Meine Frau ist jetzt schon stinksauer auf mich«, sagte er resigniert. »Vermutlich kann das ohnehin nicht mehr schlimmer werden. Also, dann kommen Sie in … vierzig Minuten in mein Büro.«

Ich saß draußen im Garten. Es war Abend. Im Westen leuchteten orange- und lilafarbene Streifen am Himmel. Mücken summten wütend durch das Dunkel, doch ich merkte von alldem nichts. Ich war vollkommen auf mein Plädoyer konzentriert und spürte das Adrenalin durch meinen Körper jagen. Es war das wohlbekannte Gefühl der Erregung, das man braucht, um ein gutes Plädoyer zu halten. Zum ersten Mal glaubte ich fest daran, den Fall gewinnen zu können. Plötzlich wurde mir bewusst, dass ich auch zum ersten Mal mit dem Gedanken spielte, Alvin Mo könne tatsächlich unschuldig sein.

Anwälte stellen sich meist nicht die Frage nach Schuld oder Unschuld, aber dieses Mal hatte mir mein Unterbewusstsein einen Streich gespielt. Ich hatte Mo seit unserer ersten Begegnung für schuldig gehalten. Jetzt war alles auf den Kopf gestellt. Meine Gedanken rasten so schnell dahin, dass ich ins Haus ging, um mir Stift und Papier zu holen.

## Kapitel 9

Nina Hagen saß ebenso steif im Zeugenstand, wie sie bei mir im Büro gehockt hatte. Auch die Hände hatte sie wieder im Schoß gefaltet. Sie trug sogar dieselben Kleider. Es waren zwei Tage vergangen, seit sie bei mir aufgetaucht war. Gestern hatte das Gericht sich vertagt, damit die Polizei Gelegenheit bekam, ihre Aussage zu überprüfen. Christer Bonde hatte darum gebeten, und ich hatte seinen Antrag unterstützt, so dass der Richter widerstrebend eingewilligt hatte.

»Sie sind also an dem Tag nach Dänemark gereist, um eine Stelle als Krankenschwester anzutreten, an dem Maja ermordet wurde«, sagte ich. »Stimmt das?«

»Ich wusste ja nicht, dass das Mädchen ermordet worden ist«, sagte sie. »Das habe ich erst bei meiner Rückkehr vor ein paar Tagen gelesen.«

»Wann genau sind Sie abgereist?«

»Am Nachmittag des betreffenden Tages. Ich habe ein Flugzeug nach Kopenhagen genommen. Also wenn Sie die genaue Flugzeit wissen wollen, dann …«

»In Ordnung. Können Sie uns berichten, was Sie an diesem Tag unternommen haben – vor Ihrer Abreise, meine ich.«

»Ja, natürlich. Ich hatte morgens schon gepackt und noch Lust auf eine kleine Wanderung.«

»Warum das?«

»Das mache ich öfter. Ich wollte noch ein letztes Mal in den

Wald hinter meinem Haus. Abschied nehmen in gewisser Weise.«

»Und Sie waren in dieser Gegend hier?« Ich deutete auf die Karte.

»Ja.«

»Können Sie mir genau zeigen, welche Route Sie genommen haben?«

Sie stand auf, trat vor und fuhr mit dem Zeigestock über die Karte. Es war derselbe Weg, den Alvin Mo angeblich gegangen war, allerdings in entgegengesetzter Richtung.

»Können Sie uns auch etwas über den konkreten Zeitraum sagen?«

»Ja. Losgegangen bin ich etwa um zehn und zurückgekommen um zwanzig nach zwölf.«

»Wie können Sie sich da so sicher sein?«

»Weil ich um halb eins zurück sein musste, um den Flieger zu kriegen. Deshalb habe ich genau auf die Uhr geachtet. Außerdem weiß ich, wie lange ich für diese Runde brauche. Ich bin sie schon unzählige Male gegangen.«

»Okay. Haben Sie unterwegs jemanden getroffen?«

»Ja, da waren so einige Leute.«

»Jemand, den Sie hier sehen?«

Sie drehte sich um und deutete auf Alvin Mo. »Ich habe ihn da getroffen.«

»Wo sind Sie ihm begegnet.«

Sie stand wieder auf und zeigte den Punkt auf der Karte. »Etwa hier, in dieser Gegend.«

»Sind Sie sich sicher?«

»Ganz sicher. Er blieb stehen und sprach mich an.«

»Was hat er denn gesagt?«

»Irgendetwas über den schönen Tag oder so.«

»Sind Sie stehen geblieben, um mit ihm zu reden?«

»Nein, nicht wirklich. Wir haben vielleicht ein paar Worte gewechselt, dann bin ich weitergegangen.« Sie sah zu ihm hinüber. »Ich fühlte mich nicht so wohl in seiner Gesellschaft, ich fand ihn irgendwie seltsam.« Sie zuckte etwas entschuldigend mit den Schultern und fügte dann hinzu: »Aber vergessen habe ich ihn nicht.«

Danach ging der Staatsanwalt alles noch einmal mit ihr durch, ohne dass sich etwas an der Substanz ihrer Aussage änderte. Sie hatte Alvin Mo zu einem Zeitpunkt und an einem Ort getroffen, der exakt mit seiner eigenen Aussage übereinstimmte.

Zu einem Zeitpunkt, da sich der Mörder aller Voraussicht nach mit Maja beschäftigte.

Christer Bonde gab nicht auf. Er versuchte alles und legte in seinem Plädoyer großes Gewicht auf Mos frühere Verurteilungen und die abstoßenden Fotos auf seiner Festplatte. Trotzdem wirkte er etwas resigniert, als traue er seinen eigenen Worten nicht mehr.

Ich hingegen vertraute auf meine Worte. Ich war gewissermaßen bekehrt worden, hatte in zwei kurzen Tagen meinen Glauben wiedergefunden und musste mich zügeln, um nicht zu forsch vorzugehen, sondern Schritt für Schritt zu argumentieren und die Geschworenen allmählich auf meine Seite zu ziehen. Alles fiel an seinen rechten Platz, das Puzzle vervollständigte sich. Nina Hagen war das fehlende Teil gewesen. Mit ihr stimmte alles. Mos kleine Abstecher vom Weg, um zu pinkeln und um eine Abkürzung zu versuchen, wirkten mit einem Mal glaubhaft und erklärten, warum ihn sonst niemand gesehen hatte.

Für den Bruchteil einer Sekunde schoss mir durch den Kopf, dass alles zu gut zusammenpasste, zu einfach war. Der Fall hatte sich über Nacht gedreht. Eben war er noch aussichtslos gewesen, jetzt hatte ich leichtes Spiel. So etwas war eigentlich vollkommen unrealistisch, so funktionierte die Welt nicht, aber ich verdrängte diesen Gedanken, redete weiter und stürmte dem Ziel entgegen.

Als ich mich dem Schluss meines Plädoyers näherte, übermannte mich das Gefühl, das sich im Falle des Erfolgs stets einstellt. Es ist wie ein Rausch, der Geschmack des Sieges.

»Deshalb, hohes Gericht, fällt die Entscheidung in diesem Fall leicht. Sie ist leicht für mich und leicht für Sie, verehrte Geschworene, auch wenn wir schwere Tage hinter uns haben und der Fall uns allen an die Nieren gegangen ist.

Alvin Mo mag ein sonderbarer Mensch sein. Er ist vorbestraft, was dazu führt, dass wir ihn bereitwillig mit dem Mord an Maja in Verbindung bringen. Er wirkt verschroben und verdächtig. Er hat Bilder auf seinem Computer, die wir alle abscheulich finden. Er passt möglicherweise nur zu gut zu unserer Vorstellung von einem Mörder und Vergewaltiger. Es wäre so leicht, ihn zu verurteilen. Aber ebenso falsch.

Ich habe Ihnen gezeigt, dass es nichts gibt, das Alvin Mo direkt mit dem Mord in Verbindung bringt. Nichts. Nicht einen schlagenden Beweis. Es tut nichts zur Sache, wenn uns der Staatsanwalt seine früheren Verurteilungen vorliest und betont, dass die Gefahr einer Wiederholungstat besteht. Denn Tatsache ist: Es gibt keinen konkreten Beweis, dass Alvin Mo Maja Godvik getötet hat. Keinen.«

Ich trank einen Schluck Wasser und ließ mir reichlich Zeit, ehe ich fortfuhr.

»Trotzdem glaube ich, dass mein Mandant verurteilt worden wäre, hätte sich Frau Hagen nicht gemeldet. Er wäre verurteilt worden, weil Sie davon ausgegangen wären, dass seine Aussage falsch ist und diese Lüge nur einem Zweck dienen kann, nämlich die Untat zu verschleiern. Doch jetzt wissen wir, dass Alvin Mo nicht gelogen hat. Er war zur angegebenen Zeit auf dem Rückweg zum Parkplatz, und er hat den Weg genommen, den er uns selbst genannt hat. Zu einem Zeitpunkt, an dem der Mord vermutlich gerade begangen wurde. Frau Hagens Zeugenaussage bestätigt zweifelsfrei, dass mein Mandant die Wahrheit gesagt hat.
Und wenn dem so ist, verehrte Geschworene, stehen wir mit leeren Händen da. Uns bleibt Alvin Mos Erscheinungsbild, sein Verhalten und seine Vergangenheit. Darüber mögen wir denken, wie wir wollen. Sicher ist jedoch – und das steht wirklich außer Frage –, dass dies nicht reicht, um einen Mann des Mordes zu verurteilen.«

Anschließend fühlte ich mich wie üblich vollkommen leer. Ich registrierte Mos Händedruck, als ginge er mich nichts an. Ich hatte plötzlich pochende Kopfschmerzen. Während wir auf das Urteil der Geschworenen warteten, ging ich, das Handy in der Tasche, nach draußen und vertrat mir die Beine. Ich hatte das Gefühl, viele Stunden gelaufen zu sein, doch als der Gerichtsdiener schließlich anrief, waren nur eine Stunde und zwanzig Minuten vergangen. Eine ungewöhnlich schnelle Entscheidung.
Die Stimmung im Saal war immer noch aufgeheizt. Die Zuhörerplätze waren voll besetzt, obgleich es schon später Nachmittag war. Die Richter traten ein, gefolgt von den Geschworenen. Wir erhoben uns, und plötzlich war es voll-

kommen still im Saal. Als der Vorsitzende der Geschworenen die Frage nach der Schuld Alvin Mos mit »Nicht schuldig« beantwortete, klang seine Stimme heiser wie eine Krähe. Es dauerte ein paar Sekunden, ehe die Stille durch vereinzelte Ausrufe und lautes Raunen gebrochen wurde. Der vorsitzende Richter rief den Saal zur Ruhe, beriet sich für einen Augenblick mit den anderen Richtern und erklärte dann, dass das Gericht den Urteilsspruch annehme und Alvin Mo ein freier Mann sei.

Ich spürte nichts als Erleichterung. Erleichterung über das Urteil, aber auch darüber, dass dieses Verfahren jetzt beendet war.

Nachdem die Richter den Saal verlassen hatten, entstand das reinste Chaos. Mo stand inmitten des Saales, umringt von Presseleuten, Fotografen und Publikum. Blitzlichter leuchteten auf, und Fernsehkameras summten. Reporter riefen wild durcheinander. Mo sah sich etwas panisch um, ehe sich sein Blick auf mich heftete. Ich registrierte, wie sich sein Mund bewegte, hörte aber nicht, was er sagte. Drei Polizisten sahen dem Treiben regungslos zu. Ich wandte mich an sie und bat darum, meinen Mandanten aus dem Chaos zu befreien. Sie bahnten sich einen Weg durch die Menge und forderten die Menschen auf, zurückzutreten und den Gerichtssaal zu verlassen. Schließlich bekam ich Mo zu fassen, so dass wir plötzlich allein vor den Zuschauerbänken standen. Er starrte über meine Schulter hinweg, und als ich mich umdrehte, sah ich Majas Vater regungslos und allein auf seinem Platz sitzen. Er sah blass aus, wie unter Schock. Plötzlich trat Mo einen Schritt vor und beugte sich mit einem Lächeln um die Mundwinkel zu ihm nach unten. Dann sagte er, gerade so laut, dass ich es hören konnte: »Weißt du, was Maja für ein

Geräusch gemacht hat, als ich das Messer in sie gestoßen habe? Sie hörte sich an wie ein kleines Katzenbaby.«
Hans Godviks Augen hoben sich groß und schwarz von dem weißen Gesicht ab. Er starrte Alvin Mo einen Moment lang verständnislos an, ehe ihm die Bedeutung der Worte klarwurde. Dann schien sein Gesicht sich aufzulösen. Es schmolz und verlor alle menschlichen Konturen, ehe er sich nach vorn beugte und sein Antlitz in den Händen verbarg.
Mo lächelte mich beinahe selbstzufrieden an, drehte sich um und ging. Ich blieb wie gelähmt stehen und konnte nicht glauben, was ich da gehört hatte.
Dann entflammte das Blitzlichtgewitter vor meinen Augen. Auf den Bildern, die am folgenden Tag in der Zeitung erschienen, sah ich aus, als hätte ich ein Gespenst gesehen.

# Kapitel 10

Wenn die Luft in der Hitze des weichen Abendlichts zittert, scheint Venedig sich aufzulösen, dann sieht es aus, als würde die Stadt langsam in den Schatten der Vergangenheit entschwinden. Die Türme, Kuppeln und steil aufragenden Dächer der Paläste verlieren ihre Substanz und gleichen Luftspiegelungen, die im Meer zu versinken drohen.
Wir waren auf dem Boot, hatten gerade von Meste abgelegt, standen Hand in Hand an Deck und betrachteten das ölig glitzernde Brackwasser der Adria. Wir nahmen die Wärme und den Geruch des fremden Meeres wahr, während die Stadt vor uns langsam Wirklichkeit wurde.
Nachdem wir im Hotel eingecheckt hatten, gingen wir nach draußen. An den Hauptstraßen lagen die Boutiquen, kleinen Läden und Restaurants dicht an dicht. Hier brodelte das Leben, so dass man sich am besten willenlos mit dem Strom treiben ließ. Wir hatten kein konkretes Ziel, sondern schlenderten einfach umher und ließen Gerüche, Geräusche und Farben auf uns wirken.
Kleine Gassen lagen im Schatten der hohen Hauswände. Hier gelangten nur wenige Lichtstrahlen bis zum Boden oder wurden auf dem Wasser der schmalen Kanäle reflektiert. Wir erblickten den Steven einer Gondel und den steilen Bogen einer alten Steinbrücke, die sich über einen engen Kanal wölbte. Wir hatten Zeit genug und begnügten uns mit diesen ersten, flüchtigen Eindrücken.

Zurück im Hotel, öffnete ich die Fensterläden und blickte über den Canal Grande, auf das Licht der Laternen, das sich im Wasser spiegelte, die wenigen, langsam vorbeituckernden Boote und die dunklen Silhouetten der Paläste, Kirchen und Warenhäuser auf der gegenüberliegenden Seite. Venedig war des Nachts seltsam still und dunkel.
Ich stand mit nacktem Oberkörper am Fenster und spürte die feuchte Wärme der Luft auf meiner Haut. Hinter mir hörte ich Kari aus dem Bad kommen. Sie drückte ihre nackte Haut an meinen Rücken und schlang von hinten ihre Arme um mich. Wir blieben eine ganze Weile so stehen, dann drehte ich mich um und küsste sie.
Nachdem wir uns geliebt hatten, lagen wir nebeneinander im Dunkeln und lauschten den Lauten des Kanals, dem Glucksen des Wassers, den Kielwasserwellen, die gegen die steinernen Ufer schlugen, und dem entfernten Gesang einer männlichen Stimme.

Wir waren Touristen. Wir gingen einkaufen, aßen gut und tranken schon mittags Wein, ehe wir im Hotelzimmer eine Siesta machten. Wir fuhren mit den Vaporetti über die großen Kanäle, und Kari stellte sich mit ausgebreiteten Armen, umringt von Tauben, auf den Markusplatz, während ich sie fotografierte. Wir besuchten Kirchen und Museen. Venedig war ein traumartiges Stück Wirklichkeit, aufgetaucht aus den finsteren Tiefen der Geschichte, als wäre die Renaissance noch immer am Leben.
Am schönsten war es, nachmittags durch die dunklen, engen Gässchen zu laufen. Dann war die Stadt leer, die uralten Gemäuer mit ihren Löwenköpfen über den Türen und den geschlossenen Fensterläden hüteten ihre über Jahrhunderte

angehäuften Geheimnisse und riefen in mir ein Gefühl wach, das fast an Ehrfurcht grenzte. Wir fanden ein geöffnetes Café, zwei Tische, die direkt auf der Straße standen, und eine alte Frau hinter einem staubigen Tresen.

»Sag mir, was dich quält, Mikael«, sagte Kari.

»Wie meinst du das?«

Sie hob ihr Rotweinglas und studierte die Farbe und das Licht, das von den dunklen Mauern zurückgeworfen wurde. »Ich kenne dich, Mikael. Wir erleben hier wundervolle Tage, aber ich spüre, dass dich etwas beschäftigt. Die ganze Zeit.«

Sie hatte recht. Natürlich.

Der Gedanke an Alvin Mo, den Fall, an das, was er Majas Vater gesagt hatte, lastete schwer auf mir. Ich wachte nachts auf und hörte Alvins Stimme wie ein Flüstern im Dunkel. »Wie ein kleines Katzenbaby.«

Ich seufzte und erzählte Kari alles. Nachdem ich erst angefangen hatte, kamen die Worte wie ein Wasserfall, als wäre in mir ein Damm gebrochen.

Sie hörte mir schweigend zu. Als ich fertig war, blieb sie eine Weile still sitzen und nippte an ihrem Wein. Dann schüttelte sie den Kopf.

»Ich weiß nicht, was ich sagen soll, Mikael.« Sie legte ihre Hand auf meine. »Kein Wunder, dass du ab und zu so still warst. Das ist … das ist ja eine furchtbare Geschichte. Ich weiß wirklich nicht, was ich davon halten soll.«

Das wusste ich auch nicht. Anschließend schlenderten wir in der Nachmittagshitze Hand in Hand nach Hause. Wir redeten nicht viel. Alvin und die Bosheit, die er verkörperte, standen wie ein Schatten zwischen uns. Trotzdem war ich froh, ihr alles gesagt zu haben.

Abends aßen wir an der Rialtobrücke. Wir hatten während

des Essens über andere Dinge gesprochen, doch jetzt wandte sie sich mir plötzlich zu und fragte: »Glaubst du, das stimmt? Ich meine, dass Alvin sie wirklich getötet hat?«
»Warum hätte er das sonst sagen sollen?«
Sie runzelte die Stirn. »Weil er verrückt ist. Weil er das lustig findet. Weil er böse ist. Was weiß ich? Du hast doch selbst gesagt, dass er nicht normal ist. Das muss aber nicht unbedingt heißen, dass er ein Mörder ist.«
Ich schüttelte langsam den Kopf. »Du hast vermutlich recht. Alvin ist nicht normal, und natürlich kann es so sein, wie du sagst, aber ich glaube das irgendwie nicht.« Ich suchte nach den richtigen Worten. »Da war etwas … da war etwas in seinen Augen. Die Art, wie er das gesagt hat, sein Lächeln … hab ich dir erzählt, dass er auch mich anschließend angelächelt hat? Das alles bereitete ihm einen Heidenspaß. Vielleicht hört sich das idiotisch an, aber es hatte fast den Anschein, als legte er für einen Augenblick seine Maske ab, als gäbe er sich mir zum ersten Mal richtig zu erkennen. Und das, was ich sah, war die reinste Bosheit.« Ich nickte bedächtig. »Ja, ich glaube, er hat Maja getötet.«
Sie blickte mich besorgt an. »Und du, Mikael? Was willst du jetzt machen? Und wie fühlst du dich?«
»Ich glaube, ich fühle so etwas wie … Schuld. Das ist sicher nicht rational, aber schließlich ist er durch mich freigekommen. Ich fühle mich schuldig. Ich habe das Gesicht von Majas Vater gesehen. Habe gesehen, wie er vor meinen Augen zusammengebrochen ist. Schuld und Wut. Ich weiß einfach nicht, wie ich damit umgehen soll.«
»Geh zur Polizei!«
»Nein, das bringt nichts. Alvin ist freigesprochen worden. Es gehört mehr dazu, viel mehr als eine solche Äußerung, da-

mit ein Verfahren wieder aufgenommen wird. Und außerdem …«

»Ja?«

»Ich weiß ja nicht mit Sicherheit, ob Alvin schuldig ist. Ich habe keine Beweise. Das alles basiert bloß auf diesem Satz und meinem Gefühl. Meiner Überzeugung. Wenn ich zur Polizei gehe und die Medien womöglich davon Wind bekommen, dass ich gegen meinen eigenen Mandanten vorgehe … weiß Gott, was dann mit meiner Karriere passiert.«

»Willst du dich denn für immer von diesem Gefühl quälen lassen?«

Ich saß eine Weile still da. »Nein, natürlich nicht. Das belastet mich sonst bis ans Ende meiner Tage. Ich glaube, ich muss etwas tun. Ich weiß nur noch nicht, was.«

Plötzlich lächelte sie. »Ich weiß, dass du es nicht auf sich beruhen lassen wirst. Ich kenne dich, Mikael Brenne, und ich weiß, dass du etwas unternehmen wirst. Ich liebe dich, Mikael, weißt du das? Und ich weiß, dass dir etwas einfallen wird. Aber nicht heute Abend. Wie wär's, bestellen wir noch eine Flasche Rotwein?«

Wir waren eigentlich keinen Zentimeter weitergekommen. Ich wusste noch immer nicht, was ich tun sollte, fühlte mich aber trotzdem viel besser. Wir bestellten noch eine Flasche und leerten sie inmitten der glitzernden Lichter und der lärmenden Touristen.

Zwei Tage später waren wir in Mira, einer alten Stadt auf dem Festland, einige Kilometer westlich von Venedig. Wir spazierten am Fluss entlang, einem dunklen Strom, der sich langsam in Richtung Meer schob. Er war von Blütenstaub und den Blättern der uralten Weiden bedeckt, deren Kronen sich über das Wasser reckten. Das gegenüberliegende Ufer war von alten, herrschaftlichen Villen gesäumt, die noch aus der Römerzeit zu stammen schienen. Der pastellfarbene, fleckige Putz blätterte von den Wänden der riesigen, heruntergekommenen Häuser und verlieh ihnen eine leicht morbide Patina, durch die sie nur noch würdevoller aussahen.

Sie waren wie die Gesichter alter Frauen, in die das Leben tiefe Furchen gezogen hatte, ohne jedoch ihre Schönheit verwischen zu können.

Sie lächelte mich an. »Ich glaube, das hier ist der schönste Ort, an dem ich jemals gewesen bin.«

In einem kleinen Café am Ufer aßen wir ein Eis, satt von all den Eindrücken und der Sonne. Zwei Tische von uns entfernt saß ein älterer, übergewichtiger Mann, der einen dunklen Anzug trug. In seiner Begleitung war eine junge, hübsche Frau, die sich zu langweilen schien. Der Mann schwitzte und trug eine dunkle Sonnenbrille, und als die Frau sich erhob, um etwas an der Theke zu kaufen, strich er ihr abwesend, aber doch voller Besitzanspruch über den Po. An seinen Fingern blitzten Goldringe auf. Kari lachte. »Wenn das kein Mafiaboss ist! Ich könnte darauf wetten!«

»Ja, der macht mit seiner Geliebten einen Ausflug. Vermutlich, um sich ein Alibi für irgendein Verbrechen zu verschaffen.«

Kari sah mich an und richtete sich im Stuhl auf. »Alibi«, sagte sie. »Hör mal, Mikael. Das ist doch … denk mal an Alvin.«

»Was?« Ich verstand nichts.

»Alvin, er hatte ein Alibi, nicht wahr? Diese Frau, wie hieß die noch mal?«

»Nina Hagen.«

»Ja, genau. Nina Hagen.« Sie sah mich ungeduldig an, als wäre ich ein Kind, das nichts verstand. »Nina Hagen war Alvins Alibi.«

»Ja?«

»Mikael, jetzt sei doch nicht so schwerfällig! Wenn Nina Hagen die Wahrheit sagt, ist Alvin ohne Zweifel unschuldig, nicht wahr? Aber wenn Alvin, wie du glaubst, den Mord begangen hat, bedeutet das doch, dass Nina Hagen gelogen hat?«

Ich sah sie mit offenem Mund an, protestierte aber augenblicklich und nahm die Rolle des Juristen ein. »Vielleicht. Oder ihre Erinnerung spielt ihr einen Streich … oder irgendwas anderes.«

Kari wehrte ab. »Sie war sich verdammt sicher, oder? Sie hatten miteinander gesprochen … der genaue Zeitpunkt … das passte doch alles perfekt zusammen. Vielleicht … vielleicht hat sie gelogen. Mikael. Vielleicht solltest du da ansetzen und etwas mehr über diese Nina Hagen herausfinden.«

Ich nickte langsam, das war ein Ansatzpunkt. Und es stimmte, ihre Zeugenaussage war seltsam sicher und perfekt gewesen. Vielleicht war das alles wirklich viel zu gut gelaufen, um wahr zu sein. Ich lächelte Kari an.

»Du bist genial, Schatz. Das ist wirklich ein Punkt, an dem ich ansetzen kann.«

»Ja, Mikael«, sagte sie und lächelte warm, »wenn wir wieder zu Hause sind. Aber jetzt sind wir in den Ferien.«

## Kapitel 11

Vor mir auf dem Schreibtisch lag die Gerichtsakte über das Verfahren gegen Alvin Mo. Ich hatte im Gericht angerufen und darum gebeten, kaum dass ich wieder zu Hause war, und tags darauf hatte sie bereits in meinem Brieffach gelegen. Die Gerichtsakte ist das Skelett des Falls. Es handelt sich dabei um die Aufzeichnungen der Richter, nicht über den Fall und seine Vorgeschichte, sondern über die Vorgänge vor Gericht, wer aufgerufen wird, wer als Zeuge aussagt und wann das Verfahren beginnt und endet. Ich blätterte auf der Suche nach einer bestimmten Auskunft durch die Papiere und fand sie auf einer der letzten Seiten.

»Zeugenaussage vor Gericht«, stand dort. »Nina Hagen, geb. 03.08.1969. Krankenschwester.« Dann folgte die Adresse, begleitet von der Standardphrase: »Gab eidesstattliche Versicherung ab.«

Das Letzte bedeutete, dass sie versichert hatte, nichts als die Wahrheit zu sagen und nichts auszulassen oder hinzuzufügen. Ich fragte mich, ob sie das wirklich getan hatte.

Erst vor wenigen Wochen hatte sie hier bei mir in meinem Büro gesessen.

Zuerst hatte sie ihre Geschichte erzählt, danach hatten wir eine gute halbe Stunde auf die polizeiliche Befragung gewartet. Ich versuchte, mich daran zu erinnern, was in dieser Zeit passiert war, aber ihre Aussage hatte mich damals so sehr erregt, dass meine Gedanken im Eiltempo um den Fall und die Möglichkeiten gekreist waren, die sich mir dank ihrer Aussage plötzlich boten. Wir hatten nicht viel miteinander geredet. Sie hatte Kaffee bekommen. Ich glaubte mich daran zu erinnern, dass ich sie gefragt hatte, woher sie kam und wie lange sie hier gewohnt hatte, hatte aber ihre Antworten vergessen.

Das Einzige, an das ich mich erinnerte, war, dass sie aus einem kleineren Städtchen im Osten stammte. Meines Erachtens sprach sie einen ganz normalen, ostnorwegischen Dialekt ohne besondere Auffälligkeiten. Sie hätte überall aufgewachsen sein können.

Ich erinnerte mich an ihr Äußeres. Sie war weder jung noch alt. Eine erwachsene Frau. Recht anziehend, groß, aber nicht übergewichtig. Sie war einfach kräftig, doch die Proportionen stimmten. Blonde Haare. Ein ungeschminktes Gesicht, nicht hübsch, aber mit sinnlichem Mund und vollen Lippen. Ihre Mimik hatte etwas starr und ihr Gesicht irgendwie verschlossen gewirkt. Es zeigte nicht, was in ihr vorging. Sie hatte nicht ein einziges Mal gelächelt.

Aber sie war überzeugend gewesen, daran erinnerte ich mich. Bei mir im Büro wie auch vor Gericht. Sachlich, konkret und überzeugend.

Auch an ihre Hände erinnerte ich mich. Sie waren das Einzige, was nicht zu dem Eindruck der Ruhe und Kontrolle passte. Ihre Hände waren in konstanter Bewegung gewesen, hatten sich geknetet, über die Armlehne des Sessels gestrichen, am Hosenbein herumgezupft. Und ihre Nägel waren kurz gewesen, bis ans Nagelbett abgekaut.

Ich seufzte und schrieb ihre Adresse auf einen kleinen gelben Zettel. Ich wusste nichts über sie und hatte keine Ahnung, wo ich anfangen sollte, so dass ich mich schließlich einfach ins Auto setzte und in die Trabantenstadt fuhr, in der sie wohnte.

Als wir vier Tage zuvor aus Italien zurückgekommen waren, hatte der Herbst begonnen, als hätte er auf uns gewartet. Wir waren noch bei warmer Abendsonne aus dem Flugzeug gestiegen, doch als wir am nächsten Morgen aufwachten, tobte der erste Herbststurm, riss die Blätter von den Zweigen und ließ die Bäume in meinem Garten gefährlich schwanken. Seither hatte es unablässig gestürmt und geregnet.
Es war nicht leicht, im Dunkeln die Schilder zu erkennen, und ich kurvte ein wenig herum, bis ich die richtige Straße fand. Ich fuhr langsam, draußen war kein Mensch zu sehen. Zu beiden Seiten der Straße standen beinahe identische Reihenhäuser aus den Siebzigern, kleine Kästen mit flachen Dächern und senkrechten, braungebeizten Holzverschalungen. Auf der rechten Straßenseite glitzerte das Licht der Außenlampen auf den Zierbüschen der Vorgärten, während auf der linken Straßenseite der bläuliche Widerschein der Fernsehgeräte hinter den Wohnzimmerfenstern zu erkennen war. Nur nicht bei Nina Hagen. Sie wohnte im letzten Haus der Siedlung.
Ich hielt den Wagen am Bürgersteig an. Das Haus lag dunkel und verlassen da. Kein Außenlicht, keine brennenden Lampen, nichts. Die Gardinen waren zugezogen. Irgendwie hatte ich den Eindruck, dass niemand mehr dort wohnte. Ich schaltete den Motor aus, ging über die Straße zu ihrer Einfahrt und öffnete den Deckel des Briefkastens. Unter dem Deckel klebte ein Zettel, auf dem ganz verblichen der Name »Hagen« zu lesen war. Keine Post, keine Zeitungen, keine Reklame. Ich trat dicht an die Eingangstür. Es war bei der

Dunkelheit nicht leicht zu erkennen, aber an der Tür schien kein Name zu stehen.
Ich ging zurück zum Auto, blieb eine Weile im Dunkeln sitzen und dachte nach. Sie war nicht zu Hause, aber das spielte keine Rolle. Es hätte auch keinen Sinn gemacht, mit ihr zu reden, wäre sie da gewesen. Was hätte ich sagen sollen? Ich erinnerte mich an ihre ruhigen graublauen Augen und ihren sachlichen Ton und wusste, dass sie mich abblitzen lassen würde, selbst wenn ich ihr ins Gesicht sagte, dass sie vor Gericht gelogen hatte. Ich ließ den Motor an und machte mich auf den Rückweg. Ich brauchte etwas Handfestes, etwas Konkretes, wusste aber nicht, was das sein sollte. Ich war kein Ermittler, hatte weder Kompetenz noch Ressourcen.

»Es ist sinnlos«, sagte ich. »Ich habe keine Ahnung, was ich tun oder wie ich vorgehen soll. Das Ganze hat einfach keinen Zweck.«
Kari hörte mir aufmerksam zu. »Hm«, sagte sie. »Ich verstehe.«
»Ich sollte das Ganze einfach vergessen.«
»Ja, das solltest du wohl, das Problem ist nur, dass …«
»Was?«
Sie zögerte etwas, wollte nicht mit der Sprache heraus. »Also wenn Mo der Mörder ist, wenn er Maja getötet hat … ich meine, das war doch eine Triebtat, ein Sexualverbrechen, oder?«
»Ja, das war ein Sexualverbrechen.«
»So ein Mann … also ich weiß darüber ja eigentlich nichts … aber so ein Mann, der wird doch wieder töten, oder? Wenn er die Gelegenheit dazu kriegt. Das ist doch ein Trieb, ein

Bedürfnis.« Sie zuckte zusammen, ein Schauer schien ihr über den Rücken zu laufen.
Ich ließ ihre Worte auf mich wirken. »Ja, das stimmt. Das wird er.«
Sie war gnadenlos. »Aber dann kannst du doch nicht einfach untätig bleiben, Mikael!«
Ich wusste, dass sie recht hatte, und reagierte gereizt. »Und was soll ich deiner Meinung nach tun?«
»Hol dir Hilfe. Rede mit jemandem bei der Polizei. Du musst doch jemanden kennen. Sprich mit ihm unter vier Augen. Dieser eine, dieser Typ, wie nennst du den noch? Sonnenkönig? Rede doch mit dem!«
»Hast du sie noch alle? Der Sonnenkönig hasst mich.«
Sie zuckte mit den Schultern. »Das glaube ich nicht. Ich glaube, er mag dich. Ihr steht einfach nur auf unterschiedlichen Seiten, und du provozierst ihn. Aber das tust du bei mir auch manchmal, das hat nichts zu bedeuten.«
Das Telefon klingelte, und Kari stand auf und nahm das Gespräch entgegen. Sie sagte ein paar Mal »Hallo?« in den Hörer und legte dann mit verärgerter Miene wieder auf.
»Was war das denn?«
»Nichts. Es hat bloß gerauscht. Das ist schon das zweite Mal heute. Das nervt.«

Der Sonnenkönig sah mich ungläubig an. »Sie bitten mich also allen Ernstes, Ihretwegen gegen die Gesetze zu verstoßen? Sind Sie jetzt vollkommen übergeschnappt, Brenne?« Er schüttelte seine roten Locken, die wie ein Kranz um seinen Kopf standen, während sich sein flaches Gesicht mit der Himmelfahrtsnase und den Sommersprossen zu einer Grimasse verzog, die an ein Lächeln erinnerte. »Sie wissen doch wohl, dass es gegen das Gesetz verstößt, eine unbegründete Personenüberprüfung durchzuführen und diese Ergebnisse dann auch noch einem Außenstehenden anzuvertrauen? Das kann nicht Ihr Ernst sein!«

Wir hatten das dritte große Bier vor uns. Ich hatte ihn angerufen und um dieses Treffen gebeten. Nach kurzem Zögern war er einverstanden gewesen. Doch erst als ich nach einigem Small Talk bemerkt hatte, dass er langsam unruhig wurde, hatte ich ihm meine Frage gestellt.

Ich hob beschwichtigend die Hände. »Beruhigen Sie sich. Lassen Sie mich erklären, warum ich Sie das gefragt habe. Sie können dann selbst entscheiden, was Sie tun werden. Ich spendiere noch ein Bier. Für ein Freibier können Sie mir doch noch einen Moment zuhören.«

»Na gut«, entgegnete er widerwillig. »Aber glauben Sie bloß nicht, dass ich Ihnen einen Gefallen tun werde.«

Wir kannten uns schon seit vielen Jahren, hatten aber nur beruflich miteinander zu tun gehabt. Er war Drogenermittler, und ich stand auf der anderen Seite und verteidigte Abhängige und Kleindealer. Im vergangenen Jahr auch einen Serben, der wegen Mordes angeklagt und tief in den Drogenhandel der Stadt verwickelt gewesen war. Der Freispruch, den ich erwirkt hatte, gefiel ihm deshalb gar nicht. Doch obwohl mir der Sonnenkönig diesen Fall noch nicht verziehen hatte, stimmte Karis Annahme. Unsere Beziehung war im Grunde von gegenseitigem Respekt und wohl auch einer gehörigen Portion Sympathie geprägt, obwohl wir uns das nie zeigten.

Ich erzählte ihm die ganze Geschichte vom Anfang bis zum Ende. Der Sonnenkönig hörte aufmerksam zu, ohne mich zu unterbrechen. Hin und wieder nahm er einen großen

Schluck von seinem Bier. Als ich zum Ende gekommen war, blieb er für einen Moment schweigend sitzen, ehe er unvermittelt aufstand. Ich dachte zuerst, er hätte genug gehört, doch dann ging er zum Tresen und kam gleich darauf mit zwei weiteren Bieren zurück. Er ließ sich schwer auf den Stuhl fallen.

»Was meinen Sie?«, fragte ich.

»Eine ziemliche Scheiße ist das.«

Dazu war nicht viel zu sagen, so dass wir eine Weile schweigend dasaßen, bis er sich über den Tisch beugte und sagte: »Aber Sie haben recht. Der Mann ist freigesprochen worden, und das, was Sie mit angehört haben, reicht nicht aus, um ein neues Verfahren gegen ihn zu eröffnen. Ich verstehe, dass Ihnen das Sorgen macht. Ich habe ja immer gesagt, dass Sie einen Scheißjob haben, Brenne. Strafverteidiger!« Es sah fast so aus, als würde er das Wort ausspucken. »Ihr Leben und Ihr Talent darauf zu verwenden, diesen Abschaum aus dem Gefängnis zu holen!«

Ich öffnete automatisch den Mund, um zu protestieren, aber er fuhr ungerührt fort: »So gesehen würde ich ja am liebsten sagen, dass Sie das verdient haben. Dass es Ihnen recht geschieht, mal die gesamte dreckige Realität Ihrer Arbeit am eigenen Leib zu erfahren. Aber …«

Ich wartete.

»Sie haben recht. Derjenige, der Maja getötet hat, wird wieder töten. Und … diese Zeugin, Nina Hagen, ist vielleicht der richtige Weg. Ich werde sehen, was ich tun kann. Geben Sie mir ein paar Tage Zeit. Aber Sie sollten sich darüber im Klaren sein, dass die Kollegen vom Dezernat für Gewaltverbrechen diese Zeugin seinerzeit bereits überprüft haben.«

»Das weiß ich. Aber vielleicht gibt es ja trotzdem irgendeine

Kleinigkeit, an der man ansetzen kann. Etwas, das bei der Verhandlung nicht berücksichtigt wurde ... eine neue Spur ... irgendwas ...« Meine Stimme erstarb, ich wusste selbst nicht, auf was ich eigentlich hoffte.
Der Sonnenkönig saß für einen Moment still da, ehe er sagte: »Ich sollte das nicht tun. Ich weiß, dass ich mich damit in die Scheiße reite. Aber wissen Sie, was mein einziger Trost ist?«
»Nein.«
»Dass auch Sie sich inakzeptabel verhalten, Brenne!«
»Wie meinen Sie das?«
»Sie sind Anwalt. Verteidiger. Sie sollten wie eine Mauer hinter Ihrem Mandanten stehen und alles dafür tun, um ihn zu entlasten. Aber was Sie jetzt tun, ist das genaue Gegenteil. Sie wollen Beweise finden, die sein Alibi pulverisieren. Sie führen Ihren Job ad absurdum.«
Er stand auf. »Danke für das Bier. Ich rufe Sie an.«
»Wann?«
»Wenn ich etwas zu sagen habe.«
Ich blieb noch für einen Moment sitzen und dachte über seine Worte nach. Aus diesem Blickwinkel hatte ich das Ganze noch gar nicht betrachtet, aber ich wusste, dass er recht hatte. Dann verdrängte ich diesen Gedanken und dachte an Alvins Lächeln im Gerichtssaal, Hans Godviks Gesichtsausdruck und die Bilder von Majas misshandeltem, zerstörtem Körper. Plötzlich wusste ich wieder, dass ich mit diesem Fall noch nicht fertig war.

Als ich an diesem Abend endlich im Bett war, klingelte das Telefon auf meinem Nachttisch. Kari schlief bereits neben mir. Ich nahm den Hörer ab und meldete mich leise: »Brenne«. Die grünen Zahlen auf dem Radiowecker zeigten mir, dass es Viertel nach zwölf war. Am anderen Ende meldete sich niemand. Nur ein Rauschen war zu hören. Stille. Ich nannte meinen Namen noch einmal, dieses Mal etwas lauter, doch es blieb still. Ich glaubte, jemanden atmen zu hören, war mir aber nicht sicher. Dann legte ich auf.

## Kapitel 12

Es war schwierig, nach den Ferien wieder in Gang zu kommen. Ich ging zwar jeden Morgen in die Kanzlei, arbeitete aber langsam und unmotiviert und meldete mich früh wieder ab. Der Alvin-Mo-Fall hatte Früchte getragen, zahlreiche Personen hatten sich gemeldet, die von mir verteidigt werden wollten, so dass ich zum ersten Mal Fälle ablehnen konnte, die ich nicht haben wollte. Einige davon wurden auf die anderen Anwälte unserer Kanzlei verteilt. Peter und Finn waren zufrieden. Mir war das Ganze seltsam gleichgültig. Ich bat Synne, sich um einen Großteil der Vorbereitungen und Mandantenkontakte zu kümmern. Sie war voller Energie und Enthusiasmus, und ich musste mich zusammenreißen, um ihre Begeisterung nicht zu zerstören, wenn wir miteinander sprachen.

Kari saß auf der anderen Seite des Restauranttisches, das Kinn auf die Hand gestützt, und hörte mir zu.

»Es macht mir einfach keinen Spaß mehr. Da habe ich jahrelang gekämpft, um dahin zu gelangen, wo ich jetzt bin, und nun, da ich es endlich geschafft habe, scheint das alles plötzlich keine Bedeutung und keinen Wert mehr zu haben. Ich weiß nicht, was mit mir los ist.«

Sie richtete sich auf und zuckte mit den Schultern. »Vielleicht ist das so. Vielleicht ist es der Weg, der tägliche Kampf, der von Bedeutung ist, und nicht das Ziel selbst.«

»Was ist das denn für ein Trost?«
Sie lachte. »Ich soll dich trösten, Mikael? Dann sag das doch!«
Ich verstand die Pointe nicht, aber sie redete einfach weiter: »Vielleicht bist du ja in der Midlife-Crisis. Was ist der Sinn des Lebens? Gibt es nur Geld und Karriere, oder ist da noch mehr? In der Regel läuft es doch darauf hinaus, dass sich ein Mann ein großes Motorrad kauft und sich eine jüngere Freundin sucht.«
»Ich habe schon eine junge Freundin. Eine noch jüngere würde mich umbringen.«
Wir lächelten uns an und waren uns plötzlich wieder richtig nah. Mit einem Mal hatte ich eine spontane Lust auf sie. Sie las es in meinen Augen und bekam rote Wangen.
»Bezahlst du? Sollen wir gehen?« Ihre Stimme hatte den gewissen, etwas heiseren Unterton, den ich kannte, und als wir nach Hause gingen, legte ich meinen Arm um sie und spürte ihre Hüfte an meiner, die Schwere ihres Körpers.

Nachdem wir miteinander geschlafen hatten, saß sie im Schneidersitz auf dem Bett und sah müde und zufrieden aus.
»Das ist nur der Maja-Fall, der dich quält«, sagte sie. »Deshalb bist du so matt und unzufrieden. Hast du was herausgefunden?«
»Ich warte auf Rückmeldung vom Sonnenkönig. Ich glaube eigentlich nicht, dass …«
Das Telefon klingelte. Die schrillen Töne unterbrachen rücksichtslos die intime Nähe zwischen uns. Ich sah zu Kari und blickte dann auf die Uhr. Es war halb eins.
»Ich bin das langsam leid!«, sagte sie.

Dieses Mal war ich mir sicher, dass ich jemanden atmen hörte. Es war ein leises Keuchen, als wäre jemand weit gelaufen. Ich legte auf. Als es nach ein paar Minuten wieder klingelte, nahm ich den Hörer und sagte laut und deutlich: »Hier spricht Anwalt Mikael Brenne. Ich habe genug von diesen Anrufen. Wenn das noch einmal geschieht, erstatte ich Anzeige. Dann wird ein Apparat montiert, mit dem man die eingehenden Anrufe zurückverfolgen kann.« Dann knallte ich den Hörer auf die Gabel.

Kari sah mich mit zusammengezogenen Augenbrauen an. »Wer kann das sein?«

»Wer weiß, irgendein Verrückter. Oder ein unzufriedener Mandant. Hoffen wir, dass das geholfen hat. Komm her zu mir.«

Ich streckte meine Hand zu ihr aus und zog sie in meine Arme.

Am Samstagvormittag schien wieder warm die Sonne. Ich schlurfte hinunter zum Briefkasten und holte in Morgenmantel und Pantoffeln Post und Zeitungen. Es waren größtenteils Rechnungen, aber mir fiel auch ein weißer Umschlag auf, auf dem weder ein Name noch eine Adresse stand. Den musste jemand eigenhändig in meinen Briefkasten gesteckt haben. Ich wurde neugierig und öffnete das große Kuvert. Es enthielt ein einzelnes, in der Mitte gefaltetes Blatt. Ich faltete es auseinander und starrte auf ein Farbfoto, das einen toten Mann zeigte. Das Bild war scharf, die Farben dunkel, aber klar. Das Bild zeigte Kopf und Oberkörper eines mir unbekannten Mannes, der mit dem Rücken auf nassem Asphalt lag. Es war unmöglich zu erkennen, wo das Bild aufgenommen worden war. Dem Mann war durch das Auge geschossen worden, so dass nur noch ein dunkelroter, blutiger Krater zu erkennen war. Das Blut war in einem Rinnsal aus dem Auge über die Wange auf den Boden gelaufen, wo sich eine Lache gebildet hatte, die den Kopf des Toten wie ein Heiligenschein umgab.

Ich sah noch einmal in den Umschlag, dann auf die Rückseite des Bildes, konnte aber nichts finden. Keine Schrift, keine Markierungen. Nur das Foto eines toten Mannes. Von oben hörte ich Kari, sie zog die Badezimmertür hinter sich zu. Ich ging auf den Flur und steckte Bild und Umschlag in meine Manteltasche. Ich wollte nicht, dass Kari das zu Gesicht bekam. Das Bild verstörte und beunruhigte mich. Ich hatte keine Ahnung, warum es in meinem Briefkasten gelandet war.

Die Unruhe verfolgte mich den ganzen Tag hindurch. Wir gingen einkaufen, spazierten durch die Nachbarschaft und kochten schließlich zusammen. Ein ganz normaler Samstag. Kari schlug vor, ins Kino zu gehen, aber wir fanden keinen Film, auf den wir beide Lust hatten, also blieben wir zu Hause. Auch im Fernsehen gab es nichts, das uns interessierte.

Als Kari mit dem ersten Teil der Zeitung fertig war, gab sie mir die Seiten. Auch hier nur die üblichen Nachrichten: eine Bombenexplosion in Bagdad, das politische Gezänk der Parteien, enttäuschende Fußballergebnisse … Ich gähnte. Kari blickte lächelnd zu mir auf.

»Hat es eigentlich noch mehr anonyme Anrufe gegeben?«, fragte ich sie.

Sie lächelte wieder. »Nein, keinen einzigen. Anscheinend bist du ihn losgeworden, Mikael. Wer auch immer das war.«

»Vielleicht bloß ein paar Kinder.«

»Möglich. Willst du ins Bett?«

Ich gähnte wieder. »Ja, ich glaube. Ich lese nur noch diesen Absatz zu Ende. Ist aber nicht lang.«

Genau in diesem Moment knallte es. Eine Explosion aus Licht, die unsere abendliche Ruhe zerriss und mein Herz zuerst stocken und dann wie wahnsinnig rasen ließ. Glassplitter klirrten und wirbelten durch die Luft. Ich saß mit offenem Mund da und starrte auf die Gardine, die plötzlich munter im kühlen Abendwind flatterte, sah den schwarzen Nachthimmel durch das Fenster gaffen und kapierte überhaupt nicht, was geschehen war. Ich reagierte erst, als ich hörte, dass Kari ein seltsames Geräusch von sich gab. Eine Mischung aus Jammern und Stöhnen. Sie kauerte sich zusammen und hielt sich die Hände vors Gesicht. Blut sickerte durch ihre Finger, während ihr Wimmern immer lauter wurde.

Ich kniete mich vor sie hin, nahm vorsichtig ihre Hände und zog sie nach unten. Dann hörte ich mich selbst aufschluchzen, als hätte mein Herz für einen Schlag ausgesetzt. Ein Glassplitter steckte in Karis Augenhöhle, dicht neben dem Nasenrücken. Ich hielt ihre Hände mit einer Hand fest und wählte mit der anderen die Nummer des Notrufs. Meine Stimme klang seltsam ruhig, sah man einmal von dem winzigen Zittern ab, das ich selbst in meiner Brust und in Karis Händen spürte. Im Zimmer war es kalt, und es dauerte eine Ewigkeit, bis der Rettungswagen kam.

Auf dem Weg ins Krankenhaus hielt ich ihre Hand, doch als wir dort ankamen, wurde ich brüsk zur Seite geschoben und auf einen Stuhl verwiesen, während Kari mit den Sanitätern im Inneren der Klinik verschwand. Nach einer Weile kam eine Krankenschwester mit ein paar Formularen, die ich ausfüllen sollte. Über Karis Zustand konnte sie mir nichts sagen.

Ich saß einfach nur da. Stand manchmal auf und lief wartend hin und her. Drei weitere Patienten wurden hereingeschoben, gefolgt von einem ganzen Rattenschwanz von Jugendlichen. Einige mit Schürfwunden, andere mit Schnittverletzungen. Jemand weinte. Irgendwo musste es einen Autounfall gegeben haben. Für eine gewisse Zeit versank die Notaufnahme in einem Chaos aus Rufen, weinenden Mädchen und hart arbeitenden Ärzten und Pflegern. Dann schien das Gebäude sie alle mit einem Mal zu verschlucken. Nur die Blutflecken am Boden zeugten noch von den Geschehnissen. Es wurde wieder ruhig um mich herum.

Es erschien mir wie eine Ewigkeit, bis ein müder junger Mann in einem weißen Kittel zu mir kam. Er stellte sich vor, doch ich vergaß seinen Namen augenblicklich.

»Was passiert jetzt mit ihr?«, fragte ich.

Er ließ sich neben mir auf die Bank fallen. »Sie wird jetzt gleich operiert werden, ein Augenarzt ist unterwegs.«

»Und was ist mit ihrem Auge?«

Er zuckte mit den Schultern. »Ich weiß es nicht. Ich denke, wir sollten gute Chancen haben, ihr Auge zu retten, aber wir müssen zunächst die Operation abwarten. Dann können wir mehr sagen.«

»Kann ich sie sehen? Nur für einen Augenblick?«

Er schüttelte entschieden den Kopf. »Nein, sie wird gerade für die OP vorbereitet. Am besten fahren Sie jetzt nach Hause und melden sich morgen früh wieder. Sie können im Augenblick wirklich nichts tun, und nach der Operation wird es eine ganze Weile dauern, bis sie aus der Narkose aufwacht. Fahren Sie nach Hause.«

Es war sicher ein guter Rat, aber ich konnte ihn nicht annehmen. Ich blieb auch während der dunklen Stunden nach Mitternacht im Krankenhaus sitzen, trank Kaffee und hätte zu gern geraucht. Egal wie, Hauptsache, die Zeit verging. Um Viertel nach drei wurde ich von einer Schwester geholt, die mich durch ein Labyrinth von Fluren in einen kleinen Warteraum führte. Nach fünf Minuten ging die Tür auf, und ein kleiner, energisch wirkender Mann begann zu reden, noch ehe er richtig im Zimmer war. Es war der Augenchirurg, und er konnte mir berichten, dass der Eingriff gut verlaufen war.

»Ich bin sehr optimistisch. Alles ging genau so, wie ich mir das vorgestellt hatte. Eine Operation wie aus dem Lehrbuch.«

»Dann wird sie ihre volle Sehfähigkeit behalten?«

»Davon gehe ich aus, alles andere würde mich sehr überraschen.« Er lachte laut und war auch schon wieder verschwunden.

Ich suchte einen Pfleger und bearbeitete ihn so lange, bis er mich schließlich in den Überwachungsraum ließ. Kari lag im Halbdunkel und schlief. Um sie herum blinkten rätselhafte Maschinen gelb und grün. Man hatte ihr eine Infusion gelegt. Die Hand, in der der Schlauch verschwand, sah klein und blass aus. Die Hälfte ihres Gesichts war von einem Verband bedeckt. Ich trat an ihr Bett, beugte mich vorsichtig hinab und flüsterte, dass ich sie liebte. Dann ging ich nach Hause.

Als nach drei Stunden Schlaf das Klingeln des Weckers wie aus einem fernen Traum zu mir herüberdrang, dauerte es eine ganze Weile, bis ich mich an die Geschehnisse erinner-

te, doch dann war ich mit einem Mal hellwach. Der Boden des Wohnzimmers war von Glassplittern übersät und nass. Es musste in der Nacht geregnet haben. Vor dem Sofa war ein großer Blutfleck, der im fahlen Morgenlicht fast schwarz aussah.
Ich zog mir Schuhe an und suchte, bis ich unter dem Ecktisch einen etwa faustgroßen Stein fand. Es war, wie ich vermutet hatte. Jemand hatte die Scheibe eingeworfen.
Nach drei Telefonaten fand ich endlich einen Glaser, der noch am selben Tag kommen konnte.

## Kapitel 13

Als ich ins Krankenhaus kam, war Kari wach, aber noch benommen von der Narkose. Ich saß neben ihr, hielt ihre Hand und gab ihr in regelmäßigen Abständen etwas Wasser. Zwischendurch schlief sie immer wieder ein. Sie konnte nicht sprechen, und erst als ich wieder gehen wollte, fragte sie leise, was eigentlich geschehen war.

»Jemand hat einen Stein durch die Wohnzimmerscheibe geworfen. Du hast einen Glassplitter ins Auge bekommen.«

»Warum?« Ihre Stimme war leise und heiser, als wäre sie erkältet.

»Ich weiß es nicht. Denk nicht daran, jetzt musst du erst mal gesund werden.«

Sie drückte meine Hand, dann schlief sie wieder ein. Nach ein paar Stunden ging ich nach Hause, um da zu sein, wenn der Glaser kam.

Es war vier Uhr nachmittags, als ich wieder wach wurde. Mein Körper war schwer und träge, als hätte ich einen ganzen Tag lang geschlafen. Ich duschte und fand genug Reste im Kühlschrank, um mir eine Art Mittagessen zusammenzurühren. Anschließend ging ich durch den Garten um das Haus herum und stellte mich vor das Wohnzimmerfenster. Der frische Fensterkitt zog sich wie ein leuchtend weißer Rahmen um die neu eingesetzte Scheibe.

Ich hielt den Stein in der Hand. Er hatte im Wohnzimmer

etwas links von mir unter einem Tisch gelegen. Ich versuchte, den Winkel abzuschätzen, um so herauszubekommen, von wo der Stein geworfen worden war. Der Garten fiel zur Straße hin ab und endete in einer gut vier Meter hohen Hainbuchenhecke. Ich ging noch einmal um das Haus herum und trat durch das Gartentor auf die Straße. Durch die Hecke war das Wohnzimmerfenster nicht zu erkennen. Sollte jemand von der Straße aus geworfen haben, musste er es auf gut Glück probiert haben. Ich hielt das für nicht sehr wahrscheinlich.

Ich ging zurück in den Garten und näherte mich den Büschen, aus deren Richtung der Stein gekommen sein musste. In dem feuchten, weichen Gras waren keine Fußabdrücke zu erkennen, aber unter einer Blutbuche lagen drei bis zum Filter heruntergerauchte Zigarettenkippen. Ich drehte mich um und blickte zum Haus. Das Wohnzimmerfenster war gut zu erkennen. Meine Hand umklammerte noch immer den schweren Stein. Probehalber schwang ich meine Hand. Ein einfacher Wurf, richtiger Abstand. Hier hatte er gestanden, dessen war ich mir jetzt sicher.

Zum ersten Mal flammte Wut in mir auf. Es war so viel geschehen, ich hatte all meine Aufmerksamkeit auf Kari und ihr verletztes Auge gerichtet. Hatte nicht die Zeit gehabt oder es nicht übers Herz gebracht, mir über das Geschehene Gedanken zu machen, doch jetzt, da ich unter der Blutbuche stand, nahm alles Konturen an. Es war nicht einfach nur ein Stein, der durch das Fenster geflogen war und unsere abendliche Ruhe zerrissen hatte. Nicht einfach nur ein anonymer Werfer. Es war ein Mensch aus Fleisch und Blut, der hier im Dunkel gestanden hatte. Der durch sein Tun in unser Heim eingedrungen war und meine Lebensgefährtin verletzt hatte.

Es war nicht mehr möglich, den Zusammenhang zwischen dem Stein, dem Umschlag mit dem Bild des Toten und den nächtlichen Anrufen zu verdrängen. Jemand hatte es auf mich abgesehen, und ich wusste weder wer noch warum.
Ich wusste, dass ich eine Anzeige gegen unbekannt erstatten sollte, war mir aber durchaus im Klaren darüber, welch geringe Bedeutung die Vorfälle für die Polizei haben würden. Sicher würde man dort von einem Dumme-Jungen-Streich ausgehen. Trotzdem holte ich eine Plastiktüte und legte die Kippen vorsichtig hinein.

Karis Eltern saßen bereits am Krankenbett, als ich kam. Ich hatte sie am Morgen angerufen und ihnen erzählt, was vorgefallen war, ohne jedoch ins Detail zu gehen. Mein Verhältnis zu ihnen war recht gut, obwohl sie unsere Beziehung anfangs mit Skepsis betrachtet hatten. Aber das war nicht verwunderlich, schließlich war ich dreizehn Jahre älter als sie.
Kari lächelte mich an, als ich den Raum betrat. Ihr verletztes Auge war dick bandagiert. Das andere sah aus, als hätte sie einen Faustschlag abbekommen, so kräftig war das Veilchen. Ich umarmte sie vorsichtig.
Ihre Mutter saß auf der Bettkante und streichelte ihre Hand, als wäre sie ein kleines Kind. Der Vater stand mit besorgter Miene am Fußende des Betts. Er hielt nur wenige Minuten durch, dann bat er mich auf den Flur.
»Was geht da vor, Mikael? Warum schleudert jemand einen Stein durch euer Wohnzimmerfenster?«
»Ich weiß es nicht. Vielleicht war es nur ein Dummer-Jungen-Streich.«
Ich sah die Zweifel in seinen Augen, Misstrauen und die Sor-

ge um seine Tochter. Kari war ein Einzelkind und der Familienzusammenhalt sehr groß.

»Vielleicht aber auch nicht«, fuhr ich fort. »Ich will kein Risiko eingehen. Kari kann doch sicher für ein paar Tage bei euch wohnen, wenn sie hier rauskommt. Nur zur Sicherheit, bis ich herausgefunden habe, was hier läuft.«

Die Erleichterung war ihm deutlich anzusehen. Wir redeten noch eine Weile miteinander. Als wir wieder in ihr Zimmer gehen wollten, sagte er: »Du musst aber auch vorsichtig sein, Mikael«, als wäre ihm mit einem Mal bewusst geworden, dass auch ich gefährdet sein könnte. Ich mochte ihn, und ich machte ihm keine Vorwürfe, dass er zuerst an seine Tochter gedacht hatte.

Es kamen Freundinnen zu Besuch und eine Tante von Kari, die uns noch nie zu Hause besucht hatte. Bestimmte Frauen lieben es ganz einfach, Krankenbesuche machen zu können. Sie erzählte grauenvolle Krankengeschichten über Menschen, von denen wir noch nie gehört hatten, und trieb Karis Freundinnen damit erfolgreich in die Flucht.

Etwas später kam Peter. Er ist nicht nur mein Partner, sondern auch ein guter Freund. Der Blumenstrauß, den er mitbrachte, füllte die gesamte Türöffnung, doch damit nicht genug, denn mit seiner rastlosen Energie nahm er alsbald den ganzen Raum in Beschlag.

»Du siehst … verändert aus«, sagte er zu Kari. »Wie ein Waschbär. Ich habe mich oft gefragt, wie du wohl im Bett aussiehst, hatte mir das allerdings immer ganz anders vorgestellt. Aber du bist natürlich unbeschreiblich schön.«

Kari lachte. Die Tante presste die Lippen zusammen, aber nach fünf Minuten lachten wir alle gemeinsam.

Als er gehen musste, zog er mich hinter sich her auf den Flur. Um kurz etwas Geschäftliches zu besprechen, sagte er, doch kaum waren wir draußen, richtete er seinen Zeigefinger auf mich.

»Was zum Teufel ist da passiert, Mikael?«

»Jemand hat einen Stein durch das Fenster geworfen, und Kari hat einen Glassplitter ins Auge bekommen.«

Er schüttelte ungeduldig den Kopf. »Das weiß ich doch! Ich meine, war das irgendein Besoffener oder steckt mehr dahinter? Hat es jemand auf dich abgesehen?«

Ich erzählte ihm von dem Brief und den Anrufen. Er presste seine Lippen zusammen.

»Hast du Anzeige erstattet?«

»Nein, aber das sollte ich wohl. Es war einfach ein bisschen viel auf einmal. Außerdem halte ich es für ziemlich unwahrscheinlich, dass die Polizei etwas herausfindet.«

»Das mag sein, du solltest aber trotzdem Anzeige erstatten. Hast du eine Ahnung, wer dahinterstecken könnte?«

»Ich weiß nicht. Ich habe viele seltsame Mandanten. Und nicht alle sind mit mir zufrieden.«

»Hm, vielleicht. Aber … der Maja-Fall … könnte viele Menschen gegen dich aufgebracht haben. Hast du darüber schon mal nachgedacht?«

Das hatte ich tatsächlich. Ich war im Grunde überzeugt davon, dass es mit diesem Fall zusammenhing, hatte aus irgendeinem Grund aber keine Lust, mit ihm darüber zu diskutieren.

»Vielleicht, ich weiß es nicht.«

»Sei vorsichtig, Mikael.«

Zwei Tage später fuhren wir über die Brücke, die die Stadt mit den Inseln im Norden verbindet. Wie eine mathematische Kurve aus Stahl und Beton zog sie sich über das stille Wasser, das im Licht der tiefstehenden gelben Herbstsonne glitzerte. Kari saß neben mir und war gar nicht zufrieden.

»Ich verstehe nicht, warum ich nicht nach Hause kommen kann, Mikael.«

»Ich will mich nur erst vergewissern, dass es dort auch sicher ist.«

»Du weißt aber schon, dass ich volljährig bin?«

»Hm.«

»Also, was lässt dich glauben, dass du so einfach mir nichts, dir nichts entscheiden kannst, dass ich zu Mama und Papa nach Hause soll, als wäre ich ein Kind? Habe ich in diesem Fall nichts zu sagen?«

Ich wusste nicht, was ich antworten sollte, und hielt den Mund. Wir fuhren schweigend weiter durch kleine Siedlungen, vorbei an verlassenen Bauernhöfen und über weitere Brücken, bis wir schließlich von der asphaltierten Straße abbogen, über den kurvigen Weg die letzte Anhöhe erklommen und auf den Hofplatz ihrer Eltern rollten.

Zum Abschied begleitete sie mich nach draußen und küsste mich. Es war dunkel geworden, die Sterne leuchteten, und eine schmale Mondsichel stand dicht über dem Horizont. Während ich über die Brücke in die Stadt zurückfuhr, fühlte ich mich plötzlich unerklärlich einsam, als wäre ich ganz allein auf der Welt.

Im Briefkasten lagen drei Rechnungen und ein weiterer weißer Umschlag ohne Adresse oder Briefmarke. Dieses Mal war es das Foto einer Frau, die auf dem Bauch im Gras lag.

Ihre blonden Haare umflossen ihren Kopf. Sie war tot. Es waren weder Blut noch Wunden zu erkennen, aber ihre Starre und die unnatürliche Stellung ihrer Gliedmaßen ließen keinen Zweifel daran, dass diese Frau nicht mehr lebte.
Ich verstand die Botschaft, und mir wurde heiß und kalt.

## Kapitel 14

Bevor es am nächsten Abend dunkel wurde, zog ich mir Skiunterwäsche unter meine Kleider und streifte einen warmen Parka über. Ich kochte Kaffee, füllte mir eine Thermoskanne und packte Brote und Schokolade in eine kleine Tasche. Im Keller fand ich eine etwa vierzig Zentimeter lange, hohle Eisenstange. Ich umwickelte das eine Ende mit zwei Rollen Isolierband und wog die Stange prüfend in der Hand. Dann legte ich mein Handy in die Küche, nahm die Tasche und den Schlafsack und ging nach draußen in die hereinbrechende Dunkelheit.

Die Garage steht im rechten Winkel zum Gartentor. Sie ist im gleichen Stil gebaut worden wie das Haus, mit schwarzen Ziegeln auf dem steilen Dach. Im Giebel zur Straße hin befindet sich ein kleines Fenster. In der Garage führt eine schmale Treppe auf den niedrigen Dachboden, auf dem ich Skier, alte Autoreifen und allerlei Schrott aufbewahrte.

Ich ging nach oben und räumte einige Gegenstände weg, damit ich zum Fenster gelangen konnte. Das Dach war so niedrig, dass ich nur gebückt laufen konnte. Mit zwei Autoreifen als Lehne und dem Schlafsack als Sitz ließ es sich eine Weile aushalten. Das Fenster war so verdreckt, dass ich fast nichts sah, doch mit einem alten Lappen ließ sich das meiste beseitigen. Von außen betrachtet, war es immer noch ziemlich schmutzig, aber ich wollte nicht mehr rausgehen und war auch der Meinung, dass die Scheibe sauber genug war.

Die Straße wurde von Hainbuchenhecken und hohen Bäumen eingerahmt und war voller dunkler Schatten. Die Straßenlaternen standen hier weit auseinander. Ein paar Autos fuhren langsam vorbei, einige Leute führten noch ihre Hunde aus. Ein Liebespaar spazierte Hand in Hand vorüber, blieb stehen und küsste sich im Dunkeln, bevor es weiterging. Ich sah in regelmäßigen Abständen auf die Uhr, zwang mich nach einer Weile aber, damit aufzuhören, weil die Zeit sonst noch langsamer verging.

Ich fühlte mich dumm und lächerlich. Meine Sitzposition, die mir anfangs fast gemütlich erschienen war, wurde immer unbequemer. Mein Rücken schmerzte. Ich versuchte, mich anders hinzusetzen, aber nach wenigen Minuten war es wieder genauso quälend wie zuvor.

Die Gedanken schwirrten durch meinen Kopf. Ich hielt es zwar für unwahrscheinlich, dass jemand kommen würde, aber mein Gefühl sagte mir etwas anderes. Ich wusste auch nicht, wen ich erwartete, nur dass es jemand sein würde, der etwas mit dem Maja-Fall zu tun hatte. Mein ganzes Leben schien sich im letzten halben Jahr nur um diesen Fall gedreht zu haben.

Ich tastete im Dunkeln nach der Eisenstange, nahm sie in die Hand und spürte ihr Gewicht.

Draußen war der Verkehr jetzt vollkommen zur Ruhe gekommen, und ich hatte auch lange niemanden mehr vorbeigehen sehen. Der auflebende Wind ließ die schattenhaften Hecken und Bäume lebendig werden. Es war nicht leicht, etwas durch das Fenster zu erkennen. Außerdem fiel es mir sehr schwer, mich wach zu halten.

Es dauerte ein paar Sekunden, bis ich verstand, dass das, was ich sah, die Glut einer Zigarette war. Jemand stand vor meiner Hecke. Ich hatte niemanden kommen sehen, aber die Glut leuchtete jedes Mal wie ein Glühwürmchen auf, wenn die Person, die dort stand, an der Zigarette zog. Ich presste mein Gesicht dicht an die Scheibe und glaubte nach einer Weile die Umrisse einer Person erkennen zu können.
Ich tastete nach der Eisenstange und stand dann vorsichtig auf. Mein Rücken protestierte nach dem stundenlangen Warten. Es war vollkommen finster auf dem Dachboden, so dass ich mich geduckt vorwärtstastete, bis ich vor mir den Umriss der Luke erkannte. Mein Fuß fand die oberste Treppenstufe. Dann die nächste. Und wieder die nächste. Unten angekommen, duckte ich mich hinter den Wagen. Das Tor stand offen. Die Glut der Zigarette konnte ich jetzt nicht mehr erkennen.
Ich schlich mit kleinen Schritten lautlos am Auto entlang. Direkt hinter dem geöffneten Tor blieb ich stehen, starrte ins Dunkel und erkannte dicht vor der Hecke, kaum drei Meter von mir entfernt, die Silhouette einer Person.
Ich holte tief Luft, richtete mich auf und spürte, wie sich meine rechte Hand um die Stange klammerte. Dann trat ich einen großen Schritt vor, hob, ohne nachzudenken, den Arm und rief: »He, Sie da!«
Die Gestalt wirbelte herum und rannte davon. Es dauerte ein paar Sekunden, bis ich reagierte. Irgendwie hatte ich nicht damit gerechnet, dass sie flüchten würde. Ich war auf einen Kampf eingestellt gewesen, darauf, mich verteidigen zu müssen.
Der Schatten der Gestalt war zehn bis fünfzehn Meter vor mir, ehe ich ihr zu folgen begann, doch nach den Stunden

auf dem engen Dachboden war mein Körper steif und unwillig. Ich laufe nur noch selten, die meiste Zeit sitze ich im Büro, und wenn ich einmal zu Fuß unterwegs bin, gehe ich in ruhigem Tempo. Zu Beginn schaffte ich es nicht, mich der Person zu nähern, doch dann schien ihre Flucht etwas in meinem Körper zu mobilisieren. Wie der Instinkt eines Raubtiers, das seine Beute fliehen sieht. Ich spürte die Wut über all die Geschehnisse, das Adrenalin, das durch meine Adern pumpte, biss die Zähne zusammen, senkte den Kopf und schaltete einen Gang hoch. Plötzlich hatte ich neue Reserven und holte auf.

Wir liefen den Hügel hinab, bis wir an seinem Fuß die enge Rechtskurve erreichten, die von einer Laterne beleuchtet wird. Als die Person die Kurve erreichte, war ich nur noch sechs oder sieben Meter hinter ihr. Ich nahm die Innenseite, um die Strecke abzukürzen, wollte jetzt unbedingt die dunkle Gestalt einholen, die mit schweren Schritten und flatternden Jackenschößen vor mir Reißaus nahm. Dann trat mein Fuß auf das nasse Herbstlaub in der Gosse, und mein rechtes Bein rutschte unter mir weg, als wäre ich auf Seife getreten. Ich knallte mit der Hüfte so hart auf den Asphalt, dass mir die Luft wegblieb. Mein Körper war noch immer voller Adrenalin, und ich wollte aufspringen und die Verfolgung fortsetzen, doch ein stechender Schmerz jagte durch mein Knie. Ich blieb sitzen und sah der Gestalt nach, die noch immer in vollem Tempo hinter der nächsten Ecke verschwand. Ich hatte Tränen in den Augen. Tränen des Schmerzes, der Wut und der Enttäuschung.

Mein Knie brannte, aber es gelang mir trotzdem, wieder auf die Beine zu kommen. Als ich den rechten Fuß belastete, schoss der Schmerz durch mich hindurch, aber ich konnte das Bein benutzen, wenn ich den Fuß vorsichtig aufsetzte. Nach einigem Suchen fand ich die Eisenstange am Straßenrand. Dann humpelte ich langsam nach Hause und fragte mich, was ich jetzt tun sollte.

Der Abend war nicht ganz umsonst gewesen, denn als mein Fuß weggerutscht und ich in vollem Tempo zu Boden gegangen war, hatte ich schockiert und wohl auch vor Wut aufgeschrien. Die Person vor mir hatte das gehört und sich automatisch umgedreht. Nicht richtig, aber weit genug, damit ich ihr Profil sehen konnte. Trotz der weit aufgerissenen Augen und der durch das Rennen verzerrten Miene glaubte ich, einen Mann erkannt zu haben. Und nicht nur das. Ich war mir fast sicher, dass es Hans Godvik gewesen war. Majas Vater.

Meine Handflächen waren aufgerissen und voller kleiner Steine, die ich mit einer Pinzette herausziehen musste. Ich jammerte leise, als ich die Hand in Desinfektionsmittel badete, und war für einen kurzen Moment froh, allein zu sein. Das Knie hatte nur eine kleine Schürfwunde abbekommen, trotzdem war es wie ein Ballon angeschwollen, so dass ich das Bein nicht richtig belasten konnte. Ich lag in der Badewanne, ließ die Wärme in meinen Körper eindringen und versuchte vorsichtig, mein Bein zu bewegen. Abgesehen von der Schürfwunde, schien es aber keinen weiteren Schaden genommen zu haben.

Anschließend gönnte ich mir einen Cognac und dachte darüber nach, was ich jetzt tun konnte. Ich wusste, dass ich eigentlich zur Polizei gehen und ihnen erzählen sollte, was geschehen war, damit sie mit Hans Godvik redeten. Ich sollte das tun, hatte aber keine Lust dazu. Ich wusste, was er durchgemacht hatte, und ahnte, wie es in ihm aussah, welches Chaos aus Trauer, Wut, Verzweiflung und Rachegelüsten in ihm tobte. Ich konnte durchaus verstehen, was ihn antrieb und warum er so gehandelt hatte. Noch immer hatte ich seinen Gesichtsausdruck im Gericht vor Augen, als Mo ihm das Unglaubliche gesagt hatte – erst Verständnislosigkeit und dann, als die Bedeutung der Worte langsam zu ihm durchdrang, die totale Blöße, die vollkommene Ohnmacht gegenüber einer Bosheit, die zu groß war, um sie auch nur ansatzweise verstehen zu können. Meine Wut war verflogen.

Ich wusste, dass ich etwas tun musste. Hans Godvik konnte gefährlich sein, und ich musste mich und Kari beschützen. Trotzdem hatte ich keine Lust, der Familie Godvik die Polizei auf den Hals zu hetzen. Sie hatten schon genug gelitten.

Bevor ich ins Bett ging, überprüfte ich mein Handy. Ich hatte drei unbeantwortete Anrufe von einer unbekannten Nummer erhalten und eine Nachricht auf der Mailbox. Ich hörte sie ab und erkannte die etwas ungeduldige Stimme des Sonnenkönigs: »Rufen Sie mich an, Brenne. Ich habe ein paar Informationen für Sie.«

Das konnte warten. An diesem Abend hatte ich andere Probleme.

## Kapitel 15

Der Himmel war eintönig grau, und der kalte Nordwind riss die letzten Blätter von den Bäumen. Ich saß im Auto und war auf dem Weg zu einem Gespräch, das ich gerne vermieden hätte. Am Morgen hatte ich in der Kanzlei angerufen und mich entschuldigt. Zwei Minuten später hatte Peter zurückgerufen.

»Arbeitest du nicht mehr hier?«, hatte er gefragt, und noch bevor ich antworten konnte, weitergeschimpft: »Verdammt, was machst du eigentlich die ganze Zeit? Ich weiß, dass Kari aus dem Krankenhaus entlassen worden ist, also komm mir nicht damit. Hier wartet Arbeit auf dich, du hast Termine mit deinen Mandanten und Fälle zu gewinnen. Synne dreht langsam durch, sie hat die ganze Arbeit am Hals und schneit ständig bei mir rein und fragt, wie sie dieses und jenes tun soll.«

»Sie kann mich doch anrufen.«

»Darum geht es nicht, Mikael. Du hast hier einen Job zu erledigen. Du bist unser Partner. Du trägst Verantwortung.«

»Ich habe hier auch etwas zu erledigen, Peter. Wir sehen uns morgen.« Nach diesen Worten hatte ich aufgelegt.

Jetzt suchte ich zwischen den Reihenhäusern und Einfamilienhäuschen aus den Siebzigern nach der Adresse, die ich aus dem Telefonbuch abgeschrieben hatte. Die Straßen wanden sich zwischen den niedrigen Hügeln mit ihren windschiefen Kiefern hin und her. Als ich endlich den richtigen Ort fand,

stand ich vor einem unansehnlichen, kleinen Einfamilienhaus, das dringend einen Anstrich benötigte.
Ich hob mein schmerzendes Knie aus dem Auto, blieb für einen Augenblick stehen und sah mich um. Der Rasen im Vorgarten schien den ganzen Sommer hindurch nicht gemäht worden zu sein. Die Blumenbeete waren voller Unkraut, und in der Einfahrt lagen rostige Gartengeräte. Das ganze Haus wirkte verfallen. Hier wohnte jemand, der sich um nichts mehr kümmerte.
Das kupferne Türschild war derart angelaufen, dass ich die Namen kaum mehr lesen konnte. »Hans, Irene und Maja Godvik.« Das Klingeln klang dünn und weit entfernt.
Nichts geschah, so dass ich nach einer Weile noch einmal klingelte. Dieses Mal wurde die Haustür beinahe unmittelbar aufgerissen.
Ich erkannte Irene Godvik wieder, obgleich sie jetzt ungeschminkt und im Morgenmantel vor mir stand. Es war bald elf Uhr vormittags. Ihrem Blick entnahm ich, dass sie wusste, wer ich war, aber das war noch nicht alles. Einen Moment lang glaubte ich, darin Angst zu erkennen.
Sie sagte nichts, weshalb ich mich räusperte und sagte: »Ich weiß nicht, ob Sie sich an mich erinnern. Ich bin Mikael Brenne. Ich war Anwalt in dem Verfahren …« Ich wedelte vage mit der Hand, wollte weder Maja noch Alvin Mo erwähnen.
Sie nickte.
»Ihr Mann … ist er zu Hause?«
»Nein.«
Ich blieb etwas verunsichert stehen. »Hören Sie … darf ich … darf ich kurz hereinkommen?«
Sie drehte sich wortlos um und ging ins Haus, ohne die Tür

hinter sich zu schließen. Ich deutete das als Einladung und humpelte hinter ihr her.

In der Küche stapelte sich das dreckige Geschirr. Auf der Anrichte standen ein angeschnittenes Brot und ein halbleerer Joghurtbecher. Sie deutete mit der Hand auf einen kleinen Küchentisch mit drei Stühlen, der vor dem Fenster stand. »Geben Sie mir einen Augenblick. In der Kanne ist Kaffee.«

Als sie zurückkam, trug sie Jeans und einen Baumwollpullover, war aber noch immer ungeschminkt. Die Falten in ihrem Gesicht waren tiefer, als ich sie in Erinnerung hatte. Sie holte sich selbst eine Kaffeetasse und setzte sich mir gegenüber an den Tisch.

Erst in diesem Moment nahm ich den Alkoholdunst wahr, den sie verströmte.

»Was wollen Sie?« Ihre Stimme war monoton. Sie sah mich nicht an, sondern starrte auf ihre Tasse, als stünde die Antwort auf ihre Frage dort geschrieben.

Ich wusste nicht recht, wo ich anfangen sollte.

»Ich … es tut mir leid, dass ich hier einfach auftauche … mir ist klar, dass Sie mich nach dem Verfahren und all dem, was passiert ist, sicher nicht sehen wollen. Ich weiß nicht, ob Sie verstehen können, dass ich nur meine Arbeit gemacht habe, dass ich einen wichtigen Teil unseres Rechtssystems …« Meine Stimme erstarb. Ich wusste, dass meine Worte sie nicht erreichten. Wir blieben für einen Moment schweigend sitzen, dann versuchte ich es noch einmal.

»Ich bin aus einem ganz bestimmten Grund hier. Ich muss mit Ihrem Mann reden. Ist er … kann ich ihn bei der Arbeit erreichen, oder kommt er später wieder nach Hause?«

Ihr Blick war starr auf die Tasse gerichtet. »Keine Ahnung. Ich weiß nicht, wo er ist.«

»Haben Sie sich getrennt?«, fragte ich vorsichtig. Es hätte mich nicht gewundert. Was dieser Familie widerfahren war, konnte jede Ehe zerstören.
Sie schüttelte bloß den Kopf und starrte weiter auf ihre Tasse. Ich seufzte. Ich kam nicht weiter. Dann erzählte ich ihr so schonend wie möglich, was geschehen war. Von den Telefonaten, den Briefen, dem Stein, der unser Fenster zertrümmert hatte, und dem gestrigen Abend, an dem ich ihren Mann erkannt hatte.
»Ich kann das verstehen. Ich denke, ich weiß, was ihn antreibt. Das ist Wut und Verzweiflung, aber …«
»Ich glaube nicht, dass Sie das können«, sagte sie leise.
»Nein, vielleicht nicht. Aber so kann das nicht weitergehen. Wie auch immer es ihm geht, so kann das nicht weitergehen. Ich will keine Anzeige erstatten, aber …«
Als sie mich endlich ansah, lag in ihren Augen nichts als Verzweiflung. Ihr Mund zitterte leicht.
»Er ist nicht … er ist vollkommen durchgedreht.«
Ich wartete. »Nach Majas Tod … das alles war unbeschreiblich schrecklich für uns. Wie ein Alptraum, aus dem man niemals wieder erwacht … Manchmal glaubt man, geträumt zu haben, doch alles ist wahr.«
Sie trank den Kaffee in einem Zug aus, stand auf, um sich nachzuschenken, redete jedoch weiter: »Er … hat sich immer mehr in sich zurückgezogen, bis er für mich gar nicht mehr erreichbar war. Wir hätten füreinander da sein, uns gegenseitig helfen sollen, aber es ging nicht. In ihm steckt eine schreckliche Wut. Er … er kann einfach nicht akzeptieren, was da geschehen ist, redet unablässig von Rache … ich habe ihm gesagt, dass er das nicht darf, aber er hört nicht auf mich. Ich weiß nicht, was ich tun soll.«

Sie verlor vor meinen Augen fast die Fassung, so dass ich sie um etwas mehr Kaffee bat, um ihr durch diese alltägliche Handlung die Chance zu geben, sich wieder zu beruhigen.

»Und Sie wissen nicht, wo er ist?«, fragte ich. »Wohnt er denn nicht mehr hier?«

»Er kommt und geht. Manchmal sehe ich morgens, dass er nachts hier war. Ich weiß nicht, was er treibt.«

»Und die Arbeit? Er hat doch eine eigene Firma?«

Sie nickte resigniert. »Schon, aber er arbeitet nicht mehr. Anfangs haben noch Leute angerufen, Kunden und Leute von der Bank. Ich wusste nicht, was ich sagen sollte, und Hans wollte mit niemandem reden. Jetzt gehe ich nicht mehr ans Telefon.« Nach einer kurzen Pause fügte sie hinzu: »Es rufen aber auch nicht mehr so viele an.«

»Kommen Sie denn finanziell einigermaßen über die Runden, ich meine … wenn er nicht arbeitet?«

»Ich bin krankgeschrieben. Aber …« Statt den Satz zu vollenden, deutete sie mit der Hand auf die Anrichte. Dort lag ein ganzer Stapel Briefe, Umschläge mit Sichtfenster – einige wenige waren geöffnet, die meisten jedoch verschlossen.

Ich beugte mich ihr entgegen. »Hören Sie, Frau Godvik. Ich weiß, dass das nicht leicht für Sie ist, aber so kann das nicht weitergehen. Ich muss mit Ihrem Mann reden. Sie müssen doch eine Idee haben, wo er sich aufhalten könnte?«

Sie biss sich auf die Lippe und sah verunsichert aus. Ich legte mehr Nachdruck in meine Stimme. »Ich will nicht zur Polizei gehen, aber wenn das so weitergeht, bleibt mir keine andere Wahl. Wo ist er?«

»Er hat eine Hütte. Eigentlich ist es nur ein Schuppen, den er mal geerbt hat. Kann sein, dass er da jetzt wohnt. Ich weiß nicht, wo er sonst sein sollte.«

»Wo liegt die?«

Sie nannte den Namen eines Ortes. Er sagte mir nichts, so dass ich sie dazu überredete, mir eine Karte zu zeichnen. Hans Godviks Versteck, wenn es denn so war, lag auf einer Insel im Norden der Stadt.

Ich stand auf und bedankte mich für den Kaffee. Sie begleitete mich auf den Flur und öffnete mir die Tür. Einer Eingebung folgend, fragte ich sie, ob sie mir eine Plastiktüte geben könne. Sie nickte und ging zurück in die Küche. Ich folgte ihr, nahm die Tüte und steckte alle Rechnungen hinein.

»Was ...?«

»Ich bin Anwalt. Ich hatte schon viele Mandanten mit wirtschaftlichen Schwierigkeiten. Ich nehme die mal mit, gucke sie mir an und schaue mal, was ich machen kann.«

Sie sah mich schweigend an. Als wir wieder im Flur waren, sagte sie plötzlich: »Er hat den Hund erschossen.«

»Was?«

»Hans. Wir hatten einen Hund, einen Golden Retriever. Hans liebte diesen Hund, ich verstehe nicht, wie er das tun konnte. Eines Tages hat er ihn einfach erschossen.«

»Und womit?«

»Er hat ein Schrotgewehr.«

»Hat er das Gewehr bei sich?«

»Das weiß ich nicht. Hier ist es nicht.«

Auf dem Rückweg dachte ich über das nach, was sie mir gesagt hatte. Sie taten mir beide leid. Aber die Geschichte mit dem Hund gefiel mir nicht. Sie gefiel mir ganz und gar nicht.

Abends rief Kari an und sagte, sie wolle wieder nach Hause kommen. Ich bat sie darum, wenigstens noch einen Tag zu warten.

»Warum, Mikael? Was macht das für einen Unterschied?«

»Einen großen. Warte einfach noch einen Tag.«

»Warum?«

Ich seufzte. »Bitte, sei so lieb und bleib noch diesen einen Tag da. Du hast mein Wort darauf, dass es wichtig und vernünftig ist. Tu mir den Gefallen, bitte.«

»Du hast etwas herausgefunden«, sagte sie trocken.

»Einen Tag, Kari, okay?«

Es wurde still am anderen Ende.

»Kari? Ich liebe dich. Übermorgen hole ich dich ab.«

## Kapitel 16

Die Plastiktüte mit den Rechnungen der Familie Godvik lag in meiner Küche. Während ich morgens Kaffee trank, warf ich einen nachdenklichen Blick darauf.

Peter war nicht gerade erfreut, als ich ihn anrief und ihm mitteilte, dass ich auch an diesem Tag nicht kommen würde, aber ich unterband die Diskussion sofort.

»Wir reden morgen darüber, Peter. Es geht um etwas, das wir jetzt nicht diskutieren können. Aber es ist wichtig.«

»Okay, Mikael, aber dann …«

»Wir reden morgen darüber.«

Es regnete. Sprühregen nennt man es, wenn die ganze Welt voller winziger Wassertropfen ist, die so klein sind, dass man sie nicht sieht. Alles war nass und grau. Ich fuhr nach Norden und bog dann Richtung Osten ab. Fuhr über eine Brücke. Ich mag Brücken, und diese war eine meiner Lieblingsbrücken, ein fast arroganter Stahlbogen zwischen zwei steilen Berghängen. Doch heute lag der höchste Punkt der Brücke in den Wolken, und das Wasser unter mir hatte dieselbe graue Farbe wie der Himmel.

Auf der anderen Seite ragten die Felswände beinahe senkrecht aus dem Fjord empor, so dass die Straße in den Fels hineingesprengt worden war. Nur die endlose Reihe weißer Wasserfälle durchbrach die Monotonie.

Mein Handy klingelte. Ich warf einen Blick auf die Nummer. Es war wieder der Sonnenkönig.

»Ich habe die Informationen, die Sie haben wollten«, sagte er. »Wir müssen uns treffen. Geht es bei Ihnen heute Abend?«

»Ja«, sagte ich. »Das passt. Selber Ort, selbe Zeit wie beim letzten Mal, ist das okay?«

»Alles klar«, antwortete er. »Bis später.«

Die kleinen Dörfer, die in den engen Tälern lagen, wirkten in dem fahlen Licht menschenleer und öde, doch schließlich entdeckte ich eine geöffnete Tankstelle. Hinter der Kasse saß ein junger Mann, der gelangweilt in einer Zeitung blätterte. Er studierte meine Kartenskizze genau und dachte nach, ehe er mehrmals nickte und mir eine kurze, klare Erklärung gab, wie ich fahren sollte. Ich dankte ihm und ging wieder nach draußen ins nasse Halbdunkel.

Beim ersten Mal fuhr ich an der kleinen Stichstraße vorbei, die links von der Straße abzweigte. Doch nach wenigen Minuten erkannte ich, dass ich einen Fehler gemacht hatte, und wendete. Aus der Richtung, aus der ich jetzt kam, war die Abzweigung besser zu erkennen. Ein Schotterweg führte steil hinunter zum Fluss, der durch das kleine Seitental rauschte. Der schmale Weg war in einem recht guten Zustand, wenn auch durch keine Leitplanke gesichert. Im ersten Gang rollte ich langsam nach unten und parkte am Fluss. Die Holzbrücke, die darüber führte, sah alt und solide aus, aber die Planken waren so glitschig, dass ich mich am Geländer festhielt. Ich hatte Wanderschuhe und Regenjacke angezogen, nur meine Hose war bereits nach fünf Minuten durchnässt.

Der mühsam aus Granitblöcken errichtete Weg führte am anderen Ufer leicht nach oben und folgte dem Flusslauf. Das Gras, das zwischen den Steinen wuchs, war braun und welk. An einigen Stellen waren die Granitblöcke abgerutscht und in den Fluss gestürzt, so dass ich vorsichtig von Stein zu Stein gehen musste. Mein Knie schmerzte, wenn ich das verletzte Bein belastete. Nach wenigen hundert Metern bog der Weg nach links ab. Triefend nasse Büsche streiften ihre Zweige an mir ab, so dass ich noch nasser wurde.

Die Hütte lag unter einem gewaltigen Felsbrocken, der sich einmal weiter oberhalb am Hang gelöst haben musste. Sie schmiegte sich so dicht an das Gestein, dass sie fast damit verwachsen zu sein schien. Es war ein niedriges Gebäude aus rohem Holz mit schwarzen Fenstern. Aus dem Schornstein stieg kein Rauch auf, und es war auch sonst kein Zeichen von Leben zu erkennen.

Das Wasser tropfte von meiner Regenjacke auf meine Hose. Ich holte tief Luft und ging auf die Tür zu. Dann hob ich die Hand und klopfte zwei Mal fest an. Dann noch mal.

Niemand öffnete. Ich war gleichermaßen erleichtert und beunruhigt. Ich freute mich nicht gerade auf die Konfrontation mit Hans Godvik. Schließlich wusste ich nicht, in welchem mentalen Zustand er war. Außerdem dachte ich immer wieder daran, was seine Frau über den Hund gesagt hatte. Und über die Schrotflinte. Gleichzeitig wünschte ich mir, das alles hinter mich zu bringen und diesem Problem ein für alle Mal ein Ende zu bereiten. Außerdem wollte ich Kari wieder bei mir zu Hause haben.

Die Tür öffnete sich langsam, als ich die Klinke nach unten drückte. Ich trat zögerlich ins Dunkel und rief leise: »Hallo! Ist jemand zu Hause!«, aber ich wusste, fühlte, dass die Hütte leer war. Als sich meine Augen an das Halbdunkel gewöhnt hatten, sah ich mich um.

Die Hütte bestand nur aus einem Raum. In der Ecke stand ein Doppelstockbett, auf dem ein Schlafsack und schmutzige Kleidung lagen. Es gab eine kleine Küche mit einem Gaskocher und einem Waschbecken. Benutzte Teller und Töpfe mit Essensresten standen herum. Auf der Kommode daneben thronte eine rote Plastikwanne. Das Wasser, das sich darin befand, war grau und dreckig, und an den Seiten der Wanne zogen sich Seifenränder entlang. An der einen Wand der Hütte waren Flaschen aufgereiht. Viele Flaschen. Bier, Wein und Whiskey. An der anderen standen eine Bank, ein Stuhl und ein Tisch. An der Wand hing ein Regal mit ein paar Taschenbüchern: Morgan Kane, Alistair MacLean. Ich strich mit dem Finger über die Bücher und fegte den Staub hinunter.

Es roch streng und abgestanden, ich zweifelte aber trotzdem nicht daran, dass Hans Godvik sich hier in letzter Zeit aufgehalten hatte. Ich setzte mich auf den Stuhl, trommelte mit den Fingern auf die Armlehne und fragte mich, was ich tun sollte. Ich versuchte, mir Hans Godvik in diesem Raum vorzustellen, Abend für Abend im Licht der Öllampe, einzig in Gesellschaft der Flaschen. Seine Gedanken kreisten um seine tote Tochter und um ein Leben, das jeglichen Inhalt, jedweden Sinn verloren hatte. Es war nicht schwer zu verstehen, dass er trank.

Ich fragte mich, ob er ab und zu an seine Frau dachte, an Irene, die zu Hause in der Vorstadt hockte und ebenfalls trank, im Kopf die gleichen Erinnerungen wie er, die gleichen Stimmen in der Nacht. Zwei Menschen, die einander stützen und helfen sollten, die aber vom Leben derart überrollt worden waren, dass sie nicht einmal mehr sich selbst helfen konnten.

Nach ein paar Minuten begann ich zu frieren. Ich stand auf und durchsuchte die Hütte genauer, fand aber keine Schrot-

flinte. Es war unmöglich zu sagen, wann Hans Godvik kommen oder ob er überhaupt wieder an diesen Ort zurückkehren würde. Ich stand auf und ging.
Auf dem Rückweg drehte ich die Heizung im Auto voll auf. Trotzdem beschlugen die Scheiben, und der Stoff meiner Hose klebte nass und klamm auf meiner Haut. Mir wurde bewusst, dass ich mich im Kreis bewegte und trotz meiner ständigen Aktivität nichts erreichte. Morgen musste ich wieder in die Kanzlei.

Am Nachmittag leerte ich die Tüte mit Godviks Rechnungen auf meinem Schreibtisch aus, sortierte sie und warf alle Mahnungen und Zahlungserinnerungen weg. Dann ging ich ins Internet und bezahlte alle von meinem eigenen Konto. Zum ersten Mal seit langer Zeit hatte ich das Gefühl, etwas Sinnvolles zu tun, wobei ich versuchte, nicht daran zu denken, wie viele Schuldgefühle und schlechtes Gewissen mir der Maja-Fall bereitet haben musste, damit ich so etwas tat.
Als ich gerade fertig war, hörte ich jemanden an der Haustür. Ich zuckte zusammen und dachte einen Augenblick lang an Hans Godvik, doch dann hörte ich Karis Stimme. Sie rief mich. Ich ging zu ihr auf den Flur und umarmte sie lächelnd. Sie sah seltsam aus, beide Augen waren von gelben, grünen und blauen Flecken umgeben, was ihrer Schönheit jedoch keinen Abbruch tat.
»Du solltest doch erst morgen kommen. Wir hatten eine Abmachung.«
Sie drückte sich an mich und sagte, sie sei schon lange genug weg gewesen, und in diesem Moment spürte ich, dass sie recht hatte.

## Kapitel 17

Der Sonnenkönig wartete auf mich und hatte sein erstes Bier bereits zur Hälfte getrunken. Ich brachte ihm sogleich ein zweites.

»Das ist wirklich das mindeste, was Sie tun können«, sagte er.

»Tut mir leid«, entgegnete ich. »Es sind ein paar Dinge vorgefallen.«

»Ach was. Sie überreden mich, Dinge zu tun, die weit außerhalb meines Zuständigkeitsbereiches liegen, vermitteln mir den Eindruck, es ginge um Leben und Tod, und sind dann nicht einmal in der Lage, mich zurückzurufen?«

»Das tut mir wirklich leid«, sagte ich noch einmal. »Kari musste in die Klinik eingeliefert werden.«

Ich erzählte ihm, was mit ihrem Auge geschehen war, nicht aber, dass ich herausgefunden hatte, wer hinter der Tat stand. Ich erwähnte Hans Godvik mit keinem Wort. Der Sonnenkönig war Polizist, er würde die Sache nie auf sich beruhen lassen.

»Oh«, sagte er. »Geht es ihr wieder besser? Was ist mit ihrer Sehfähigkeit?«

»Es ist alles gutgegangen. Sie hat keine bleibenden Schäden. Haben Sie etwas herausgefunden? Über Nina Hagen, meine ich?«

»Tja, ein bisschen. Viel war da nicht zu holen.« Er zog einen Umschlag aus der Innentasche seiner Jacke und legte ihn auf den Tisch. »Der ist für Sie, aber ich erzähle Ihnen gern das Wesentliche.«

Ich nickte.

»Sie ist in Halden aufgewachsen, im Kinderheim, wussten Sie das?«

»Nein.«

»So ist es aber, sie war da, seit sie dreizehn war. Ihre Eltern sind beide am selben Tag gestorben. Ich weiß es nicht, aber vermutlich war es ein Unfall. Danach ist sie im Heim gelandet, war zwei Jahre lang bei Pflegeeltern und danach wieder im Heim.«

»Warum?«

»Darauf komme ich gleich noch zu sprechen. Geduld, Brenne.« Er nahm einen großen Schluck. »Nach ihrem achtzehnten Geburtstag ist sie von Halden weggezogen. Danach wohnte sie unter anderem ein paar Jahre in Egersund, bevor sie nach Oslo ging und die Ausbildung zur Krankenschwester machte. Auch anschließend ist sie noch ziemlich viel herumgekommen. Zwei Mal hat sie in Dänemark gewohnt, aber das wissen Sie ja bereits. Sie war dort seit dem Tag, an dem Maja ermordet wurde, und bis zur Gerichtsverhandlung.«

Ich nickte.

»Es ist schon auffällig, dass sie so oft umgezogen ist. Sie hat beinahe überall in diesem Land gelebt. Nach Bergen kam sie im Herbst 2002. Sie kaufte ein Reihenhaus, das seither in ihrem Besitz ist. Ich habe eine Übersicht über ihre Wohnorte erstellt und die Daten hinzugefügt, wann sie jeweils wo gewohnt hat. Sie hat zwei noch lebende Verwandte: einen Bruder, der in der Provinz Østland lebt, und eine Großtante hier in der Stadt. Das steht aber auch alles da drin.«

»Ja, okay. Und sonst nichts? Ich meine, keine Vorstrafen oder so etwas?«

Seine Handbewegung war verneinend. »Nur Kleinkram aus ihrer Jugend. Ruhestörungen und ein bisschen Hasch. Alles Bagatellen, Ordnungswidrigkeiten, die jeder mal begehen könnte.«

»Und das war's?« Ich war enttäuscht. Obwohl ich gewusst hatte, wie gering die Chancen waren, hatte ich auf mehr gehofft.

»Nein, nicht ganz. Da ist noch eine andere Sache …«

»Ja?«

»Sie erinnern sich doch, dass ich von den Pflegeeltern gesprochen habe? Und dass sie dann wieder ins Heim gekommen ist?«

Ich nickte.

»Der Grund dafür ist einfach. Auch ihre Pflegeeltern sind umgekommen. Bei einem Feuer.«

»Mein Gott«, sagte ich. »Was hat dieses Mädchen in ihrer Jugend nicht alles durchmachen müssen.«

»Ja, so kann man das natürlich auch sehen.«

»Wie meinen Sie das?«

»Ich musste ziemlich graben, um mehr zu erfahren, aber Ihre Nina Hagen wurde damals verdächtigt, den Brand selbst gelegt zu haben. Die Polizei in Halden glaubte, dass sie das Haus ihrer Pflegeeltern selbst angesteckt hat. Sie konnten es nur nicht beweisen. Ich habe mit einem Beamten geredet, der damals bei den Ermittlungen dabei war. Er sagte mir, sie seien sich damals sicher gewesen, dass an der Sache etwas faul war, doch konnten sie Nina nichts nachweisen, obwohl sie die Hauptverdächtige gewesen war. Sie konnten nicht mal zweifelsfrei beweisen, dass es sich wirklich um Brandstiftung handelte.«

»Wie alt war sie damals?«
»Sechzehn.«
»Und Sie glauben, dass …«
»Ich glaube gar nichts. Ich erzähle Ihnen nur, was sie mir in Halden gesagt haben.«
Ich schwieg für einen Moment. Dann sagte ich: »Wenn das stimmt, dann …«
»Ja …«
»Aber ich weiß nicht, wie ich weiterkommen soll. Glauben Sie, es hat Sinn, die Sache noch mal aufzurollen?«
»Nein, das bezweifle ich. Der Mann, mit dem ich gesprochen habe, behauptete, dass sie wirklich alles versucht und jeden Stein einzeln umgedreht hätten. Aber ich habe einen Namen für Sie.«
»Was für einen Namen?«
»Anne Lise Garmann.«
»Und das ist?«
»Sie kannte Nina Hagen in ihrer Jugend am besten. Das war ihre Sachbearbeiterin in der Zeit, als Nina im Heim war. Sie ist inzwischen pensioniert, wohnt aber noch in Halden und ist gesundheitlich noch gut beieinander.«
»Und warum sollte sie bereit sein, mit mir zu reden?«
»Mein Kontaktmann in Halden hat mit ihr geredet. Sie weiß, dass Sie kommen. Ihr Name und ihre Adresse stehen auch auf dem Blatt.«
Ich dankte ihm. Wir tranken noch ein Pils, redeten über andere Dinge und tratschten über ein paar Kollegen von mir. Er mochte eigentlich keinen von ihnen.

Auf dem Rückweg hallten mir seine Worte in den Ohren. Ich fragte mich, ob es wirklich Sinn hatte, den weiten Weg nach

Halden zu fahren, um mit einer pensionierten Sozialarbeiterin zu reden. Vermutlich brachte das nichts als Kosten ein. Dann wies ich den Gedanken von mir. Ich wollte später noch einmal darüber nachdenken.

Erst einmal musste dieser Hans Godvik aus meinem Leben verschwinden.

## Kapitel 18

Peter saß in seinem Büro zwischen Stapeln von Dokumenten. Sein Gesicht sah im Nachmittagslicht grau und müde aus.

»Was machst du gerade?«

Seine Hand wedelte in Richtung Dokumente. »Schadensersatzklagen. Ein Vertrag über ein Bauvorhaben, das nicht richtig durchgeführt wurde.«

»Kompliziert?«

»Glaub mir, Mikael, das willst du gar nicht wissen.« Er schob die Papiere weg, die er gerade las, und richtete sich auf seinem Stuhl auf. »Also schieß los! Was zum Teufel hast du in der letzten Zeit getrieben?«

Ich setzte mich auf seinen Besucherstuhl.

Dann erzählte ich ihm von den nächtlichen Anrufen und den Briefumschlägen mit den Bildern der Toten. Dass man mir die Scheibe eingeworfen hatte, wusste er. Ich berichtete über den Abend, an dem ich Hans Godvik erkannt hatte, von meinem Besuch bei Irene Godvik und der erfolglosen Fahrt zu seiner Hütte.

Das Einzige, worüber ich nicht sprach, waren die Rechnungen von Irene Godvik. Aus irgendeinem Grund war mir das peinlich, als wäre mein Vorgehen irrational und sentimental gewesen.

Peter hörte mir so aufmerksam zu wie immer. Er hatte die Hände hinter dem Nacken verschränkt und die Augen fast

geschlossen. Als ich zum Ende gekommen war, blickte er auf und sagte: »Du bist ein Idiot, Mikael.«
»Warum?« Er kannte mich gut genug, um die Verärgerung in meiner Frage zu hören.
»Warum? Mein Gott, Mikael! Der Mann ist doch ganz offensichtlich nicht zurechnungsfähig! Der hätte dir ebenso gut den Kopf von den Schultern blasen wie dich auf eine Tasse Kaffee einladen können. Was geht eigentlich in dir vor? Okay, du hast Mitleid mit ihm, das verstehe ich. Aber du musst auch an dich selbst denken! Es ist doch nicht deine Schuld. Du hast doch seine Tochter nicht umgebracht. Und wenn du nicht an dich denken willst, dann denk wenigstens an Kari! Sie hat fast ihr Augenlicht verloren! Geh zur Polizei, Mikael, sollen *die* sich doch darum kümmern! Mensch, was geht nur in deinem Kopf vor!«
Er war wirklich wütend und hatte für mein Verhalten offenbar kein Verständnis. Deshalb vertraute ich ihm auch den Rest an und sagte ihm, was Alvin nach seinem Freispruch Hans Godvik im Gerichtssaal zugeraunt hatte. Auch meinen Verdacht gegen Nina Hagen erwähnte ich, und ich sprach auch meine Nachforschungen an, ohne allerdings den Namen des Sonnenkönigs zu nennen.
Als ich fertig war, saß er für lange Zeit nachdenklich da. Dann sagte er leise und deutlich:
»Was du da machst, Mikael, grenzt an Wahnsinn. Widerspricht unserer Anwaltsethik und ist noch dazu geschäftsschädigend.« Er beugte sich über den Schreibtisch und richtete seinen Zeigefinger auf mich. »Du bist doch jetzt schon … schon gut fünfzehn Jahre Strafanwalt. Mindestens. Da solltest du dich wirklich professioneller verhalten. Was wir hier machen, ist unser Job. Nicht mehr und nicht weniger. Wir

mischen uns gefühlsmäßig nicht ein. Ergreifen weder Partei für unsere Mandanten noch für die Gegenseite. Wir halten Abstand und erledigen unsere Arbeit, so gut es geht.«

Zu meiner Überraschung hörte ich seiner Stimme an, dass er wieder wütend wurde.

»Es warst nicht du, der Maja umgebracht hat. Du hast als Anwalt für Alvin Mo gearbeitet und das professionell und gut erledigt. Du hast deine Rolle ausgefüllt. Du dienst dem Gericht, das ist alles. Und es ist deine Rolle, dich innerhalb des gesetzlichen Rahmens für deinen Mandanten einzusetzen. Nicht mehr und nicht weniger.« Er hob seine Stimme. »Es gehört nicht zu deinem Job, Privatdetektiv zu spielen, um zu beweisen, dass dein Mandant doch ein Mörder ist. Das ist doch vollkommen grotesk, Mikael.«

Ich versuchte, ihn zu unterbrechen, aber er winkte ab. »Und was wäre … wenn du diese Beweise wirklich findest und das Verfahren gegen Alvin Mo wieder aufgenommen wird? Gegen deinen eigenen Mandanten? Was, glaubst du, würde dann aus deinem Ruf und deiner Glaubwürdigkeit als Anwalt werden? Ich habe eine Firma, auf die ich Rücksicht nehmen muss, Mikael. Unsere Arbeitsplätze. Davon leben wir. Vergiss die ganze Geschichte einfach. Zieh einen Schlussstrich. Ich will nichts mehr davon hören. Schuldgefühle sind in unserem Metier ein unprofessioneller Luxus.«

Ich hörte, was er sagte, und ich verstand ihn. Ich wusste sogar, dass er recht hatte, rein logisch und sachlich betrachtet. Aber der Maja-Fall war nie ein normaler Fall gewesen, und nicht alle Fragen des Lebens lassen sich mit Logik und Sachlichkeit beantworten. Ich murmelte, dass er sicher recht hatte, und drehte mich um.

Als ich in der Tür war, rief er mir nach: »Geh zur Polizei,

Mikael! Schaff dir Hans Godvik vom Hals und vergiss die Sache!«

Statt Peters Rat zu folgen, fuhr ich zu Irene Godvik. Dieses Mal trat sie einfach zur Seite und ließ mich direkt in ihre Küche gehen, als wäre das eine längst eingespielte Routine.

»Haben Sie mit Ihrem Mann gesprochen?«

Sie schüttelte den Kopf.

»Ich bin zu seiner Hütte gefahren, habe ihn dort aber nicht angetroffen.«

»Ich weiß nicht, wo er ist.«

»Hören Sie … ich … ich will, dass Sie ihm etwas ausrichten. Er soll Kontakt mit mir aufnehmen. Nicht abends oder nachts, sondern auf normalem Weg und einen Termin vereinbaren. Ich möchte mit ihm sprechen. Ich lasse ihm Zeit bis Dienstag. Habe ich bis dahin nichts von ihm gehört, gehe ich zur Polizei.«

Ihr Blick war resigniert. »Ich weiß nicht, wann ich ihn wiedersehe. Manchmal kommt er einfach so vorbei, aber …«

Ich nickte. »Ich verstehe das, aber versuchen Sie es. Vielleicht können Sie jemanden anrufen oder sonst etwas tun. Vielleicht kommt er ja zufällig vorbei. Versuchen Sie es.«

Sie saß mit im Schoß gefalteten Händen da und starrte verloren vor sich hin.

»Wie geht es Ihnen denn?«, fragte ich.

»Es geht … ganz gut.«

Ich legte die Tüte mit den Rechnungen auf den Tisch. »Ich habe die Rechnungen sortiert und bezahlt. Versuchen Sie, von jetzt an die Post zu öffnen, so schlimm wird es schon nicht kommen. Sie sollten sie irgendwie zahlen können, wenn Sie ein bisschen vorsichtig sind. Reden Sie mit der Bank, ich bin sicher, dass Sie für ein paar Jahre eine geringe-

re Belastung aushandeln können. Ihre Schulden sind ja nicht mehr so hoch.«
»Aber ... ich wollte das nicht ... ich habe Sie nicht darum gebeten.«
»Ich weiß. Ich betrachte das als eine Art Kredit, bis es Ihnen wieder bessergeht.«
Ich war nicht vorbereitet auf den Widerwillen, der sich auf ihrem Gesicht abzeichnete. Ihr Blick war jetzt fast feindlich. Sie sagte nichts und nickte nur. Plötzlich war mir die ganze Situation so peinlich, dass ich nur noch schnell von hier verschwinden wollte.
»Denken Sie daran, Ihrem Mann meine Nachricht auszurichten. Dienstag. Er hat noch vier Tage Zeit.«

Als ich nach Hause kam, stand das Essen schon auf dem Tisch. Ich aß, ohne auch nur das Geringste zu schmecken. Anschließend setzte ich mich aufs Sofa und versuchte, Zeitung zu lesen.
»Ein mieser Tag im Büro?«, fragte Kari.
Ich erzählte ihr von meinem Treffen mit Peter und von meiner Fahrt zu Irene Godvik. Sie hörte mit gerunzelter Stirn zu.
»Er hat vermutlich recht. Peter, meine ich.«
»Ja, das hat er wohl.«
»Aber ...?«
Ich seufzte. »Ich weiß nicht, Kari. Vielleicht sollte ich zur Polizei gehen. Ich bin mir aber nicht sicher. Ich wünschte mir, du wärst bei deinen Eltern geblieben, bis das hier vorbei ist.«
»Und was ist mit mir, Mikael? Meinst du, ich mache mir keine Sorgen um dich? Es ist doch wohl besser, wenn wir in so einer Situation zusammen sind.«

»Ja, vielleicht.«
Kari schüttelte den Kopf. »Es hat keinen Sinn, jetzt solche Gedanken zu wälzen. Wenn du Dienstag gesagt hast, müssen wir wohl auch bis Dienstag warten.«

An diesem Abend vergewisserte ich mich, dass alle Türen und Fenster des Hauses geschlossen waren, bevor wir ins Bett gingen. Kari schlief rasch ein, aber ich lag noch lange wach, und als ich endlich einschlief, folgte ein Alptraum dem anderen.

## Kapitel 19

Am Sonntag schien die Sonne. Mein Vater und ich machten einen Spaziergang im Park. Er ging mit kleinen, kurzen Schritten und stützte sich auf seinen Stock.

»Ich wusste gar nicht, dass du einen Stock hast.«

Er wedelte damit herum und schlug etwas verärgert auf die welken Pflanzen am Wegrand ein.

»Den habe ich gerade gekriegt.«

Nach einer Weile fügte er hinzu: »Ich laufe nicht mehr so gut. Bin ein bisschen unsicher geworden. Der Stock hilft.«

Zwei weitere Pflanzen fielen dem nächsten Stockhieb zum Opfer. Er mochte es nicht, über sich selbst zu sprechen.

Die Bäume waren inzwischen fast kahl. Ihre schwarzen Zweige reckten sich in den blassblauen Himmel, und der Boden war mit einem Teppich aus nassem Laub bedeckt. Wir gingen schweigend weiter. Die Sonne wärmte nicht mehr, und ich war froh, den dicken Anorak angezogen zu haben. Mein Vater trug wie immer seinen blauen Wollmantel und den grauen Schal. Seine Knie zeichneten sich spitz und knochig unter dem Stoff seiner weiten Hose ab.

In den letzten Jahren schienen ihm all seine Kleider zu weit geworden zu sein. Ich sah ihn an und dachte, dass er vor meinen Augen langsam verschwand.

»Kari …«, begann er. »Du und Kari …«

»Ja?«

»Habt ihr eigentlich vor, Kinder zu bekommen?«

»Kinder? Warum fragst du das?«
»Das ist doch wohl eine ganz normale Frage. Es wäre schön, wenn ich Enkel hätte.«
Ich war sprachlos. Hatte in ihm nie jemanden vermutet, der sich Enkel wünschte. Mir gegenüber war er immer unbeholfen und gehemmt gewesen, bis ich erwachsen war.
»Und, wollt ihr?«
»Ich weiß nicht. Ich habe noch nicht darüber nachgedacht.«
Er schnaubte. »Kari … wie alt ist sie? Dreiunddreißig?«
»Zweiunddreißig.«
»Genau. Und du bist fünfundvierzig. Und hast noch nicht mal darüber nachgedacht, ob sie sich Kinder wünscht?«
Ich spürte, dass ich ärgerlich wurde. Für gewöhnlich sprachen wir über neutrale Themen. Mein Vater war kein Mensch, der zu Vertraulichkeiten neigte, doch an diesem Tag war er nicht zu bremsen.
»Natürlich will sie Kinder, Mikael. Es ist lächerlich, dass du noch nicht darüber nachgedacht hast. Sie ist eine Frau und im richtigen Alter.«
»Wir haben es auch so schön miteinander.« Ich hörte meine eigene Stimme, sie klang defensiv und etwas eingeschnappt. Er fuhr fort, als hätte ich nichts gesagt.
»Die Frage ist, ob sie mit dir Kinder will. Frauen wollen nur mit den Männern Kinder, von denen sie glauben, dass sie ein Leben lang an ihrer Seite bleiben. So einfach ist das.«
Sein Stock schnellte hitzig auf die nassen Reste eines Beetes und schlug feindliche Pflanzen nieder.
Was er gerade gesagt hatte, war nicht besonders nett, setzte sich aber in mir fest, und ich wusste nicht, was ich darauf erwidern sollte. Ich bereute es, ihn heute besucht zu haben. Dieses Verhalten war ganz untypisch für ihn.

Wir kehrten um, machten uns auf den Rückweg. Es war Nachmittag geworden, und unsere Schatten liefen wie treue Begleiter vor uns her. Sie waren die ganze Zeit da gewesen, wir hatten sie nur nicht bemerkt. Ich fragte mich, ob er recht hatte und sich Kari wirklich Kinder wünschte.
Wir kamen zum Altenheim, in dem er wohnte, und blieben vor dem Eingang stehen. Es war etwas windig geworden, und mein Vater sah müde aus. Er fror.
Ich war nicht mehr verärgert, als ich ihm die Hand gab und mich verabschiedete. Schließlich sagte ich: »Es ist noch Zeit genug, um Enkel zu bekommen, Papa. Du wirst noch viele Jahre hier sein.«
Als er mich ansah, erschienen mir seine vom kalten Wind geröteten Augen blasser als sonst, als wäre die Farbe mit den Jahren verblichen.
»Was weißt du denn schon, Mikael.«

Am nächsten Abend dachte ich an Hans Godvik. Er hatte noch nichts von sich hören lassen. Morgen war Dienstag, und ich rechnete nicht mehr damit, dass er mit mir Kontakt aufnehmen würde.
Ich dachte auch an Kari. Zu gern hätte ich sie gefragt, ob sie sich Kinder wünschte, mit mir, brachte die Frage aber einfach nicht über die Lippen. Ich wusste nicht, warum ich eine solche Angst davor hatte.
Dann schlief ich ein.

Weit entfernt gab es ein Geräusch, das nicht hätte da sein sollen. Ich wusste nicht, was es war, konnte es mir auch nicht in Erinnerung rufen. Ich hatte lediglich einen vagen Eindruck, etwas gehört und gleich wieder vergessen zu haben.

Ein Geräusch, das nicht zu den üblichen Geräuschen der Nacht passte. Ich lauschte, nahm aber nur vertraute Laute wahr. Karis Atem neben mir ging ruhig und leise. Entfernter Verkehr, ein Motorrad, das mit hoher Drehzahl aufheulte, und das Flüstern der Reifen auf der Straße unterhalb des Hauses. Das leise Flattern der Gardine vor dem gekippten Fenster. Vertraute Laute. Sichere Laute.

Ich wollte wieder einschlafen, aber das vage Gefühl bestimmte noch immer meine Gedanken und brannte wie die Glut eines Feuers, das fast erloschen war.

Doch plötzlich blies jemand hinein, und mit einem Mal loderte die Unruhe so stark auf, dass sie mich lähmte.

Es war nur ein leises Knirschen. Es konnte vom Haus kommen. Es war ein altes Holzhaus, das lebte und sich in frostigen Winternächten zusammenzog, aber ich wusste, dass ich aufstehen sollte, um nachzusehen, was dort vor sich ging. Doch mein Körper wollte nicht. Mein Hirn schrie mir Warnungen zu und sandte panische Signale an alle Körperteile aus, aber irgendwie klappte die Verbindung nicht. Jemand musste meine Nerven durchtrennt und mich gelähmt haben. Ich war wie gefangen im Dunkel meines eigenen Schlafzimmers, unter der Wärme der Decke, die mir plötzlich so unerträglich erschien, dass mir am ganzen Körper der Schweiß ausbrach.

Erst als die Tür schnell und lautlos aufschwang, gelang es mir, mich mit einem Ruck im Bett aufzurichten, doch da war es bereits zu spät. Viel zu spät, denn vor mir stand eine dunkle Gestalt im Raum. In dem schwachen Licht, das durch die Tür fiel, sah ich etwas Metallisches in den Händen des Mannes aufblitzen und wusste sofort, dass es der Lauf einer Schrotflinte war.

Kari wachte von meiner Bewegung auf. Sie drehte sich unter der Decke um, murmelte etwas und tastete mit der Hand nach mir. »Mikael«, sagte sie. »Was ist?« Der Lauf der Schrotflinte bewegte sich einige Zentimeter nach links und zeigte jetzt genau auf sie.

Ich packte ihren Oberarm so fest, dass sie leise aufschrie, aber dadurch verstand sie sofort, dass ich im Bett saß. Sie stützte sich auf die Ellbogen, folgte meinem Blick und verstummte. Ich hörte, wie ihr Atem stockte, bevor sie die Luft ausstieß. Es klang wie ein langgezogenes Seufzen. Dann setzte sie sich langsam auf und nahm meine Hand.

Karis Hand in meiner, ihre Finger, die sich auf meinen Handrücken pressten. Der einzige feste Punkt. Die Reflexe auf dem Lauf der Waffe, als sammelte sich gerade dort alles Licht, als zöge diese Waffe mit der unbändigen Gravitation eines schwarzen Loches alles Licht, alle Zeit und alle Zukunft an sich. Und das Pochen der Herzschläge. So laut, dass sie jedes andere Geräusch erstickten. Hart und schnell. Es schlug in meiner Brust wie ein Metronom, das einen Countdown begonnen hat.

Ich wollte die Zeit anhalten. Den Countdown stoppen. Kari sagen, dass ich sie liebe. Meinen Vater anrufen, um ihm zu sagen, wie gern ich ihn habe. Meine Mutter fragen, warum sie uns verlassen hat. Ich wollte wissen, wer im nächsten Jahr Fußballmeister und wie morgen das Wetter wird. Und all das, was ich nie gesagt, getan oder gesehen hatte, erfüllte mich mit einem Gefühl unendlicher Trauer und Scham. Ich wusste, dass ich weinte, was mich aus irgendeinem Grund nur noch mehr beschämte. Die fehlende Würde, die fehlende Gerechtigkeit, die Sinnlosigkeit dieser Reihe von blutigen Zufällen, Alvin Mo und Nina Hagen, Majas toter Körper

und Hans Godviks unerträglicher Schmerz, der ihn in dieser Nacht schließlich zu mir geführt hatte.
Das alles baute sich auf und wurde immer stärker. Das Geräusch der Herzschläge. Die Trauer. Die Scham. Die Liebe. All das schwoll an wie ein Fluss, der sich in mir staute, bis der Druck schließlich übermächtig wurde und ich wusste, dass ich schreien musste, um diesem unerträglichen Augenblick ein Ende zu bereiten. Ich fragte mich nur, ob ich noch das Mündungsfeuer sehen würde, ob mein Hirn das noch registrierte, bevor alles zu Ende war.
Kari sagte etwas. Ihre Stimme schien die Zeit wieder in Gang zu setzen.
»Sie sind Majas Vater«, sagte sie mit leiser, aber deutlicher Stimme. Sie klang ganz normal, als erlebte sie nicht das Gleiche wie ich. »Wenn Sie schießen müssen, dann tun Sie das. Aber dann müssen Sie uns beide erschießen.«
Es kam keine Antwort. Aber es kam auch kein Schuss. Langsam, wie aus weiter Ferne, bemerkte ich einen neuen Laut. Ein heiseres, tiefes Schluchzen.
Hans Godvik weinte. Und dieses Weinen schien mit Macht aus ihm herauszubrechen und ihn innerlich zu zerreißen. Langsam sackte die Silhouette zusammen. Der Lauf des Gewehrs zeigte nicht mehr auf uns, sondern senkte sich Zentimeter um Zentimeter in Richtung Boden, als würde die Waffe immer schwerer.
Ich saß regungslos da. Er krümmte sich jetzt nach vorn, war beinahe zusammengeklappt, wie bei starken Magenkrämpfen. Nur sein beklemmendes, trockenes Schluchzen war zu hören.
Kari stand auf. Sie war nackt: Ich sah ihren weißen Körper im Dunkeln leuchten. Sie bewegte sich weich und geschmei-

dig, als wäre sie allein im Raum, ging an Hans Godvik vorbei, der sie nicht zu bemerken schien, nahm ihren Morgenmantel vom Haken an der Tür, streifte ihn über und sagte: »Tee. Ich mache Tee. Kommen Sie, wir gehen nach unten in die Küche.«

Zu meiner Überraschung richtete Hans Godvik sich auf und drehte sich um. Er tat, was sie gesagt hatte.

»Die Waffe«, sagte ich. Meine Stimme war so heiser und trocken, dass ich nur einen unverständlichen Laut herausbrachte, so dass ich mich räuspern und meine Worte wiederholen musste.

»Die Waffe. Bitte legen Sie sie auf den Boden. Ich kann Sie mit der Waffe nicht nach unten gehen lassen.«

Er sah mich nicht einmal an, legte die Schrotflinte vorsichtig hin und folgte Kari.

Ich stand auf. Meine Beine zitterten wie nach einer langen Krankheit. Ich zog meinen Morgenmantel an, nahm die Waffe, sicherte sie und folgte ihnen über die Treppe nach unten.

## Kapitel 20

Ich saß auf der untersten Treppenstufe im Flur und fror so stark, dass meine Zähne klapperten. Zwei Stufen über mir, in meinem Rücken, lag die Schrotflinte. Aus der Küche hatte ich ganz alltägliche Geräusche gehört, fließendes Wasser, klirrende Tassen. Karis Stimme, aber auch das bedrückende Schluchzen von Hans Godvik.

Ich hatte zu ihnen gehen wollen und war in der Türöffnung stehen geblieben, doch als Kari mich ansah und vage den Kopf schüttelte, zog ich mich leise wieder zurück.

Ich zitterte so stark, als hätte ich Fieber, und versuchte, den Morgenmantel enger um mich zu ziehen. Meine Gedanken schweiften ab. Ich war plötzlich ungemein müde und musste sehr kämpfen, um die Augen offen zu halten. Am liebsten wäre ich wieder nach oben ins Bett gegangen, aber das wagte ich nicht.

Ich hörte ihre Stimmen. Meistens die von Kari, aber manchmal meldete sich auch Hans Godviks tiefe, langsame Stimme. Es war nicht zu verstehen, was sie sagten, aber sie redeten miteinander. Ich fragte mich, ob ich jetzt zu ihnen hineingehen konnte.

Dann stand plötzlich Kari in der Tür. »Kannst du ein Taxi rufen, Mikael?«

Ich hörte seine Stimme hinter ihr, verstand die Worte aber nicht. Sie drehte sich sanft, aber entschieden um, als spräche sie mit einem Kind, und sagte: »Es kommt überhaupt nicht in Frage, dass Sie heute Abend selber fahren.«

Sie begleitete ihn nach draußen. Als er an mir vorbeiging, nickte er mir zu. Noch vor einer Stunde hatte er in meinem Schlafzimmer gestanden, um mich zu töten, doch jetzt nickte er mir zu, als wollte er mir für den Abend danken.

»Haben Sie Geld für das Taxi?«, fragte ich, doch er sah mich nur fragend an, als spräche ich eine fremde Sprache. Ich nahm vierhundert Kronen aus meinem Portemonnaie und drückte sie ihm in die Hand. Seine Finger waren steif und ungelenk. Er schüttelte den Kopf und sagte: »Nein …«, aber ich unterbrach ihn.

»Sie sind hergekommen, um mich zu töten«, sagte ich. »Es ist mir vierhundert Kronen wert, am Leben zu sein.«

Es war ein absurder, gefühlloser Satz, trotzdem war in seinen Augen keinerlei Reaktion zu erkennen. Er schloss seine Finger um die Scheine und ließ sich von Kari wie ein alter Mann nach draußen führen. Wie mein Vater.

»Fahren Sie zu Irene«, sagte Kari. »Sie braucht Sie jetzt.«

Anschließend setzte auch ich mich in die Küche und trank Tee. Ich hielt meine Finger an die warme Tasse und fragte: »Was hat er gesagt?«

Sie zuckte müde und erschöpft mit den Schultern. »Was er gesagt hat? Ich habe keine Ahnung. Nichts Vernünftiges. Er ist ein … kranker, ein zerstörter Mann.«

»Fährt er nach Hause zu seiner Frau?«

»Ich hoffe es.«

Wir schwiegen eine Weile. Dann sagte sie: »Das Einzige, was ich aus ihm herausgebracht habe, ist, dass er sich schämt.«

»Wieso?«

»Weil er es nicht geschafft hat, dich zu töten. Er hat es nicht fertiggebracht, und dafür schämt er sich.«

»Und wie fühlst du dich, Kari? Bist du … okay?«
»Müde. Kaputt.«
»Du warst wirklich unglaublich. Ich dachte … dachte, dass jetzt Schluss ist … war wie gelähmt … und dann hast du zu reden begonnen. Ganz ruhig. Als wäre alles normal.«
Ich schluckte, dachte an meine eigene Angst, daran, wie paralysiert ich gewesen war und welcher Druck sich in mir aufgebaut hatte. »Warum … warum hattest du keine Angst?«
Sie stand auf. »Ich muss duschen, Mikael. Kannst du meine Matratze gegen die im Gästezimmer tauschen?«
»Warum das denn?«
»Meine ist vollgepinkelt.«
Ich starrte sie an, und dann begannen wir beide zu lachen. Sie kam in meine Arme, und wir lachten so sehr, dass wir kaum mehr aufrecht stehen konnten. Irgendwann ging ihr Lachen in Weinen über, und ich drückte sie an mich und hielt sie fest.

In der Kellertür war eine Glasscheibe eingeschlagen worden. So war er ins Haus gekommen. Das Glas war vollkommen mit Tape beklebt, damit die Scherben nicht klirrten, wenn er die Scheibe einschlug. Er hatte sein Vorgehen genau geplant. Ich nagelte eine alte Holzplatte davor und dachte, dass ich schon wieder den Glaser anrufen musste.

Die Schrotflinte lag immer noch auf der Treppe. Ich hob sie auf und sah sie mir genauer an. Sie sah alt und gebraucht aus. Zwei Läufe, übereinander, ein brauner Holzschaft. Ich fragte mich, was ich mit ihr machen sollte. Schließlich klappte ich den Lauf herunter, nahm die beiden Patronen heraus und stellte die Waffe in den Wandschrank oben im ersten

Stock. Die Patronen legte ich in die Schublade meines Nachttischs.
Draußen begann es zu dämmern. Ich sah auf die Uhr. In gut zwei Stunden musste ich ins Büro.

Abends sahen wir fern. Wir saßen dicht beieinander und ließen uns von irgendwelchen Sendungen berieseln. Wir redeten kaum, hielten uns aber gegenseitig fest, und wenn ich Kari ansah, lächelte sie mich an.
Gegen zehn begann sie zu gähnen und steckte mich damit an. Ich war so müde, dass ich fast ins Bad taumelte. Ich dachte, dass ich einschlafen würde, sobald ich meinen Kopf auf das Kissen legte, aber Kari kam im Dunkeln zu mir, packte mich und stöhnte vor Verlangen. Sie wand sich unter mir, als ich in sie eindrang, und presste ihre Hüften so begierig gegen mich, dass ich fast sofort kam, als wäre ich wieder ein Teenager.
Anschließend lag sie eng bei mir, einen Arm um mich geschlungen und ein Bein über mir. Ich wäre in diesem Moment fast eingeschlafen, hielt mich aber noch wach. Dann fragte ich sie, ob sie gern ein Kind haben würde.
»Ja, Mikael, das möchte ich. Und du?«
»Okay«, sagte ich. Dann schlief ich ein.

Als Kari am nächsten Morgen zur Vorlesung gegangen war, blieb ich nachdenklich in der Küche sitzen. Ich dachte an Maja Godvik, vierzehn Jahre alt. Ein ganz normales Vorstadtmädchen, das ich nie kennengelernt hatte. Ein Mädchen, das, wäre sie am Leben, nicht mehr oder weniger Einfluss auf die Welt um sie herum hätte als Tausende von anderen Mädchen auf der ganzen Welt. Sie waren mit sich selbst

beschäftigt, kicherten oft, redeten über Jungs und unterhielten sich gerne in irgendwelchen Geheimsprachen.
Majas grausamer Tod hatte sie in den Mittelpunkt des Lebens so vieler Menschen gerückt.
Ich dachte an ihre Eltern. Daran, was es hieß, Eltern zu sein. Oder Großeltern. An die familiären Bande, die sich wie Fäden zu einem gemeinsamen Muster verflochten, zu einem Seil, das stärker war als die Summe aller Fäden. Und dann fragte ich mich, was geschieht, wenn einer dieser Fäden reißt und die Belastung für die anderen zu groß wird. Sie spalten sich auf, bis schließlich das ganze Seil reißt und die losen Enden hilflos und frei im Wind flattern.
Ich dachte an Alvin Mo. Wir leben unser Leben, so gut wir können, versuchen zu planen und uns auf alle nur erdenklichen Eventualitäten vorzubereiten. Doch Alvin Mo war einer der Faktoren, die wir bei diesen Planungen nie berücksichtigen. Er war wie ein Auto ohne Bremsen oder ein nicht gesichertes Gerüst. Ein Ölfleck auf trockenem Asphalt.
Und Nina Hagen. Vielleicht befand sie sich irgendwo im Schatten von Alvin Mo, undeutlich, aber bedrohlich. Vielleicht war Nina Hagen einer dieser Alpträume, die einen manchmal heimsuchen. Man kann sich morgens nicht daran erinnern, wenn man verschwitzt und mit pochendem Herzen in der Dunkelheit aufwacht, aber trotzdem begleitet er einen wie ein grauer Schleier, der die Sonne trübt, den Farben die Glut nimmt und einen bei jedem unerwarteten Laut zusammenzucken lässt.
Vielleicht hatte sie aber auch nichts mit der Sache zu tun. Vielleicht verhielt sich alles ganz anders. Ich wusste nicht mehr, ob mich das noch kümmerte. Ob ich die Kraft hatte, mich auch weiterhin diesen Fragen zu stellen. Irgendwie

hatte ich es zugelassen, dass der Maja-Fall die Hauptrolle in meinem Leben spielte. Ich war auf ein Pferd gestiegen und mit stumpfer Lanze und einem alten, verbeulten Schild ausgezogen, um gegen den Drachen zu kämpfen.

Ich hatte Hans Godviks Schmerz gesehen, seine Erniedrigung, und mir gewünscht, ihn zu retten, doch jetzt wusste ich, dass er nicht mehr zu retten war. Er und Irene waren wie die losen Fäden im Wind, und was ich auch tat, ich konnte das Seil nicht mehr flicken, sie nicht wieder vereinen.

Ich wollte so gern gegen das Böse kämpfen, um weiteres Leid zu verhindern, aber das war nicht mein Job. Ich war Strafverteidiger und musste mich an gewisse Regeln und Gesetze halten, geschriebene wie ungeschriebene, und ich wusste, dass Peter recht hatte: Ich hatte gegen diese Regeln verstoßen und mich an eine Aufgabe herangewagt, die ich weder meistern konnte noch sollte.

Ich hatte mein Leben. Ich hatte Kari. Wir wollten Kinder. Ich hatte mein eigenes Seil zu flechten.

Die Wirklichkeit, so wie sie jenseits des Gerichtssaals existierte, war des Nachts in mein Schlafzimmer eingedrungen, und ich hatte geglaubt, sterben zu müssen. Ich durfte und wollte das nicht zulassen. Es war an der Zeit, in meinem Leben einen Schritt weiterzugehen und ihnen allen, Opfern wie Tätern, wieder die Rollen zuzuweisen, die ihnen zustanden. Sie waren Akteure in einem Rechtsfall. Mehr nicht. Alvin Mo und Nina Hagen gingen mich nichts an, hatten nichts mit meinem Leben zu tun. Ich trug keine Verantwortung für sie.

## Kapitel 21

Ein paar Tage später ging ich mit Kari in ein Restaurant. Beim Essen sagte ich ihr, welche Gedanken ich mir gemacht hatte und zu welchem Schluss ich gekommen war. Sie hörte mir schweigend zu, nahm hin und wieder einen Schluck Wein und sah mich mit unergründlichem Blick an. Als ich zum Ende gekommen war, saß sie mit dem Glas in der Hand da und ließ den Wein vorsichtig kreisen. Er funkelte rot im Licht.

»Hast du das ernst gemeint, was du über Kinder gesagt hast, Mikael? Oder war das nur eine Reaktion … eine Reaktion auf die Geschehnisse?«

»Nein, ich habe das ernst gemeint.«

»Schön.« Sie lächelte und sagte nichts weiter.

Nach einer Weile fragte ich: »Aber all das andere, das, was ich über Nina Hagen und …«

»Das ist vorbei. Jetzt sind wir an der Reihe, Mikael.«

Zum ersten Mal seit langem konzentrierte ich mich wieder richtig auf meine Arbeit. Es gab reichlich zu tun.

Synne hatte das System zwar am Laufen gehalten, aber ich hatte viele Mandanten, von denen die meisten irgendwo im Gefängnis saßen und mittlerweile erzürnt waren, dass ich mich so lange nicht hatte blicken lassen.

Zwei Wochen lang flog ich im ganzen Land hin und her. Manchmal übernachtete ich in einem Hotel, doch meistens

schaffte ich den Rückflug noch am selben Tag. Zu Hause wartete Kari.
Peter war zufrieden, Synne war zufrieden, und meine Mandanten waren zufrieden. Ich sah und hörte nichts von Hans Godvik und war mir sicher, dass er keine Bedrohung mehr darstellte. Außerdem hatte ich keine Lust, an ihn oder seine Frau zu denken. Ich verdrängte Maja aus meinen Gedanken und wusste, dass auch dieser Fall in meiner Erinnerung früher oder später ein ganz normales Verfahren sein würde. Mit der Zeit würde der nötige Abstand schon kommen.

Nachtclubs waren nicht mein Fall. Wenn ich abends ausging, dann in Bars oder Pubs. Ich sah mich um: Männer in teuren Anzügen und mit dicken Brieftaschen, die Gesichter vom Alkohol und vom Tanzen gerötet, Frauen mit rotgeschminkten Lippen, dunklen Lidschatten und blondierten Haaren. Das war definitiv nicht der richtige Ort für mich. Die Musik war zu laut, die Menschen zu aufgedreht, zu aufgetakelt, zu sehr darauf erpicht, sich selbst zur Schau zu stellen, die richtigen Leute zu kennen oder kennenzulernen und vor allem: dazuzugehören.
Ich war mit Peter und ein paar wichtigen Mandanten dort. Wir hatten gegessen, Rotwein und Cognac getrunken und waren anschließend in diesen Nachtclub gegangen. Ich wollte mich drücken, aber Peter hatte einfach meinen Arm genommen und mir klar zu verstehen gegeben, dass ich mitzukommen hatte.
»Diese Leute sind wichtig für die Kanzlei, Mikael. Ich muss ständig diesen Scheiß machen, jetzt kommst du auch mal mit, hin und wieder muss das einfach sein.«
Einer der Mandanten, der jüngste von ihnen, kam mit einem

Tablett voller Drinks an unseren Tisch zurück. In seinem Schlepptau drei kichernde Frauen um die dreißig. Er hatte seine Jacke ausgezogen, war verschwitzt und kaum zu bändigen, als er allen ein Glas in die Hand drückte. »Skål!«, rief er. »Auf ex!«

Ich hob gehorsam mein Glas und leerte es. Es schmeckte eklig süß, und mir lief ein Schauer über den Rücken. Der Mandant drängte mir sichtlich begeistert ein weiteres Glas auf. Seine Hand lag bereits auf dem Schenkel der Frau, die neben ihm saß; sie beugte sich zu ihm vor und lachte laut über alles, was er sagte.

Ich stand auf, trat an die Bar, holte mir ein Glas Bier und blieb einen Moment lang dort stehen. Mir graute davor, wieder zurück an den Tisch zu gehen.

Da sah ich Nina Hagen. Ich erblickte sie nur für einen kurzen Moment zwischen den anderen Körpern auf der Tanzfläche, ehe sie von der wogenden Menge wieder verschluckt wurde. Im Nachhinein war ich mir nicht ganz sicher, ob sie es wirklich gewesen war.

Ich trank mein Bier und wollte eigentlich wieder an unseren Tisch zurückgehen, entschied mich dann aber anders und ging in die andere Richtung, um noch einmal einen Blick auf die Tanzfläche zu werfen. An einer Säule blieb ich stehen und lehnte mich an.

Es war Nina Hagen, aber sie sah anders aus, als ich sie aus meinem Büro oder dem Gericht in Erinnerung hatte. Damals war sie ungeschminkt und fast langweilig gekleidet gewesen. Jetzt trug sie eine enge Hose und ein kleines, glänzend schwarzes Top, das einen starken Kontrast zu ihrer blassen Haut bildete. Sie war stark geschminkt, und ich sah, wie sie den Kopf in den Nacken warf, als sie über etwas lach-

te, das der Mann neben ihr sagte. Sie beugte sich ihm entgegen und legte ihre Hand auf seinen Arm. Die Art, wie sie das tat, zeigte, dass sie sich gut kannten.
Auch den Mann kannte ich. Es war Fred Kluge, Inhaber mehrerer Bars und Clubs von zweifelhaftem Ruf. Ich hatte seine Türsteher schon häufiger verteidigt, teils wegen Körperverletzung, teils wegen Drogendelikten, teils wegen beidem. Hatten sie ihre Strafen abgesessen, stellte er sie immer gleich wieder ein. Trotzdem war es bisher niemandem gelungen, Kluge direkt eine strafbare Handlung nachzuweisen. Ich zweifelte aber nicht daran, dass er in irgendetwas verwickelt war. Jetzt legte er seinen kräftigen Arm um Nina Hagen und streichelte mit seiner Hand ihre Schulter.
Sie sah auf und erblickte mich, runzelte die Stirn, als müsse sie einen Moment nachdenken, und hob dann die Hand, um mich lächelnd zu grüßen. Als ich nicht reagierte, sah sie etwas überrascht aus und winkte noch einmal kräftiger. Ich rührte mich nicht, woraufhin sie mit den Schultern zuckte, sich Fred Kluge zuwandte und ihm etwas sagte. Dann sah auch er zu mir herüber, beugte sich zu ihr hinunter und flüsterte ihr etwas zu, worauf sie beide lachten.
Ich spürte die Wut in mir hochsteigen, heiß und heftig, wandte ihnen aber den Rücken zu und ging zurück zur Bar. Mein Glas war leer, und ich bestellte ein neues Bier.
Eine Stunde später hatte ich die Nase voll von betrunkenen Mandanten, blinkenden Lampen und dröhnenden Bässen. Mir brummte der Schädel.
»Ich hau ab«, rief ich Peter ins Ohr.
Er nickte. »Okay, du hast deine Pflicht getan.«
Ich stand auf und spürte, dass auch ich angetrunken war. Ich musste mich konzentrieren, geradeaus zu gehen. Auf der

Toilette war eine Schlange vor den Pissoiren, aber ich fand ein freies Waschbecken und wusch mir das Gesicht mit kaltem Wasser, um einen klaren Kopf zu bekommen. Als ich wieder auf den Flur kam, stand sie direkt vor mir.

»Hallo, Herr Brenne«, sagte sie. »Sie haben mich gar nicht gegrüßt. Haben Sie mich etwa vergessen?«

Ihr direkter Blick war die reinste Herausforderung; das blanke Top klebte an ihrer Haut. Ich dachte an das, was mir der Sonnenkönig erzählt hatte, an ihre Pflegeeltern, die im Haus verbrannt waren, und welcher Verdacht damals geäußert worden war.

»Ich habe Sie nicht vergessen.«

»Aber … warum sind Sie dann so abweisend?«

»Haben Sie einen neuen Freund?«, fragte ich. Mir kam nichts anderes in den Sinn, ich hatte aber das Gefühl, etwas sagen zu müssen.

»Fred? Mein Freund? Nein, nicht gerade. Lover vielleicht.« Ihre Augen trieben ein Spiel mit mir. »Wir ergänzen uns gut. Er mag es, gefesselt zu werden. Und ich fessele gerne.« Sie sah meinen Gesichtsausdruck und lachte. »Schockiert Sie das? Vielleicht ist das nicht ganz Ihr Stil.«

Ihre Selbstzufriedenheit machte mich wütend, und ihre Worte riefen die Bilder von Maja in meiner Erinnerung wach. Wie eine Diashow, die ich zu verdrängen versucht hatte. Ich trat einen Schritt auf sie zu.

»Ich weiß, was geschehen ist«, sagte ich leise. »Ich weiß, dass Sie und Alvin den Mord an Maja geplant haben. Ich weiß, dass Sie daran beteiligt waren. Alvin konnte sein Maul nicht halten, er musste damit prahlen. Ich weiß alles.«

Das war eine blanke Lüge. Alvin Mo hatte kein Wort über sie verloren, das alles beruhte einzig auf Theorien und Vermu-

tungen. Kaum waren mir die Worte über die Lippen gekommen, geschah eine Veränderung mit ihr. In ihren Augen loderte für einen kurzen Moment Panik auf, dann verzerrte sich ihr Gesicht vor Wut. Eine unverfälschte Wut, so stark, dass ich einen Moment lang fürchtete, sie könne die Kontrolle über sich verlieren. Instinktiv trat ich einen Schritt zurück. Gleich darauf war sie wieder die Alte, die Maske war wieder an ihrem Platz, nur dass ich jetzt einen Blick dahinter geworfen hatte und mir plötzlich sicher war, dass meine Vermutungen stimmten.
»Sind Sie jetzt vollkommen durchgedreht, Brenne? Haben Sie zu viel getrunken?«
Ich spürte die Wut in mir hochkochen und wollte ihr Angst einjagen, ihrer trägen, selbstzufriedenen Sinnlichkeit einen Stoß versetzen.
»Vergessen Sie's«, sagte ich. »Sie täuschen mich nicht noch einmal. Damit kommen Sie nicht durch. Sie hätten sich einen weniger verrückten Partner als Alvin suchen müssen. Er redet zu viel. Der wird Sie mit seinem Mundwerk noch hinter Schloss und Riegel bringen.«
Ich hatte weitere Proteste oder Wutausbrüche erwartet, doch sie sah sich nur nachdenklich um, als hätte ich ihr lediglich eine schwierige Frage gestellt.
Dann sagte sie so leise, dass es kaum zu hören war: »Das geht nicht, ich darf nicht zulassen, dass er das tut.«
Ich wollte sie fragen, wie sie das meinte, doch da stand plötzlich Fred Kluge neben ihr. Er sah sie an und fragte: »Was ist los, Nina? Quält dich der Anwalt?«
Als keiner von uns antwortete, trat er einen Schritt auf mich zu. Seinen Augen und seiner Körperhaltung war zu entnehmen, wie wenig es bedurfte, damit er gewalttätig wurde.

»Was machen Sie hier, Brenne?«, fragte er, aber Nina legte ihre Hand auf seinen Arm.
»Nichts, Fred, vergiss es.«
Ich wich zwei Schritte zurück und nickte. »Ich bin auf dem Weg nach Hause, Herr Kluge. Einen schönen Abend noch.«
Als ich nach draußen in die dunkle Kälte trat, spürte ich wieder, wie betrunken ich war. Der Alkohol traf mich wie ein Hammerschlag auf die Stirn, worauf mir am ganzen Körper der Schweiß ausbrach. Ich fragte mich, was ich in Gang gesetzt hatte. Was Nina Hagen jetzt tun würde. Trotzdem verspürte ich noch immer einen Rest von Genugtuung, sie wirklich getroffen und ihr einen Schrecken eingejagt zu haben. Wenn sich auch in meinem Hinterkopf eine dünne Stimme meldete und mir zuraunte, dass das, was ich getan hatte, nicht gerade klug gewesen war und Konsequenzen haben würde. Dass ich es bereuen würde.
Ich schob den Gedanken beiseite und konzentrierte mich darauf zu gehen, ohne zu torkeln.

In der folgenden Woche tauchte Alvin Mo plötzlich bei mir im Büro auf. Ich hatte mich entschieden, mich nicht weiter um den Maja-Fall zu kümmern, aber es schien so, als wollte der Fall mich nicht loslassen. Er hatte sich in meinem Leben festgebissen wie eine Bulldogge.
»Er behauptet, einen Auftrag für Sie zu haben«, sagte mir die Empfangsdame am Telefon. Ich seufzte und entschied mich, die Sache am besten gleich hinter mich zu bringen.
Sechs Wochen lang hatte ich ihn regelmäßig getroffen, und wir hatten fast zwei Wochen gemeinsam vor Gericht verbracht. Trotzdem war es ein Schock für mich, ihn wiederzusehen. In meiner Erinnerung sah er normaler aus, gewöhn-

licher, doch als er jetzt vor mir stand, wurde mir erneut bewusst, was für eine seltsame Erscheinung er war. Seine vollständige Haarlosigkeit sowie die vagen, unfertigen Gesichtszüge ließen ihn beinahe wie eine Skizze aussehen, wie ein Entwurf. Seine Erscheinung war mir genauso unangenehm wie bei unserer ersten Begegnung.

Seine Hand war trocken und warm. Er war voller Vitalität, setzte sich auf den Besucherstuhl, stand aber nach wenigen Sekunden wieder auf und musterte die Bücher in meinem Regal, studierte die Bilder an den Wänden und berührte mit rastlosen Fingern den anderen Kleinkram, der auf dem Regal stand.

»Setzen Sie sich«, sagte ich. »Womit kann ich Ihnen dienen, Herr Mo?«

Er reagierte nicht auf meine Bitte, sondern ging weiter ruhelos auf und ab.

»Dieses Verfahren«, sagte er. »Wir haben's denen richtig gezeigt, nicht wahr? Einen Superjob haben Sie da gemacht.«

»Ja.« Ich kannte ihn und wusste, dass es nichts nutzte, ihn zu sehr unter Druck zu setzen.

»Ich denke, das hat sich auch für Sie bezahlt gemacht.«

»Wie meinen Sie das?«

Er breitete die Hände aus. »Na, all die Aufmerksamkeit, die Zeitungen und das Fernsehen, neue Mandanten – all das. Dank mir sind Sie jetzt groß im Geschäft. Ich dachte, dass mir davon auch ein gewisser Teil zusteht.«

Einen Augenblick lang dachte ich, er wollte Geld von mir verlangen. Er muss mir das angesehen haben, denn er fuhr lachend fort: »Nein, nein, ich denke an Schadensersatz, Brenne. Eine Entschädigung für die Verfolgung oder wie man das nennt.«

»Haftentschädigung.«
»Genau.« Er lächelte. »Ich habe mehrere Monate eingesessen, mein voller Name stand in jeder Zeitung und wurde im Fernsehen genannt. Überall war ich nur das Monster. Mein Leben ist kaputt. Mir sollte dafür eine hübsche Summe zustehen, meinen Sie nicht auch?«
Ich schüttelte langsam den Kopf.
»Warum nicht? Wie meinen Sie das? Ich wurde doch freigesprochen, nicht wahr?«
»Es ist nicht so einfach, wie Sie glauben, eine Haftentschädigung zu erhalten. Aber darum geht es nicht, Herr Mo.«
»Und worum dann?« Er klang jetzt etwas aggressiv.
»Es geht darum, dass ich solche Fälle nicht übernehme.« Nach einer kurzen Pause fügte ich hinzu: »Und ganz sicher nicht für Sie.«
Er stand jetzt ruhig da, plötzlich war seine Rastlosigkeit wie weggewischt. »Und warum nicht?«
»Sie sind wirklich unglaublich. Ich habe gehört, was Sie Majas Vater gesagt haben, und Sie wissen, dass ich es gehört habe. Sie haben Maja getötet. Ich würde Sie nicht mal mit einer Kneifzange anfassen. Und ganz sicher kein Verfahren gegen den Staat eröffnen, damit Sie mit Ihrer Tat auch noch Geld verdienen.«
Ich weiß nicht, welche Reaktion ich erwartet hatte, doch ich erntete nichts als ein Schulterzucken. »Okay«, sagte er. »Wenn Sie nicht wollen … aber ich brauche Geld.«
Er schien mich nicht richtig verstanden zu haben.
»Sie haben ein junges Mädchen getötet, Herr Mo. Sie gefoltert, vergewaltigt und getötet. Das …« Ich suchte nach den passenden Worten, die zu ihm durchdringen würden. »Sie glauben, Sie sind damit davongekommen, aber es wird Ihr

Leben immer belasten. Ich glaube nicht, dass jemand mit so etwas leben kann, nicht wirklich. Diese Tat wird Sie heimsuchen und Ihnen das Leben zur Hölle machen, Sie umbringen.«

Er sah plötzlich etwas verwirrt und verloren aus, als hätte ich ihn verletzt.

»Sie sollten so etwas nicht sagen«, sagte er. »Sie sind mein Anwalt. Ihr Job ist es, mir zu helfen.«

Ich dachte an Nina Hagen. Daran, was ich zu ihr gesagt hatte. Ich wusste, dass Alvin Mo durch meine Lüge in Gefahr war. Ohne dass er es wusste, betrachtete Nina Hagen ihn nun als Risiko. Ich war kurz davor, ihm das zu sagen, ihn zu warnen, als er sich umdrehte und das Bild von Kari nahm, das auf dem Fensterbrett stand. Er strich mit dem Zeigefinger über ihr Gesicht.

»Ihre Liebste?«, fragte er. »Ein süßes Mädchen.« Die Intimität in seiner Stimme, in seinem Finger, der den Konturen ihres Gesichts folgte, wühlte mich so auf, als hätte er sich vor meinen Augen an meiner Frau vergriffen. Spontan entschied ich mich dagegen, ihm etwas zu sagen.

»Es ist besser, wenn Sie jetzt gehen«, war alles, was ich herausbrachte. »Ich kann und will Ihnen nicht helfen.«

Er verschwand durch die Tür, und das war das Letzte, was ich von ihm sah.

## Kapitel 22

Ich wurde langsam panisch. Hatte mich verlaufen. Die Straßen um mich herum wurden enger und enger. Noch vor einem Augenblick war ich über sonnenbeschienene Straßen geschlendert, vorbei an weißgekalkten Häusern, doch jetzt war alles dunkel und still. Die Gasse war vollkommen verlassen, sah man einmal von einer Katze mit struppigem Fell ab, die auf einer Treppe saß und mich mit gelben Augen anstarrte. Ich ging ein paar Schritte auf sie zu, worauf sie davonsprang und über die Straße lief. Ich wusste, dass ich ihr folgen musste. Sie sprang auf eine andere Treppe und verschwand in einem Haus. Ich blieb vor dem Gebäude stehen. Die Tür war verschlossen, und ich verstand nicht, wie die Katze hineingekommen war. Ich blieb auf der Treppe stehen und spürte immer deutlicher, dass drinnen im Haus etwas Schreckliches geschah. Meine Angst nahm zu, wurde unerträglich. Dann klingelte ich. Weit entfernt hörte ich ein leises Schellen. Dann noch einmal. Und wieder, bis ein Teil meines Hirns verstand, dass es das Telefon war, das wütend und unerbittlich klingelte.

Meine Hand fand den Hörer, hob ihn ab und ließ ihn sogleich wieder fallen. Ich tastete danach, während ich bereits jemanden sprechen hörte; es klang wie das Summen von Insekten. Dann bekam ich den Hörer zu fassen und legte ihn ans Ohr.

»… und was sagen Sie dazu?« Eine aufgeregte Stimme mit Østlandsdialekt.

»Hallo!«, meldete ich mich. Meine Stimme war belegt, so dass ich mich räusperte und noch einmal meldete.
Es wurde einen Augenblick still, dann fragte die Stimme: »Wer … mit wem spreche ich?«
Die Uhr auf dem Nachtschränkchen zeigte sieben nach drei.
»Hier spricht Brenne.«
»Und was sagen Sie dazu, Brenne?«
»Wozu?«
»Na … na zu dem Mord natürlich.«
Mein Hirn schien ganz und gar mit Baumwolle ausgefüllt zu sein. »Wer spricht denn da?«
Die Stimme war unvermindert aufgeregt. »Haben Sie mir nicht zugehört?«
»Es ist mitten in der Nacht, wer zum Teufel spricht da, und worum geht es?«
Erneute Pause. »Ja, tut mir leid, ich weiß, dass es spät ist. Hier spricht Geir Spang, der Journalist. Ich habe Sie angerufen, weil … aber das habe ich Ihnen doch gesagt. Ihr Mandant ist tot. Ich würde gerne wissen …«
»Welcher Mandant?«
»Mo. Alvin Mo. Was sagen Sie dazu?«
»Einen Moment mal, bitte. Alles der Reihe nach. Alvin Mo? Was … wie ist er gestorben?«
»Er ist getötet worden. Ermordet.«
»Wann?«
»Das weiß ich nicht. Ich stehe gerade vor seinem Haus. Die Polizei ist hier. Ich will wissen, was Sie dazu sagen. Was meinen Sie, wer könnte das getan haben?«
»Ich habe keine Ahnung. Und ich gebe auch keinen Kommentar dazu ab.« Dann legte ich auf.

Nach einer Weile klingelte es wieder. Ich ging nicht dran. Eine Minute später klingelte mein Handy. Ich schaltete es aus und blieb nachdenklich liegen.

»Was ist los, Mikael?« Kari sah mich schläfrig an.

»Ach, nur ein Fall. Schlaf ruhig weiter. Ich erzähl dir alles morgen früh.«

Alvin Mo war tot. Jemand hatte ihn getötet. Ich betrachtete das als keinen großen Verlust für die Welt und empfand auch keine Trauer. Trotzdem war es ein seltsames Gefühl, schließlich war er noch vor gut einer Woche in meinem Büro gewesen. Jetzt hatte er die Wahrheit über den Mord an Maja mit ins Grab genommen. Ich konnte nichts daran ändern und sah keinen Grund, mich in den Fall einzumischen. Ich drehte mich auf die Seite, schloss die Augen und versuchte zu schlafen.

Eine halbe Stunde später saß ich im Auto. Draußen war es dunkel und still. Ich fuhr langsam über den Ring um das Zentrum herum und bog hinter dem Theater nach rechts in Richtung des alten Fährhafens ab, wo ich den Wagen parkte.

Ich musste nicht lange laufen. Das alte Holzhausviertel begann direkt hinter der menschenleeren Hauptstraße.

Die Häuser waren heruntergekommen, an manchen Stellen waren Holzplatten vor zerbrochene Fenster genagelt worden. Ich wusste ungefähr, wohin ich fahren musste, und nach wenigen Minuten sah ich Polizeifahrzeuge an der Straße stehen und mehrere dunkle Gestalten, die sich unter einer Straßenlaterne fröstelnd zusammendrängten.

Als ich näher kam, löste sich ein Mann aus der Gruppe und kam auf mich zu. Es war Georg. Ein Journalist, den ich schon seit Jahren kannte.

»Mikael«, sagte er.
Ich nickte ihm zu. »Was ist los, Georg?«
»Das weißt du doch, sonst wärst du wohl kaum hier.«
Ich wandte mich dem niedrigen Holzhaus zu, vor dem die Einsatzfahrzeuge standen. Zwei Streifenwagen und ein Zivilfahrzeug. Vor der Tür hielt ein uniformierter Beamter frierend Wache.
»Es geht um Alvin Mo.«
»Ja.«
»Weißt du, was passiert ist?«
»Keiner sagt was. Ich weiß nur, dass er tot ist.«
»Selbstmord oder Mord?«
»Mord, glaube ich. Das bestreitet jedenfalls niemand. Wir haben das im Polizeifunk aufgeschnappt.« Er hielt einen Moment inne und fügte dann leise hinzu: »Ich glaube, das sieht da drinnen ziemlich übel aus.«
»Warum glaubst du das?«
»Gleich nachdem ich gekommen war, gingen zwei Beamte hinein. Einer kam nach zwei Minuten wie eine Rakete wieder aus der Tür geschossen und hat in die Gosse gekotzt.«
»Vielleicht ein Berufsanfänger.«
»Ja, vielleicht. Aber die machen alle verdammt angespannte Gesichter.«
Auch die anderen Journalisten hatten mich inzwischen erkannt. Sie umringten mich und stellten mir sinnlose Fragen, die ich nicht beantworten konnte. Da ich nur den Kopf schüttelte, ließen sie mich nach einer Weile in Frieden.
Ich blieb stehen und sah zu dem Haus hinüber. Die Farbe blätterte großflächig ab, und die Dachrinne war gleich an mehreren Stellen durchgerostet.
Der Polizist, der vor der Tür stand, schien vor Kälte erstarrt

zu sein. Ich zögerte etwas, dann ging ich zu ihm und stellte mich vor. Er erwiderte nichts, sondern sah mich nur ausdruckslos an.

»Er … Alvin Mo war mein Mandant.«

»Ach ja?«

»Wenn ich das richtig verstanden habe, ist er tot. Ermordet worden.«

Keine Antwort. Ich versuchte es noch einmal. »Kann ich bitte mit dem leitenden Beamten reden?«

»Warum?«

Es war spät und kalt, und ich wurde langsam ärgerlich. »Sagen Sie ihm einfach, dass ich mit ihm reden will, okay?«

Er zuckte mit den Schultern, öffnete die Tür hinter sich, steckte den Kopf herein und sagte etwas, das ich nicht verstand. Dann schloss er die Tür wieder. Ich ging ein paar Schritte zurück und wartete.

Es dauerte fast zehn Minuten, bis sich die Tür öffnete. Der Mann, der zum Vorschein kam, war klein und grau. Um seinen spitzen Mund zogen sich tiefe Falten. Ich kannte ihn – nicht gut, aber wir hatten schon bei der einen oder anderen Sache miteinander zu tun gehabt. Er war Hauptkommissar beim Dezernat für Personendelikte und Gewaltverbrechen und hieß Tobias Munk. Er nickte mir zurückhaltend zu. »Herr Brenne?«

»Wenn ich das richtig verstanden habe, ist Alvin Mo tot«, sagte ich. »Er war mein Mandant.«

Munk sah mich etwas resigniert an. »Der braucht jetzt keinen Anwalt mehr.«

»Dann ist er tot?«

Munk nickte.

»Ermordet?«

»Warum fragen Sie?«
»Ich … er war mein Mandant … ich …«
»Das spielt keine Rolle, warum sollten Sie deshalb mehr erfahren als andere? Also gut, er wurde getötet. Es handelt sich um Mord.«
Ich schwieg für einen Moment. »Kann ich ihn sehen?«
Seine Augen wurden schmal. »Warum sollten Sie ihn sehen dürfen?«
Ich wusste nicht, warum ich gefragt hatte, und konnte ihm keine Antwort geben, weshalb ich nur mit den Schultern zuckte.
»Es kommt natürlich überhaupt nicht in Frage, Sie an den Tatort zu lassen«, sagte Munk trocken. »Und ich kann Ihnen mit Sicherheit sagen, dass Sie ihn auch nicht sehen möchten.«
»Wie meinen Sie das?«
»Jemand scheint Alvin Mo abgrundtief gehasst zu haben. Ich bin jetzt seit über dreißig Jahren bei der Polizei, aber so etwas habe ich noch nicht gesehen.«
»Wollen Sie damit sagen, dass er misshandelt wurde?«
»Das trifft die Sache nur annähernd. Alvin Mo mag ein Schwein gewesen sein, aber das hier …« Er schüttelte den Kopf.
»Wissen Sie, wer … ich meine, haben Sie einen Verdächtigen?«
Munk wurde plötzlich ungehalten, als ärgerte er sich darüber, bereits zu viel gesagt zu haben. »Glauben Sie wirklich, dass ich Ihnen das sagen würde, Herr Brenne? Es gibt ganz sicher ein paar Leute, die Alvin Mo nicht mochten. Gehen Sie nach Hause, Herr Brenne. Sie haben hier nichts verloren, und ich habe zu tun.«

Mit diesen Worten machte er auf dem Absatz kehrt und ging wieder ins Haus.
Als ich stehen blieb und ihm nachsah, kamen die Journalisten angerannt. Alle wollten wissen, was Munk zu mir gesagt hatte, aber ich schüttelte nur den Kopf und entgegnete, ich wisse auch nicht mehr als sie.
Es war windig geworden. Das Herbstlaub wirbelte um die Straßenecken, als ich zum Auto zurückging. Ich dachte an meine letzte Begegnung mit Mo, daran, was ich gesagt und was ich nicht gesagt hatte. Und dass er vielleicht noch am Leben wäre, wenn ich ihm alles mitgeteilt hätte.

## Kapitel 23

Die Zeitungen liebten den Fall und überboten sich in den folgenden Tagen mit den absurdesten und geschmacklosesten Schlagzeilen. Dann folgten wie immer die ersten inoffiziellen Informationen aus Polizeikreisen, so dass sich die Medien erneut überschlugen. Auch ohne konkrete Details gelang es ihnen irgendwie zu vermitteln, dass Alvin Mo zu Tode gefoltert worden war. Es wurden anonyme Quellen zitiert, die betonten, »so etwas noch nie gesehen zu haben«. Auch von einem »krankhaften, bestialischen Mord« war die Rede. Es wurde wild spekuliert, wer die Tat begangen haben könnte; die meisten gingen davon aus, dass der Mord ein Racheakt war und irgendwie mit dem Maja-Fall zusammenhing. Sogar bei der Mittagspause in der Kanzlei war der Mord unser einziges Gesprächsthema. Ich war die Frage bald leid, wer als Täter in Frage kam.

Synne war richtig aufgeregt. »Aber das wäre doch absurd, wenn sich jemand wegen des Maja-Falls an ihm gerächt hätte«, sagte sie immer wieder. »Er ist doch freigesprochen worden.«

Ich kommentierte das nicht.

Das Jahr ging seinem Ende entgegen, was in dieser Stadt gleichbedeutend ist mit einer unendlichen Reihe von Tiefdruckgebieten, die von Westen, vom Meer her, über die Stadt ziehen, einzig unterbrochen von wenigen klaren Tagen, an denen die schwarzgrauen Berge um uns herum mit ihrer dünnen Schicht Neuschnee auf den höchsten Gipfeln deutlich zu erkennen sind und die Luft so rein ist, dass man den Horizont sehen kann, wenn man hoch genug aufsteigt. In der Regel war dies die Jahreszeit, in der sich die Menschen vor Wind und Regen zusammenduckten und sich im Rinnstein die Gerippe verbogener, zerrissener Schirme sammelten.

Morgens, wenn ich zur Arbeit ging, war es noch dunkel, und abends, wenn ich den Heimweg antrat, war es bereits wieder dunkel. Abends blieben wir drinnen, feuerten den Kamin an und sperrten die Welt aus.

Ich hatte einen Termin außer Haus gehabt, und als ich in die Kanzlei zurückkam, winkte mir die Frau am Empfang zu, beugte sich vor und sagte leise: »Sie haben Besuch. Eine Frau. Sie hat keinen Termin, aber sie weint die ganze Zeit. Ich habe es nicht übers Herz gebracht, sie vor die Tür zu setzen.«

Ich sah zu der Sitzgruppe hinüber, in der unsere Mandanten warteten. Irgendwie war ich nicht überrascht, Irene Godviks verweintes, aufgedunsenes Gesicht zu sehen. Sie starrte mich an.

»Möchten Sie einen Kaffee?«, fragte ich sie, als sie in meinem Büro Platz genommen hatte. Sie schüttelte stumm den Kopf.

»Geben Sie mir ein paar Minuten. Ich brauche eine Tasse. Bleiben Sie hier so lange sitzen.«

Ich ging noch einmal zum Empfang, holte mir eine Tasse Kaffee und wartete, bis unsere Sekretärin mit ihrem Telefongespräch fertig war. »Hat sie gesagt, worum es geht?«

»Nur, dass es wichtig ist. Ich habe sie gefragt, aber sie wollte nur mit Ihnen reden.«

»Ist schon in Ordnung«, entgegnete ich und ging zu Irene Godvik zurück.
Sie wirkte jetzt ruhiger, saß aufrecht auf dem Stuhl, doch ihre Hände waren noch immer so fest gefaltet, dass ihre Fingerknöchel weiß hervortraten. Ihre Augen waren rot und geschwollen.
»Es tut mir leid«, sagte sie, noch ehe ich den Mund öffnen konnte. »Ich weiß, dass ich mir einen Termin hätte geben lassen sollen, aber …«
»Das spielt doch jetzt keine Rolle.«
Sie nickte und sah aus, als wollte sie weiterreden, verstummte dann aber plötzlich wieder.
Nach einer Weile fragte ich: »Um was geht es denn, Frau Godvik. Warum sind Sie hier?«
»Es geht um meinen Mann.«
»Ja?«
»Er ist verhaftet worden. Die Polizei ist gekommen und hat ihn mitgenommen.«
»Warum?«, fragte ich, obwohl ich die Antwort ahnte. »Doch nicht wegen des Mordes an Mo? Die Polizei glaubt, dass er Alvin Mo getötet hat?«
Sie nickte und begann wieder zu weinen.
Ich ließ sie weinen und dachte nach. Eigentlich war das logisch. Wenn jemand ein Motiv hatte, dann Hans Godvik. Er musste vom ersten Tag an im Fokus der Polizei gestanden haben.
Ich verstand nicht, warum ich nicht selbst auf diesen Gedanken gekommen war.
»Frau Godvik«, sagte ich. »Versuchen Sie … versuchen Sie, sich zu beruhigen. Wir müssen reden.«
Nach einer Weile wurde das Schluchzen leiser, und sie atme-

te wieder ruhiger. »Entschuldigen Sie, ich weiß, dass es dumm ist, aber es war einfach zu viel in der letzten Zeit …«
»Aber das macht doch nichts. Wann wurde er verhaftet?«
»Heute Morgen. Sie waren plötzlich an der Tür. Es war noch früh … ich weiß nicht, gegen sieben Uhr vielleicht. Wir haben noch geschlafen.«
»Sind Sie sicher, dass man ihn wegen des Mordes an Alvin Mo verhaftet hat?«
»Ja, sie hatten so einen Zettel dabei … da stand das drauf.«
»Einen Haftbefehl?«
Sie nickte.
Ich zögerte etwas. »Was … kann ich für Sie tun?«
Sie sah mich überrascht an. »Er hat doch wohl das Recht auf einen Anwalt, auf einen Verteidiger?«
»Natürlich, aber …«
»Ich will, dass Sie ihn verteidigen.«
»Hören Sie mir zu, Frau Godvik. Ich glaube nicht, dass er das will … schließlich habe ich auch Alvin Mo verteidigt …«
Sie schüttelte entschieden den Kopf. »Wir kennen keinen anderen. Und Hans sagte … er sagte, es sei verrückt von ihm gewesen, Sie für das verantwortlich gemacht zu haben, was passiert ist. Sie hätten nur Ihre Arbeit gemacht. Dass … dass Mo derjenige sei, der …«
»Der was?«
»Der den Tod verdiente.«
Hinter meiner Stirn machten sich Kopfschmerzen bemerkbar, ich war müde und unwillig. Zu gut erinnerte ich mich an die Nacht, in der Hans Godvik in meinem Schlafzimmer gestanden hatte, an die Angst, die Aggression.
Ich hatte keine Lust auf diesen Auftrag. Alles fühlte sich

falsch an. Ich hatte den Mörder seiner Tochter rausgeboxt, und jetzt sollte ich dasselbe für ihn tun. Mir fielen keine Regeln oder Gesetze ein, die mir Hans Godviks Verteidigung verboten, trotzdem war es eine seltsame, mir zutiefst unangenehme Situation.

Ich schüttelte langsam den Kopf. »Ich glaube nicht, dass das so klug wäre.«

Irene Godvik sah mir zum ersten Mal direkt in die Augen. »Sie sind doch ein guter Anwalt, oder? Vielleicht der beste, den wir kriegen können.«

»Ach, ich bin bestimmt nicht besser als viele andere.«

»Sie haben Ihre Fähigkeiten und Ihr Wissen genutzt, um den Mörder meiner Tochter freizubekommen. Finden Sie nicht, dass wir … dass mein Mann dasselbe verdient?«

Was sollte ich ihr darauf antworten. »In Ordnung, aber unter der Bedingung, dass er das auch wirklich will.«

Es dauerte eine Weile, bis ich Tobias Munk ans Telefon bekam.

»Brenne«, sagte er. Es hörte sich an, als stieße er meinen Namen durch zusammengebissene Zähne aus. »Was wollen Sie denn jetzt schon wieder?«

»Hans Godvik«, sagte ich.

»Was ist mit ihm?«

»Wenn ich richtig informiert bin, haben Sie ihn heute wegen Mordverdachts festgenommen.«

»Ja, und?«

»Seine Frau sitzt hier bei mir. Sie möchte, dass ich ihn verteidige.«

Für einen Moment war es still. »Das ist doch wohl nicht ihre Entscheidung, oder? Es ist äußerst fraglich, ob er damit ein-

verstanden ist. Bis jetzt hat er immer betont, dass er gar keinen Anwalt will.«
Ich seufzte im Stillen. »Es gibt nur eine Methode, das herauszufinden, Herr Munk. Ich komme zu Ihnen.«
Er grunzte eine Antwort, und ich fügte hinzu: »Übrigens glaube ich nicht, dass es gut für Sie wäre, wenn der Angeklagte keinen Anwalt hätte. Schließlich geht es um Mord.«
»Rufen Sie mich an, wenn Sie hier sind, Brenne.«

Als ich kam, grüßte er mich und schüttelte mir die Hand. Ich hatte Ablehnung erwartet, aber er verhielt sich korrekt. Ein Mann, der sich an seine Vorschriften hielt. Wir gingen wortlos über den Flur, bis er plötzlich stehen blieb. »Ich hätte wissen müssen, dass Sie hier auftauchen.«
»Warum?«
»Sie waren schon am Tatort. Ich weiß ja, Anwälte sind immer auf der Jagd nach großen Fällen, aber ich habe es noch nie erlebt, dass jemand schon am Tatort auftaucht.«
Mir wurde klar, dass er glaubte, ich hätte es vom ersten Moment an darauf angelegt, mir diesen Fall unter den Nagel zu reißen. Ich wollte protestieren, gab es aber auf. Er würde mir doch nicht glauben.
»Aber ein bisschen seltsam ist es schon, dass Sie ihn verteidigen sollen, nicht wahr?«, fuhr er fort.
»Warum?«
»Nun«, er machte eine vage Handbewegung. »Sie haben auch Alvin Mo verteidigt.«
»Sind Sie der Meinung, dass der Verteidigung von Hans Godvik durch mich etwas im Wege steht. Dass es eine Form von Interessenskonflikt gibt oder ich befangen bin?«
»Tja, ich weiß nicht recht, das Ganze ist etwas …«

Ich unterbrach ihn. »Alvin Mo ist tot. Da gibt es keinen Konflikt.«

Er blieb vor der Tür stehen. »Wollen Sie mit Ihrem Mandanten allein sein, Brenne? Es sitzt jemand bei ihm.«
»Ja, bitte.«
Wir gingen hinein. »Anwalt Brenne ist hier, Herr Godvik«, sagte Munk. »Ich lasse Sie beide allein.«
Hans Godvik blickte nicht einmal zu mir auf. »Ich brauche keinen Anwalt«, sagte er. »Ich habe nichts getan.« Seine Stimme klang brüchig, und er nuschelte etwas.
Noch bevor ich etwas erwidern konnte, entgegnete Tobias Munk: »Es ist eine ernste Anklage, Herr Godvik. Ich würde Ihnen sehr dazu raten, die Hilfe eines Anwalts in Anspruch zu nehmen. Uns wäre das auch lieber. Und … Herr Brenne ist ein sehr erfahrener Verteidiger.«
Ich sah ihn überrascht an, aber er erwiderte meinen Blick nicht. »Wir warten im Flur, Herr Brenne. Melden Sie sich dann.«
Hans Godvik hatte sich verändert. Im Gerichtssaal hatte er trotz seiner Anspannung und Erschöpfung gepflegt und konzentriert gewirkt. An dem Abend, als er bei uns eingedrungen war, hatte ich ihn eigentlich gar nicht richtig angesehen.
Jetzt schien er irgendwie in Auflösung begriffen zu sein. Sein Gesicht war aufgedunsen und sein Körper aus dem Leim gegangen. Sein Bauch hing über den Gürtel. Er trug eine dreckige Jeans, und auch sein blauer Baumwollpullover war voller Flecken. In seinen langen, ungekämmten Haaren waren graue Strähnen.
Wir saßen für einen Moment schweigend da. Nach all den

Geschehnissen herrschte eine große Spannung zwischen uns, als türmten sich zwischen uns die ungelösten Konflikte und unausgesprochenen Anschuldigungen.

»Ich weiß nicht … ob Sie mich hier haben wollen«, begann ich vorsichtig. »Nach allem, was geschehen ist.«

Es dauerte eine Weile, bis er antwortete: »Das spielt keine Rolle.«

»Doch, das tut es.« Ich beugte mich vor und versuchte, seinen Blick einzufangen. »Es ist eine ernste Anklage. Was auch immer geschehen ist, Sie müssen mir vertrauen. Sie müssen mir glauben, dass ich mich für Sie einsetze und das für Sie tue, was ich für richtig halte. Und Sie müssen bereit sein, das zu tun, was ich sage. Ich bin ein Profi in diesem Geschäft. Sie sind nur ein Amateur.«

»Ich habe nichts getan.«

»Das spielt keine Rolle. Wollen Sie, dass ich Ihnen helfe, oder wollen Sie das nicht? Es gibt viele andere gute Anwälte.«

Zum ersten Mal hob er den Kopf und sah mich an. »Nein, es ist in Ordnung. Wenn Sie schon mal hier sind.«

Ich roch seinen Atem und nahm den Alkoholdunst wahr. Seine Augen waren blutunterlaufen und seine Aussprache undeutlich.

»Okay. Erste Frage: Sind Sie nüchtern?«

Er antwortete bloß mit einem Schulterzucken.

»Haben Sie gestern Abend getrunken? Oder in der Nacht?«

»Ja.«

»Viel?«

»Schon. Ich bin auf dem Sofa eingeschlafen.«

»Und das machen Sie schon länger? Sich in den Schlaf trinken, meine ich?«

Ein kurzes Nicken.

»Wie fühlen Sie sich jetzt?«
»Etwas benommen.«
»Okay. Dann gibt es heute kein Verhör. Sie müssen bis morgen erst einmal nüchtern werden. Ich werde dafür sorgen, dass Sie etwas zur Beruhigung kriegen, damit die Abstinenz nicht so hart wird.«
»Aber ... ich habe nichts getan. Können wir denen das nicht begreiflich machen, damit ich wieder nach Hause kann?«
»Nein. Ich möchte, dass Sie wach und vollständig klar im Kopf sind. Die Sache ist nicht so einfach. Es kann gut sein, dass Sie nichts getan haben, aber die Polizei hat trotzdem mit Sicherheit etwas gegen Sie in der Hand. Sonst wären Sie nicht hier. Ich sage den Ermittlern Bescheid. Ich komme heute Abend noch einmal, dann können wir reden.«

Ich fand Munk und einen Ermittler in einem Büro auf der anderen Seite des Flures.
»Will er Sie als Anwalt?«, fragte Munk.
»Ja, aber heute wird es zu keiner Vernehmung kommen.«
»Was? Warum das denn nicht?« Das war der Ermittler. Er sah verärgert aus.
»Mein Mandant ist nicht nüchtern. Er hat nach all den Tagen, in denen er getrunken hat, mindestens einen schweren Kater. Ich will, dass er beim Verhör wirklich bei sich ist. Sorgen Sie dafür, dass er etwas gegen die Entzugserscheinungen bekommt.«
Munk gefiel das nicht. »Aber ... wenn er morgen dem Haftrichter vorgeführt werden soll ... wir müssen ihn doch vorher vernehmen ...«
»Hören Sie, Munk, sollte das nötig sein, akzeptieren wir auch eine Vorführung am folgenden Tag. Ich verspreche Ihnen,

da keine Schwierigkeiten zu machen. Aber ich akzeptiere kein Verhör, bevor man ein solches wirklich verantworten kann. Außerdem ist er auch nicht verpflichtet, eine Aussage zu machen.«

Munk wusste, dass ihm die Hände gebunden waren, und akzeptierte mit einem Schulterzucken. »Okay, dann fangen wir morgen früh um neun Uhr an.«

# Kapitel 24

Hans Godvik sah nicht viel besser aus als am vorigen Tag, aber seine Frau hatte ihm saubere Kleider gebracht, und seine Stimme war klarer und fester. Ich hatte ihn wie versprochen am Abend zuvor in der Untersuchungshaft besucht, ihm aber nicht viel entlocken können. Er hatte lediglich mehrfach wiederholt, nichts verbrochen zu haben.

Die Ermittler sahen dem Verhör allem Anschein nach voller Optimismus entgegen. Der jüngste von ihnen hieß Hamre. Er trug auch heute einen Anzug mit weißem Hemd und Schlips, und seine hellen Haare waren frisch frisiert. Nilsen war älter, ungefähr in meinem Alter. Er war leger gekleidet, hatte schüttere Haare und lächelte oft. Hamre leitete das Verhör, er war präzise, stellte effiziente Fragen und tippte schneller als jeder andere Polizist, den ich kannte.

Ich dachte an all die Verhöre, die ich mit den Ermittlern durchlitten hatte, die nur mit zwei Fingern schrieben. Er musste einer neuen Generation angehören.

Zuerst erkundigten sie sich nach Godviks privatem Hintergrund. So ist das immer. Ich hörte nur mit halbem Ohr zu, während Godvik ihre Frage mit monotoner Stimme beantwortete.

Es gibt für einen Anwalt nichts Langweiligeres als ein Polizeiverhör. Man hat keine wirkliche Funktion, sondern achtet einzig und allein darauf, dass die Rechte des Mandanten gewahrt werden. Da dies in der Regel der Fall ist, bleibt einem nur die Rolle des passiven Zuhörers. Schnell verliert man dann die Konzentration und denkt an andere Dinge. Doch sollte man natürlich hellwach sein, wenn das Verhör an seinen entscheidenden Punkt kommt und der Ermittler seine Karten auf den Tisch legt.

»Es tut mir leid, aber wir müssen ein bisschen über Maja reden«, sagte Hamre. »Ich verstehe, dass Ihnen das nicht leichtfällt, es ist aber notwendig.« Er sah nicht so aus, als täte es ihm wirklich leid.

Hans Godvik reagierte nicht.

Hamre ging die Fakten durch, und Godvik antwortete einsilbig.

»Was haben Sie nach diesem bestialischen Mord an Ihrer Tochter gefühlt?«

Ich wurde aus meiner Trägheit gerissen und traute meinen Ohren nicht. »Das ... das können Sie nicht ernst meinen! Was er gefühlt hat? Verdammt, was denken Sie denn, was er gefühlt hat?«

Hamre blieb unbeeindruckt, lediglich die leichte Röte, die an seinem Hals aufstieg, zeigte, dass er diese Unterbrechung nicht schätzte.

»Okay, lassen Sie es mich anders formulieren. Haben Sie Aggression gegenüber dem Täter gefühlt?«

Ich schüttelte den Kopf. »Diese Frage ist fast genauso dumm, Hamre.«

Er sah mich nicht an. »Könnten Sie die Frage bitte beantworten, Herr Godvik!«

»Natürlich habe ich das«, sagte Hans Godvik.

»Und ... wer hat den Mord ... Ihrer Meinung nach ... begangen?«

»Alvin Mo natürlich. Er wurde festgenommen und vor Gericht gestellt.«
»Ja, aber er wurde freigesprochen.«
»Das stimmt.«
»Nach dem Freispruch ... glaubten Sie da noch immer, dass Alvin Mo Ihre Tochter umgebracht hat?«
»Das ist doch die reinste Spekulation, Hamre«, unterbrach ich ihn, aber keiner nahm Notiz von mir. Sie schienen beide zu wissen, dass sie jetzt an einen wichtigen Punkt gelangt waren.
»Ja«, sagte Hans Godvik. »Ich war noch immer überzeugt davon, dass Mo der Täter war. Das glaube ich auch heute noch.«
»Und ...«, sagte Hamre leise. »Was hatten Sie ihm gegenüber für Gefühle?«
»Ich habe ihn gehasst. Mehr als ich in Worte fassen kann.«
»Wollten Sie ihn töten?«
»Ja.«
»Haben Sie auch daran gedacht, es zu tun?«
»Jeden Tag, jede Stunde.«
Es war still im Raum. Alles, der gesamte Fall, stand jetzt auf des Messers Schneide und schwankte zwischen Lüge und Wahrheit, Schuld und Unschuld. Ich wusste nicht, wie es ausgehen würde. Hamre hatte nur Augen für Godvik. Seine nächste Frage kam leise, als fürchtete er, das labile Gleichgewicht zu zerstören.
»Haben Sie ihn getötet, Herr Godvik? Haben Sie Alvin Mo umgebracht?«
Ich hielt unwillkürlich den Atem an. Nilsen sah aus wie eine Statue. Stille breitete sich im Raum aus und umhüllte uns wie ein Umhang.

»Ich wünschte, ich hätte es getan. Aber ich war es nicht.«
Ich atmete aus.
»Aber ich bin froh, dass er tot ist«, fügte Godvik hinzu. Dann legte er plötzlich sein Gesicht in die Hände, und seine Schultern begannen zu zittern, ohne dass ein Laut von ihm zu hören war.
»Pause«, sagte ich und stand auf.

Nach der Pause verlief das Verhör genauso zäh wie zuvor. Hamre kreiste ständig um dasselbe Thema, und Hans Godvik schüttelte den Kopf und leugnete alles. Er wusste nicht, was er in der Nacht getan hatte, in der Alvin getötet worden war, und obwohl Hamre auf unterschiedlichste Weise versuchte, sich dieser Frage zu nähern, sahen alle, dass er nicht weiterkam. Trotzdem hatte ich Respekt vor Hamre bekommen. Einige wenige Minuten lang war es ihm gelungen, etwas Magisches im Vernehmungsraum heraufzubeschwören, wie im Auge des Sturms, in dem alles still war und ein fast telepathischer Kontakt zwischen Ermittler und Verdächtigem bestand. Ich dachte, dass es diese Augenblicke waren, die den Durchbruch in vielen Fällen bedeuteten, und dass nur wenige Polizisten dazu in der Lage waren, eine solche Stimmung aufkommen zu lassen.
Bis kurz vor Ende des Verhörs geschah nichts mehr. Ich war vor Langeweile fast gelähmt. Sogar Hamre sah langsam müde aus. Nilsen hatte seit Stunden kein Wort gesagt. Seinem Blick nach zu urteilen, war er Lichtjahre von uns entfernt.
»Wissen Sie, wo Alvin Mo wohnt?«
Etwas in seiner Stimme ließ mich aufhorchen, so dass ich mich aufrichtete und genau zuhörte. Zum ersten Mal sah Hans Godvik unsicher aus.

»Nein«, sagte er, aber die Antwort kam zögerlich.
»Nicht? Hatten Sie nicht vor, ihn aufzusuchen? Sie haben doch eingeräumt, dass Sie ihn umbringen wollten.«
Es kam keine Antwort.
»Was für ein Auto fahren Sie?«
»Einen Renault.«
»Einen Laguna Kombi?«
»Ja.«
»Grünmetallic?«
»Ja.«
Pause. Hamre blätterte durch ein paar Papiere, die vor ihm auf dem Tisch lagen, fand, was er suchte, und blickte auf.
»Haben Sie auf der Straße vor Mos Haus geparkt?«
»Wann?« Er fragte nicht, wo Mo wohnte.
»Mehrmals.«
»Nein.«
Ich konnte sehen, dass er sich nicht wohl fühlte.
»Hm. Es gibt mehrere Zeugen, die aussagen, einen grünen Kombi Laguna nachts auf der Straße vor Mos Haus gesehen zu haben.«
»Tja.«
»Waren Sie dort?«
»Nein.«
Hamre blickte auf. »Ich glaube, Sie lügen, Herr Godvik. Wir haben mehrere Zeugen, und diese Zeugen haben uns eine recht genaue Beschreibung des Mannes im Auto gegeben. Die Beschreibung passt auf Sie.«

Hans Godvik war verstummt. Das also war die Trumpfkarte der Polizei gewesen. Hamre hatte uns gerade einen kurzen Einblick in seine Karten gewährt, und sein Blatt war nicht schlecht. Hans Godvik hatte das beste Motiv der Welt und bislang kein Alibi. Und es gab Zeugen, die ihn vor Alvin Mos Haus gesehen hatten. In mehreren aufeinanderfolgenden Nächten vor dem Mord.

Hans Godvik hatte ein Problem, und ich hatte einen neuen Fall.

Hamre streckte sich. »Eine letzte Frage. Sie sagen, Sie haben eine Hütte, in der Sie sich in der letzten Zeit häufig aufgehalten haben?«

»Das ist richtig.«

»Wären Sie so freundlich, uns eine Karte zu zeichnen, damit wir diesen Ort untersuchen können?«

Er konnte nicht gut zeichnen. Als er fertig war, sah sein Gekritzel wie eine Kinderzeichnung aus, die sich stolze Eltern an die Kühlschranktür hängen, aber Hamre war zufrieden. »Die finden wir, das ist das Wichtigste«, sagte er. »Jetzt machen wir Schluss für heute.«

»Wird er in Haft genommen?«, fragte ich.

»Das kommt auf den Richter an, Brenne. Aber ich denke schon.«

Auch ich war dieser Meinung.

## Kapitel 25

Zum vierten Mal las ich mir die Unterlagen durch und ließ meinen Blick über die Seiten gleiten, ohne wirklich etwas zu sehen. Ich wusste, was da stand.

Tags zuvor war Hans Godvik öffentlich dem Untersuchungsrichter vorgeführt worden. Er hatte still und verwirrt inmitten eines Blitzlichtgewitters gestanden und war von Journalisten und Richtern befragt worden. Auf mich machte er dabei einen Eindruck wie ein Mann, der sich allein in einem kleinen Boot inmitten eines Sturms befand und überhaupt nicht begriff, was um ihn herum vorging. Ich hatte getan, was ich konnte, wusste aber, dass es nichts nützen würde. Er wurde für vier Wochen in Untersuchungshaft genommen, inklusive Post- und Besuchsverbot. Ich hatte anschließend Berufung beim Oberlandesgericht eingelegt, glaubte aber selbst nicht, damit Erfolg zu haben.

Inzwischen hatte auch die Polizei zu der Berufung Stellung genommen, so dass ich keinen Zweifel mehr daran hatte, dass Hans Godvik lange in Untersuchungshaft bleiben würde.

Nachdem ich alle Stellungnahmen und Anklageschriften gelesen hatte, erkannte ich erst wirklich, dass das Verfahren gegen Hans Godvik entgegen meiner anfänglichen Meinung tatsächlich ein richtiger Mordprozess werden würde. Dieser Fall würde sich nicht von selbst klären.

Es ist ein seltsames Gefühl, einen großen Strafprozess auf sich zukommen zu sehen. Erst wenn man spürt, wie das Adrenalin ausgeschüttet wird, weiß man, dass es diese Momente sind, für die man als Anwalt lebt. Die großen Herausforderungen, die dramatischen Augenblicke im Rampenlicht. Dann geht ein erwartungsvolles, gespanntes Zittern durch meinen Körper, dem zunächst eine Art Unlust folgt, eine Schwerfälligkeit und Müdigkeit, die man bis in die Fingerspitzen spürt. Jedenfalls ist es bei mir so. Wie der Beginn einer Depression. Als nähme sich der Körper in Anbetracht der zu erwartenden physischen und mentalen Kraftprobe vor Gericht eine Auszeit. Ich wusste, dass ich Hans Godvik besuchen musste, hatte aber keine Lust dazu.

Er saß weiterhin in der Arrestzelle im Keller des Präsidiums. Der Fahrstuhl bewegte sich langsam wie immer nach unten. Es ist nur eine Etage, dauert aber eine Ewigkeit, als transportierte einen dieser Aufzug zum Mittelpunkt der Erde. Der Zellentrakt stank gleichermaßen vertraut und ekelerregend nach Desinfektionsmitteln, Schweiß und Erbrochenem. Auch die Geräusche in dieser Welt aus Beton und Stahltüren waren mir bekannt: das leise Murmeln, die vereinzelten Rufe und das unablässige Klingeln der Telefone. Frisch Inhaftierte schlafen schlecht, sie haben Schwierigkeiten mit dem nie abnehmenden Geräuschpegel, denn auch nachts ist es hier laut. Vielleicht sogar lauter als tagsüber. Dann kommen die Betrunkenen, und bei den Drogenabhängigen melden sich die ersten Entzugserscheinungen.
Es war noch früh am Abend und vergleichsweise friedlich. Ich fand einen der Wachmänner und fragte ihn nach Hans Godvik.

»Es geht ihm gut«, sagte er. »Er macht einen ruhigen Eindruck.«

»War der Arzt hier?«

»Ja, gestern Abend.«

»Und?«

Ein Schulterzucken. »Ihm fehlt nichts. Er hat ein paar Beruhigungstabletten bekommen. Das Besprechungszimmer ist frei.«

Ich sagte ja zu einer bitteren, glühend heißen Tasse Kaffee, und versuchte, beim Warten einen Schluck zu trinken, verbrannte mir aber prompt die Zunge.

Das Besprechungszimmer ist der kleinste Raum der Welt. Es misst sicher nicht mehr als drei Quadratmeter und ist mit einem winzigen Tisch, zwei Plastikstühlen und einem überfüllten Aschenbecher ausgestattet. Die Wände aus gelb gestrichenem Beton haben keine Fenster, nur ein Bullauge aus mattem Glas hoch oben an einer Wand, hinter dem sich dunkle Schatten bewegen wie in einem Aquarium ohne Licht. Es ist nicht möglich, irgendwelche Details zu erkennen, ich weiß aber, dass es die Schuhe der Passanten sind, die oben auf der Straße vorbeigehen. In einer anderen Welt.

Hans Godvik sah in etwa so aus wie am Tag zuvor. Sein Gesicht war grau und ausgelaugt, aber in seinen Augen war jetzt ein Funken Leben.

Er roch sauer, als er mir gegenüber Platz nahm, und trug noch immer dieselben Kleider.

»Haben Sie Einspruch eingelegt?«

»Berufung. Man nennt das Berufung.«

»Und, hat es schon eine Entscheidung gegeben?«

»Ja, Sie bleiben inhaftiert. Mindestens vier Wochen, vermutlich aber länger.«

Seine Schultern senkten sich etwas, und er schüttelte langsam den Kopf. »Das ist … das macht doch keinen Sinn. Können Sie da nichts machen?«

»Herr Godvik«, sagte ich. »Gestern wirkten Sie … ziemlich abwesend. Als wäre das alles gar nicht bis zu Ihnen vorgedrungen. Als hätten Sie es nicht verstanden. Geht es Ihnen heute besser?«

Er nickte und fuhr sich mit der Hand über die Augen. »Ich weiß. Ich war … ich weiß nicht … ich war nicht ganz da. Der Arzt hat mir Tabletten gegeben. Jetzt geht es besser.«

»Sie sind also in der Lage, mir zuzuhören und zu verstehen, was ich sage?«

Er nickte wieder. »Ja, was gibt es denn?«

Dann informierte ich ihn über alles. Ich erzählte ihm, dass die Polizei sein Auto, sein Haus und seine Hütte durchsucht hatte. Im Keller bei ihm zu Hause war eine Rolle Klebeband gefunden worden, deren Abrisskante zu dem Tape passte, mit dem Alvin Mo bei seiner Ermordung gefesselt worden war. Und dieses Klebeband lag in einer grünen Sporttasche, auf deren Innenseite ein Blutfleck war. Die Blutgruppe stimmte mit der von Alvin Mo überein, die DNA-Analyse war aber noch nicht abgeschlossen. Des Weiteren hatte die Polizei in seiner Hütte einen Zettel gefunden, auf dem Mos Name und Adresse gestanden hatte. Notiert mit großen Buchstaben und dann mit einem dicken, schwarzen Kreuz übermalt. Ich erklärte ihm, dass es für ihn nicht gerade gut aussah.

Während ich ihm all dies sagte, beobachtete ich ihn wie ein Raubvogel. Ich studierte jede noch so kleine Bewegung in seinem Gesicht, jeden Ausdruck seiner Augen, jede Bewegung seiner Hände, seiner Beine, Füße, ja seines ganzen

Körpers. Ich sah aber bloß Verwirrung und Erstaunen, als meine Worte langsam zu ihm durchdrangen und er ihre Bedeutung erkannte.

Er starrte mich verständnislos an, wie ein kleines Kind, dem man etwas zu erklären versucht, das weit über seinen Horizont hinausgeht.

»Klebeband? Das habe ich sicher«, sagte er. »Aber von einer grünen Tasche weiß ich nichts. Wenn, dann muss das eine alte sein, die wir nie benutzen.« In seinen Augen waren keine Sorgen zu erkennen, keine Unruhe.

»Und was ist mit dem Zettel mit Mos Namen und seiner Adresse?«

»Den hatte ich. Es stimmt, ich war mal da, ich habe ihn beobachtet.«

»Damit habe ich gerechnet. Aber das Kreuz ... dieses schwarze Kreuz auf seinem Namen ... haben Sie das gemacht?«

Er zuckte mit den Schultern. »Ich weiß nicht. Vielleicht. Ich kann mich nicht erinnern, aber ich muss es wohl gewesen sein.« Er zuckte noch einmal mit den Schultern. »Ich habe ziemlich getrunken.«

Mir wurde bewusst, dass Hans Godvik kein Mann war, der etwas zurückhielt. Ich hatte ihn jetzt schon ein paar Mal gesehen: vor Gericht, bei mir zu Hause mit einer Flinte in der Hand, anschließend in der Küche und dann wieder beim Verhör. Er war leicht zu durchschauen und verbarg seine Gefühle nicht; die Wut, die Verzweiflung und die Ohnmacht spiegelten sich in seinem Gesicht wider.

Ich habe mir schon vor langer Zeit abgewöhnt, darüber zu spekulieren, ob meine Mandanten schuldig oder unschuldig sind. Ich glaube auch nicht mehr, das erkennen zu können. Doch dieses Mal war es anders. Ich wusste plötzlich, dass ich

Hans Godvik glaubte. Ich hielt ihn für unschuldig. Dieser Glaube beruhte auf keiner rationalen Analyse, keiner logischen Schlussfolgerung, sondern auf bloßer Intuition, aber die war stark. Ich war überzeugt davon, dass Hans Godvik Alvin Mo nicht umgebracht hatte.

»Was … was hat das alles zu bedeuten?«, fragte er.

»Es bedeutet, dass wir ein Problem haben«, sagte ich. »Und dass die Beweise gegen Sie so stark sind, dass Sie eine ganze Weile in Untersuchungshaft bleiben werden. Wir müssen den DNA-Test abwarten.«

»Ja.« Er schwieg eine Weile, dann sagte er. »Aber ich habe das nicht getan. Die werden das schon irgendwann merken.«

»Das bleibt zu hoffen.«

»Was ist mit Irene?«, fragte er. »Vielleicht kann sie … vielleicht war ich in der Nacht zu Hause. Vielleicht kann sie aussagen, dass ich nicht …«

»Nein. Sie war nicht da. Sie war in dieser Nacht bei ihrer Schwester. Ist mit dem Zug dorthin gefahren und erst zwei Tage später zurückgekommen.«

Die Schwester, die zweihundert Kilometer entfernt in einem Dorf im Landesinneren wohnte, hatte Irene Godviks Aussage bereits bestätigt. Die Polizei arbeitete schnell in diesem Fall.

»Oh«, sagte er. »Ja, sie fährt manchmal dahin.«

Wir saßen eine Weile schweigend da. »Ich brauche Zigaretten«, sagte er plötzlich, und ich wertete das als ein gutes Zeichen. Sein Kopf hatte bereits begonnen, sich darauf einzustellen, eine gewisse Zeit im Gefängnis bleiben zu müssen.

»Ich werde mich darum kümmern«, sagte ich.

Im Moment war das beinahe das Einzige, was ich für Hans Godvik tun konnte.

## Kapitel 26

Als ich Kari später am Abend von dem Fall erzählte, zog sie die Stirn in Falten. Ich ging die Beweise von A bis Z durch, ohne dass sie mich unterbrach.

Schließlich fragte sie: »Dann sieht es nicht sonderlich gut aus für Hans Godvik, nicht wahr?«

»Nein.«

»Aber wenn das Blut nicht von Mo stammt? Und das Tape … kann man herausfinden, ob das wirklich von derselben Rolle stammt?«

»Ja. Sie analysieren die Abrisskante.«

»Okay. Sollte das nicht dieselbe Rolle sein, hat die Polizei nicht viel in der Hand, oder?«

»Nein, dann nicht. Von diesen Tests hängt viel ab.« Dann fügte ich hinzu: »Ich habe aber ein ungutes Gefühl.«

»Warum? Glaubst du, er hat es getan?«

»Was glaubst du denn?«

Meine Frage ließ sie lächeln. »Ich bin keine Anwältin, Mikael. Ich kann die Beweise und Wahrscheinlichkeiten nicht so gut einschätzen wie du. Aber … nein, ich glaube nicht, dass er es getan hat.«

»Warum nicht?«

Sie zögerte für einen Moment. »Erinnerst du dich daran, wie er mit seiner Flinte bei uns im Schlafzimmer stand?«

»Natürlich.«

»Ich weiß noch ganz genau, wie er sich verhalten hat. Ich meine, er hatte doch vor, dich zu töten, nicht wahr? Deshalb ist er ja gekommen. Aber dann konnte er nicht. Er war ganz einfach nicht dazu in der Lage. Trotz seiner Wut und seiner grenzenlosen Verzweiflung konnte er dich nicht töten. Nein, ich glaube nicht, dass er ein Mörder ist.«

Ich dachte einen Moment über ihre Worte nach. »Tja, okay. Aber du hast gesagt, er habe sich dafür geschämt, es nicht geschafft zu haben. Und Mo … wenn er *mich* schon gehasst hat, muss der Hass auf ihn doch noch viel, viel größer gewesen sein.«

»Ja, aber Mo wurde misshandelt … gefoltert, nicht wahr?«

Ich nickte.

»Es ist vielleicht vorstellbar, dass Hans Godvik dazu in der Lage war, ihn zu töten. Aber ihn derart zu foltern? Ein Mann, der nicht einmal abdrücken kann? Mir erscheint das total unwahrscheinlich.«

Sie schüttelte entschieden den Kopf. »Nein, ich habe ihn in dieser Nacht erlebt, habe mit ihm in der Küche gesessen, und ich erinnere mich an jedes Detail. Ich werde das mein Lebtag nicht vergessen. Hans Godvik ist kein Mörder.«

Ich lächelte sie an. »Du hast dich gerade in den Zeugenstand gebracht.«

»Wie meinst du das?«

»Ich glaube, ich sollte dich als Zeugin aufführen. Du musst von der Nacht erzählen.«

»Was? Meinst du das im Ernst?«

»Ja.«

»Dann hast du aber wirklich verdammt schlechte Karten.«

»Ich habe gar nichts in der Hand«, sagte ich.

Etwas später fragte sie mich: »Was glaubst du denn, Mikael. Hältst du ihn für schuldig?«

»Nein, das tue ich nicht.«

»Warum nicht? Mit welcher Begründung?«
»Ich glaube es ganz einfach nicht.«
Ich brachte es nicht übers Herz, ihr zu sagen, was ich dachte. Ich erinnerte mich an meine Konfrontation mit Nina Hagen in diesem Nachtclub, an ihre Wut und den plötzlich so verschlossenen, nachdenklichen Ausdruck auf ihrem Gesicht. Und an die Worte, die sie mir leise zugeflüstert hatte. *Das geht nicht, ich darf nicht zulassen, dass er das tut.* Ein paar Wochen später war Alvin Mo tot. Das konnte einfach kein Zufall sein.
Es gelang mir nicht, über seinen Tod zu trauern. Wenn jemand den Tod verdient hatte, dann er, aber der Gedanke, dass ich eine Mitverantwortung daran trug, quälte mich. Ich sagte mir selbst, dass ich die Konsequenzen nicht bedacht hatte und mich einfach zu einer spontanen Lüge hatte hinreißen lassen, wusste aber nicht, ob das wirklich stimmte.
»Nein«, wiederholte ich. »Ich glaube nicht, dass Hans Godvik der Mörder ist. Aber ich fürchte, dass er für diesen Mord verurteilt werden wird.«

Es dauerte zwei Wochen, bis die Resultate der DNA-Analyse vorlagen. Die Blutflecken stammten von Alvin Mo, und die Abrisskante des Tapes stimmte perfekt mit der des Klebebandes überein, mit dem Mo gefesselt worden war. Ich hatte auf ein anderes Resultat gehofft, war aber nicht wirklich überrascht. Natürlich hätte ich zum Gefängnis fahren und Hans Godvik über das Ergebnis informieren müssen, aber das tat ich nicht. Stattdessen fuhr ich nach Hause und aß mit Kari zu Abend.
Es war eines dieser Essen, bei denen sie über alles Mögliche plauderte und ich nur einsilbig antwortete.

Später am Abend stellte sie sich hinter mich und massierte mir die Schultern. Ich lehnte mich im Sessel zurück und schloss die Augen. Nach einer Weile sagte ich: »Das Blut stammte wirklich von Mo.«

»Hm«, sagte Kari und fuhr mit dem Kneten fort. »Ich dachte mir schon so was. Was willst du jetzt machen?«

»Ich habe keine Ahnung.«

»Dir wird schon noch was einfallen, Mikael«, sagte sie, während ihre Finger all die verspannten Punkte meiner Muskeln fanden.

Hans Godviks Stimme klang am Telefon müde und schwach.

»Sie verstehen, was das bedeutet?«, fragte ich und fuhr, ohne auf eine Antwort zu warten, fort: »Das heißt, dass Sie wirklich ein Problem haben. Ein großes.«

»Ja«, sagte er und verstummte.

Nach einer Weile fragte ich: »Hans? Sind Sie noch da?«

»Ja. Ich weiß nicht … ich verstehe das nicht …«

Ich kannte ihn inzwischen ein bisschen. Manchmal schien er nichts an sich heranzulassen, dann war er mit Worten kaum zu erreichen, als spräche ich eine fremde Sprache. An solchen Tagen nützte es nichts, mit ihm zu reden. Heute war so ein Tag.

»Haben Sie einen schlechten Tag, Hans? Sollen wir morgen reden?«

»Ich habe von Maja geträumt«, sagte er mit so leiser Stimme, dass ich mich anstrengen musste, ihn zu verstehen.

»Ja, dann komme ich morgen.«

## Kapitel 27

Irene Godvik sollte eigentlich in meinem Büro sein; wir hatten einen Termin vereinbart, aber sie kam nicht. Sie ging auch nicht ans Telefon, weshalb ich an diesem Nachmittag zu ihr nach Hause fuhr.

Als sie endlich die Tür aufmachte, fiel mir ihr aufgedunsenes Gesicht auf, ihre Augen waren rotgerändert, als hätte sie mehrere Tage nicht geschlafen. Sie sah mich an wie einen Fremden.

»Sie haben unsere Verabredung vergessen«, sagte ich.

Sie antwortete nicht, und ich fügte hinzu: »Und Sie sind auch nicht ans Telefon gegangen. Ich hatte schon angefangen, mir Sorgen zu machen.«

»Kommen Sie rein«, sagte sie.

Sie hatte bereits Kaffee gekocht und goss mir, ohne zu fragen, eine große Tasse ein.

Als ich ihr von dem Ergebnis der DNA-Analyse berichtete, nickte sie nur, sie hatte es bereits in der Zeitung gelesen.

»Tut mir leid«, sagte ich. »Sie hätten das zuerst von mir hören müssen, aber es war sehr hektisch … wissen Sie, was das bedeutet?«

»Ja, ich glaube schon.« Sie biss sich auf die Lippe. »Dass Hans … dass die Sache nicht gut aussieht.«

Das war eine passende Einschätzung. »Ja, so ist es. Erinnern Sie sich daran, ob Ihr Mann zu Hause war, als Sie von Ihrer Schwester zurückkamen, und was er gesagt oder getan hat?«

Sie schüttelte hilflos den Kopf. »Ich weiß nicht, ich kann mich nicht erinnern. Alles aus dieser Zeit ist so … so schrecklich vage.«
Genau diese Antwort hatte ich vorher schon einmal von ihr bekommen. Von ihr und von Hans. Ich wurde ärgerlich, ohne das wirklich zu wollen.
»Sie müssen mit dem Trinken aufhören, Irene. Sie können so nicht weitermachen. Es hilft Ihnen nicht, im Gegenteil, dadurch wird alles nur noch schlimmer.«
Ihr Gesichtsausdruck erinnerte an den eines eingeschnappten Teenagers. »Ich trinke nicht mehr.« Sie sah mir an, dass ich ihr nicht glaubte. »Nicht so viel wie vorher.«
Es hatte keinen Sinn, sie unter Druck zu setzen. Sie war eine erwachsene Frau und nicht einmal meine Mandantin. Ich bat sie, mir von ihrem Mann zu erzählen, von seinem Leben und seinem sozialen Hintergrund, um zu verstehen, was für ein Mensch er war, aber es machte den Eindruck, als spräche sie über einen Fremden.
»Er ist gut in seiner Arbeit«, sagte sie.
»Ich verstehe, aber wie ist er als Mensch?«
»Hans ist …« Sie zögerte, suchte nach Worten. »Er ist keine starke Persönlichkeit.«
»Wie meinen Sie das?«
»Wenn es Probleme gab, Probleme mit Kunden zum Beispiel, dann konnte er sich aufblasen, aber die Sachen regeln musste immer ich.«
Sie saß für einen Moment schweigend da. »Aber er ist sehr gutmütig. Er könnte niemals jemanden töten.«
»Er hat den Hund getötet«, entgegnete ich.
Sie sah mich an, sagte aber nichts. Ich stand auf und fragte, ob ich mal ihre Toilette benutzen dürfte. Sie nickte. Der Flur

war lang und schmal mit vier Türen, an keiner davon hing ein Schild.
Ich öffnete die erste Tür und blickte in ein Schlafzimmer mit einem nicht gemachten Doppelbett. Das nächste Zimmer ließ mich kurz verharren. Es war Majas Zimmer, mit gemachtem Bett, einem Schulranzen am Fußende, an den Wänden Plakate von Popsternchen und Schauspielern, deren Namen ich nicht kannte. Die Regale waren voller Kleinkram. Am Fensterrahmen lehnten zwei Barbiepuppen, Erinnerungen an eine unschuldigere Zeit, mit der Maja noch nicht abgeschlossen hatte.
Was mich drei Schritte in den Raum treten ließ, war der Schreibtisch. Er war umgestaltet worden und erinnerte an einen Altar. Auf dem untersten Regalbrett standen Dutzende von Fotos, die alle Maja zeigten. Auf der mit einem weißen Tuch abgedeckten Tischplatte thronte das große Farbfoto eines lächelnden Mädchens, ein Bild, das einmal von einem Fotografen aufgenommen worden sein musste. Vor dem Bild stand eine ganze Reihe von Teelichtern.
Ich ging näher heran. Auf einem kleinen Tischchen neben dem Schreibtisch lag ein Stapel von Zeitungsausschnitten. Als ich mein eigenes Gesicht erblickte, wurde mir bewusst, dass es sich um Berichte über das Gerichtsverfahren gegen Mo handelte.
Ich streckte die Hand aus, um sie mir näher anzusehen, als ich hinter mir einen Laut hörte und mich umdrehte. Irene Godvik stand in der Türöffnung und starrte mich an. Ihr Gesicht war kreideweiß.
»Was tun Sie hier?«, fragte sie mit zitternder Stimme.
»Es tut mir leid, ich habe mich in der Tür …«
»Raus! Ich will nicht, dass Sie hier sind. Raus hier, sofort!«

Als wir wieder in der Küche waren, sah sie mich nicht an. Ich beugte mich über den Tisch zu ihr vor und sagte: »Es tut mir leid, dass ich mich in der Tür geirrt habe. Aber dieses Zimmer … ich glaube nicht, dass es gut ist … Sie müssen das hinter sich lassen, weiterkommen. Sie können nicht …«
Sie hob den Kopf und starrte mich so verbissen an, dass ich unwillkürlich an eine geballte Faust denken musste. Ich sah das Zittern um ihren Mund, aber ihre Stimme war trotzdem fest und leise.
»Nein«, sagte sie. »Das geht Sie nichts an. Sagen Sie mir nicht, wie ich meiner Tochter gedenken soll!«
»Natürlich nicht«, entgegnete ich. »Aber es könnte trotzdem sein, dass Sie Hilfe brauchen. Vielleicht sollten Sie überlegen, mal zu einem Psychologen zu gehen.«
Ihr Blick war abweisend. »Das werde ich tun.«
Als ich sie verließ, war sie unverändert steif, verschlossen und unnahbar.

## Kapitel 28

Der Herbst war gekommen und wieder gegangen und hatte still und heimlich dem Winter Platz gemacht, ohne dass dies einen wirklichen Unterschied machte. Der gleiche Regen Tag für Tag, der gleiche unangenehme Westwind und die gleichen sehnsüchtigen Gedanken an Frühling und Sommer, wenn man sich draußen durch das Wetter kämpfte. Nur dass die Tage kürzer und kürzer wurden, bis ich das Gefühl hatte, in einem konstanten, feuchten Halbdunkel zu leben. Das Jahr war verstorben und wiederauferstanden.

Im Fall von Hans Godvik war lange nichts Wesentliches geschehen; wie so oft war eine Periode hektischer Betriebsamkeit von einer langen Wartezeit abgelöst worden.

Doch nun nahm das Verfahren mit einem Mal Gestalt an. »Hans Godvik, geboren am 3.3.1962«, stand auf dem Brief, der vor mir lag, »wird angeklagt, gegen Paragraph 232, Artikel 1 und 2 verstoßen zu haben …«

Er war jünger als ich. Ich hatte ihn immer für älter gehalten. Ich wusste nicht, warum ich das gedacht hatte. Vielleicht sah er älter aus, vielleicht hatte ich aber auch kein realistisches Bild mehr von meinem eigenen Alter und meinem Aussehen. »Dem Angeklagten wird vorgeworfen, den Tod eines anderen Mannes herbeigeführt zu haben, indem er in der Nacht zum 13. Oktober 2005 Alvin Mo mit zwei Messern grob misshandelt und verstümmelt hat, bis dieser an seinen

Verletzungen verstarb. Das Vergehen ist als besonders schwerwiegend zu betrachten, weil dem Opfer die Verletzungen mit der Absicht beigebracht wurden, es bis zum Eintritt des Todes zu foltern und zu quälen.«

Ich dachte an die Bilder von Mo, daran, wie er zugerichtet worden war, und ein Schauer lief mir über den Rücken. An der Anklageschrift war wirklich nichts auszusetzen. Sie war vom Oberstaatsanwalt unterzeichnet. Eigentlich hatte ich die Anklageerhebung erst in einigen Monaten erwartet. Niemals zuvor hatte ich erlebt, dass ein Verfahren so zügig angegangen wurde. Ich warf einen Blick auf den Kalender. Der Mord an Alvin Mo lag erst gut zwölf Wochen zurück.

Einer Eingebung folgend, wählte ich die Nummer der Staatsanwaltschaft und fragte nach Christer Bonde, dem Staatsanwalt, der auch das Verfahren gegen Alvin Mo begleitet hatte.

»Bonde.«

»Hallo, hier spricht Mikael Brenne.«

»Hallo, Herr Brenne. Haben Sie die Anklageschrift erhalten?«

»Ich halte sie in den Händen.«

»Tja. Die ist in Ordnung so, oder?«

»Ja, ja. Das geht in diesem Fall ja ungemein schnell.«

Er lachte. »Warum auch nicht? Da haben wir endlich mal einen wirklich glasklaren Fall. Reden Sie doch mal mit Ihrem Mandanten, ob er nicht doch gestehen will? Das würde sich noch immer strafmildernd auswirken; ich würde mich nicht dagegen wehren, auch wenn es reichlich spät ist.«

»Er beteuert, es nicht getan zu haben.«

Erneutes Lachen. »Ach, kommen Sie. Reden Sie mit ihm. Gehört es nicht zu Ihren Aufgaben als Anwalt, Ihre Mandanten mit der Wahrheit zu konfrontieren?«

»Ich weiß nicht … ich bin mir nicht so sicher, dass er es wirklich war.«
Es wurde einen Moment lang still am Telefon. Als Bonde wieder redete, klang seine Stimme ungewohnt scharf. »Wollen Sie mich etwa auf den Arm nehmen? Also manchmal frage ich mich, ob Ihnen der Erfolg nicht zu Kopf gestiegen ist. Mo haben Sie im letzten Moment noch rausboxen können, aber dieser Kerl hier wird verurteilt werden! Und keine weiteren Tricks, bitte lassen Sie nicht wieder im letzten Augenblick so eine Bombe platzen. Dieses Verfahren sollte nach den üblichen Regeln ablaufen. Von Ihren Spielchen habe ich langsam genug.«
»Das waren keine Spielchen, das war eine Zeugin.«
»Denken Sie einfach darüber nach! Übrigens habe ich heute mit dem Gericht telefoniert und mich erkundigt, wann das Verfahren angesetzt werden kann. In exakt acht Wochen wird's so weit sein.«
»Soll das ein Witz sein?«, fragte ich. »Das ist schließlich ein Mordfall. Wir brauchen viel mehr Zeit, um …«
»Die Ermittlungen sind abgeschlossen, Brenne. Das ist mehr Zeit als genug. Wir sehen uns dann vor Gericht.«
Ich blieb sitzen und dachte nach. Ich mochte ihn eigentlich, er war ein guter Staatsanwalt und ein angenehmer Mensch. Warum war er heute so aggressiv? Die Niederlage im Fall Alvin Mo hatte ihm nicht gefallen, aber wir verloren doch alle einmal. Kann man damit nicht umgehen, hat man vor Gericht nichts verloren. Mir wurde zum ersten Mal bewusst, dass ich als Strafverteidiger inzwischen einen solchen Ruf hatte, dass ich mit dem Neid meiner Kollegen rechnen musste. Mir gefiel das nicht besonders, aber vielleicht sollte ich mich daran gewöhnen. Dann dachte ich, dass acht Wochen

wirklich nicht viel Zeit waren und ich bis jetzt nichts in der Hand hatte, womit ich Hans Godvik vor einer sehr langen Gefängnisstrafe bewahren konnte.

Der Winter hatte die Stadt jetzt voll im Griff und sich weiß und kalt auf die Berggipfel ringsum gelegt, während die Bürgersteige im Zentrum voller glatter Eisbuckel waren und sich in den Straßen der Matsch türmte. Ich bat Synne, zu mir ins Büro zu kommen, um den Godvik-Fall durchzugehen.
Sie hörte mir zu, als ich die Fakten ansprach, und schüttelte verwirrt den Kopf. »Ich verstehe das nicht. Für mich ist es offensichtlich, dass Godvik der Schuldige ist. Ich meine ... sieh dir die Beweise an! Das ist doch der klarste Gerichtsfall seit langem!«
»Vielleicht«, sagte ich.
»Nee, nicht vielleicht! Ehrlich, Mikael. Der Mann ist schuldig. Wir sollten ihm raten, nein, ihm mit allem Nachdruck ans Herz legen zu gestehen. Bei der Beweislage ist es ganz einfach unmöglich, einen Freispruch zu erwirken, wir können nicht ...«
Ich schüttelte langsam, aber entschieden den Kopf. »Ich glaube nicht, dass er schuldig ist. Wir arbeiten auf einen Freispruch hin.«
Sie saß einen Moment lang da, ohne etwas zu sagen. Ich sah ihr die Frustration an.
»Wie denn, Mikael? Wie willst du ihn freikriegen?«
»Indem ich einen anderen Mörder finde. Den richtigen Mörder.«
»Wie willst du das anstellen?«
Ich erzählte ihr von Nina Hagen und meinem Verdacht, dass sie den Mord an Maja gemeinsam mit Alvin Mo geplant und

ihm später das Alibi verschafft hatte. Ich sagte ihr, dass ich Nina Hagen für die Mörderin von Alvin Mo hielt. Sie hörte mir konzentriert und leicht schockiert zu. Als ich fertig war, schüttelte sie wieder den Kopf.

»Ich hatte ja keine Ahnung … das ist doch total verrückt.«

»Ja. Aber ich glaube wirklich, dass es sich so verhält.«

»Schon möglich.« Ihre Stimme klang zögerlich.

»Du bist nicht überzeugt?«

»Ich sehe ja ein, dass Nina Hagen Mo ein Alibi für den Mord an Maja gegeben haben kann.«

Ich nickte. »Wenn Mo Maja getötet hat, muss sie das wohl. Und dann ist sie Mittäterin.«

»Das verstehe ich, aber …«

»Ja?«

»Es kann ganz unterschiedliche Gründe dafür geben, weshalb sie das getan hat. Liebe, zum Beispiel. Vielleicht hatte aber auch Mo etwas gegen sie in der Hand.«

»Das glaube ich nicht. Sie müssen das im Voraus gründlich geplant haben. Es ist kaum vorstellbar, dass sie an einem derart grausamen Verbrechen mitwirken konnte, ohne es selbst …«

»Ohne was?«

»Ohne es selbst zu wollen.«

»Das hört sich ziemlich unwahrscheinlich an.«

»Mit sechzehn hat man sie verdächtigt, das Haus ihrer Pflegeeltern in Brand gesteckt zu haben. Ich habe so ein Gefühl … ich glaube nicht, dass Nina Hagen ganz normal ist.«

»Okay, vielleicht hast du recht. Ich verstehe aber trotzdem nicht, warum du dir so sicher bist, dass sie Mo umgebracht hat. Warum sollte sie das tun? Sie waren … Partner, jedenfalls wenn das, was du sagst, stimmt.«

»Weil Mo verrückt war. Unberechenbar. Und weil er zu viel redete. Er stellte eine Bedrohung für sie dar. Denk doch nur an das, was er Hans Godvik gesagt hat, während ich danebenstand.«

»Ja, okay. Aber wie konnte sie das wissen? Wo ist da der Bezug?«

Es stimmte. Es gab für sie keinen Bezug, weil ich ihr gegenüber nichts von meiner Begegnung mit Nina Hagen erwähnt hatte. Sie wusste nicht, was ich gesagt oder sie mir erwidert hatte. Ich brachte das einfach nicht über meine Lippen.

»Das ist eine Möglichkeit«, sagte ich. »Die einzige, die wir im Moment haben.«

»Aber was willst du tun? Ich kapiere nicht, wie du an die Sache herangehen willst.«

»Ich werde eine Reise machen. Nach Halden.«

»Warum?«

»Weil Nina Hagen von dort kommt. Es gibt dort jemanden, mit dem ich reden will.«

»Und das hilft?«

»Vielleicht nicht.« Ich zuckte mit den Schultern. »Aber ich habe in ein paar Tagen einen Fall in Oslo, und von dort ist es nicht so weit bis nach Halden. Außerdem habe ich keine bessere Idee.«

Fünf Minuten später steckte sie noch einmal ihren Kopf durch meine Tür. »Bin ich bei diesem Fall dabei, Mikael?«

»Beim Godvik-Fall? Ja, das bist du wohl. Ich denke, ich brauche dich dabei.«

Sie nickte. Ich sah ihr an, dass sie etwas sagen wollte.

»Was ist los, Synne? Du willst doch dabei sein, oder? Das ist ein großer Fall.«

»Ja, schon … aber …«

»Was?«
»Was du da machst, ist für einen Anwalt schon ziemlich ungewöhnlich.«
Ich dachte einen Moment nach. »Schon möglich. Du kannst dich bei dem Fall dann ja um die richtige Anwaltsarbeit kümmern.«
Sie nickte, der Zweifel war aber noch immer nicht aus ihren Augen gewichen.

## Kapitel 29

Anne Lise Garmann hatte mich höflich distanziert angesehen, als ich mich vorstellte, mich dann aber doch hereingebeten und mir einen Kaffee angeboten. Jetzt saß sie steif und mit abweisender Miene auf dem vordersten Rand des Sessels.

»Ich sollte nicht mit Ihnen reden«, sagte sie zum wiederholten Mal. »Ich habe mehr als fünfundzwanzig Jahre im Jugendamt gearbeitet, und auch wenn ich jetzt pensioniert bin, unterliege ich doch noch der Schweigepflicht.«

Ich seufzte. »Ich weiß, Frau Garmann, aber wie gesagt, ich bin den ganzen weiten Weg nach Halden gefahren, nur um mit Ihnen zu sprechen. Auch weil man mir gesagt hat, Sie seien bereit, mit mir zu reden. Mein Kontaktmann bei der Polizei sagte, dass …«

»Ich weiß, ich weiß«, entgegnete sie, »aber ich sollte das nicht …«

Ich war resigniert, aber nicht über ihr Zögern. Sie hatte mit mir gesprochen, auch wenn ich ihr jedes Wort aus der Nase hatte ziehen und ihr hoch und heilig versprechen müssen, meine Quelle niemals preiszugeben. Ich war resigniert, weil sie mir nichts zu erzählen hatte.

»Habe ich das richtig verstanden, Sie haben keine konkreten Informationen über den Brand, bei dem Nina Hagens Pflegeeltern umgekommen sind?«

Sie schüttelte den Kopf. »Nein. Nur ein Gefühl …«
»Warum … ich meine, wissen Sie noch, warum Sie dieses Gefühl hatten?«
»Sie war … wie soll ich das sagen … sie war davon vollkommen ungerührt. Als ihre Pflegeeltern beerdigt werden sollten, wissen Sie, was sie mich da gefragt hat?«
»Nein.«
»Ob sie bei dieser Beerdigung wirklich zugegen sein müsse. Ihre Pflegeeltern waren nette Menschen gewesen, sie hatten sich drei Jahre lang um Nina gekümmert, doch sie wollte nicht dabei sein, weil sie das alles langweilig fand!«
Sie schüttelte den Kopf. Der Gedanke regte sie noch heute auf. »Dabei hätte mich das eigentlich nicht überraschen sollen«, fuhr sie fort.
»Warum nicht?«
»Beim Tod ihrer Eltern war es das Gleiche. Keine Reaktion. Keine Tränen. Nicht die Spur eines Gefühls. Erst dachte ich, sie wollte sich schützen, die Trauer nicht an sich herankommen lassen. Ich wollte mit ihr reden, ihr helfen, aber …«
Ich wartete und ließ ihr Zeit, die richtigen Worte zu finden.
»Zum Schluss dachte ich aber wirklich, dass sie keine Gefühle hatte. Ich glaube, mit diesem Mädchen stimmt etwas nicht. Etwas ganz Grundlegendes.«
Ich nickte. »Manche Menschen sind so.«
»Ja, ich habe im Laufe der Jahre viele Kinder betreut, und irgendwie kriegt man zu den meisten eine Beziehung. Aber … als Nina Hagen wegzog, war ich einfach nur erleichtert.«
Wir saßen eine Weile schweigend da. Dann stand sie plötzlich auf. »Ich habe ein Bild … warten Sie.«
Sie holte einen Umschlag mit Fotografien aus der Schublade im Eckschrank, blätterte rasch hindurch, bis sie das Bild

fand, das sie suchte. Sie reichte es mir herüber. Es war leicht vergilbt, doch das junge Mädchen, das es zeigte, war gut zu erkennen.

»Sie war damals vierzehn oder fünfzehn, glaube ich. Sie wohnte in dieser Zeit noch bei ihren Pflegeeltern.«

Das Bild war im Sommer am Meer aufgenommen worden. Nina Hagen trug einen Badeanzug. Sie hatte nasse Haare. Über ihren Schultern hing ein Handtuch. Sie war noch halbwüchsig, ein junges Mädchen auf dem Weg zur Frau. Die Gesichtszüge der Erwachsenen waren in ihrem Gesicht schon gut zu erkennen. Sie wirkte verschlossen, still, leblos.

»Sie sieht nicht glücklich aus«, sagte ich.

»Nein. So war sie.«

Ich dachte nach. »Gibt es noch andere Menschen, mit denen ich reden könnte … jemanden, der sie damals kannte?«

Sie sah skeptisch aus. »Ich weiß nicht recht … sie hatte keine näheren Freundinnen. Ihr Bruder vielleicht. Er heißt Gustav. Ich glaube, er wohnt noch immer hier in der Gegend, aber er und Nina hatten nicht gerade viel Kontakt.«

Ich dankte ihr für ihre Bereitschaft, mit mir zu reden, und musste ihr noch einmal versprechen, alles, was sie gesagt hatte, vertraulich zu behandeln.

Draußen war es dunkel geworden. Der kalte Westwind ließ mich in meinem Mantel schlottern, als ich zum Hotel zurückging. Ich nahm ein warmes Bad und gönnte mir einen Drink aus der Minibar, bevor ich die Auskunft anrief. Gustav Hagen wohnte noch immer in der Gegend. Ich notierte seine Adresse.

Nachdem ich zu Bett gegangen war, blieb ich im Dunkeln liegen, ohne schlafen zu können. Ich dachte an mein Gespräch mit Anne Lise Garmann. Sie hatte mir nichts Konkretes mitgeteilt, nichts, das ich nutzen konnte, aber trotzdem war das Gespräch nicht vergebens gewesen. Ich wusste jetzt etwas mehr über Nina Hagen, kannte sie ein wenig besser. Ich dachte daran, wie unterschiedlich ihre Facetten waren, erst anonym und langweilig vor Gericht, dann sexy und von kaltem Selbstbewusstsein bei unserer Begegnung im Nachtclub. Ich dachte an die Wut in ihren Augen, als ich sie provoziert hatte, und an ein junges Mädchen, das beim Tod seiner Eltern nicht weinte. Plötzlich lief mir ein Schauer über den Rücken, ich empfand es wie die Warnung vor einer drohenden Gefahr.

Ich war allein in einem Hotelzimmer in einer fremden Stadt. Draußen quietschten Reifen auf nassem Asphalt, Jugendliche riefen sich etwas zu, Autotüren knallten. Ich fühlte mich einsam, umgeben von fremden Geräuschen und fremden Menschen. Es dauerte lange, bis ich einschlafen konnte.

## Kapitel 30

Der junge Verkäufer in der Tankstelle hatte mir eine Karte verkauft und allerlei Striche, Pfeile und Kreuze darin eingezeichnet, aber es gelang mir trotzdem, mich zu verfahren. Die Adresse von Ninas Bruder bestand lediglich aus einem Ortsnamen und einer Briefkastennummer. Er wohnte in einem hügeligen Waldgebiet, in dem kein Horizont und keine Berge zu erkennen waren, an denen man sich hätte orientieren können. Nur dunkler Wald und schmale asphaltierte Straßen, die sich durch die Landschaft schlängelten. Alles sah gleich aus.

Als ich glaubte, am richtigen Ort zu sein, fuhr ich die Straße hinauf und hinunter und suchte vergeblich nach einem Briefkasten mit der Aufschrift »Hagen«. Ein alter Mann stand auf dem Hof vor seinem Haus und hackte Holz. Ich hielt an, und er legte die Axt beiseite, wischte sich mit einem schmutzigen Taschentuch den Schweiß von der Stirn und richtete sich auf. Um ihn herum lagen frisch gespaltete Scheite. Sie leuchteten weiß und dufteten nach Harz und Holzsplittern.

»Guten Tag«, grüßte ich. »Ich habe mich verfahren. Das heißt, ich finde nicht den richtigen Weg.«

Er antwortete nicht.

»Ich suche nach einem Herrn Hagen. Der muss hier irgendwo wohnen, Gustav Hagen. Sagt Ihnen der Name etwas?«

Der Mann spuckte etwas Braunes aus, ging auf mich zu und an mir vorbei.

Erst dachte ich, er wollte mich wortlos stehen lassen, doch dann blieb er an der Straße stehen und streckte den Arm aus. Ich blickte in die Richtung, in die sein Zeigefinger deutete, und sah einen überwucherten Feldweg auf der anderen Seite der Straße.

»Der Weg da? Dort wohnt er?«

Der Mann nickte und spuckte erneut aus. Ich dankte ihm und ging zurück zum Auto. In diesem Moment machte er zum ersten Mal den Mund auf. »Wenn ich Sie wäre, würde ich da nicht hochfahren.«

»Warum nicht?«

»Schlechter Weg. Ihr Wagen ist zu niedrig.«

»Kann ich laufen? Wie weit ist das?«

»Zehn Minuten. Vielleicht ein bisschen mehr.« Dann fügte er hinzu: »Dieser Gustav kriegt nicht gern Besuch. Weiß er, dass Sie kommen? Haben Sie eine Verabredung?«

Ich schüttelte den Kopf, und er zuckte mit den Schultern. »Er wird nicht mit Ihnen reden wollen. Er ist sehr menschenscheu.«

»Ich muss es versuchen«, sagte ich.

»Tun Sie, was Sie wollen. Aber der Letzte, der das versucht hat, wurde vom Hof gejagt. Das war irgendjemand vom Sozialamt. Irgend so ein Beamter. Er war leichenblass, als er wieder hier runterkam.«

Er sah mein Zögern. »Wollen Sie einen Kaffee? Ich habe gerade welchen aufgesetzt.«

»Ja«, sagte ich. »Danke. Warum nicht?«

Wir saßen in der Küche, die Tassen vor uns. Der blaue Qualm seiner Zigarette legte sich wie Nebel zwischen uns. Es war still hier im Wald, fast kein Verkehr.

»Es ist friedlich hier«, sagte ich. »So viele Nachbarn scheint es nicht zu geben.«
»Ein paar«, sagte er. »Die Straße herunter. Aber hier oben gibt es nur Gustav.«
»Kennen Sie ihn gut?«
»Na, gut genug. Er hat sein ganzes Leben hier gewohnt. Und ich auch.«
»Haben Sie viel mit ihm zu tun?«
»Nein.«
»Warum nicht?«
»Er ist nicht ganz richtig im Kopf. Aber sein Vater, Karl, war noch schlimmer.«
»Wieso?«
»Der hat gesoffen wie der Teufel. Sich geprügelt und rumgehurt, die ganze Gegend verunsichert. Die Leute hatten mehr Angst vor Karl Hagen als vor dem Teufel selbst.« Er zeigte aus dem Fenster den Berg hinauf. »Gustav ist ein Sonderling, aber er bleibt die meiste Zeit für sich selbst. Trotzdem lege ich es nicht gerade darauf an, mit ihm ein Problem zu kriegen. In dieser Familie steckt schlechtes Blut.«
»Und die Mutter? Karls Frau? Wie war die?«
»Anne? Sie soff wie ein Mann und hurte herum wie ein Matrose.« Er lachte leise vor sich hin. »Auch wenn sie in den letzten Jahren nicht mehr so viele abgekriegt hat. Karl war auf Montage. Wenn er nach Hause kam, verprügelte er seine Frau, bis sie ihm sagte, mit wem sie in seiner Abwesenheit zusammen war. Dann fuhr er hier in der Gegend rum und schlug die Betreffenden zusammen. Zum Schluss wollte niemand mehr etwas mit ihr zu tun haben.«
»Sie sind umgekommen, nicht wahr? Bei einem Unfall?«
Sein Zeigefinger war krumm wie ein alter Zweig. »Da vorne.«

»Auf dem Weg da?«
»Ja, sie kamen oben vom Haus und waren viel zu schnell. Die sind direkt auf die Straße gerauscht. Stinkbesoffen natürlich, aber sie hatten angeblich auch irgendein Problem mit den Bremsen. Ich bin von dem Knall aufgewacht und mitten in der Nacht im Schlafanzug rausgelaufen, aber da war nichts mehr zu machen. Die Teile des Autos lagen überall verstreut.« Er hustete trocken, es hörte sich schmerzhaft an. Dann zündete er sich eine neue Zigarette an. »Die sind von einem Holzlaster erwischt worden. In voller Fahrt. Sie hatten keine Chance.«
Wir saßen einen Moment nebeneinander und bliesen in den Kaffee. Es war nicht so schwer, sich diesen Unfall vorzustellen – den Knall, das Geräusch des zerdrückten Metalls, als der Wagen mit Anne und Karl Hagen in einer Nacht vor langer Zeit von zwanzig Tonnen Holz zermalmt wurde.
»Und die Kinder?«
»Die kamen gleich darauf angelaufen. Waren wohl vom Knall aufgewacht. Es war aber auch wirklich laut. Sie kamen in ihren Nachthemden angerannt, Gustav schrie und fuchtelte wild mit den Armen. Er versuchte sogar, in das Wrack zu kriechen. Wir mussten ihn festhalten, der Lastwagenfahrer und ich. Das Mädchen, Nina, stand einfach nur in ihrem dünnen Nachthemd da, den Daumen wie ein Säugling im Mund.«
Er schüttelte den Kopf. »Ich erinnere mich noch so genau, als wäre es gestern gewesen.«
»Was ist mit ihr passiert? Mit dieser Nina?«
»Die Behörden haben sich um sie gekümmert. Ich weiß nicht, was aus ihr geworden ist. Bestimmt nichts Gutes.«
»Warum nicht?«

»Sie kam ganz nach ihrer Mutter. Die waren aus dem gleichen Holz geschnitzt. Kam hier runter, klein und dünn, und hat sich einfach angeboten. Ist auf den Hof stolziert und hat einfach den Rock gehoben. Die war da noch ganz klein und dünn wie ein junger Vogel. Hat den Rock gehoben und gesagt, dass ich sie für fünfundzwanzig Kronen anfassen darf. Ich habe sie wieder nach Hause gejagt.«

»Diese Kinder können es nicht gut gehabt haben«, sagte ich nach einer kurzen Pause. »Haben Sie nie daran gedacht, das Jugendamt zu informieren?«

»Damit Karl mit geladener Waffe auf meinem Hof auftaucht? Nein danke, das können Sie sich doch wohl denken, dass ich das nicht gemacht habe.« Dann fügte er hinzu: »Das hätte aber auch nichts geändert. Diese Familie war der reinste Abschaum, jeder von ihnen.«

Das war das endgültige Urteil über die Familie Hagen. Schlechtes Blut. Abschaum. Sie waren, was sie waren, und die Nachbarn kümmerten sich um ihr eigenes Bier. Ich fragte mich, wie viele Kinder in der norwegischen Provinz aus den gleichen Gründen untergingen.

Ich stand auf. »Ich werde mal sehen, ob er zu Hause ist. Ich bin weit gereist, um mit ihm zu reden.«

Er sah mich von der Seite her an. »Nehmen Sie eine Flasche Schnaps mit. Das hilft manchmal.«

»Ich habe keinen Schnaps.«

»Dann kaufen Sie doch einen von mir.«

## Kapitel 31

Es war windstill zwischen den dicht stehenden, krummen Bäumen, so dass mir in meinem Mantel rasch warm wurde. In der Hand hielt ich eine Flasche billigen Whiskey. Das heißt, im Laden wäre er billig gewesen. Ich steckte die Flasche in die Manteltasche.

Der alte Mann hatte wirklich recht. Es wäre schwierig geworden, diesen Weg mit dem Auto zurückzulegen. Tiefe, unebene Reifenspuren wechselten sich mit losen Steinen und vereinzelten Pfützen ab, auf denen sich eine dünne Eisschicht gebildet hatte. Der Weg selbst war beinahe schneefrei, während rechts und links unter den Bäumen noch alles weiß war. Nach einer Weile nahm die Steigung ab, dann sah ich die Lichtung vor mir.

Das Haus war klein und ungestrichen. Einige Fenster waren zerbrochen und mit Verlegeplatten und Planken vernagelt worden. Hinter dem Haus zog sich dunkler Nadelwald in die Höhe. Davor standen ein alter Traktor und drei Autos. Bei zweien davon fehlten die Reifen. Nur der dritte, ein rostiger Pick-up, schien fahrbereit zu sein. Der Hofplatz war voller Schnee, Matsch und Unmengen von Schrott. Maschinenteile, alte Waschmaschinen, Bretter, durchgerostete Wellblechplatten. Ein Windhauch trug mir den Gestank von faulendem Abfall entgegen.

Vorsichtig ging ich auf das Haus zu, wobei ich genau darauf achtete, wohin ich meine Füße stellte. Trotzdem waren meine Schuhe schon auf halber Strecke ziemlich tief im Matsch versunken.

Fünf Meter vor der Tür blieb ich stehen. Es gab kein Anzeichen von Leben. Keine Geräusche.

»Hallo!«, rief ich. »Ist jemand zu Hause?«

Meine Stimme klang schwach und brüchig. Ich rief noch einmal etwas lauter und wartete. Ich hatte gerade Luft geholt, um ein drittes Mal zu rufen, als die Tür aufsprang und ein Mann auf die Treppe trat. Er war groß mit ungekämmten Haaren und kleinen Augen, als wäre er gerade erst aufgewacht. Sein Bauch hing über seinen Gürtel. Das graue T-Shirt, das sicher einmal weiß gewesen war, hatte verschiedene undefinierbare Flecken.

»Verdammt, was wollen Sie?«, fragte er. Seine Stimme war rauh und leise, als wäre er es nicht gewohnt, sie zu benutzen.

»Sind Sie Gustav Hagen?«

»Wer will das wissen?«

»Ich bin Anwalt«, sagte ich. »Mikael Brenne. Ich würde gerne mit Ihnen reden.«

»Worüber?« Sein Blick war wachsam, als wartete er darauf, dass ich eine Vorladung aus der Tasche zog.

Ich war mir sicher, dass es keinen Sinn hatte, lange um den heißen Brei herumzureden. »Über Ihre Schwester. Ich hätte gerne ein paar Informationen über sie.«

Er drehte sich wortlos um und wollte wieder im Haus verschwinden.

»He, warten Sie einen Augenblick!«, rief ich und trat einen Schritt vor. »Ich möchte nur …«

Er drehte sich blitzartig herum, nahm ein Werkzeug, das an der Treppe lehnte, und drohte mir damit. Es war eine Harke mit zerbrochenem Stiel.

»Verschwinden Sie von meinem Grundstück.«
Ich trat rasch ein paar Schritte zurück und streckte ihm abwehrend die Handflächen entgegen. Es gurgelte in meinen Schuhen. »He, he, immer mit der Ruhe.«
Er schwang die Harke am ausgestreckten Arm, so dass ich zurückspringen musste, das Gleichgewicht verlor und rücklings in den Matsch fiel. Die Luft pfiff über meinem Kopf.
Ich kam auf die Knie, spürte die Feuchtigkeit durch den dünnen Stoff meiner Hose dringen und hob meinen Arm, um mich gegen den drohenden Schlag zu schützen, doch er blieb mit erhobenem Arm stehen. Sein Gesicht war rot und verzerrt.
»Hören Sie«, sagte ich schnell. »Ich will nur reden. Ich habe etwas mit …« Ich nahm die Flasche und streckte sie ihm wie einen Talisman entgegen, eine Friedenspfeife. Er starrte auf die Flasche, und ich sah die Gier in seinen Augen.
»Ich will nur reden«, wiederholte ich. »Ich brauche ein bisschen Hilfe. Nur ein paar Informationen. Wir können reden und einen Schluck trinken …«
Ich redete, wusste aber nicht, ob er mir zuhörte, denn er hatte nur noch Augen für die Flasche. Dann nickte er kurz, drehte sich um und ging ins Haus. Die Tür ließ er offen stehen. Ich deutete das als Einladung und folgte ihm vorsichtig.
Drinnen war es dunkel, die Gardinen vor den unbeschädigten Fenstern waren zugezogen, aber es war ordentlicher, als ich es erwartet hatte. Das ganze Erdgeschoss schien aus einem einzigen Raum zu bestehen, an dessen hinterem Ende eine Treppe nach oben führte. Vermutlich befanden sich dort die Schlafzimmer. Die Möbel schienen selbst gezimmert zu sein. Sie waren grob und schwer.

Gustav holte zwei Gläser, wischte sie mit einem grauen Lappen ab und stellte sie wortlos auf den Esstisch. Ich goss ein und hob mein Glas.

»Prost!«, sagte ich. Er erwiderte nichts, sondern kippte den Schnaps einfach herunter. Ein Schaudern ging durch ihn hindurch, dann streckte er mir das Glas wortlos entgegen. Das nächste verschwand auf die gleiche Weise.

»Sie trinken nicht?«, fragte er.

Es war erst Mittag, unten stand mein Auto, und der Alkohol roch scharf und streng. Ich hatte keine Lust zu trinken, hob aber trotzdem mein Glas und trank einen Schluck, was ihn zu entspannen schien. Ich schenkte ihm noch einmal nach, dieses Mal nippte er aber nur.

»Worüber wollen Sie reden?«, fragte er.

»Über Ihre Schwester Nina.«

»Ich hab nichts mit ihr zu tun«, sagte er still.

»Das weiß ich«, antwortete ich und schenkte nach. Ich spürte den Alkohol bereits wie ein Gewicht im Bauch. »Haben Sie die Möbel selbst gebaut?«

»Nein, das war mein Va… Karl. Ein guter Handwerker. Das Haus, die Möbel, einfach alles.« Ich sah ihm an, dass der Alkohol bereits Wirkung zeigte. Auch seiner Stimme war das anzumerken.

»Haben Sie schon immer hier gewohnt? Ihr ganzes Leben?«

»Ja, abgesehen von ein paar Jahren, da habe ich … da war ich woanders.«

»Bei Ihren Pflegeeltern.«

Er legte den Kopf auf die Seite und starrte mich an: »Woher wissen Sie das?«

»Ich habe mich ein bisschen informiert. Ermittlungen angestellt. Aber eigentlich über Nina. Macht das was?«

Er zuckte mit den Schultern und streckte mir das Glas entgegen. »Nicht, solange da noch etwas in der Flasche ist.«

Ich goss ihm ein. »Nina …«

»Ich habe nichts mit ihr zu tun.«

»Das haben Sie schon gesagt. Warum nicht? Es gibt doch nur noch Sie beide.«

Er antwortete nicht, weshalb ich weiterredete. »Ich meine, Ihre Eltern sind tot. Sie ist Ihre einzige noch lebende Verwandte. Da ist es doch seltsam, dass Sie keinen Kontakt zu ihr haben. Kommt sie denn niemals hierher? Vermutlich gehört ihr doch die Hälfte dieses Hauses hier, oder?«

Darauf musste er reagieren. Sein Kopf schnellte hoch. Der Ausdruck in seinen Augen gefiel mir nicht. »Sind Sie deshalb hier? Will sie den Anspruch auf ihr Erbe geltend machen? Arbeiten Sie für Nina? Sie können ihr ausrichten, dass ich sie umbringe, wenn sie sich hier blicken lässt.«

Ich hob beschwichtigend die Hände. »Nein«, sagte ich. »Deshalb bin ich nicht hier. Beruhigen Sie sich, ich arbeite nicht für Nina.«

Das beruhigte ihn. Seine Augen schwammen jetzt etwas, sein Blick wurde wässrig, das typische Anzeichen eines Schnapsrausches. Ich fragte mich, wie ich zu ihm vordringen sollte, und entschloss mich schließlich, ihm etwas anzuvertrauen.

»Ich bin hier, weil ich einen Fall bearbeite. Einen Mordfall. Ich glaube, dass Nina in die Tat verwickelt sein könnte.«

Er saß für einen Moment still da, dann sagte er plötzlich: »Das ist gut möglich, ihr ist alles zuzutrauen.«

»Warum sagen Sie das?«

Wieder schwieg er. Ich füllte sein Glas und nippte an meinem eigenen. »Es ging ihr hier nicht so gut, oder? Ich habe gehört …«

»Die Leute reden. Aber sie tun nichts.«
»Hätten sie etwas tun sollen?«
»Mein V... Karl war ein Teufel«, sagte er, und ich bemerkte plötzlich, dass ihm Tränen in den Augen standen. Die Flasche war bereits halb leer. »Er war ein Teufel.«
»Ist es deshalb? War er ... hat er sich an Ihnen vergriffen?« Ich hörte, wie plump meine eigenen Worte klangen, aber das machte nichts. Plötzlich kamen seine Worte wie ein Wasserfall, unaufhaltsam wie eine Lawine, so dass ich ihm nur zuzuhören brauchte. Zwischendurch stellte ich Fragen und schenkte ihm nach.
»Er hat uns geschlagen, immer wieder, uns und unsere Mutter. Und er hat noch schlimmere Dinge getan. Er ... er hat uns beide missbraucht. Als wären wir Hunde.«
»Und Ihre Mutter ...?«
»Mutter ... sie war nicht so schlecht, wenn er weg war. Dann trank sie nicht so viel.« Er zuckte mit den Schultern. »Auf jeden Fall nicht hier zu Hause. Sie war viel unterwegs, auf Festen und so und blieb dann ein paar Tage weg, bis sie irgendwann wieder zurückkam und sich ausschlief. Nina und ich waren dann allein hier. Das waren die besten Tage. Aber wenn Karl nach Hause kam ... sie begannen dann sofort zu trinken ... und wenn sie voll waren, kümmerte sie sich nicht darum ... um nichts ... egal, was er tat ... auch wenn er ...« Er kam ins Stocken.
»Sie sind bei einem Unfall ums Leben gekommen?«
Zu meiner Überraschung lachte er, heiser und gequält, als würde dieses Lachen aus ihm herausgepresst. »Das war kein Unfall. Ich habe sie getötet. Gemeinsam mit Nina. Es war Ninas Idee. Sie war so wütend auf sie, auf ihn. Es war ihre Idee.« Ein weiterer Schluck. Er redete jetzt etwas unzusam-

menhängend. »Sie wollte sie bestrafen, das war ihre Idee. Ich wäre nie darauf gekommen, aber dieses Mädchen ist schlau. Ich kannte mich mit Autos aus, das war schon immer so, konnte alles reparieren, obwohl das für Karl natürlich nie gut genug war …«

»Was haben Sie getan?«

»Ich habe die Bremsen manipuliert. Die Bremsflüssigkeit abgelassen. Wir wussten, dass sie wegwollten, zu einem Fest oder so, sie haben schon hier bei uns getrunken. Nina sagte, sie würden einfach unten auf dem Weg einen kleinen Unfall bauen, so dass sie im Krankenhaus landeten und wir eine Weile Frieden haben würden und vor dem Teufel geschützt waren. Sie sollten in der Kurve nur in den Graben fahren.«

Er starrte einen Moment lang still vor sich hin. »Ich verstehe nicht, habe nie verstanden, wie sie den ganzen Weg heil nach unten gekommen sind, dass sie nicht irgendwo verunglückten … doch dann kam der Holzlaster …«

Ich wusste nicht, was ich sagen sollte. Nach einer Weile redete er weiter. »Das wollten wir nicht. Er war ein Teufel, aber ich wollte ihn nicht töten. Und Mutter … nein.«

Wir saßen für einen Moment schweigend da. »Wir haben sie getötet«, sagte er und leerte sein Glas. Die Flasche war fast leer, und mir war übel.

»Nina … Ich habe versucht, mit ihr darüber zu reden, aber sie wollte nicht. Ich war am Boden zerstört, wollte sie trösten, aber sie meinte nur, wir sollten uns freuen, endlich frei zu sein, und dass sie es verdient hätten.« Er schüttelte wieder den Kopf, noch immer verwundert, verständnislos. »Sie sagte, ich dürfe das niemandem erzählen, sonst würde sie sagen, das sei alles meine Idee gewesen. Es würde ja ohnehin niemand glauben, dass sie sich so etwas ausdenken könnte, sie sei dafür ja noch viel zu jung. Sie drohte mir, dass ich sonst den Rest meines Lebens im Gefängnis verbringen würde.«

»Wie alt waren Sie damals?«

»Ich war fünfzehn. Und seit das geschehen ist, denke ich jeden Tag daran.«

Gustav Hagen ließ den Kopf auf die Arme sinken, die er auf dem Tisch vor sich verschränkt hatte. Ich wollte ihm etwas sagen, wusste aber nicht, was. Dann verließ ich ihn, ging mit unsicheren Schritten über den Hofplatz und den kurvigen Weg nach unten. Die Übelkeit steckte wie ein Kloß in meinem Bauch.

## Kapitel 32

Synne war ganz blass geworden, nachdem ich ihr meine Geschichte erzählt hatte.

»Können Kinder wirklich so aufwachsen? Ich meine, ohne dass jemand eingreift. Glaubst du, das stimmt?«

»Möglich ist das«, sagte ich. »So etwas geschieht immer wieder. Menschen sind einfach zu allem in der Lage. Und ich glaube, dass er die Wahrheit gesagt hat. Ich war da, ich habe ihn gesehen und ihm zugehört. Gustav Hagen hat die Wahrheit gesagt.«

Sie seufzte. »Aber hilft uns das? Können wir damit irgendetwas anfangen? Nina Hagen war … wie alt war sie, als ihre Eltern starben?«

»Dreizehn. Noch ein Kind, auf jeden Fall noch nicht strafmündig. Das können wir nicht nutzen, jedenfalls nicht direkt. Wir können es ja nicht einmal beweisen. Gustav ist kein glaubwürdiger Zeuge. Trotzdem nützt uns das in gewisser Weise.«

»Und wie?«

»Wir wissen jetzt ein bisschen mehr. Bis jetzt hatten wir nur eine Hypothese, die vage Theorie, dass Nina Hagen an der Ermordung von Maja beteiligt war.«

»Und an der an Mo …«

»Ja, nach allem, was wir jetzt wissen, erscheint einem das Ganze plötzlich viel glaubwürdiger. Wir wissen jetzt ein bisschen über Nina Hagen. Misshandelt und missbraucht als

Kind. Sie hat den Tod der eigenen Eltern verursacht. Ich habe ein Bild im Kopf, das ich einfach nicht loswerde. Die dreizehn Jahre alte Nina, die in einem Nachthemd auf der Straße steht und in das Autowrack blickt, in dem ihre toten Eltern liegen. Weiß Gott, was das bei ihr bewirkt hat. Ich kann mir jedenfalls verdammt gut vorstellen, dass das einen Menschen kaputt macht, zu einem Außenseiter macht, zu einem Mörder.«

»Ja«, sagte Synne. »Das sehe ich ein. Das ist ein entsetzliches Bild. Aber …«

»Was?«

»Wie kommen wir jetzt weiter?«

»Ganz konkret weiß ich das auch nicht, aber ich habe mir eine Sache gedacht. Wenn wir recht haben, reden wir von einer Frau, die aus Spaß tötet, deren Persönlichkeit derart kaputt ist, dass ihr das Freude bereitet.«

»Und?«

»Denk mal drüber nach. Es begann mit den Eltern, als sie dreizehn war. Anne Lise Garmann hatte den Verdacht, dass sie auch hinter dem Brandanschlag stand, dem ihre Pflegeeltern zum Opfer gefallen sind. Da war sie sechzehn. Das ist viele Jahre her. Wenn sie aus Spaß mordet, glaube ich nicht daran, dass sie so lange nichts getan hat.«

Synne sah mich zweifelnd an. »Tja … äh … es könnte doch etwas passiert sein, das diesen Drang in ihr vor kurzem wieder ausgelöst hat.«

»Ja, das könnte sein. Es könnte aber auch sein, dass sie schon früher getötet hat. Ich halte das sogar für ziemlich wahrscheinlich.«

»Was können wir …«

»Ich will, dass du zu suchen beginnst. Nina Hagen ist häufig umgezogen. Such an den verschiedenen Wohnorten nach unaufgeklärten Verbrechen oder Vermisstenfällen und achte darauf, ob du irgendein Muster findest. Vergiss den Aufenthalt in Dänemark und den in Oslo, da passiert zu viel. Konzentriere dich auf die kleineren Orte.«

Synne sah skeptisch aus. »Das bedeutet, dass wir wirklich im Dunkeln tappen, oder?«

Ich seufzte. »Ich weiß, Synne, aber etwas anderes fällt mir nicht ein. Wenn du eine bessere Idee hast …«

»Nein, okay, aber wie …«

»Ruf in den jeweiligen Polizeipräsidien an. Ich bin sicher, dass sie da irgendwelche Statistiken führen. Finde eine plausible Begründung, du kannst ja vorgeben, einen kriminologischen Artikel zu schreiben, irgendetwas. Wenn das nichts hilft, rufst du die Lokalzeitungen an. Nutz deine Phantasie.«

Sie nickte, sah aber nicht gerade glücklich aus.

»Und was machst du?«

»Ich rede mit Nina Hagens Großtante.«

Ich hatte mir eine glatte Lüge als Erklärung zurechtgelegt, warum ich mit ihr reden wollte, brauchte sie aber nicht zu benutzen. Klara Gulbrandsen, Nina Hagens Großtante, hatte mich offen und vertrauensselig wie ein Kind angelächelt und mich nur gebeten, sie in den Aufenthaltsraum zu schieben, damit sie die Bäume und den Himmel sehen konnte.

»Sie erinnert sich nicht an viel, aber man kann gut mit ihr reden«, hatte einer der Altenpfleger auf der Abteilung gesagt. »Schön, dass Sie kommen. Sie kriegt nicht so häufig Besuch.«

Ich fragte, wer sie denn sonst noch so besuchte, aber er zog nur die Stirn in Falten. »Keiner, glaube ich. Früher war da mal eine alte Freundin, aber die kommt nicht mehr.«

»Kommt ihre Großnichte nicht ab und zu? Eine Frau Anfang dreißig?«

Er zuckte mit den Schultern. »Nicht während meiner Schichten.«

Wir saßen vor dem geteilten Fenster und sahen in den Garten des Pflegeheims hinaus.

Klara Gulbrandsen erzählte mir, wie sehr sie sich auf den Sommer freute, endlich wieder in den Garten zu kommen, in die Sonne zu den Blumen. »Ich mag den Winter nicht mehr«, sagte sie. »Da wird alles so kalt und traurig. Der Sommer, das ist jetzt meine Jahreszeit.«

Ich lächelte und dachte daran, dass ihr Sommer bald vorbei sein würde, so dünn und klein, wie sie war. »Besucht Nina Sie manchmal?«, fragte ich.

Sie runzelte die Stirn und sah verunsichert aus.

»Ich weiß nicht«, sagte sie. »Das ist jetzt schon lange her, glaube ich.« Sie beugte sich mir fast verschwörerisch entgegen. »Wissen Sie, ich kenne sie nicht so gut.«

»Nicht?«

»Nein. Ihre Mutter … ihre Mutter war kein guter Mensch. Und ihr Mann … ein ganz fürchterlicher Kerl. Mit diesem Teil der Familie hatte ich nichts zu tun.«

»Aber Nina? Ist sie denn auch kein guter Mensch?«

Die Frage ließ sie zögern. »Sie ist wohl in Ordnung, denke ich. Ich kenne sie nicht so gut. Aber sie passt auf das Haus auf, das soll sie bekommen.«

»Was für ein Haus?«

»Na, mein Elternhaus«, sagte sie, als wäre das vollkommen klar. »Ein wunderbarer Ort.« Plötzlich sah sie traurig aus. »Ich wünschte mir … ich weiß ja, dass ich nicht wieder zu Hause einziehen kann, aber ich wünschte mir manchmal,

dort hingehen zu können. Zu Besuch. Nur um es einmal wiederzusehen. Ich vermisse das Meer.«
»Vielleicht kann Nina Sie mal fahren?«, sagte ich, und sie nickte, sah aber nicht überzeugt aus.
Mehr konnte ich ihr nicht über Nina Hagen entlocken, so dass ich es bald aufgab, einfach sitzen blieb und mit ihr über dies und das plauderte.
Nach einer Weile schob ich sie wieder auf den Flur hinaus. Die Gesichter der alten Menschen, die dort saßen, strahlten unendliche Einsamkeit aus, als wären sie vollkommen allein auf der Welt.
Als ich mich verabschiedete, lächelte Klara Gulbrandsen und bedankte sich höflich für den Besuch. »Kommen Sie nur wieder«, sagte sie. »Es war nett, mit Ihnen zu reden.«
Ich ging den Flur hinunter. Am Ausgang wollte ich ihr noch einmal zuwinken, doch da saß sie bereits wieder mit geschlossenen Augen da, als schliefe sie.
Das Gespräch mit Klara Gulbrandsen hatte mir nichts gebracht. Hoffentlich war es wenigstens für sie eine willkommene Abwechslung von ihrem täglichen Trott gewesen. Ich dachte an meinen Vater, den ich viel zu selten besuchte. Ich fragte mich, ob sein Alltag genauso leer und ereignislos wie der von Klara Gulbrandsen war.

# Kapitel 33

Ich hatte auch Hans Godvik vernachlässigt. Er war kein Mandant, der Ansprüche an seinen Anwalt stellte, aber ich wusste selbst, dass ich ihn zu selten besucht hatte. Bevor ich zum Gefängnis fuhr, rief ich ihn an und unterrichtete ihn über mein Kommen. Seine Stimme klang leise und müde.

Die Türen, durch die man als Besucher in ein Gefängnis gelangt, haben etwas seltsam Beängstigendes. Man spricht in ein schlechtes Mikrofon, sagt, wer man ist und was man will, und wartet geduldig vor einer blauen Stahltür, bis man ein kaum hörbares Klicken hört und die Tür sich wie von selbst öffnet. Kaum ist man im Inneren der Schleuse, umgeben von hohen Mauern, schließt sie sich ebenso still wieder.

An diesem Nachmittag musste ich ein paar Minuten in dieser Schleuse warten. Es nieselte, es wurde langsam dunkel und mir war kalt. Dann öffneten sich die Türen, und ich durfte hinein. Ich legte meine Legitimation und mein Handy an der Pforte in ein Fach und wartete darauf, geholt zu werden. Im Gefängnis geht immer alles langsam. Hier gehorcht alles einer ganz eigenen Zeitrechnung, einem eigenen Rhythmus.

Als ich in den Besucherraum kam, war er bereits da. Ich gab ihm die Hand, erntete aber nur einen schlaffen Händedruck.

»Wie geht es Ihnen, Herr Godvik?«, fragte ich, wie ich es immer tat, und er zuckte nur mit den Schultern.

»Ich lebe.«

Das Gespräch war zäh. Ich erzählte ihm von den nicht gerade umfangreichen Entwicklungen in dem Fall, und er hörte mir schweigend zu. Nina Hagen erwähnte ich nicht, dafür hatte ich nicht genug gegen sie in der Hand.

»Was ist mit dem Klebeband und der Tasche mit dem Blut?«, wollte er wissen.

»Was soll damit sein?«

»Wie sind diese Sachen in meinen Keller gekommen?«

»Jemand muss sie da deponiert haben.«

»Ja, aber wer? Und warum bei mir?«

»Ich habe keine Ahnung. Aber wer auch immer das war, hat es vermutlich getan, weil es logisch und naheliegend ist, Ihnen die Schuld in die Schuhe zu schieben. Sie hatten das beste Motiv der Welt, um Alvin Mo zu töten.«

»Ich werde verurteilt, nicht wahr?«

»Das kann sein.« Es machte keinen Sinn, das zu leugnen.

»Wie geht es Ihnen eigentlich hier? Waren Sie beim Arzt?« Ich fragte in erster Linie, um über etwas anderes zu reden.

»Ja, ich bekomme Schlaftabletten. Und ein paar andere Pillen … für die Nerven.«

Ich wusste aus langer Erfahrung, wie sich die Isolation in der Untersuchungshaft auf die Psyche eines Menschen auswirkt, und Hans Godviks Nerven waren nicht gerade die stabilsten.

»Wenigstens dürfen Sie jetzt wieder Besuch erhalten. Es hilft Ihnen doch bestimmt, Irene zu sehen.«

Er sah mich stumm an.

»Sie war doch wohl hier?«, fragte ich.

»Nein.«

»Aber … es ist doch schon Wochen her, dass die Polizei das Besuchsverbot aufgehoben hat!«

»Sie will nicht«, sagte er.
Ich war schockiert, und er las das in meinem Gesicht. »Irene … Sie ist nicht ganz wie alle anderen. Sie hat ihre eigenen Probleme.«
Ich sagte nichts, und er fuhr fort: »Sie erträgt diese Institutionen nicht, das Gefühl, eingesperrt zu sein.«
»Warum?«
Sein Gesichtsausdruck war defensiv. »Sie … als ich sie kennenlernte, war sie noch sehr jung. Sie hatte keine schöne Kindheit. Ich habe mich um sie gekümmert. Sie ist ohne Eltern aufgewachsen … in einem Kinderheim. Das war nicht gut für sie. Nach Majas Geburt wurde es besser, aber jetzt …«
Er schüttelte stumm den Kopf. Ihm fehlten die Worte, die Situation zu beschreiben.
»Ich hatte ja keine Ahnung«, sagte ich. »Vielleicht kann Sie jemand anders besuchen. Ihr Bruder oder sonst jemand. Ich kann ihn für Sie anrufen.«
»Das ist nicht so wichtig«, sagte er. Seinen Augen entnahm ich, dass er in Gedanken an einem vollkommen anderen Ort war.

Ich hatte trotzdem Godviks Bruder angerufen und ihn gebeten, in die Kanzlei zu kommen. Er hieß Nils, war von kleiner, gedrungener Statur und bewegte sich rasch und ruhelos. Er hatte die irritierende Angewohnheit, immer wieder auf seine Uhr zu blicken, während wir sprachen. Auch sein Handy klingelte unentwegt, und wenn er die Gespräche entgegennahm, drehte er sich von mir weg und redete wie ein Maschinengewehr.
Irgendwann hatte ich genug.
»Hören Sie, Herr Godvik«, sagte ich. »Wären Sie bitte so

freundlich, das Handy auszuschalten? Sie sind nicht der Einzige, der es eilig hat. So kann man kein Gespräch führen.«
Er sah mich beleidigt an und brummte, er hätte wichtige Geschäfte zu tätigen, schaltete das Handy aber dennoch aus.
»Schließlich geht es um das Schicksal Ihres Bruders«, sagte ich in einem Versuch, seine Verärgerung zu besänftigen. Ich sah, wie sich seine Kiefer anspannten und sein Gesicht rot anlief, woraus ich schloss, dass er meine Äußerung als Kritik auffasste.
»Ich verstehe das ja«, sagte er. »Ich weiß nur nicht, wie ich helfen kann.«
»Auf zweierlei Weise«, sagte ich. »Erzählen Sie mir von Hans, und besuchen Sie ihn im Gefängnis. Er braucht das.«
Es zeigte sich, dass er nicht viel zu berichten hatte. Er hatte nur sehr wenig Kontakt zu seinem Bruder, und das war auch schon vor Majas Mord so gewesen.
»Hatten Sie Streit?«, fragte ich.
Er schüttelte nachdenklich den Kopf. »Nein, Hans und ich hatten eine ganz normale Beziehung. Das Problem … das Problem war sie.«
»Irene?«
»Ja. Sie … sie ist nicht ganz normal. Regt sich wegen der kleinsten Dinge wahnsinnig auf. Und wenn wir zusammen waren … früher waren wir das öfter mal … hatte sie stets Angst, ungerecht behandelt zu werden. Sie meinte immer, wir würden unsere Kinder bevorteilen. Maja … Sie konnte nie etwas falsch machen, man musste immer auf sie Rücksicht nehmen, Verständnis haben, ihr alles nachsehen. Irgendwann hatte meine Frau genug.«
»Und Hans? War er denn auch so?«
»Nein, er versuchte, sich zu wehren, aber wenn er etwas von

Maja verlangte oder auch nur gerecht zu sein versuchte, war Irene gleich stockwütend auf ihn.« Er schüttelte den Kopf. »Diese Frau ist wirklich ein hoffnungsloser Fall.«
Ich nickte. »Ich habe gehört, dass sie keine einfache Jugend hatte.«
»Nein, das hatte sie nicht. Sie ist in einem Kinderheim aufgewachsen. Außerdem ist es da zu Übergriffen gekommen.«
»Das wusste ich nicht«, sagte ich überrascht.
»Doch, Hans hat mir das erzählt, aber Irene weiß nicht, dass ich es weiß. Sie will nicht, dass das herauskommt.« Er schüttelte wieder den Kopf. »Ich verstehe ja, dass es schrecklich für sie ist, aber das hilft im Alltag nicht weiter.« Er sah mich finster an. »Ich glaube nicht, dass es leicht war für Hans. Ich habe ihm ins Gesicht gesagt, dass sie zu einem Psychologen gehen sollte.«
»Und? War er Ihrer Meinung?«
Ein kurzes Lachen. »Sie ging bereits zu einem Psychologen. Seit Jahren schon, hat Hans gesagt.«
Ich zögerte etwas, dann fragte ich: »Aber nach dem Mord an Maja … hatten Sie da denn keinen Kontakt zu ihnen? Das war doch eine … Ausnahmesituation.«
»Ich habe es versucht, aber Hans … ich glaube, es quälte ihn nur noch mehr, ich weiß es nicht.«
Er sah plötzlich verloren aus. »Ich wusste nicht, was ich sagen oder tun sollte. Sie waren beide so vollkommen am Boden.«
»Vielleicht hätten Sie einfach da sein können«, sagte ich. Er zuckte zusammen, als hätte ich ihn aufs Schlimmste beleidigt.
»Es ist nicht immer leicht zu wissen, was richtig ist«, sagte er. »Das ist ja wirklich keine alltägliche Situation gewesen. Ich

wusste nicht …« Er wedelte mit der Hand und sah plötzlich hilflos aus. »Ich habe … ich habe Hans gern, aber in unserer Familie sind wir es nicht gerade gewohnt, offen mit Gefühlen umzugehen und persönlich miteinander zu reden.«

»Jetzt braucht er Sie auf jeden Fall«, entgegnete ich. »Irene besucht ihn nicht, sie erträgt das Gefängnis nicht.«

»Ich werde es tun«, sagte er.

Nachdem er gegangen war, blieb ich noch eine Weile sitzen und dachte über Irene Godvik nach. Es gab einiges, das sie nicht erzählt hatte. Sie hatte mir gegenüber eingeräumt, Hilfe von einem Psychologen zu bekommen. Ich hatte allerdings gedacht, diese Hilfe hätte etwas mit dem Mord zu tun. Sie hatte mich nicht direkt angelogen, aber auch nicht mehr gesagt, als unbedingt nötig war. Erstaunlich war das aber nicht. Sie hatte eine schwierige Jugend gehabt, war als Kind missbraucht worden, und ich wusste aus Erfahrung, dass die Opfer solcher Übergriffe nur sehr ungern über ihre Erlebnisse reden.

## Kapitel 34

Als Synnes Kopf in der Türöffnung erschien und sie mich fragte, ob ich einen Moment Zeit hätte, wusste ich, dass sie etwas herausgefunden hatte. Ihre Körpersprache war eindeutig, und die unterdrückte Erregung in ihrer Stimme sprach Bände.

»Klar, komm rein.«

Sie legte einen Stapel von Unterlagen auf meinen Schreibtisch. »Sieht man einmal von Oslo ab, hat Nina Hagen in Norwegen an vier Orten gewohnt, bevor sie hierherkam. Im Hallingdal, in Nord-Trøndelag, in Egersund und in Sørland. Überall hat sie als Krankenschwester gearbeitet, entweder in Pflegeheimen oder in Krankenhäusern.«

Ich nickte.

»Es war leicht, eine Liste über ungelöste Mordfälle oder ungeklärte Vermisstenfälle zu bekommen. Sind ja nicht so viele in diesem Land. Die meisten Morde werden aufgeklärt.«

»Das weiß ich.«

»Okay. In Egersund fand ich nichts.«

»Aber …?«

»In Sørland gab es in der betreffenden Zeit einen Mord. Dort wurde eine junge Frau ermordet, ein paar Monate bevor Nina Hagen wegzog.«

»Wie wurde sie ermordet?«

»Mit einem Messer.«

»Okay. Und was ist mit den anderen Orten?«

»Auch in Hallingdal wurde eine Frau mit einem Messer erstochen. Wieder mit einem Messer. Sie war etwas älter, fünfundzwanzig. Auch in diesem Fall zog Nina Hagen kurz darauf weg.«

Ich wartete und spürte, wie mein Puls sich beschleunigte.

»In Trøndelag habe ich nichts gefunden«, fuhr sie fort. »Keine ungelösten Fälle in der entsprechenden Zeit. Ich habe aber trotzdem da oben angerufen und ein bisschen nachgefragt. Es gab einen Fall, ein ganz junges Mädchen …«

»Ja?«

»Sie war einfach irgendwann weg. Gefunden haben sie sie erst sechs Monate später, irgendwo im Wald, aber da war nichts mehr von ihr übrig.« Sie rümpfte die Nase. »Es war nicht mehr möglich, die Todesursache zu ermitteln. Sie haben das für einen Unfall gehalten. Sechs Wochen nach ihrem Verschwinden ist Nina Hagen weggezogen.«

Wir sahen einander an. »Das ist doch wohl ein Muster, nicht wahr, Synne?«

Sie nickte. »Warte, es gibt noch mehr. Ich habe mit den Ermittlern und den Familien der Mädchen gesprochen. Ich habe sie auch nach Nina Hagen gefragt, danach, ob ihnen der Name etwas sagt.«

Ich sah sie verblüfft an. »Wie … was hast du ihnen gesagt?«

»Dass ich Ermittlungen über ungeklärte Fälle anstelle. Die Familien wollten gerne mit mir reden. Alle hatten das Gefühl, die Polizei hätte nicht genug getan. Aber das ist sicher natürlich. Wir haben lange miteinander gesprochen, und irgendwann habe ich dann beiläufig den Namen Nina Hagen fallenlassen. Ich sagte, dass ich sie kenne und sie doch mal in der Gegend gewohnt hat …«

»Und …?«

»Bingo. Sie war da. In allen drei Fällen. In Sørland war sie eine Kollegin des Opfers. In Hallingdal waren sie Nachbarn. Und in Trøndelag … Nina Hagen war die Freundin der Schwester der Toten.«
Es wurde still im Raum. Ich dachte über das nach, was sie gesagt hatte. »Das sind alles kleinere Orte, nicht wahr?«
»Darüber habe ich auch schon nachgedacht, Mikael. Jeder kennt dort jeden.« Sie sah einen Moment lang hilflos und verwirrt aus. »Die Entdeckung macht mir Angst. Als würde man plötzlich unter die Oberfläche auf etwas Abstoßendes und Gefährliches blicken, von dessen Existenz man vorher nichts wusste …« Sie verstummte, als fände sie nicht die richtigen Worte. Trotz der Wärme im Zimmer war mir kalt. Die Haare auf meinen Unterarmen stellten sich auf, ich wusste genau, was Synne meinte.
»Hier«, sagte sie und reichte mir die Papiere. »Ich habe alle Unterlagen mit den entsprechenden Zeitungsausschnitten und Bildern ergänzt. Ich habe Fotos von allen drei Mädchen bekommen.«
»Gut«, sagte ich, »gute Arbeit, Synne.«

Nachdem sie gegangen war, saß ich lange da und sah mir die Bilder an. Drei ganz normale Mädchen, alle in unterschiedlichem Alter. Sie sahen sich nicht ähnlich. Hatten keine offensichtlichen Gemeinsamkeiten, jedenfalls keine, die ich sehen konnte. Nur eine Sache traf auf sie alle zu. Alle drei hatten Nina Hagen gekannt. Und alle drei waren jetzt tot.

## Kapitel 35

Ich brütete Kopfschmerzen aus. Sie lauerten hinter der Stirn und warteten nur auf einen Anlass, sich richtig zu entfalten. Meine Augen fühlten sich an, als wären sie voller Sand. Ich fragte mich, ob ich krank wurde.

»Du musst dich entscheiden, Mikael«, sagte Synne. »Bis Ende der Woche musst du deine Zeugen benennen. Soll ich Nina Hagen aufführen oder nicht?«

Ich sah sie verärgert an, wusste aber, dass ich ungerecht und kindisch war. Es war ja nicht ihre Schuld.

»Ja«, sagte ich. Sie blieb stehen und trat von einem Bein auf das andere. »Was willst du … ich meine, wo willst du ansetzen? Was willst du vor Gericht mit ihr bewirken?«

Die Kopfschmerzen wurden schlimmer, die Verärgerung auch. »Ich weiß noch nicht.«

Ich war kurz angebunden und abweisend, aber sie fing das Signal nicht auf. Vielleicht wollte sie es auch nicht hören.

»Wir haben noch nicht genug gegen sie in der Hand, nicht wahr? Und das, was wir haben … das ist für den Fall wohl nicht wirklich relevant. Selbst wenn du andeuten würdest, dass sie früher schon jemanden umgebracht haben könnte, ja vielleicht sogar mehrere … kannst du sie mit dem Mord an Mo nicht in Verbindung bringen, oder? Und darum geht es in diesem Verfahren doch wohl eigentlich.«

»Setz sie einfach auf die Zeugenliste, Synne. Dann sehen wir weiter.«

Sie sah mich beleidigt an, zuckte mit den Schultern und ging.
Natürlich hatte sie recht. Ich hatte keine Ahnung, wie ich mir Nina Hagen vor Gericht zur Brust nehmen und sie mit dem Mord an Mo in Verbindung bringen sollte. Ein Glied in der Kette fehlte mir, irgendetwas, das sie direkt mit dem Fall in Verbindung brachte, und das wusste ich. Ich stand auf und machte mich auf die Suche nach Kopfschmerztabletten.

»Tut mir leid, dass ich unangemeldet komme«, sagte Irene Godvik. Sie saß mit Rock und Blazer in meinem Büro, sah ordentlicher aus als jemals zuvor, trug aber trotz des grauen Wetters eine Sonnenbrille. In dem breiten Sessel sah sie klein und schwach aus.
»Das macht nichts«, sagte ich. »Ich hätte Sie anrufen sollen.«
»Ich wollte nur wissen, wie es mit dem Fall läuft. Gibt es … gibt es wirklich keine Hoffnung, dass Hans freigesprochen wird? Wenn ich die Zeitungen lese, wirkt es so, als wäre er bereits verurteilt.«
»Das ist immer so mit den Zeitungen. Am besten lesen Sie das gar nicht.«
»Ja, aber …«
Sie sah hilflos und verloren aus, und ich bekam ein schlechtes Gewissen, sie nicht besser informiert zu haben. Ich erzählte ihr von Nina Hagen. Was ich gedacht und getan hatte. Als ich fertig war, saß sie eine Zeitlang still da.
»Sie glauben also, dass diese Frau Alvin Mo getötet hat?«
»Ja, vielleicht.«
»Und Maja?«

»Ja, doch, ich glaube, dass sie mitschuldig am Tod Ihrer Tochter ist.«

»Aber beweisen können Sie das nicht?«

Ich zuckte mit den Schultern. »Bis jetzt nicht. Ich arbeite daran. Wir werden sehen.«

Danach sagte sie nichts mehr, und ihr Schweigen beunruhigte mich. »Es ist wichtig, dass davon nichts publik wird, Frau Godvik, das verstehen Sie doch?«

Sie nickte abwesend. »Ja.«

Ich wechselte die Stimmlage. »Wie ich gehört habe, besuchen Sie Ihren Mann nicht.«

»Was?«

»Im Gefängnis. Sie besuchen ihn nicht.«

»Nein.«

»Vielleicht sollten Sie das mal tun. Er braucht Sie. Es ist nicht leicht, in Untersuchungshaft zu sitzen.«

Meine Worte schienen nicht zu ihr vorzudringen.

»Ich weiß, dass Sie keine leichte Kindheit hatten und in einem Heim aufgewachsen sind. Ich verstehe, dass das schwer ist … und dass Sie Dinge erlebt haben, die unerträglich waren … aber Hans braucht Sie jetzt.«

Damit lockte ich sie aus der Reserve.

»Woher wissen Sie das?«

»Von Ihrem Mann natürlich. Wir reden über …«

Ihr Gesichtsausdruck veränderte sich abrupt. Aus stiller Nachdenklichkeit wurde blanke Wut. Sie hatte hektische rote Flecken im Gesicht, und in ihrer Stimme schwang ein Zittern mit, das deutlich machte, wie erregt sie war. »Er soll das nicht erzählen, das geht …«

»Frau Godvik, ich bin sein Anwalt. Wir reden über …«

»Nein!« Das Wort hallte von den Wänden wider. »Nein, er

hätte das nicht erzählen dürfen. Das geht Sie nichts an. Niemanden!«
Ich hob beschwichtigend die Hände und versuchte, sie zu beruhigen, indem ich ihr versicherte, es nicht wieder zu erwähnen. Trotzdem war ihr ihre Wut auch noch anzusehen, als sie ging.

## Kapitel 36

Mir wurde bewusst, dass ich auf irgendeine Reaktion von Nina Hagen wartete, nachdem ich sie als Zeugin benannt hatte. Doch die Tage verstrichen ohne ein Signal von ihr, so dass ich mich schließlich damit abfand, bis zur Verhandlung nichts von ihr zu sehen oder zu hören. Deshalb war ich vollkommen unvorbereitet, als sie plötzlich auftauchte.

»Eine Nina Hagen für Sie«, sagte die Sekretärin am Empfang. »Sie hat keinen Termin, würde aber gerne mit Ihnen sprechen. Es geht um ein Strafverfahren.«

»Wenn sie zehn Minuten warten kann, rede ich gern mit ihr«, sagte ich.

Plötzlich war ich nervös. Ich wusste nicht, wie ich ihr gegenübertreten und was ich sagen sollte.

Als sie zur Tür hereinkam, hatte ich einen trockenen Mund und feuchte Handflächen. Ich nickte ihr zu.

»Bitte, nehmen Sie doch Platz«, sagte ich etwas steif und formell. »Was kann ich für Sie tun?«

Sie ignorierte die Einladung, sich zu setzen, und blieb mitten im Raum stehen. Von der Frau, die ich im Nachtclub getroffen hatte, war nichts mehr zu sehen. Vor mir stand jetzt wieder die andere Nina Hagen, eine diskrete, fast langweilig gekleidete Frau, die weder geschminkt war noch Schmuck trug. Vernünftig, ruhig und beherrscht. Ihre hellen Augen sahen mich gelassen an.

»Ich habe einen Brief bekommen«, sagte sie. »Eine Vorladung als Zeugin bei einem Strafverfahren.«
Ich nickte. »Ja, das ist richtig.«
»Das Verfahren gegen … Hans Godvik.«
»Ja.«
»Ich verstehe nicht, warum. Ich kenne keinen Hans Godvik, ich weiß nichts über ihn.«
Die Situation und das gesamte Gespräch hatten etwas Absurdes. Mit keiner Silbe erwähnten wir, was ich ihr bei unserer letzten Begegnung gesagt und vorgeworfen hatte. Als wäre das alles nie geschehen.
Sie war ruhig und höflich und tat verwundert. Sie spielte wieder eine Rolle, und ich spürte, dass ich immer ärgerlicher wurde, doch zum Glück schwand dadurch meine Nervosität.
»Sie mögen ihn nicht kennen, aber Sie wissen, wer er ist, nicht wahr?«
»Ich lese Zeitung. Er ist der Vater von der … diesem Mädchen, das ermordet wurde.«
»Maja. Sie hieß Maja.«
Stille.
Ich fuhr fort: »Und Sie wissen, was man ihm vorwirft, nicht wahr? Man klagt ihn des Mordes an Alvin Mo an, und den kennen Sie.«
Sie wollte ihre Rolle nicht ablegen und war unverändert ruhig. »Nein, ich kenne ihn nicht.«
»Kommen Sie, Nina, Sie haben als Zeugin ausgesagt …«
»Ja«, fiel sie mir ins Wort. »Ich habe als Zeugin ausgesagt. Ich weiß, wer er ist, aber das ist auch schon alles. Ich kenne ihn nicht.«
»Das glaube ich Ihnen nicht. Ich bin der festen Überzeugung, dass Sie ihn … recht gut kannten.«

Sie seufzte und sah mich resigniert an. »Kommen Sie jetzt wieder mit diesen absurden Beschuldigungen wie bei unserer letzten Begegnung? Ich dachte wirklich …«
»Was dachten Sie?«
»Ich hatte damals zu Ihren Gunsten angenommen, Sie wären etwas neben der Spur gewesen, vielleicht angetrunken.«
Sie war unvermindert ruhig und machte einen etwas resignierten Eindruck. Wenn das Schauspielerei war, spielte sie ihre Rolle perfekt.
Plötzlich spürte ich so etwas wie Zweifel. Meine Theorie basierte auf Spekulationen und Annahmen. Ich wusste nichts, hatte keine handfesten Beweise.
Ich schob den Gedanken beiseite und beugte mich über den Schreibtisch. »Sie haben mich beide getäuscht. Ich mag es nicht, getäuscht zu werden, ausgenutzt. Sie hatten alles von Anfang an gemeinsam geplant, sowohl den Mord als auch das Alibi.«
Langsames Kopfschütteln. »Das ist vollkommen absurd. Total verrückt. Ich verstehe nicht, wie Sie darauf kommen.«
»Das habe ich Ihnen doch schon gesagt. Alvin hat mir das eingestanden.«
»Alvin ist tot. Außerdem war er nicht ganz normal, das wollen Sie doch wohl nicht leugnen?«
»Das ist richtig. Aber das ist noch nicht alles. In Ihrer Vergangenheit gibt es eine ganze Reihe von merkwürdigen Geschehnissen.«
»Wovon reden Sie?«
»Von Ihren Eltern. Ihrem Tod.«
»Das war ein Unfall.«
»Nein. Ich habe mit Ihrem Bruder gesprochen. Das war kein Unfall. Ich weiß, was geschehen ist.«

Meine Worte erreichten sie. Ihr Gesicht nahm ein wenig Farbe an.
»Sie haben nicht in meinem Privatleben herumzuschnüffeln. Gustav ist … nicht zurechnungsfähig. Er ist ein Eigenbrötler, noch dazu Alkoholiker.«
»Mag sein. Ich glaube ihm seine Geschichte aber trotzdem.«
»Aber außer Ihnen wird ihm niemand glauben.«
»Da wäre ich mir nicht so sicher«, entgegnete ich. »Es gibt auch noch andere Sachen.«
Ich blätterte durch meine Mappe, nahm die Fotos der drei toten Frauen heraus, die Synne beschafft hatte, und legte sie in Fächerform vor ihr auf die Schreibtischplatte.
Jetzt sah sie nicht mehr mich an. Ihre Augen klebten am Schreibtisch, an den Bildern, den still lächelnden Gesichtern.
»Erkennen Sie sie wieder, Frau Hagen? Alte Bekannte?«
Etwas geschah mit ihr. Sie hatte jetzt keine roten Flecken mehr auf den Wangen, sondern war vollkommen weiß. Schließlich wendete sie ihren Blick von den Fotos und sah mich an. In der Tiefe ihrer Augen konnte ich etwas ausmachen. Einen Gedanken, eine Bewegung. Als musterte sie mich aus weiter Ferne. Als wollte sie abschätzen, mit was für einem Gegner sie es zu tun hatte.
Vor vielen Jahren – damals war ich noch Kind – war ich mit meinem Vater in Hamburg im Tierpark. Auf die Löwen hatte ich mich am meisten gefreut, aber sie dösten nur faul in der staubigen Sommerhitze und bewegten ab und zu träge den Schwanz. Ich war enttäuscht, sie sahen weder gefährlich noch wild aus, und so beugte ich mich über die Absperrmauer und rief ihnen etwas zu. Es geschah nicht viel. Der

alte Löwe öffnete lediglich die Augen und sah mich an, aber das reichte vollkommen. Sein Blick war so kalt, so wild und bar jeden Mitgefühls, dass ich noch Monate später Alpträume davon bekam.

Dieser Blick hatte mich bloß als Beute eingestuft, als nichts sonst.

Für einen Augenblick erinnerte mich Nina Hagens Blick an den dieses Löwen. Ich spürte ihn bis ins Rückenmark.

»Sie haben nicht das Recht, das zu tun«, sagte sie mit veränderter, leiser Stimme.

»Ich habe das Recht zu allem Möglichen. Wir sehen uns dann vor Gericht.« Plötzlich wünschte ich mir, sie sofort loszuwerden.

»Wenn ich Sie wäre, würde ich das nicht tun!«, sagte sie.

»Ist das eine Drohung?«, fragte ich scharf. »Wollen Sie mir drohen?« Aber sie antwortete nicht, sondern ging schweigend zur Tür.

In der Türöffnung drehte sie sich noch einmal um und sagte: »Eine Sache noch, Brenne.«

»Ja?«

»Diese Frau, die mich für Sie observiert, schaffen Sie mir die vom Hals, sonst tue ich es selbst.«

»Was?«, sagte ich, doch da war sie bereits aus dem Büro verschwunden.

Mir brach der Schweiß aus, und ich zitterte. Sie hatte nichts gesagt oder getan, was diese Reaktion begründete, aber trotzdem wusste ich, dass diese Frau mir Angst einjagte.

Ich erzählte Kari von meinem Gespräch mit Nina Hagen. Sie hörte mir schweigend zu.

»Was meinst du, Mikael? Hat das was gebracht?«

Ich zögerte etwas. »Nein, aber vielleicht … hat sie die Warnung verstanden.«
»Und wie soll dir das helfen?«
»Verfahren sind manchmal seltsam. Man sollte oft meinen, dass ein Zeuge, der weiß, dass ihm schwierige Fragen gestellt werden, besser vorbereitet ist. Aber so ist es nicht immer. Manchmal läuft es genau umgekehrt. Den Zeugen graut vor der Verhandlung, sie wissen, dass unangenehme Fragen und Informationen auf sie zukommen, und manchmal werden sie dadurch nervös, verwickeln sich in widersprüchliche Aussagen und beginnen sich zu rechtfertigen. Mitunter weigern sie sich auch, auf gewisse Fragen zu antworten, wenn sie nicht sogar aggressiv werden und plötzlich zu viel sagen.«
»Und du glaubst, das wird bei Nina Hagen geschehen?«
Ich stand vom Küchenstuhl auf und ging rastlos hin und her. »Kann sein. Ich hoffe es. Sie weiß ja nicht, was ich wirklich weiß.«
Sie dachte einen Moment nach. »Nein. Aber eigentlich weißt du ja gar nichts, oder? Du brauchtest etwas Handfesteres, etwas Konkretes.«
»Ja.« Ich lief auf und ab und räumte abwesend das Geschirr weg. »Aber da war noch etwas. Ganz zum Schluss hat sie etwas Merkwürdiges gesagt.«
»Was denn?«
»Sie hat mich beschuldigt, sie beschatten zu lassen. Hat behauptet, ich hätte eine Frau auf sie angesetzt, die ihr Haus überwacht.«
Kari sah mich an. »Das hast du doch wohl nicht?«
»Nein, natürlich nicht.«
»Vielleicht ist sie einfach nur paranoid.«

»Mag sein, vielleicht hast du recht …«
Plötzlich kam mir ein Gedanke. Laut fluchend blieb ich wie angewurzelt in der Küche stehen.
Kari sah mich überrascht an.
»Ich muss schnell los!«, sagte ich. »Was ist denn?«
»Das erklär ich dir später.«

## Kapitel 37

Es regnete so stark, dass ich den Scheibenwischer auf die höchste Stufe stellen musste. Die Wischerblätter hasteten eilig über die Windschutzscheibe, und ich musste sehr vorsichtig fahren. Die wenigen Fußgänger, die unterwegs waren, hoben sich nur als undeutliche Schatten von der Landschaft aus Wasser und Dunkelheit ab, und die Gischt der entgegenkommenden Autos klatschte mir im Licht der Scheinwerfer wie die Brandung an der Küste entgegen.

Ich parkte hundert Meter von Nina Hagens Haus entfernt, schlug den Mantelkragen hoch und setzte mich in Bewegung. Die Straße war dunkel und verlassen. Schon nach zwanzig Sekunden war ich bis auf die Knochen nass. Der Regen tropfte aus meinen Haaren und lief über mein Gesicht, und ich spürte an den Schultern, wie die Feuchtigkeit durch den Stoff meines Mantels drang.

Der Wagen stand wie befürchtet direkt vor Nina Hagens Haus auf der anderen Straßenseite. Ein grüner Renault Kombi, ohne Licht, aber die Fenster waren beschlagen, was mir sagte, dass jemand im Auto saß.

Ich ging langsam zur Beifahrerseite, legte die Hand auf den Türgriff und öffnete.

Irene Godvik zuckte zusammen. Ihr Kopf wandte sich mir zu, und ihr Gesicht verzerrte sich in einer Mischung aus Schock und Wut.

»Hallo, Frau Godvik«, sagte ich.

Sie sah mich schweigend an, während der Schrecken langsam von ihr wich.
»Dachten Sie, Nina Hagen würde kommen?«, fragte ich. »Das wäre gut möglich gewesen.«
Da sie noch immer schwieg, fuhr ich fort: »Ich glaube, es ist wirklich keine gute Idee, diese Frau zu beschatten. Ich will, dass Sie jetzt nach Hause fahren.«
Ihr Gesicht strahlte Trotz aus, sie war beleidigt wie ein kleines Kind, das bei einem Streich ertappt wird.
»Fahren Sie nach Hause!«, sagte ich. »Ich folge Ihnen in meinem Wagen. Wir müssen darüber reden.«
Endlich nickte sie. Ich blieb stehen, bis sie aus der Parklücke gefahren war. Als ich mich umdrehte, um zu meinem Wagen zurückzugehen, blickte ich zu Nina Hagens Haus hinüber. Ich war mir nicht sicher, glaubte aber im ersten Stock eine Bewegung hinter der Gardine auszumachen. Als stünde dort jemand im Dunkeln.

Wir tranken starken Tee mit viel Zucker. Ich hatte mir ein Handtuch für meine Haare leihen dürfen und meinen Mantel über die Heizung gelegt. Ich war richtig ärgerlich.
»Was dachten Sie sich nur dabei, Frau Godvik? Was in aller Welt wollten Sie damit erreichen?«, fragte ich sie zum vierten Mal, und zum vierten Mal sah sie mich bloß stumm an.
»Aber Sie müssen doch verstehen, dass …«
»Sie hat meine Tochter getötet«, sagte sie plötzlich.
»Ja, vielleicht.«
»Vielleicht? Sie haben doch selbst gesagt, dass sie es war!«
»Ja«, sagte ich. »Das habe ich wohl. Und ich glaube auch, dass ich recht damit habe. Aber ich kann es noch nicht beweisen.«

»Sie hat es getan.«
Ich seufzte. »Ja, in Ordnung. Aber was nützt es, Abend für Abend vor ihrem Haus zu stehen? Was wollen Sie damit erreichen?«
»Sie darf doch nicht einfach so davonkommen.«
»Nein, das darf sie nicht. Aber so funktioniert das nicht. Überlassen Sie das mir.«
»Und was wollen Sie tun?«
»Ich werde sie mir im Gericht vornehmen«, antwortete ich mit einer Überzeugung, die ich selbst kaum fühlte. »Ich weiß inzwischen eine ganze Menge über sie.«
Irene Godvik sah mich zweifelnd an. »Und Sie glauben, das hilft?«
»Ich hoffe es. Und sollte es nicht helfen, werde ich der Polizei mein gesamtes Material übergeben. Dann müssen die sich um sie kümmern. Zu guter Letzt wird sie ihre Strafe erhalten.«
»Ich glaube nicht an das Rechtswesen, ich vertraue dem System nicht mehr.«
»Warum nicht?«
»Sehen Sie doch nur, was mit Alvin Mo passiert ist. Und außerdem …«
»Was außerdem?«
»Ach nichts.«
Ich trank noch eine Tasse Tee und sah sie an, während sie vor mir am Tisch saß. Ihr Gesicht war hart und ihr Mund verkrampft. Ich kannte diesen Ausdruck mittlerweile. Es hatte keinen Sinn, sie jetzt weiter unter Druck zu setzen.
»Auf jeden Fall müssen Sie damit aufhören und Nina Hagen mir überlassen. Sie helfen mir damit nicht. Im Gegenteil, Sie kommen mir damit in die Quere. Ich möchte Sie also drin-

gend bitten, sich zurückzuhalten, damit ich meine Arbeit machen kann. Können Sie mir das versprechen?«
Ein unmerkliches Nicken.
»Und noch etwas: Nina Hagen ist eine Mörderin, die vermutlich mehrere Menschen auf dem Gewissen hat. Sie ist gefährlich und fühlt sich langsam in die Ecke gedrängt. Ich möchte wirklich nicht, dass Ihnen etwas zustößt.«
Ich wusste nicht, ob sie mir zuhörte. Ihr Gesichtsausdruck war verschlossen, als lauschte sie ganz anderen Worten, Worten, die nur sie hören konnte.
»Frau Godvik! Ist das klar? Sind wir uns einig?«
»Ja«, sagte sie. »Das ist klar.«

# Kapitel 38

Kari tat ihr Bestes, um das gemeinsame Essen zu retten, aber es gelang ihr nicht.

»Was ist denn heute mit euch beiden los?«, fragte sie. »Ihr stochert bloß auf dem Teller herum und kriegt eure Münder nicht auf. Stimmt etwas nicht? Sollte ich etwas wissen?«

Mein Vater lächelte beschämt. »Nein, nein, es ist alles in Ordnung. Ganz im Gegenteil, das Essen war ganz wunderbar. Wirklich ausgezeichnet. Es ist toll, mal wieder etwas Selbstgekochtes zu bekommen. Es ist nur … ich bin ein alter Mann geworden. Ich habe einfach keinen Appetit mehr.«

»Kriegst du denn im Altenheim kein ordentliches Essen?« Kari sah ihn besorgt an.

»Doch, schon. Aber was soll man von einer Großküche schon erwarten?«

»Tut mir leid«, sagte ich, um auch etwas zu sagen. »Ich bin in Gedanken bei der Arbeit. Aber ich verspreche euch, mich jetzt zusammenzureißen. Kaffee?«

Beim Gurgeln der Kaffeemaschine wurde mir bewusst, dass Kari recht hatte. Vater war ungewöhnlich still. Fast wie in alten Zeiten, in meiner Jugend. Auch da hatte er beim Essen immer geschwiegen und mir durch seinen Gesichtsausdruck zu verstehen gegeben, dass er mit seinen Gedanken ganz woanders war. Versuchte ich, etwas zu sagen oder zu erzählen, erntete ich nur einsilbige Antworten. Ich hatte mich damals vollkommen daran gewöhnt, so dass die Stille mit

der Zeit zu etwas Vertrautem zwischen uns geworden war. Sie gehörte einfach dazu.
Die letzten Jahre waren anders gewesen. Etwas in ihm war geschmolzen, als wären die Schotten und Wände in ihm durchgerostet und hätten den Mann dahinter langsam zum Vorschein kommen lassen. Seine Persönlichkeit war sichtbarer geworden. Vielleicht war es aber auch nur Kari, die uns mit ihrer Nähe und ihrer Fröhlichkeit zu verstehen gegeben hatte, dass die Stille zwischen uns beklemmend war. Für sie war ein schweigsames Essen etwas Unangenehmes und Unnatürliches. In Anbetracht ihrer Erwartungen hatten wir mit unserer Gewohnheit brechen müssen und gelernt, über fast alles zu reden. Fast. Nur heute war es anders. Heute war alles wie früher, und das lag nicht nur an mir.
Ich servierte Kaffee und feuerte den Kamin an. Kari bekam einen Anruf von einer Freundin und ging ins Nebenzimmer, um in Ruhe telefonieren zu können. Wir hörten ihre Stimme, ihr Lachen, verstanden aber nicht, was sie sagte.
Mein Vater lächelte. »Sie hört sich immer so fröhlich an.«
»Ja, das ist sie auch. Meistens jedenfalls.«
»Hm.«
Da es wieder still wurde, fragte ich nach einer Weile: »Sag mal, quält dich irgendetwas? Kari hat recht, du bist heute wirklich ungewöhnlich still.«
»Du auch, Mikael.«
»Ja, aber ich weiß, warum ich still bin. Mir geht dieser Fall nicht aus dem Kopf. Warum du so still bist, weiß ich aber nicht.«
»Ich kann doch mal still sein, oder?« Ich spürte die Verärgerung in seiner Stimme. Ein alter, unangenehm vertrauter Ton, ein deutliches Zeichen, dass er in Ruhe gelassen werden

wollte, so dass ich schließlich nur mit den Schultern zuckte und sagte: »Natürlich kannst du das.«

Ich legte ein weiteres Scheit auf das Feuer, und wir starrten eine Weile in die Flammen, bis er plötzlich sagte:

»Ich fange an, Dinge zu vergessen.«

»Wie meinst du das?«

»Ich vergesse Dinge, an die ich mich eigentlich erinnern sollte.«

»Aber das tun wir doch alle manchmal.«

Sein Blick war resigniert. »Erzähl mir nichts, Mikael. Ich bin doch kein Idiot. Tatsache ist, dass ich bemerkt habe ... Tatsache ist, dass ich in den letzten Monaten bemerkt habe, wie ich immer wieder Sachen vergesse, an die ich mich eigentlich erinnern sollte. Namen, Dinge, die mir erzählt wurden, die aus meinem Gedächtnis aber irgendwie verschwunden sind.«

Er schwieg für einen Moment und sagte dann: »Ich bin neulich ins Zentrum gefahren, bin wie gewöhnlich in die Bank gegangen und wollte mir anschließend im Café am Parlamentsgebäude eine Tasse Kaffee gönnen, wie ich das schon oft getan habe.«

Ich nickte. Manchmal hatte ich ihn dort vormittags getroffen. »Aber dieses Mal ... dieses Mal wusste ich plötzlich nicht mehr, wo ich war. Das heißt, ich wusste, wo ich war, aber nicht, wie ich zum Café kommen sollte.«

»Was hast du gemacht?«

»Ich bin in den Bus gestiegen und nach Hause gefahren.«

Ich wusste nicht, was ich sagen sollte.

Seine Augen waren plötzlich mit Tränen gefüllt. »Ich hasse das, Mikael. Das ist ... man fühlt sich so hilflos. Als würde die Welt allmählich verblassen. Ich wünschte mir ... wünsch-

te mir, ich könnte einfach mit einem Knall verschwinden, statt langsam all meine Fähigkeiten zu verlieren.«
»Papa, es ist doch nicht sicher … vielleicht war das nur ein Zufall«, entgegnete ich, aber er winkte ab.
»Ich wollte heute zu euch, und plötzlich wusste ich nicht mehr den Namen deiner Freundin, deiner Partnerin.«
»Von Kari?«
Er nickte. »Ja. Ich wusste noch, wie sie aussieht, sah ihr Lächeln vor mir, aber ihr Name war weg. Er fiel mir erst wieder ein, als ich sie sah.«
Als ich nichts sagte, fügte er hinzu: »Das hat sich so entwickelt, und es wird immer schlimmer. Ich fürchte, ich werde eine schwere Belastung für dich werden, Mikael.«
Ich schüttelte den Kopf, fand aber keine Worte. Er war ein alter Mann geworden, und ich hatte in letzter Zeit öfter daran gedacht, dass er vielleicht bald sterben und ich ihn verlieren würde, aber so etwas war mir nie in den Sinn gekommen. Nicht so Stück für Stück.
Ich fühlte mich plötzlich innerlich leer, ein Gefühl, das ich aus meiner Kindheit kannte, als wäre die Welt zu groß für mich und ich ganz allein.
Sein Lächeln war bitter, aber es war ein Lächeln. »Wie wär's mit einem Cognac, Mikael? Man kann auf so viele Arten vergessen, am besten mit einem Cognac.«

Als er an diesem Abend nach Hause gegangen war, erzählte ich alles Kari.
Sie nickte nur und sagte, das sei ihr im letzten halben Jahr auch aufgefallen. Ich sah sie verblüfft an. Sie lächelte und sagte, dass ich bei meinen Mitmenschen eben nicht immer alles mitbekommen würde.

»Mag sein«, entgegnete ich. »Aber schrecklich ist es trotzdem. Ich weiß nicht, wie ich damit umgehen soll.«
»Du kannst nichts daran ändern, Mikael. So ist das Leben.«

Etwas später, sie lag im Dunkeln neben mir, fragte sie: »Denkst du an deinen Vater?«
»Ja.«
»Das ist nicht so schlimm, Mikael. Meine Großmutter, die inzwischen tot ist, hatte das auch. Altersschwäche.«
»Demenz.«
»Ja, Demenz. Es war trotzdem schön, mit ihr zusammen zu sein. Ich hatte sie sehr gern, und wir hatten es immer schön zusammen, auch wenn sie ein bisschen Chaos verbreitete und immer etwas vergaß. Das ist keine Katastrophe, Mikael.«
»Du hast bestimmt recht. Ich muss mich bloß erst daran gewöhnen.«
In meinem Inneren sah es hingegen ganz anders aus. In meinem Inneren hockte ein kleiner Junge, der Angst vor dem Alleinsein hatte.

## Kapitel 39

An den nächsten Tagen versenkte ich mich in die Unterlagen.

Ich las, bis die Buchstaben vor meinen Augen flimmerten, ging alles doppelt und dreifach durch und suchte nach Lücken in den Ermittlungen, nach offenen Fragen, die man in den Ermittlungsakten stets finden kann.

Das ist das Terrain der Verteidiger, sie müssen die Stellen finden, an denen die Beweise nicht ganz zusammenpassen und Raum für Fragen ist, um Zweifel zu wecken und Verwirrung zu stiften. Die Dokumente gaben mir aber kaum Ansatzpunkte. Je öfter ich die Akte durchging, desto hoffnungsloser erschien mir der Fall. Es war wirklich ein gefundenes Fressen für den Staatsanwalt.

Synne sprach mit einem Psychologen, der begutachten sollte, inwieweit Hans Godvik zum Tatzeitpunkt unzurechnungsfähig gewesen sein könnte. Sie war blass und müde und sah mich resigniert an, als ich sie fragte, wie es lief.

»Schlecht«, antwortete sie. »Was sind diese Psychologen eigentlich für Menschen? Der bringt es nicht fertig, eine einzige Schlussfolgerung zu ziehen. Der schmeißt mir immer nur Fachbegriffe an den Kopf. Ganze Bücher voller Fremdwörter.«

Ich zuckte mit den Schultern. »Die sind wie die Juristen«, sagte ich. »Du musst einfach dranbleiben und abwarten, was am Ende herauskommt.«

»Und wie läuft's bei dir?«, fragte sie. »Kommst du mit Nina Hagen weiter?«
»Frag lieber nicht«, sagte ich.

Es waren lange Tage im Büro, ergänzt durch mehrere Nachtschichten. Die Tage wurden inzwischen wieder länger und die Nachmittage heller. Trotzdem war es noch immer dunkel, wenn ich ins Büro ging und abends wieder nach Hause kam.
Kari rief mich eines Abends im Büro an. »Hier spricht Kari«, sagte sie. »Deine Lebensgefährtin. Erinnerst du dich?«
Ich lächelte. »Ja, dunkel …«
»Kommst du weiter?«
»Ich kenne den Fall jetzt in- und auswendig, aber ich weiß noch immer nicht, wie ich ihn gewinnen soll.«
»Glaubst du, dass du vor einem Durchbruch stehst? Heute Abend, meine ich?«
»Was? Nein, das glaube ich ganz sicher nicht.«
»Dann schlage ich vor, dass du jetzt nach Hause kommst. Ich habe in der letzten Zeit schon von Sex mit einem Fremden geträumt.«
»Was?«
Sie lachte. »Ich sehe dich so wenig, Mikael, vermutlich macht es da nichts aus, wenn du das bist. Ich mache uns was Leckeres zu essen und habe auch eine Flasche Wein gekauft. Außerdem bin ich scharf auf dich. Komm nach Hause.«
»Okay«, sagte ich. »Ich komme.«

Draußen war es kalt. Es war eine dieser trockenen Spätwinterperioden, in denen die Luftverschmutzung wie eine Glocke über der Stadt liegt und die Sonne blass und fern wirkt, hinter Abgasen und Nebel verborgen. Jetzt war es dunkel, ich trug eine Strickmütze und Handschuhe und stapfte mit gesenktem Haupt und hochgeschlagenem Mantelkragen durch die Kälte. Im Licht der Scheinwerfer sah ich meinen weißen Atem. Ich dachte an Kari und hatte plötzlich Lust auf sie. Wir hatten lange nicht mehr miteinander geschlafen. Mehrere Wochen. Das war viel zu lange her.

Ich bog von der Hauptstraße ab und eilte mit langen Schritten den Hang hinauf, an dem unser Haus stand. Ich spürte, dass mir warm wurde, und freute mich, nach Hause zu kommen.

Ich sah sie nicht, bevor es zu spät war.

Ich sah sie eigentlich überhaupt nicht. Nahm bloß einen Schatten wahr, der sich aus den anderen Schatten um mich herum löste, und reagierte kaum, als ich hart in den Bauch getroffen wurde. Ich war vollkommen unvorbereitet, so dass mir der Schlag den Atem raubte und ich mit rudernden Armen zusammensackte. Der nächste Schlag traf meinen Rücken. Danach wusste ich nicht mehr, wo ich überall getroffen wurde, spürte nur, dass die Schläge in schneller Folge auf mich einprasselten. Sie schienen aus allen Richtungen zu kommen. Dann lag ich mit dem Gesicht auf dem kalten Boden, ohne recht zu wissen, was geschehen war. Für einen Augenblick schien alles stillzustehen, ich hörte nur meinen eigenen keuchenden Atem, der verzweifelt versuchte, meine Lungen mit Luft zu füllen.

Der erste Tritt traf mich mit einem dumpfen Geräusch an der Schulter. Ich krümmte mich wie ein Embryo zusammen, hielt mir die Hände über den Kopf und presste die Unterarme vor mein Gesicht, um mich zu schützen. Weitere Tritte folgten. In den Rücken, auf die Schenkel. Ein schwerer Stiefel traf mich am Knie. Die Schmerzen durchzuckten mich und ließen mich zum ersten Mal schreien. Es hörte sich an wie ein heiseres, unartikuliertes Brüllen. Mit dem Geräusch meines eigenen Schreis kam die Angst. Zunächst hatte ich alles wie in Trance wahrgenommen, doch das Geräusch meiner Stimme zerriss diesen Kokon aus Benommenheit, so dass ich plötzlich wie gelähmt vor Angst war. Ich war mir sicher, sterben zu müssen.

Es nahm kein Ende. Ich spürte nicht mehr jeden einzelnen Tritt, denn sie waren jetzt überall, unablässig. Es waren zwei Männer, das hatte ich mit der Zeit herausbekommen. Nach einer Weile wurde mir bewusst, dass sie mir nie an den Kopf traten, sondern nur in den Körper. Das half. Jetzt wusste ich, dass ich überleben würde.

Die Tritte kamen seltener, wie die Feder einer alten Uhr, die langsam stehenblieb. Die letzten waren ohne Kraft und Überzeugung, als hätten die Täter die Lust und das Interesse an ihrem Projekt verloren. Ich lag noch immer zusammengekauert am Boden und hielt mir die Arme über den Kopf. Ein dunkler Schatten beugte sich über mich, und aus den Augenwinkeln heraus erkannte ich den Umriss eines kahlen Schädels. Ich roch den Atem des Mannes. Er stank nach Nikotin und schlechten Zähnen. Seine Stimme war heiser und rauh.

»Ein kleiner Gruß, Anwalt, von einer Frau, die dein Verhalten leid ist und die nicht weiter von dir gequält werden will.«

Die Stimme kam mir seltsam vertraut vor.

»Nächstes Mal wird's brutaler.«

Ein letzter Tritt, wie ein Messer in die Nieren, dann waren sie im Dunkel verschwunden.

Kari riss die Augen auf, als ich zusammengekrümmt wie ein alter Mann, den Mantel voller Dreck und Laub, ins Haus taumelte. Ich weiß nicht, wie mein Gesicht aussah, aber ich redete durch zusammengebissene Zähne, wie man es tut, wenn man eigentlich vor Schmerzen schreien möchte. Ich protestierte, aber wir waren in der Ambulanz, noch ehe eine Viertelstunde vergangen war. Ich saß benommen auf einem Stuhl und sah sie wild gestikulierend am Empfang diskutieren. Ihrer Körpersprache war zu entnehmen, wie wütend sie war. Ihr Auftritt zeigte Wirkung, denn fünf Minuten später lag ich bereits auf einer Pritsche und wurde untersucht.

Ich hatte mir nichts gebrochen, nur zwei Rippen geprellt. Weitere Verletzungen schien ich nicht davongetragen zu haben, aber wir sollten die Ambulanz anrufen, falls die Schmerzen schlimmer würden. Dann wurde ich mit einer Handvoll Schmerztabletten und einem Klaps auf die Schulter entlassen.

Eine Stunde später lag ich zu Hause in meinem Bett. Die Schmerztabletten halfen ein bisschen. Kari saß auf meiner Bettkante, streichelte besorgt meine Stirn, berührte meinen Arm und fragte mich alle fünf Minuten, wie ich mich fühlte.

»Ziemlich beschissen«, antwortete ich. »Aber beruhige dich, ich werde es überleben.«

Dann fiel ich in einen traumlosen Schlaf.

Ich blieb zwei Tage lang im Bett liegen. Dann stand ich auf, auch wenn mir noch alles weh tat. Ich humpelte unter die Dusche und blieb dort, bis der Warmwassertank leer war. Dann betrachtete ich mich im Spiegel. Ich hatte überall blaue und gelbe Flecken und konnte den rechten Arm nicht heben. Trotzdem zog ich mich an, kämpfte erfolgreich mit T-Shirt und Pullover und ging aus dem Haus.

# Kapitel 40

Schon nach fünf Minuten hatte ich im Büro gefunden, was ich suchte. Ich steckte die Mappe in eine Aktentasche und ging wieder hinaus in den Regen.

Das Laufen tat weh, mein Knie stach bei jedem hinkenden Schritt, und meine Rippen schmerzten so sehr, dass ich mich nach vorn beugte wie ein alter Mann. Zum Glück hatte ich es nicht weit.

Ich fand die Adresse sofort, ein schmales, dreistöckiges Haus. An der Tür war kein Schild, aber im Flur hing eine Tafel mit verschiedenen Firmennamen. »Bachus AS« lag im zweiten Stock. Ich nahm den Fahrstuhl.

Im Vorzimmer saß eine junge Frau, die sich zu langweilen schien. Ich lächelte sie an.

»Guten Tag«, sagte ich. »Ist Herr Kluge zu sprechen?«

»Der ist gerade beschäftigt. Wen kann ich …«

Zu ihrer Rechten befand sich eine Tür ohne Schild. Ich ging direkt darauf zu und öffnete sie.

»He!«, sagte sie. »Sie können doch nicht einfach …«, aber da hatte ich den Raum bereits betreten, so dass ich den Rest ihres Satzes nicht mehr hörte.

Es war ein großes Büro, hell und luftig, wenn auch nicht sonderlich luxuriös eingerichtet. Die Möbel sahen aus, als wären sie irgendwo zusammengesucht worden. Fred Kluge saß hinter einem Schreibtisch und sah mich überrascht und leicht irritiert an.

»Was zum Teufel …«
»Hallo, Herr Kluge«, sagte ich.
»Brenne. Wie wär's mit Anklopfen?«
Ich hatte ihn seit jenem Abend im Nachtclub, als er mit Nina Hagen zusammen gewesen war, nicht mehr gesehen. Damals war er angetrunken und aggressiv gewesen. Jetzt war er nüchtern, aber seine Augen waren blutunterlaufen. Er war unrasiert.
»Spät geworden gestern?«
Er starrte mich an. Man hätte ihn beinahe als gutaussehend bezeichnen können, wäre seine Stirn nicht etwas zu flach und sein Kiefer so breit gewesen, dass er stets wütend aussah. Vielleicht war er das aber auch.
»Was wollen Sie?«
Hinter mir ging die Tür auf, und seine Sekretärin steckte den Kopf herein. »Tut mir leid, Fred. Er ist einfach reingegangen.«
Er winkte ab, ohne sie anzusehen. »Schon in Ordnung.«
Er hatte mich nicht aufgefordert, Platz zu nehmen, ich setzte mich aber trotzdem.
Dann fragte er noch einmal: »Was wollen Sie, Brenne?«
»Vor ein paar Tagen bin ich niedergeschlagen worden.«
»Ach ja? Es gibt verdammt viel Gesindel hier in der Stadt, besser, man passt auf.« In seinen Augen blitzte kaum merkbar etwas auf.
»Es waren zwei. Sie haben mir vor meinem eigenen Haus aufgelauert und mich niedergeschlagen.« Er sagte nichts, also fuhr ich fort: »Nachdem sie mich verprügelt hatten, haben sie mir gedroht, ich solle eine gewisse Frau in Ruhe lassen.«
Er lehnte sich auf seinem Stuhl zurück und versuchte, ent-

spannt auszusehen, aber ich bemerkte die Knoten in seiner Kiefermuskulatur und den auf die Lehne des Stuhls trommelnden Zeigefinger.

»Und was hab ich damit zu tun?«

»Ich habe einen von denen erkannt. Ich habe ihn einmal vor Gericht verteidigt. Wenn ich mich nicht irre, habe ich ihn sogar freibekommen. Ein undankbarer Mann.«

»Dann zeigen Sie ihn doch an«, sagte er, aber ich überhörte ihn und redete weiter.

»Er heißt Ronny Olsen und arbeitet für Sie. Ich weiß, welche Frau ich in Ruhe lassen soll. Es geht um Nina Hagen. Ihre Geliebte. Da ist es nicht so schwer, zwei und zwei zusammenzuzählen, Kluge.«

Sein Gesicht war dunkelrot angelaufen. Dieser Mann reagierte instinktiv mit Wut auf alle, die ihn bedrohten.

»Raus, Brenne! Gehen Sie mit Ihrem Unsinn zur Polizei, ich muss mir diesen Scheiß nicht anhören.«

»Ich gehe gleich, aber vorher hören Sie mir noch zu!« Ich sprach mit ruhiger Stimme und hob die Hand. Er blieb sitzen. »Ich werde nicht zur Polizei gehen, denn Sie haben vollkommen recht, ich kann nicht beweisen, dass Sie dahinterstecken. Aber ich für meinen Teil brauche keine weiteren Beweise. Ich weiß, dass Sie das waren, und das gefällt mir ganz und gar nicht.«

Er öffnete den Mund.

»Warten Sie, Kluge, hören Sie mir bis zum Ende zu. Ich kenne Sie, ich weiß über Ihre Geschäfte und Ihre Kontakte Bescheid. Andererseits habe ich das Gefühl, dass Sie mich nicht kennen. Oder Sie haben nicht richtig nachgedacht.«

»Wie meinen Sie das?«

»Ich bin Anwalt. Und in dieser Funktion arbeite ich schon

lange in dieser Stadt. Auch ich habe gewisse Kontakte. Nicht dieselben wie Sie, aber trotzdem. Wie viele Pubs und Kneipen besitzen Sie? Fünf?«

»Sieben.«

»Okay. Denken Sie mal über meine Kontakte nach. Überlegen Sie mal, wer die Lizenzen für die Gastronomiebetriebe erteilt. Das sind Juristen. Menschen, die ich kenne und mit denen ich tagtäglich zu tun habe. Und mit der Polizei ist es nicht anders. Mehrere Polizisten zähle ich zu meinen persönlichen Freunden. Das ist meine Welt, Kluge. Sie werden jede Woche eine Ausschankkontrolle haben, und verkaufen Sie auch nur ein einziges Bier an einen Minderjährigen, sind Sie Ihre Lizenz los. Das Gesundheitsamt wird bei Ihnen ein und aus gehen. Sie sollten immer schön darauf achten, dass bei Ihnen alles sauber ist. Die Feuerwehr wird kommen und die Polizei Razzien durchführen. Sie werden Ihre Türsteher überprüfen. Ganz zu schweigen vom Finanzamt. Hatten Sie schon mal eine Steuerprüfung?«

Er schüttelte stumm den Kopf.

»Ich garantiere Ihnen eine Steuerprüfung aller Geschäfte, in die Sie verwickelt sind. Und die finden immer was. Die drehen jeden Stein um, überprüfen die Bargeldströme, vergleichen das mit Auszahlungen und so weiter.«

Ich sah ihn ruhig an. »Ich garantiere Ihnen von jetzt ab die Hölle, Kluge. Eine Tracht Prügel ist dagegen ein Kinderspiel.«

Es gefiel ihm ganz und gar nicht, doch seinem nervösen Blick war zu entnehmen, dass er mir glaubte.

Natürlich hatte ich keine Handhabe, meine Drohungen in die Tat umzusetzen, doch ich war mir sicher gewesen, dass er mir auf den Leim gehen würde. Denn dies entsprach genau seinem Denken. Er war ein Gauner, der auf beiden Seiten des Gesetzes operierte. Seine Welt bestand aus Drohungen, Lügen, Gefälligkeiten und Gegenleistungen. Er war korrupt, und wie alle bestechlichen Menschen glaubte er, dass der Rest der Menschheit genauso käuflich und abgestumpft war wie er.

»Sie ist das nicht wert, Kluge«, sagte ich. »Nina Hagen ist das nicht wert.«

Er sagte nichts, aber die Wut hatte ihn verlassen. Kluge nickte unmerklich.

»Ich freue mich, dass wir uns verstehen«, sagte ich und stand auf. »Ach ja, eine Sache noch.«

Ich öffnete meine Aktentasche, nahm den Umschlag heraus, den ich im Büro geholt hatte, und reichte ihn ihm. Er sah mich fragend an. »Werfen Sie einen Blick rein«, sagte ich.

Er öffnete die erste Seite, wurde blass und warf den Umschlag weg, als hätte er sich verbrannt. »Was zum Teufel …«

»Ja, schrecklich, nicht wahr? Wissen Sie, was das ist?«

Er schüttelte stumm den Kopf. Seine Augen klebten an der Mappe, während sich sein Adamsapfel wie ein Stempel auf und ab bewegte.

»Das sind Bilder von einem jungen Mädchen, sie hieß Maja. Ich bin sicher, Sie erinnern sich an den Fall.«

»Warum?«

»Nina Hagen. Ihre Geliebte. Ich finde, Sie sollten wissen, dass sie in den Fall verwickelt ist. Sie steht auf so etwas. Sie hat diesen Mord geplant, und ich werde ihr das nachweisen und sie hinter Gitter bringen. Vielleicht wollen Sie ja ein bisschen mehr Abstand zu ihr haben, wenn die Bombe platzt.«

Ich nahm die Papiere und legte sie wieder in meine Aktentasche. »Wenn ich richtig informiert bin, gefällt es Ihnen, sich von ihr fesseln zu lassen. Jeder nach seinem Geschmack, Kluge, aber ich an Ihrer Stelle würde es mir gut überlegen, mich von dieser Frau fesseln zu lassen.«

Als ich ihn verließ, starrte er totenbleich aus dem Fenster. Er drehte mir nicht einmal den Kopf zu, als ich mich verabschiedete.

Ich glaubte, mit Fred Kluge keine Probleme mehr zu bekommen.

## Kapitel 41

Kari sah mich skeptisch an. »Bist du dir sicher, dass Fred Kluge hinter diesem Überfall stand? Er hat es ja nicht wirklich zugegeben, oder?«

»Ganz sicher«, sagte ich.

»Und du glaubst, dass du ihn jetzt los bist?«

Ich nickte. »Ja.«

Ich sah ihr an, dass sie sich Sorgen machte. »Du kannst das nicht wissen, Mikael. Vielleicht geht das nach hinten los, vielleicht dreht er wegen dieser Bedrohung vor Wut durch.«

»Du warst nicht da, Kari. Fred Kluge ist kein Problem mehr. Das verspreche ich dir.«

Sie schwieg für eine Weile. »Aber Nina Hagen ist noch immer ein Problem?«

Ich konnte ihr keine Antwort geben. Sie hatte recht. Nina Hagen war irgendwo da draußen, und ich wusste nicht, was sie vorhatte.

Keiner von uns schlief gut. Die Nacht war voller Geräusche: das Rauschen der Bäume im Wind, ein klappernder Dachziegel ... Kari wälzte sich unruhig hin und her und murmelte im Halbschlaf unverständliche Worte. Das Dunkel wollte einfach kein Ende nehmen. Gegen Morgen gab ich es auf und ging nach unten in die Küche.

Es war einfach viel gewesen in den letzten Monaten. Erst Hans Godvik mit seiner Schrotflinte, dann der Überfall, an den mich mein schmerzender Körper beständig erinnerte.

»Wie wär's, sollen wir am Wochenende mal deine Eltern besuchen?«, fragte ich Kari beim Frühstück.
Sie sah mich überrascht an. »Heute? An diesem Wochenende? Gern, aber ich dachte, du müsstest arbeiten.«
»Ich kann doch da draußen arbeiten. Wir brauchen mal einen Tapetenwechsel. Wenn wir jetzt packen, kannst du mich um vier im Büro abholen, dann fahren wir direkt von dort aus.«
»Okay.«

Wir fuhren bei Regen und niedriger Bewölkung. Abends sahen wir mit Karis Eltern fern und tranken Rotwein. Sie gingen früh ins Bett, und auch wir blieben nicht mehr lange vor dem Fernseher sitzen.
Später lagen wir unter der Dachschräge in Karis früherem Kinderzimmer, sie in ihrem alten Bett und ich auf einer Liege an der gegenüberliegenden Wand. Ich lag wach und dachte, sie wäre längst eingeschlafen, als sie plötzlich wie ein Schatten zu mir kam und wir uns vorsichtig und leise im Dunkeln liebten, damit die Geräusche nicht durch die dünnen Holzwände drangen.
Hinterher musste Kari kichern. Sie meinte, sie wäre sich vorgekommen wie damals als junges Mädchen, wenn sie etwas Verbotenes getan hatte. Ich wurde plötzlich eifersüchtig auf ihre Vergangenheit, doch sie lachte nur und küsste mich, bis dieses Gefühl wieder verschwand.

Am nächsten Tag schien die Sonne. Ich lieh mir einen Overall und Gummistiefel von Karis Vater, dann gingen wir hinunter ans Meer und nahmen das Ruderboot. Das Meer war spiegelblank, und die Sonnenstrahlen wärmten trotz der

Kälte. Ich ruderte langsam zwischen den Inseln hindurch, versuchte, einen Rhythmus zu finden und zu den automatischen Bewegungen meiner Kindheit und Jugend zurückzufinden.

Es war lange her, dass ich gerudert hatte. Anfangs schmerzte die Bewegung etwas, die Prügel steckten noch in meinem Körper, doch als die Muskeln warm waren, begann ich, mich über den Rhythmus meines Körpers zu freuen, und genoss es, wie das Boot durchs Wasser glitt und die Tropfen von den Rudern auf die stille Wasseroberfläche fielen. Auf der äußersten Felseninsel gingen wir an Land und liefen am Wasser entlang. Wir fanden Muscheln und Steine und das Skelett eines großen Raubvogels. Kari meinte, es sei ein Adler gewesen.

Als wir zurückruderten, stand die Sonne bereits wieder tiefer am Himmel. Das Licht hüllte die Landschaft in warme Farben, aber es war kalt, und ich war froh zu rudern. Kari hatte sich in ihrem dicken Norwegerpullover zusammengekauert und die Arme um sich geschlagen, um nicht auszukühlen. Wir vertäuten das Boot und gingen Hand in Hand durch die Nachmittagssonne zum Hof.

Abends saßen Kari und ich in einer Ecke und lasen. Ihre Mutter kam mit einem alten Fotoalbum und zeigte mir Kinderbilder von Kari. Ein Foto ließ mich innehalten. Es war ein Sommerbild. Sie stand mit nassen Haaren in einem Badeanzug auf einer Schäre. Ich fragte, wie alt sie auf diesem Bild gewesen war.

»Ungefähr dreizehn«, sagte ihre Mutter. »Sie war ein nettes, lebhaftes Mädchen.«

Sie lächelte auf dem Foto. Sie war jung, ihr Körper noch kantig, aber sie wirkte vollkommen glücklich. Mit erhobenem

Arm winkte sie dem Fotografen zu. Sie war etwa so alt wie Nina Hagen auf dem Foto, das ich in Halden gesehen hatte, aber Karis Ausdruck war offen und voller Leben. Zwei Welten, zwischen denen sich ein Abgrund aus den unterschiedlichen Erfahrungen zweier gleichaltriger Mädchen auftat.

Karis Mutter las Zeitung.

»Wisst ihr, wie sich die Menschen heutzutage verlieben?«

»Was?« Ich sah fern, ein Fußballspiel ohne Tore. Ich hielt nicht einmal zu einer der Mannschaften. Sie wiederholte die Frage.

»Auf der Arbeit?«

»Nein.« Sie hielt die Zeitung hoch. »Hier steht es. Sie treffen sich im Internet. Auf diesen Chatseiten. Das sind die neuen Treffpunkte.«

»Die müssen jünger sein als wir.«

»Auf jeden Fall jünger als du.« Sie lächelte, als sie das sagte, aber ich wusste, dass sich Karis Eltern wirklich Sorgen über unseren Altersunterschied gemacht hatten.

Sie verschwand wieder hinter ihrer Zeitung. Im Fernsehen lag ein Spieler am Boden und wand sich vor Schmerzen, stand aber wieder auf, als der Schiedsrichter nach den Sanitätern rief. Ich gähnte. Ein Gedanke schwebte durch mein Bewusstsein, aber er war noch zu fern, als dass ich ihn hätte festhalten können. Wie ein großer Fisch, ein Hai, der sich unmittelbar außerhalb des Sichtfelds eines Tauchers bewegte. Er verschwand, um sogleich wiederzukommen, jetzt deutlicher, doch immer noch nicht greifbar. Ich gähnte wieder.

»Ich gehe ins Bett«, sagte ich. Kari sah zu mir auf, nickte und erwiderte, sie käme gleich nach.

Auch der Sonntag war ruhig und still. Wir lasen Zeitung, gingen spazieren und aßen zu Mittag. Nina Hagen und Hans Godvik waren weit weg, in einer anderen Welt.
Es war dunkel geworden, als wir nach Hause fuhren. Der Mond stand als schmale Sichel dicht über dem Horizont, und als wir die Brücke überquerten, fühlte es sich an, als schwebten wir allein durchs All. Allein im Dunkel, losgelöst vom Rest der Menschheit.

Wieder zu Hause, schaltete ich aus alter Gewohnheit den Computer ein, um meine Mails zu überprüfen. Es gab nichts Neues, aber plötzlich wusste ich, was mir im Kopf herumgespukt war, als Karis Mutter gesagt hatte, dass man sich heutzutage im Internet kennenlernt.
»Ich fahr noch mal kurz ins Büro«, sagte ich.
»Jetzt noch?« Kari sah mich überrascht an. »Warum das denn? Es ist doch schon nach elf?«
»Ich bleibe nicht lange«, entgegnete ich. »Ich hab da nur so eine Idee.«

Es dauerte länger, als ich gedacht hatte. Der Alvin-Mo-Fall war bereits im Archiv, und ich brauchte etwas Zeit, um per Computer die Archivnummer herauszufinden. Dann musste ich die Schlüssel für das Archiv suchen, das sich direkt unter dem Dach befindet.
Ich fand die richtige Kiste und trug sie nach unten ins Büro. Mos Mappe war die umfangreichste des ganzen Falls, so dass ich sie, ohne zu suchen, herausnehmen konnte. Ich brauchte nicht einmal eine Minute, dann hatte ich, was ich wollte.
Kari war schon im Bett, als ich nach Hause kam. Ich zog mich im Bad aus und schlüpfte leise unter meine Decke, um

sie nicht zu wecken. Sie wachte aber auf, falls sie denn überhaupt geschlafen hatte, und zog mich sogleich zu sich unter ihre Decke.

»He«, sagte ich. »Ich dachte, du schläfst.«

»Hast du gefunden, wonach du gesucht hast?«

»Ja, ich glaube schon.«

»Was war das denn?«

»Ach, ich frage mich, wie Alvin und Nina sich kennengelernt haben. Sie müssen ja Kontakt gehabt haben. Nina Hagen ist im August 2002 zum ersten Mal in die Stadt gekommen.«

»Und?«

»Du darfst nicht vergessen, dass Mo damals im Gefängnis saß. Ich wollte einfach überprüfen, ob ich das richtig in Erinnerung hatte. Es stimmte aber, Alvin Mo verbüßte eine Strafe für die Vergewaltigungen, die er in dem Sommer begangen hatte, und kam erst unmittelbar vor dem Mord an Maja wieder auf freien Fuß.«

»Dann können sie sich vor dem Mord doch gar nicht begegnet sein.« Sie hörte sich immer noch verschlafen an.

»Aber man fragt doch auch nicht den erstbesten Mann, den man kennenlernt, ob er einem ein Alibi für einen Sexualmord gibt. Entweder haben sie sich schon lange gekannt, oder …«

»Oder was?«

»Oder sie sind sich auf andere Weise begegnet.«

»Wie meinst du das?«

»Im Internet«, antwortete ich. »Mein Bauch sagt mir, dass sie sich im Internet kennengelernt haben. Da gibt es doch Foren für solche Sonderlinge. Im Schutz der Anonymität finden die da was für jede noch so perverse Lust.«

Ein paar Minuten lang sagte sie gar nichts. »Hilft dir das denn, Mikael?«

»Vielleicht. Zumindest müssen sie irgendwo elektronische Spuren hinterlassen haben.«

»Hm, gut«, sagte Kari und schlief ein.

Ich schlief nicht viel. Meine Gedanken kreisten in den immer gleichen Bahnen, ohne wirklich zu einem Ergebnis zu kommen. Auf die eine oder andere Weise musste es möglich sein, diese Spuren zu finden. Wenn ich denn recht hatte und nicht im Trüben fischte.

## Kapitel 42

Als Kari mich am nächsten Morgen weckte, war ich weit weg. Ich taumelte ins Bad und verschwand unter der Dusche. Kari steckte ihren Kopf herein und rief, dass sie jetzt ginge, und ich winkte ihr durch den Dampf der Duschkabine zu. Ich frühstückte, trank Kaffee und rief im Büro an, um meine Verspätung anzukündigen. Als ich die zweite Tasse Kaffee trank, wusste ich mit einem Mal, wie mein Problem zu lösen war. Wenn Alvin und Nina Kontakt im Internet gehabt hatten, gab es eine einfache Möglichkeit, das zu überprüfen. Ich musste nur die Computer finden, über die sie kommuniziert hatten.

Auf meinem Schreibtisch lag noch Mos Mappe. Ich blätterte, bis ich zu der Liste der beschlagnahmten Gegenstände kam, und fand darin einen Packard Bell PC. Dann überprüfte ich sicherheitshalber den Bericht der Computerspezialisten, die Mos Computer überprüft hatten, wusste aber bereits, was ich finden würde: viele Treffer auf den unterschiedlichsten Webseiten über Folter und Vergewaltigungen sowie einen ganzen Haufen heruntergeladener Bilder und Videoclips. Doch nichts über E-Mails.

Ich war mir sicher, dass die Polizei sie überprüft hatte, ohne etwas Interessantes gefunden zu haben, aber das bedeutete nicht zwangsläufig, dass es dort nichts zu finden gab. Es kam darauf an, was man suchte und wer diese Suche durchführte.

Im Polizeipräsidium wurde ich von einem zum anderen verbunden. Als ich schon die Geduld verlieren und mich auf den Weg machen wollte, um dort persönlich aufzutauchen, meldete sich eine junge Stimme und fragte: »Alvin Mo? Die beschlagnahmten Gegenstände? Haben Sie die Vorgangsnummer?«

Die hatte ich und wurde gebeten, einen Augenblick zu warten. Nach drei Minuten war er wieder da und sagte mir, alle sichergestellten Gegenstände seien dem Eigentümer einen Monat nach seinem Freispruch wieder ausgehändigt worden.

»Alvin Mo hat sie zurückbekommen?«

»Ja, er hat persönlich unterschrieben.«

»Danke für Ihre Hilfe«, sagte ich.

Das Haus, in dem Alvin Mo gelebt hatte und in dem er ermordet worden war, sah vollkommen verlassen aus. Ich versuchte, durch die ungeputzten Fenster hineinzublicken, doch die Zimmer waren dunkel, dass ich nichts erkennen konnte. Zwischen dem Haus und dem Nachbarn zur Rechten gab es einen Durchgang, der so schmal war, dass ich mich seitwärts über Glassplitter und Baumaterialreste schieben musste. Auf der Rückseite des Hauses lag ein winziger Garten, der übersät war mit zertrümmerten Dachziegeln, Glas und einer Unmenge von Zigarettenkippen.

Ein kleines Fenster und eine Hintertür führten hier hinaus. Das Fenster war mit Platten vernagelt, die von der Nässe dunkel angelaufen waren. Die Tür öffnete sich auf leichten Druck. Die Spuren am Türrahmen zeigten deutlich, dass hier erst vor kurzem jemand eingebrochen war.

Dahinter lag die Küche. An der Wand ein altes Waschbecken.

Eine Kochplatte mit zwei rostigen Platten. Die Kühlschranktür stand offen. Der Schrank war leer, roch aber nach Schimmel und Essensresten. Ich ging durch einen engen Flur ins Wohnzimmer, drückte versuchsweise den Lichtschalter, doch ohne Erfolg. Ein durchgesessenes Sofa, ein Sofatisch mit Ringen von Gläsern und Kaffeetassen und in der Ecke ein kleiner Tisch, vor dem ein Plastikstuhl stand. Das war alles. Jemand hatte das Haus ausgeräumt. Ob es Diebe waren, wusste ich nicht.
Es roch nach Urin und irgendetwas anderem, faulig, süßlich. Alvin war vor nicht allzu langer Zeit in diesem Haus getötet worden. Mir lief ein Schauer über den Rücken. Plötzlich hatte ich keine Lust mehr, hier zu sein. Trotzdem zwang ich mich, über die Treppe nach oben zu gehen. Ich musste den Kopf einziehen, um nicht anzustoßen.
Im Schlafzimmer lag eine Matratze auf dem Boden, auf der zwei dreckige Decken lagen. In einer Ecke flogen einige Papiere herum. Ich blätterte sie vorsichtig durch. Ein Brief von einer Bank mit der Ankündigung einer Zinssenkung. Eine Stromrechnung für Alvin Mo. Reklame. Ein Pornoheft – eine Frau mit gespreizten Beinen lächelte mich mechanisch an. Vielleicht hatte es Mo gehört, vielleicht nicht. Ich glaubte, dass dieses Haus auch von anderen genutzt wurde, sicher hatten Penner oder Drogenabhängige hier Zuflucht gesucht. Für mich gab es hier jedenfalls nichts mehr zu finden, und ich verschwand auf demselben Weg, auf dem ich gekommen war.

Drei Häuser weiter war ich endlich erfolgreich. Ein älterer Mann sah mich misstrauisch an, als ich ihn fragte, wem das Haus gehörte, in dem Alvin Mo gewohnt hatte. Nach einer

Denkpause sagte er: »Demselben, dem dies hier gehört und auch all die anderen Häuser in der Straße.«
»Warum gehören ihm alle?«
Der Mann zuckte mit den Schultern. »Weil er sie gekauft hat. Der wollte hier Hochhäuser bauen.«
»Darf er das denn? Stehen diese Häuser nicht unter Denkmalschutz?«
Erneutes Schulterzucken. »Das tun sie wohl. Aber der lässt sie einfach verfallen. Früher oder später stürzen die von selbst ein. Der kriegt schon noch, was er will.«
»Können Sie mir seinen Namen und seine Adresse nennen?«
»Kevin Larsen«, sagte er. »Der wohnt gleich da drüben, in dem Block auf der anderen Straßenseite. Im zweiten Stock.«

Kevin Larsen trug ein weißes Polohemd und ein Halstuch.
»Ja, das ist richtig«, sagte er. »Ich habe alles ausgeräumt, was bei Alvin Mo noch im Haus war. Es war aber nicht viel.«
»War ein PC dabei?«, fragte ich noch einmal.
»Ja.«
»Kann ich den bitte bekommen?«
»Nein.«
»Warum nicht? Er gehört Ihnen doch nicht. Ich war sein Anwalt.«
»Ihnen gehört er doch wohl auch nicht. Er schuldet mir noch die Miete.«
»Der Mann ist tot. Ermordet.«
Er zuckte mit den Schultern. »Die Miete schuldet er mir trotzdem.«
»Ich kann die Polizei bitten, den Computer zu holen.«
»Dann tun Sie das.«

Ich gab es auf und erhob mich, um zu gehen, als er sagte:
»Für einen Tausender kriegen Sie ihn.«
»Machen Sie Witze?«
»Nein, es liegt an Ihnen.«
Fünf Minuten später stand ich draußen auf der Straße mit einem Computer unter dem Arm. Ich rief mir ein Taxi und fuhr nach Hause.

Ich brauchte etwas Zeit, doch obwohl ich nicht gerade technisch begabt bin, fiel es mir nicht schwer, Computer, Tastatur und Bildschirm miteinander zu verbinden.
Ich drückte auf den Startknopf, und der Bildschirm erwachte. Ich brauchte kein Passwort, sondern konnte direkt auf das Outlook-Symbol klicken. Dann öffnete ich den Postausgang. Er war vollkommen leer. Im Posteingang waren achtundzwanzig Mails gespeichert, alle aus der Zeit, die zwischen Alvins Freispruch und seiner Verhaftung wegen des Mordes an Maja lag.
Das meiste war bloß Unsinn, Reklame, Kettenbriefe und ähnlicher Müll. Nur zwei Mails waren persönlicher Art. Eine stammte von einem Mann namens Knut. Er schrieb:
»Ich will keinen Kontakt mehr mit dir. Ich habe ein neues Leben angefangen. Mit Gottes Gnade und Hilfe werde ich ewig leben. Er hat mir meine Sünden verziehen.«
Die andere Mail stammte von einer Hotmail-Adresse, und ich spürte, wie mein Puls stieg, als ich den Text las:
»Keine weiteren Mails mehr, das war die Abmachung. Ich muss dir vertrauen können, und du darfst nicht zu ungeduldig werden. Wir treffen uns wie besprochen. Und keine Sorge, ich bin noch dabei. Gemeinsam werden wir deine Träume in Erfüllung gehen lassen.«

Als Absender war Wolverine@hotmail.com angegeben.
Ich konnte es nicht beweisen, aber meine Intuition sagte mir, dass ich gefunden hatte, was ich suchte. Tief in meinem Inneren spürte ich, dass Nina Hagen diese Mail geschrieben hatte und dass sie es war, die sich Wolverine nannte. Inzwischen kannte ich Alvin Mo auch ein bisschen. Auf jeden Fall gut genug, um zu wissen, dass seine Träume unsere Alpträume waren.

## Kapitel 43

Staatsanwalt Christer Bonde sah mich misstrauisch an. »Lassen Sie mich Klartext reden, Brenne«, sagte er. »Sie wollen also, dass ich eine Hausdurchsuchung bei Nina Hagen beantrage.« Er wedelte mit dem Schreiben, das ich ihm übergeben hatte.

»Ja«, sagte ich. »Das steht in dem Brief.«

»Okay. Das habe ich verstanden. Was ich nicht verstehe, ist, warum?«

Ich öffnete den Mund, um ihm eine Antwort zu geben, aber er kam mir zuvor. »Oder besser gesagt, was das mit diesem Fall zu tun hat.«

Ich seufzte. »Ich glaube, dass Nina Hagen vor Gericht gelogen und Mo ein falsches Alibi gegeben hat.«

»Auch das habe ich verstanden, und weiter?«

»Weiter? Ist es nicht Aufgabe der Polizei, Ermittlungen einzuleiten, wenn ein Verdacht besteht.«

»Schon, aber bevor wir etwas tun können, zum Beispiel eine Hausdurchsuchung durchführen, muss ein begründeter Anfangsverdacht bestehen. Das wissen Sie doch genauso gut wie ich.«

Ich wurde langsam ärgerlich. »Ich habe Ihnen doch gerade erklärt, dass …«

Er unterbrach mich. »Sie haben mir eine Reihe von Gerüchten genannt, Annahmen und Spekulationen, die in keinster Weise ausreichen, um neuerliche Ermittlungen zu begründen.«

»Die Nachricht auf Mos Computer …«

»… hat als solche keine Bedeutung, das wissen Sie.«

»Wenn Nina Hagen die Absenderin ist, also diese Wolverine, dann hat sie eine große Bedeutung.«

»Ja, wenn. Und genau das ist das Problem. Wenn. Wir haben keinen Grund zu der Annahme, dass es so ist.«

»Sie sollten das weiterverfolgen. Sie kann mitschuldig an dem Mord an Maja sein. Ich halte sie für gefährlich.«

Er seufzte schwer. »Ja, Brenne. Natürlich ist es möglich, dass Sie recht haben, schließlich kam das Alibi für Alvin Mo ja wie bestellt, nicht wahr? Ich werde mit der betreffenden Person in der Abteilung sprechen. Es ist möglich, dass wir diese Nina Hagen noch einmal genauer unter die Lupe nehmen, wenn wir einen Ansatzpunkt finden, aber nicht jetzt. Und definitiv nicht als Ermittlungsschritt im Fall Hans Godvik.«

»Das reicht aber nicht!«

»Mehr kann ich Ihnen nicht versprechen. Ich verstehe nicht, was Sie da treiben. Können Sie mir sagen, was das alles mit dem Godvik-Fall zu tun hat?«

»Ich glaube, dass Nina Hagen Alvin Mo getötet hat.«

Christer Bonde stand von seinem Stuhl auf und blickte auf mich herab. »Ach so. Ich wusste doch, dass es da noch etwas gibt. Wir sollen in Richtung Nina Hagen ermitteln, damit Sie den Geschworenen erklären können, dass die Polizei noch eine andere Verdächtige hat und die Ermittlungen folglich noch gar nicht abgeschlossen sind! Für wie dumm halten Sie mich eigentlich? Von allen linken und durchsichtigen Tricks …«

Er war wirklich wütend.

»Nein, nein, so ist es nicht! Ich glaube … glaube wirklich, dass diese Frau hinter dem Mord …«

»Und deshalb kommen Sie erst jetzt damit? Unmittelbar vor der Verhandlung? Jetzt hören Sie aber auf, Brenne.«
Ich gab auf. Ich hatte ohnehin nicht damit gerechnet, dass er meinem Antrag folgen würde. Ich hatte allerdings auch nicht damit gerechnet, dass er darin einen Schachzug meinerseits sehen würde.
»Ich kann das Gericht bitten, dazu Stellung zu nehmen«, sagte ich ohne Überzeugung.
Er lachte. »Keine Chance.« Dann beugte er sich zu mir herüber und sagte: »Hans Godvik ist schuldig, und ich will ein Urteil in diesem Fall. Sie sollten gar nicht erst an irgendwelche abwegigen Tricks denken. Dieser Fall wird einen regulären Verlauf nehmen.«
»Sie machen einen Fehler, Bonde«, sagte ich, aber er sah mich nur wütend und voller Verachtung an.
»Wir sehen uns vor Gericht«, sagte er.

»Was hattest du denn erwartet?«, fragte Synne.
»Was hatte ich zu verlieren?«
Sie zuckte mit den Schultern und trank einen Schluck von ihrem Pils. Wir waren in einem Pub und tranken das übliche Wochenendbier. Meistens waren wir mehrere Leute, doch dieses Mal hatten nur wir zwei gehen können. Die Stimmung war bedrückt, wussten wir doch beide, dass wir ein Verfahren vor uns hatten, das wir nicht gewinnen konnten. Ich leerte mein Glas und sagte, ich hätte genug.
»Treffen wir uns am Sonntag im Büro für einen letzten Durchgang?«
Ich nickte. »Das sollten wir wohl. Für den letzten Feinschliff. Wir telefonieren dann noch mal wegen der genauen Zeit.«
Auf dem Rückweg gluckste das Bier in meinem Bauch. Zu

Hause war ich allein. Kari war wieder bei ihren Eltern, sie wusste aus Erfahrung, dass sie mich am letzten Wochenende vor einem wichtigen Prozess am besten allein ließ. Ich wärmte mir ein Fertiggericht auf, aß ohne Appetit und legte mich auf das Sofa.

Als ich aufwachte, war ich vollkommen desorientiert und benebelt. Ich hatte mehr als drei Stunden geschlafen, und mein Körper fühlte sich wie Blei an. Nach drei Tassen Kaffee ging es mir etwas besser. Ich sah fern, hörte ein bisschen Musik und sah dann wieder fern. Ging im Wohnzimmer auf und ab und fragte mich, ob ich noch einen Drink nehmen sollte, wusste aber, dass es dafür der falsche Tag war, und ließ es bleiben. Nach etwas Suchen fand ich einen alten Roman von John D. McDonald im Regal. Ich hatte ihn schon einmal gelesen, aber das spielte keine Rolle. Die Abenteuer des Alltagsphilosophen Travis McGee, dem modernen Antihelden und zynischen Romantiker aus Florida, waren schon seit Jahren mein Gegenmittel gegen Ruhelosigkeit und Überdruss, aber an diesem Abend halfen auch sie nicht. Nach zehn Seiten legte ich das Buch wieder weg.
Es war inzwischen halb zwölf. Seufzend ging ich in den Keller. Dort holte ich ein bisschen Werkzeug, eine Taschenlampe und eine zerschlissene Wolldecke und verstaute die Sachen in meiner alten Sporttasche. Ich zog eine dunkle Lederjacke und Joggingschuhe an, nahm die Tasche mit zum Auto und machte mich auf den Weg. Es war fünf Minuten vor Mitternacht.

## Kapitel 44

Draußen stürmte es, was mich freute, denn der Wind schuf einen Teppich aus Lauten, unter dem ich mich verstecken konnte. Ich war eine Weile im Auto sitzen geblieben und hatte zugesehen, wie die Lichter in den Häusern ringsum nacheinander erloschen. Nina Hagens Reihenhaus hatte die ganze Zeit im Dunkeln gelegen. Über der Tür brannte kein Licht, und auch hinter den Fenstern hatte ich keinen Lichtschein ausmachen können. Die Straße lag schon lange ausgestorben da. Ein Mann hatte kurz nach meiner Ankunft seinen Hund ausgeführt, etwas später war ein Auto in die Einfahrt eines weiter entfernten Hauses gefahren. Danach war alles still gewesen.

Ich hatte ganz am Ende der Straße geparkt, möglichst weit weg vom Licht der Straßenlaternen. Jetzt nahm ich die Tasche in die Hand, stieg über einen Graben und verschwand im Dunkel zwischen den Bäumen. Zuerst sah ich gar nichts, doch nach einer Weile gewöhnten sich meine Augen an die Finsternis. Ich schlug einen Bogen, um mich Nina Hagens Haus von hinten zu nähern. Dort gab es keine Nachbarn.

Ich hatte vielleicht noch zwanzig Meter vor mir, aber der Boden war uneben, so dass ich lange brauchte und erst im letzten Moment den niedrigen Lattenzaun vor mir bemerkte. Ich stieg darüber und lief schnell und leise über die Rasenfläche. An der Ecke blieb ich stehen.

Das Gelände fiel zu dieser Seite hin etwas ab, so dass man

ebenerdig in den Keller gelangen konnte. Rechts von der Kellertür befanden sich zwei Fenster. Ein schmaler Kiesweg führte an der Wand entlang. Ich blieb still stehen und lauschte auf Geräusche, hörte aber nur den Wind und meinen eigenen, keuchenden Atem.

Zwischen der Wand und dem Kiesweg lag ein Rasenstreifen. Ich schlich darauf entlang, um keine Geräusche zu machen, drückte mich um die Hausecke herum und stieg die Treppe zu der kleinen Terrasse hinauf, auf der sich eine Schiebetür und ein großes Fenster befanden. Auch hinter diesem Fenster war alles dunkel. Der hölzerne Terrassenboden knirschte unter meinen Füßen. Ich hielt meine Stirn an die Scheibe. Nach ein paar Sekunden konnte ich die Umrisse von Wohnzimmermöbeln in dem dunklen Raum erkennen. Ich drückte meine Hand gegen den Griff der Schiebetür. Sie war verschlossen.

Dann ging ich wieder nach unten und stellte mich vor das erste Kellerfenster. Keine Spur von Licht, vollkommenes Dunkel. Es war nicht einmal zu erkennen, ob drinnen Gardinen hingen oder ob ich in einen leeren Raum starrte. Das Fenster wirkte auf mich wie eine große, dunkle Fläche. Beim anderen Fenster verhielt es sich genauso. Auch in der Tür war ein kleines Fenster eingelassen, hinter dem ich eine Art Gardine auszumachen glaubte. Sicher war ich mir aber nicht. Ich drückte die Türklinke nach unten und versuchte, die Tür zu öffnen, aber auch sie war verschlossen. Ein paar Minuten lang blieb ich stehen, um wieder zur Ruhe zu kommen, dann nahm ich die zusammengefaltete Decke aus der Tasche, presste sie mit der linken Hand auf die Scheibe, nahm mit der rechten den Hammer und schlug zu.

Das Klirren des splitternden Glases zerriss die Stille und das

Rauschen des Windes. Ich dachte, dass sich dieses Geräusch durch das Dunkel der Nacht schneiden musste, so dass sich die Nachbarn in ihren Betten aufrichteten und nach ihren Telefonen griffen. Der Drang, Hals über Kopf davonzulaufen, war beinahe übermächtig. Trotzdem blieb ich stehen, atmete hastig und stoßweise und lauschte auf irgendwelche alarmierenden Geräusche, Bewegungen, irgendetwas aus dem Inneren des Hauses oder den Nachbargärten, doch nichts geschah.

Erst nach einer Weile wagte ich es, meine Hand durch das Loch in der Scheibe zu schieben, nach dem Riegel der Kellertür zu tasten und ihn zur Seite zu schieben. Dann drückte ich die Klinke herunter. Nach einem großen Schritt befand ich mich drinnen auf einem dunklen, schmalen Flur.

Vorsichtig schloss ich die Tür hinter mir. Ich nahm die Taschenlampe aus der Jackentasche und schaltete sie ein. Weiße Wände. Rechts eine Tür, vor mir eine Treppe. Ich ging nach oben. Im Erdgeschoss fiel genug Licht von der Straße herein, um die Lampe wieder auszuschalten. Ich schlich vorsichtig von Zimmer zu Zimmer und öffnete alle Türen. Das Haus war leer. Nina Hagen war nicht zu Hause. Ich wusste weder, wo sie war, noch, wann sie nach Hause kommen würde. Dennoch legte sich meine Nervosität. Ich setzte mich für einen Moment auf das Sofa und sah mich um. Es war ein ganz gewöhnliches Wohnzimmer, dem jede individuelle Prägung fehlte.

Ich ging zurück zu den Schlafzimmern. Es gab zwei davon, jedes mit einem Einzelbett ausgestattet, wovon eines jedoch unbenutzt aussah. Die Wände waren kahl und die Schränke leer, abgesehen von einem, in dem sich Kleider befanden. Dieser Raum wurde nicht benutzt. In dem anderen Zimmer lag ein Haufen Schmutzwäsche in der Ecke. Zwei Schubladen der Kommode standen offen, aus einer hing ein Kleidungsstück halb heraus. In der Schublade des Nachtschränkchens befand sich eine Auswahl von Sexspielzeugen, Dildos, ein paar Dinge, die ich nicht einordnen konnte, Riemen und Fesseln, Gummi und Leder. An der Wand neben dem Bett hingen zwei Peitschen ordentlich nebeneinander an zwei Haken. Einer der Kleiderschränke enthielt fast ausschließlich Latex- und Lederkleider. Im anderen befanden sich ganz normale, unauffällige, fast langweilige Kleidungsstücke. Die zwei Seiten der Nina Hagen. Das Bett war nicht gemacht. Ich beugte mich hinunter und roch an der Bettwäsche. Kein Parfüm, keine Creme, es roch bloß nach Frau. Intim nach Frau.

Ich ging in die Küche, öffnete vorsichtig die Kühlschranktür und erschrak fast, als das gelbe Licht in den Raum fiel. Bier und Saft. Ein paar Brotaufstriche, keine Reste.

Im Wohnzimmer stand ein kleiner Schreibtisch mit einem Stuhl. Ich setzte mich daran und blätterte die Papiere durch. Ganz alltägliche Dinge. Rechnungen: Strom, Telefon und Versicherung. Adressiert an Klara Gulbrandsen c/o Nina Hagen. Die Großtante. Das Angebot eines Buchclubs. Eine Postkarte mit unleserlicher Unterschrift. Die Schubladen waren leer. Keine alten Briefe oder Bilder. Keine Papiere, die nicht aus dem letzten Monat stammten, nichts, das einen Einblick in Nina Hagens Vergangenheit oder in ihr Privatleben erlaubte. Ich fühlte mich jetzt sicherer und begann, das Haus systematisch zu durchsuchen. Zimmer für Zimmer. Ich öffnete jede Schublade und alle Schranktüren.

Ich fand nichts Interessantes und blieb unschlüssig auf dem Flur stehen. Schaltete die Taschenlampe wieder ein und ließ

den Lichtstrahl über die Kommode zur Garderobe und wieder zurückhuschen, als ich etwas aufblitzen sah. Ein Laptop stand zusammengeklappt im untersten Fach des Garderobenschranks. Ich nahm ihn mit ins Wohnzimmer, stellte ihn auf den Esstisch, steckte den Stecker in die Steckdose und schaltete ihn ein. Ich wusste nicht, ob sie den Computer mit einem Passwort gesichert hatte, aber das spielte keine Rolle, denn sie hatte ihn beim letzten Mal nicht richtig ausgeschaltet, so dass ich nach dem Einschalten gleich Zugriff auf all ihre Dateien hatte.
Ich öffnete das Programm Outlook, klickte auf den Posteingang und scrollte mich durch die Daten. Wochen und Monate rollten über den Bildschirm, eine Reise in die Vergangenheit, bis zu dem Tag, an dem Mo eine Nachricht von »Wolverine« bekommen hatte. Ich sah sie sofort. Dasselbe Datum.

*Von <Grimreaper> an <Wolverine>*
*»Was ist los, ich habe lange nichts mehr von dir gehört. Hast du kalte Füße bekommen, oder was?«*

Das war alles, aber es war genug.
Alvin Mo und Nina Hagen hatten kurz vor dem Mord an Maja Kontakt miteinander gehabt. Ich spürte meinen Puls in den Schläfen pochen, den Geschmack des Triumphs, die plötzliche Überzeugung, gefunden zu haben, was diesen Fall entscheiden konnte, einen Schlüssel, mit dem ich endlich zur Wahrheit vordringen konnte.
Da hörte ich ein leises Geräusch. Durch all meine Aufregung schnitt sich ein Laut, den ich nicht zuordnen konnte.
Ich klappte den Laptop zu und stand leise auf. Ging in die

Küche und versuchte, durch die Gardinen zum Hauseingang zu schauen. Ich sah nichts, hörte aber wieder etwas. Dieses Mal war ich mir sicher, dass draußen jemand herumschlich. Ich ging durch das Wohnzimmer in den Flur, öffnete die Kellertür und schlich über die Treppe nach unten. Ich musste mich selbst zwingen, nicht zu laufen. Einen Augenblick lang dachte ich, dass ich noch einmal nach oben gehen und den Computer holen sollte, doch die Panik hatte längst Besitz von mir ergriffen, so dass ich nur noch wegwollte.
Ich nahm meine Tasche, die im Kellereingang stand, zwang mich zur Ruhe, öffnete vorsichtig die Tür und schlüpfte nach draußen. Als ich gerade über den Rasen huschen wollte, blieb ich wie angewurzelt stehen.
Weißes Licht blendete mich. Ich hielt mir die linke Hand vor die Augen, als ich eine Stimme rufen hörte: »Stehen bleiben! Polizei! Keine Bewegung!«
Und ich blieb stehen, festgehalten im Licht, bis mich kräftige Hände herumdrehten, mir die Arme auf den Rücken pressten und mir kaltes Metall um die Handgelenke legten.

## Kapitel 45

Sind Sie allein?«, fragte der Polizist. Als ich nicht sofort antwortete, packte er meine Schulter und schüttelte mich. »Antworten Sie, verdammt! Ist jemand mit Ihnen unterwegs?«

Ich schüttelte den Kopf. »Nein, ich bin allein. Aber hören Sie, ich bin kein …«

»Halten Sie den Mund!«, sagte er, nahm sein Funkgerät und sprach leise hinein. »Ich habe ihn. Er behauptet, allein zu sein.« Er lauschte. Ich hörte nur ein Knacken, gefolgt von unverständlichen Lauten.

»Okay«, sagte er. »Ich warte hier.« Dann schob er mich zur Seite, forderte mich erneut auf, den Mund zu halten, obwohl ich gar nichts gesagt hatte, und wartete. Nach fünf Minuten kam ein zweiter Polizist aus der Kellertür. »Alles klar«, sagte er. »Schaffen wir ihn ins Auto.«

Sie führten mich über die Treppe nach oben, um das Haus herum und über den Gartenweg zum Streifenwagen, der halb auf dem Bürgersteig parkte. Einer von ihnen öffnete die hintere Tür, drückte mir seine Hand auf den Kopf, damit ich mich nicht stieß, und presste mich auf den Sitz. Die Handschellen behinderten mich beim Einsteigen.

Der zweite Polizist stand ein Stück entfernt und redete mit einem Mann mittleren Alters, der in Schlafanzug und Morgenrock auf der Straße stand. Der dünne Stoff flatterte im Wind. Am Wohnzimmerfenster hinter ihm konnte ich das blasse Gesicht einer Frau erkennen. Der Mann gestikulierte heftig und redete wie ein Wasserfall. Der Beamte machte sich Notizen und nickte, dann nahm er sein Handy und rief jemanden an. Der Nachbar sah zu mir herüber und beugte sich hinunter, um besser sehen zu können. Instinktiv wandte ich meinen Kopf ab. Der Schock wich langsam aus meinen Gliedern. Ich hatte keine Angst und machte mir auch keine Sorgen, jedenfalls noch nicht. Ich fand die ganze Situation nur schrecklich peinlich.

Die Türen knallten, als sie einstiegen. »Fahren wir«, sagte der Polizist, der auf dem Beifahrersitz saß.

»Okay. Hast du jemanden erreicht?«

»Ja. Und ich habe den Nachbarn unsere Nummer gegeben.«

»Hören Sie«, sagte ich. »Bevor wir fahren, könnten Sie vielleicht noch einmal ins Haus gehen und einen Laptop mitnehmen. Der steht …«

»Halten Sie Ihren Mund!«, schnauzte der Fahrer mich an.

»Aber es ist wichtig. Ich bin kein Einbrecher, ich bin Anwalt, und …«

»Sie können im Präsidium Ihre Aussage machen. Jetzt halten Sie den Mund, haben Sie das verstanden?«

Ich gab es auf. Sie wollten mir nicht zuhören, und ich wusste, dass ich anfangen sollte, an mich selbst zu denken. Etwas später versuchte ich es trotzdem noch einmal.

»Darf ich etwas sagen, ohne dass Sie mir gleich wieder über den Mund fahren?«

Vom Vordersitz kam ein unwilliges Grunzen. Ich deutete das als Bestätigung und fuhr so langsam und sachlich wie nur möglich fort.

»Ich möchte Ihnen Folgendes mitteilen: Mein Name ist Mikael Brenne. Ich bin Strafverteidiger. Ich möchte Sie bitten,

Kontakt mit Kommissar Breivik vom Drogendezernat aufzunehmen.«
Der Mann auf dem Beifahrersitz drehte sich um. »Und was soll ich ihm sagen?«
»Erzählen Sie ihm einfach, was geschehen ist.«
»Es ist mitten in der Nacht.«
»Rufen Sie ihn an, ich garantiere Ihnen, dass er nichts dagegen haben wird.«

Der Sonnenkönig sah aus, als hätte er etwas dagegen gehabt. Sein Gesicht war rot, seine Haare ungekämmt und seine Jacke falsch zugeknöpft. Er sah mich wütend an, aber er war da, und das war das Entscheidende. Ich weiß nicht, was er zu den beiden Beamten gesagt hatte, die mich festgenommen hatten, aber als wir auf den Hof des Präsidiums gefahren waren, blieben wir im Wagen sitzen und warteten dort auf den Sonnenkönig.
Er zog mich zur Seite, bis wir außer Hörweite waren, und raunte: »Verdammt, Brenne, was zum Teufel haben Sie gemacht?«
Ich zuckte mit den Schultern. »Ich hatte halt Pech.«
Sein Blick war nicht gerade verständnisvoll. »Pech? Die haben Sie bei einem Einbruch geschnappt. Und ich soll jetzt für Sie die Kastanien aus dem Feuer holen?«
»Ich bin zu Hause bei Nina Hagen eingestiegen«, sagte ich leise.
Er wurde still. »Bei Nina Hagen?«
»Ja.«
»Sie haben doch wohl nichts davon gesagt, dass ich Ihnen … Informationen beschafft habe?«
Ich sah ihn nur an. »Ich habe nichts gesagt, und ich möchte

das auch nicht tun. Aber ich habe etwas herausgefunden. Etwas Wichtiges. Und wenn es irgend geht, will ich die Tretmühle hier vermeiden und nicht runter in die Untersuchungshaft. Ich könnte da auf Mandanten treffen. Außerdem muss ich Montag ins Gericht. Da beginnt die Verhandlung gegen Hans Godvik.«

Er seufzte und sah mich gequält an. Dann ging er zu den zwei Beamten und redete zuerst leise und dann etwas lauter mit ihnen, wobei er heftig gestikulierte. Nach einer Weile zuckten sie mit den Schultern und fuhren weg.

»Kommen Sie mit«, sagte er.

»Wohin?«

»Nach oben in mein Büro.«

»Könnten Sie mir vorher die Handschellen abnehmen?«

»Eigentlich sollte ich Ihnen die nicht abnehmen«, sagte er grimmig, tat es aber trotzdem.

Er schüttelte den Kopf. »Nein, nein, nein. Das ist nicht so einfach.«

»Warum nicht?«

»Zum einen, weil die Beamten im Streifenwagen Ihren Namen durchgegeben haben … auf frischer Tat ertappt! Zum anderen kann ich keine Hausdurchsuchung in Auftrag geben, das wissen Sie nur zu gut. Ich bin ja kein Richter.«

»Dann rufen Sie den diensthabenden Richter an.« Ein Richter war stets in Bereitschaft.

Wieder schüttelte er nur den Kopf. »Wissen Sie, wer Bereitschaft hat? Samdal.«

»Oh!« Ich wusste, was er meinte. Samdal war der mürrischste, am wenigsten kooperative Ermittlungsrichter von allen. Er hasste alle Strafverteidiger und mich ganz besonders.

Der Sonnenkönig griff zum Telefon. »Wen rufen Sie an?«, fragte ich, aber er winkte nur ab, meldete sich und sprach in den Hörer. »Tut mir leid, Sie zu stören, hier ist Breivik vom Drogendezernat, wir haben hier eine Situation ...«

Er hörte einen Moment zu, dann sagte er: »Ja, das glaube ich. Es geht um einen Anwalt namens Brenne. Ja, Mikael Brenne. Er ist wegen eines Einbruchs verhaftet worden.«

Erneute Pause. »Ja, da bin ich ganz Ihrer Meinung, das wäre auch mir eine Freude, aber die Sache ist ein bisschen komplizierter. Ich glaube, es wäre das Beste, wenn Sie kommen könnten.« Kurz darauf: »Doch, ich fürchte, das ist notwendig.«

Nachdem er aufgelegt hatte, sah ich ihn fragend an.

»Der Polizeichef«, sagte er. »Jetzt müssen wir warten.«

Polizeichef Soltvedt rieb sich die Stirn und sah mich resigniert an. »Erinnern Sie sich noch daran, dass Sie sich mal bei uns beworben haben, Brenne?«, fragte er. »Sie kamen damals frisch von der Uni und waren bei mir zum Vorstellungsgespräch.«

Ich nickte, wartete ab.

»Wissen Sie, warum Sie den Job damals nicht bekommen haben?«

»Nein.«

»Das hatte nichts mit mangelnden Fähigkeiten zu tun oder mit irgendwelchen Zweifeln, dass Sie sich vor Gericht nicht gut verkaufen können würden. Doch nachdem ich eine Dreiviertelstunde mit Ihnen gesprochen hatte, konnte ich mich des Gefühls nicht erwehren, dass Sie so ein Mensch sind, der nicht immer nach dem Lehrbuch vorgeht. Und in meiner Behörde will ich Leute haben, die sich an die Vor-

schriften halten.« Er seufzte. »Ich glaube, ich habe damals recht gehabt. Heute Nacht haben Sie wohl bewiesen, dass meine Einschätzung richtig war.«
Ich sah keinen Grund, seine Aussage zu kommentieren. Ich fragte aber: »Was ist mit Nina Hagen? Werden Sie da irgendwas unternehmen? Sie ist in mindestens einen Mord verwickelt, vielleicht in mehrere. Auf jeden Fall hat sie im Fall Alvin Mo eine Falschaussage gemacht. Wenn Sie Ihrer Verantwortung gerecht werden wollen, ist es an der Zeit, einen Durchsuchungsbefehl zu beantragen und jemanden zu ihr nach Hause zu schicken.«
Ich sah ihm an, dass er sich in seiner Haut nicht wohl fühlte.
»Sie meinen, sie hat mit dem Mord an Maja zu tun? Und auch mit dem an Alvin Mo?«
»Ja, das glaube ich.«
»Sie haben einen Einbruch begangen, Brenne.«
»Das ist doch eine vollkommen andere Sache.«
Er sah auf die Uhr. »Ich rufe den Staatsanwalt an«, sagte er. »Wenn schon alle anderen wach sind, kann auch er aufstehen.«
»Ich würde auch gern einen Anruf tätigen«, sagte ich.
»Wen wollen Sie anrufen?«
»Ich brauche einen Anwalt.«

Peter und Christer Bonde tauchten im Abstand von fünf Minuten auf. Ich wurde es langsam leid, immer wieder gefragt zu werden, wie ich nur auf diese Idee hatte kommen können. Peter war angespannt. Er redete leise und korrekt, ich sah ihm aber an, wie wütend er war.
Christer Bonde war alles andere als leise und korrekt.
»Ich will, dass Sie angeklagt und verurteilt werden, Brenne!«,

rief er. »Wir haben erst gestern über diese Dinge gesprochen. Das ist doch nur wieder so ein dummer Trick von Ihnen, ein hinterhältiger Schachzug der Verteidigung. Verdammt, Sie werden mir diesen Fall nicht kaputt machen!«

»Sind Sie denn völlig durchgedreht, Bonde?« Ich spürte langsam, wie viel Schlaf mir fehlte, und sein Geschrei hatte überdies an meinen Nerven gezehrt. »Glauben Sie wirklich, ich begehe eine Straftat, nur um Sie zu ärgern? Und wie bitte soll mir das denn vor Gericht helfen? Können Sie mir das erklären?«

Wir begannen, uns anzuschreien. Polizeichef Soltvedt mahnte uns lautstark zur Ruhe, aber es war Peter, dem es schließlich gelang, die Wogen zu glätten.

»Hören Sie mir einen Augenblick zu«, sagte er. »So kommen wir doch nicht weiter. Setzen Sie sich, und hören Sie mir zu.«

Nach ein paar Minuten nahmen wir tatsächlich Platz. Christer Bonde war rot angelaufen.

»Okay«, sagte Peter. »Wir haben es hier mit zwei verschiedenen Sachverhalten zu tun. Erstens hat Mikael einen Einbruch begangen. Dafür müssen wir im Rahmen des Gesetzes eine Lösung finden.« Ich wusste nicht, wie er das meinte, mir gefiel die Formulierung nicht, aber die anderen nickten, und ein rascher Blick von Peter zeigte mir, dass ich den Mund halten sollte.

»Zweitens ist Mikael Zeuge einer möglichen Straftat geworden. Basierend auf seiner Aussage, besteht Grund zu der Annahme, dass Nina Hagen gegen das Gesetz verstoßen hat.«

Christer Bonde wollte etwas sagen, aber Peter hob die Hand.

»Inwieweit sie etwas mit dem Mord an Alvin Mo zu tun hat, entzieht sich meiner Kenntnis. Was ich aber weiß, ist, dass die Polizei und die Anklagebehörden die Pflicht haben, Mikaels Aussage zu berücksichtigen. Alles andere wäre als ein Dienstversäumnis aufzufassen.« Er sah Christer Bonde direkt an, als er die letzten Worte sagte.

Das war alles, mehr brauchte es nicht. »Okay«, sagte der Staatsanwalt. »Schicken Sie ein paar Leute zu ihr. Und geben Sie mir einen Durchsuchungsbefehl.« Die Sache gefiel ihm nicht, er wusste aber, dass Peter recht hatte, und wollte keinen Fehler machen, der seiner weiteren Karriere im Weg stehen würde.

»Und was ist mit Brenne?«, fragte der Sonnenkönig leise. »Was soll ich jetzt mit ihm machen? Soll ich ihn etwa einbuchten, oder was?«

»Jetzt warten wir erst einmal auf das Ergebnis der Hausdurchsuchung«, sagte Peter. »Ist es möglich, hier einen Kaffee zu bekommen?«

Peter und ich erhielten die Erlaubnis, uns in einem Büro zu besprechen.

»Peter, hör zu«, begann ich. »Das war kein ...«, aber er fiel mir ins Wort, bevor ich noch mehr sagen konnte. »Sag jetzt nichts, Mikael. Ich bin so wütend, dass ich vermutlich ausraste, wenn du anfängst. Lass uns später reden.«

Wir saßen für eine Weile still da, dann fügte er hinzu: »Du bist ein Idiot, Mikael.«

Unser Gespräch dauerte eine halbe Stunde. Ich spürte meine Müdigkeit jetzt richtig und konnte mich kaum mehr wach halten. Als der Sonnenkönig endlich an die Tür klopfte und uns in sein Büro bat, hatte ich den Kampf gegen den Schlaf gerade aufgeben wollen.

Sowohl Christer Bonde als auch Polizeichef Soltvedt warteten auf uns. Ihren angespannten Gesichtern war anzusehen, dass etwas schiefgelaufen war.

»Und?«, fragte Peter.

»Nichts. Wir haben Leute zu Frau Hagen geschickt, aber die haben nichts gefunden. Keine Mails. Überhaupt keinen PC oder Laptop. Frau Hagen behauptet, noch nie einen Computer besessen zu haben. Außerdem gibt sie an, von Freunden und Bekannten darauf angesprochen worden zu sein, dass sie grundlos verfolgt würde. Sie erwägt, Sie anzuzeigen.«

Niemand entgegnete etwas. Draußen wurde es langsam hell. Die Gesichter im Raum waren grau und müde.

»Ist sie benachrichtigt worden, dass bei ihr eingebrochen wurde? Haben die Idioten, die mich aufgegriffen haben, etwa Nina Hagen angerufen und ihr das gesagt?«, fragte ich.

Es wurde für einen Moment still, dann nickte der Sonnenkönig. »Ja, sie haben sie auf ihrem Handy erreicht.«

»Dann hat sie den Computer weggeschafft. Sie hatte alle Zeit der Welt dafür. Laden Sie sie vor. Setzen Sie sie unter Druck. Finden Sie den Laptop, der muss doch irgendwo sein.«

Ich wusste, es war hoffnungslos. Das sah ich ihren Gesichtern an.

»Ich weiß nicht, was Sie da treiben, Brenne«, sagte Christer Bonde langsam, »und ich will es auch gar nicht wissen. Wir haben nichts gegen Nina Hagen in der Hand, und wir werden diese Spur nicht weiterverfolgen.«

»Halten Sie mich für einen Lügner? Soll ich das etwa alles erfunden haben?«

Seine Stimme war ruhig. »Dazu sage ich nichts. Ich weiß aber, dass Sie alles tun würden, um einen Fall zu gewinnen. Und ich weiß, dass wir in Sachen Nina Hagen nichts mehr unternehmen werden.« Er stand auf. »Und ich weiß, dass

der Mordprozess, der morgen beginnt, seinen normalen Gang nehmen wird.« Er wandte sich mir zu. »Das bedeutet, Brenne, dass Sie eine ganz normale Strafverfolgung zu erwarten haben, was den Einbruch heute Nacht angeht. Aber …«, er wandte sich dem Polizeichef zu, »… ich will keine Irritationen, die diesen Prozess jetzt noch verzögern könnten, und das bedeutet, dass wir in Ihrem Fall die Strafverfolgung bis nach der Hauptverhandlung aussetzen. Vermutlich fehlt ja ohnehin nur noch ein Verhör von Brenne.«
Soltvedt nickte. Der Staatsanwalt fuhr in der gleichen kontrollierten Tonart fort: »Das bedeutet aber auch, dass wir Stillschweigen über diese Sache vereinbaren. Es darf nichts an die Presse, und ich will auch kein Gerede hier im Präsidium. Ist das klar?«
Soltvedt sah ihn etwas ratlos an. »Und wie soll das gehen? Es ist bereits ein Bericht geschrieben worden, Brenne war die ganze Nacht hier, und das Präsidium ist leck wie ein Sieb.«
»Das ist mir egal«, sagte Bonde. »So will ich das haben. Ich will einen anständigen Prozess und keinen Zirkus. Wie Sie das hinkriegen, ist Ihr Problem. Sorgen Sie einfach dafür, dass es klappt.«
Er knallte die Tür hinter sich zu, als er ging. Wir anderen blieben schweigend sitzen, bis Soltvedt Peter müde ansah und sagte: »Herr Anwalt, Sie können Ihren Mandanten mitnehmen.«
Peter nickte, stand auf und verabschiedete sich. Die anderen nickten ihm zu. Mich beachteten sie nicht einmal.

## Kapitel 46

Ich fuhr mit dem Bus nach Hause. Mein Wagen stand noch in der Straße, in der Nina Hagen wohnte. Es war Sonntagmorgen, und die wenigen anderen Fahrgäste trugen Freizeitkleidung und sahen entspannt und gut gelaunt aus. Die einzige Ausnahme war ein junger Mann, der von einer Party zu kommen schien. Er hatte die Beine weit von sich gestreckt, während sein Kopf auf seiner Brust ruhte. An jeder Bushaltestelle zuckte er zusammen und starrte nach draußen, bevor sein Kopf wieder nach unten sackte.

Ich war leer vor Müdigkeit, ohne Gedanken und Gefühle. Die Steigung von der Bushaltestelle nach Hause war mir nie so schwergefallen wie jetzt. Ich schlug die Tür hinter mir zu, ging direkt ins Bett und schlief bereits, bevor mein Kopf das Kissen berührte.

Als ich aufwachte, hatte ich das Gefühl, aus tiefem Wasser aufzutauchen. Mein Kopf war voller Watte, meine Beine und Arme waren doppelt so schwer wie sonst, und ich hatte einen schrecklichen Geschmack im Mund. Auch die Erinnerungen an die Geschehnisse der letzten Nacht machten mir zu schaffen. Ich hatte Angst und spürte meine Nerven. Es war ein Gefühl, das mich an meine Jugend denken ließ, daran, wie quälend es gewesen war, nach einer Sauftour morgens mit einem Blackout aufzuwachen und sich an nichts mehr richtig erinnern zu können.

Ich blieb im Bett liegen und versuchte, mich zu beruhigen

und rational zu denken, doch es gelang mir nicht. Am liebsten hätte ich weitergeschlafen, mir die Decke über den Kopf gezogen und alles vergessen, doch ich musste aufs Klo.
Als ich im Badezimmer fertig war, überprüfte ich mein Handy. Kari und Synne hatten angerufen. Keine unbekannte Nummer. Kein Journalist.
Ich aß ein bisschen, rief dann Synne an und verabredete mich mit ihr für eine Stunde später im Büro. Als ich anschließend Karis Nummer wählen wollte, rief sie selber an.
»Ich komme heute Abend gegen acht. Papa fährt mich.«
Ich sagte ihr, dass ich mich freue.
»Stimmt was nicht?«
»Nein, wieso?«
»Du hörst dich so komisch an.«
»Nein, es ist nichts«, sagte ich. »Ich bin bloß müde. Ich geh jetzt gleich ins Büro, bin aber wieder zu Hause, wenn du kommst.«
Sie kannte mich inzwischen ziemlich gut.

Synne schüttelte den Kopf, kaum dass ich begonnen hatte, ihr von den Geschehnissen der letzten Nacht zu erzählen, und sie hörte damit erst wieder auf, als ich zum Schluss gekommen war.
Schließlich sagte sie: »Das ist das Verrückteste, was ich jemals gehört habe. Was hat dich denn da geritten, Mikael?«
»Ich weiß nicht«, sagte ich. »Aber das ist nun mal geschehen, es kann gut sein, dass die Zeitungen davon Wind bekommen.«
»Wie das denn?«
»Durch die Polizei. Da gibt es einige, die etwas an die Presse durchsickern lassen. Oder über Nina Hagen.«

»Glaubst du das?«
Ich seufzte. »Ich weiß es nicht, Synne. Im Moment kann ich kaum einen klaren Gedanken fassen.«
Etwas später: »Mikael, wenn es nicht zur Anklage kommt …«
»Tut es aber.«
»Was ist dann mit deiner Lizenz? Kannst du die verlieren?«
»Schon möglich.«
»Können wir denn nichts machen? Das ist ja eine Katastrophe.«
Ich schüttelte den Kopf. »Vergiss es, Synne. Wir haben später noch genug Zeit, uns Gedanken über dieses Problem zu machen. Jetzt haben wir einen Mordprozess vor uns.«

Ich nahm ein Taxi, um mein Auto zu holen, und war rechtzeitig vor Kari zu Hause. Als sie zur Tür hereinkam, sah sie mich überrascht an und fragte sogleich, was passiert sei. Ich seufzte, nahm ihr den Mantel ab und bat sie, mit mir in die Küche zu kommen. Wir tranken Tee, ich redete, und sie hörte mir zu. Ihr gefiel nicht, was sie hörte.
»Das war idiotisch von dir, Mikael.«
»Ich hatte halt Pech und Nina Hagen Glück. Wäre es anders gelaufen, hätte ich jetzt den Beweis dafür, dass sie an dem Mord an Maja beteiligt war.«
Kari war unerbittlich. »Mag sein, aber es war trotzdem idiotisch. Mein Gott, Mikael, du bist Strafverteidiger! Deine Arbeit ist es, Dokumente zu studieren und Prozesse zu führen, keine Einbrüche zu begehen, verdammt noch mal!«
Sie fluchte nur selten. Ich musterte ihre Augen und die hektischen roten Flecken auf ihren Wangen und fand es am klügsten, ihr beizupflichten. Ich war nicht in der richtigen Form für einen Streit.

»Du hast ja recht«, sagte ich. »Es war dumm von mir.«
Sie schimpfte noch ein bisschen, beruhigte sich dann aber bald wieder. Ich gestand ihr ein, dass mich dieser Einbruch möglicherweise meine Lizenz kosten würde, was sie erneut in Rage brachte.
Ich hörte ihr eine Weile zu und sagte dann: »Ich weiß, dass du recht hast, aber ich kann das jetzt nicht mehr ändern. Getan ist getan. Bitte schimpf heute Abend nicht mehr mit mir. Wir kümmern uns um die Probleme, wenn sie auftauchen.«
Sie sah noch immer wütend aus, sagte aber nichts. Dann fügte ich hinzu: »Ich bin kaputt und müde. Und morgen beginnt der Prozess. Das ist schon schlimm genug.«
Sie wird schnell zornig, beruhigt sich aber in der Regel ebenso rasch wieder. Jetzt entkrampfte sich ihr Gesicht, und nach einer Weile kam sie zu mir und legte mir ihren Arm um die Schultern.
»Du bist ein Idiot, Mikael«, sagte sie schließlich, aber jetzt klang ihre Stimme ganz anders, und sie schmiegte ihre Wange an meinen Hals.
»Ja«, sagte ich. »Magst du ein Glas Wein, bevor wir ins Bett gehen?«

Im Dunkeln klang ihre Stimme wie losgelöst von allem anderen, ohne Körper. »Diese Frau«, sagte sie. »Nina Hagen. Du bist wie besessen von ihr.«
»Du übertreibst.«
»Nein, sie bringt dich dazu, deinen gesunden Menschenverstand zu verlieren.«
Ich lag da, lauschte ihrem Atem und der Stille nach ihren Worten. »Sie ist eine Mörderin, Kari. Sie ist gefährlich.«

»Mag sein, aber du hast wirklich alles nur Erdenkliche getan. Konzentrier dich jetzt auf deine Arbeit.«
»Ja«, sagte ich. »Das werde ich.«
Etwas später sagte sie: »Ich meine es ernst, Mikael. Du musst auch ein bisschen an uns denken.« Irgendwie hörte ich ihrer Stimme an, dass sie mir nicht vertraute.

## Kapitel 47

Auch nach neun Stunden Schlaf war ich am Morgen noch immer taub vor Müdigkeit. Mich lähmte der Tag, der vor mir lag. Kopf und Körper waren schwer und träge.

Ich stieg die Treppen zum Gerichtsgebäude hinauf, trat in die Vorhalle und bog nach rechts in Richtung Gerichtssaal ab. Eine kleine Gruppe von Journalisten wartete geduldig vor dem Presseeingang. Sie machten mir Angst. Ich fürchtete noch immer, mein Einbruch könnte an die Öffentlichkeit gelangen. Aber sie grüßten nur, und einer rief mir laut und fröhlich zu: »Wie läuft's, Brenne?«

Ich winkte mit der Hand ab und beeilte mich, ins Büro des Gerichtsdieners zu kommen.

Er hieß Ofte, war angenehm vertraut und bot mir mit gewohnter Freundlichkeit eine Tasse Kaffee an. Ich nickte ihm dankbar zu und nahm den dampfenden Plastikbecher entgegen. Ofte plauderte über den Fall, verkündete seine Meinung und lästerte ein bisschen über andere Kollegen, aber ich antwortete ihm an diesem Tag nur einsilbig und fand den sonst üblichen entspannten Ton nicht.

»Ein schwerer Fall?«, fragte er mitfühlend, und ich nickte.

»Ja. Ich glaube, ich gehe jetzt hinein.«

Ich hatte keine Lust, bei Ofte zu sitzen, wenn der Staatsanwalt kam.

Der Saal begann sich bereits mit Zuschauern zu füllen, obgleich die Verhandlung erst in einer halben Stunde angesetzt war. Ich ging zu meinem Platz rechts vor dem Richtertisch und spürte die Blicke, die auf mir ruhten. Kurz darauf kam Synne mit den Unterlagen und unseren Roben, die wir uns still überstreiften.

Als Christer Bonde den Saal betrat, würdigte er mich keines Blickes, sondern ging direkt zu seinem Platz und begann seine Dokumente zu sortieren. Die Zeiger der Uhr näherten sich langsam 9.30 Uhr. Der Saal war jetzt fast voll. Hans Godvik wurde hereingeführt. Ich stand auf und begrüßte ihn, bevor ich zu meinem Platz zurückging. Er sah grau und mitgenommen aus. Seine Hände zitterten.

Ich konzentrierte mich auf meine Gefühle. Jeder große Prozess löst bei mir ganz bestimmte Gefühle aus. Das ist natürlich in erster Linie nervlich bedingt, schließlich muss man bald ins Rampenlicht treten und seine Argumente vorbringen, aber trotzdem ist da auch noch mehr. Eine Erwartung, eine Spannung, die wie Elektrizität in der Luft liegt. Widerwillen. Kurz bevor es ernst wird, spüre ich immer eine Art Widerwillen, ein kleiner Teil von mir will dann nach Hause und alles hinter sich lassen. Natürlich sind das Fluchtgedanken angesichts der Kraftanstrengung, die unterschwellige Furcht vor der mentalen und emotionalen Herausforderung, dem Konzentrationsmarathon. Doch spüre ich auch eine gewisse Aggressivität in mir, den Willen, es allen zu zeigen, immer vollkommen bei der Sache zu sein. Eine innere Kampfbereitschaft.

An diesem Tag spürte ich aber nichts von alledem. Bloß meinen Widerwillen, der schwer, ja fast physisch an mir zog. Wo waren die Spannung, die Aggressivität, der Wille, meinen Fall vorzubringen? Ich war nur müde und fragte mich, ob ich krank werden würde.

Schließlich betraten die Richter den Saal, der Vorsitzende in der Mitte. Er klopfte mit dem Hammer auf den Tisch, und der einleitende Tanz begann. Die langsamen, rituellen Manöver, die wir hinter uns bringen müssen, ehe der eigentliche Kampf beginnt. Die Geschworenen wurden ausgewählt und vereidigt. Ein Vorsitzender der Jury wurde bestimmt. Hans Godvik musste aufstehen, und die Anklage wurde verlesen. Er schüttelte den Kopf und sagte, er sei unschuldig, sprach dabei aber so leise, dass ich dem Gericht seine Antwort wiederholen musste. Wir redeten über Zeugen und den Prozessablauf. Der Beginn eines Gerichtsverfahrens dauert unendlich lange, bis der Richter irgendwann dem Staatsanwalt zunickt und sagt: »Bitte, Herr Staatsanwalt, Sie können Ihr Eingangsplädoyer halten.«

Das ist der eigentliche Beginn.

Christer Bonde war deutlich, klar und systematisch, dabei aber auch ungewöhnlich aggressiv. Das Eingangsplädoyer soll eigentlich nur die Fakten auflisten und die Beweise ansprechen, die die Staatsanwaltschaft vorbringen will. Es ist kein wirkliches Plädoyer, keine Argumentation, um irgendjemanden zu überzeugen. Es dient lediglich der Orientierung. Bei Strafverfahren wissen nur der Staatsanwalt und der Verteidiger über die Fakten Bescheid. Nur sie haben die Dokumente. Die Geschworenen und die Richter haben nichts, sie haben nur leere Zettel vor sich, weil sie den Fall einzig anhand der Beweise beurteilen sollen, die vor Gericht vorgebracht werden. Deshalb ist das Eingangsplädoyer wichtig, mit ihm erhält der Prozess eine Kontur, so dass die folgende Beweisaufnahme richtig verstanden werden kann.

Aus diesem Grund ist die Einführung in der Regel auch langweilig, aber eben nur in der Regel, denn an diesem Tag war der Staatsanwalt überraschend engagiert und temperamentvoll.

Oft sah er beim Sprechen zu Hans Godvik hinüber, zeigte auf ihn und machte dramatische Kunstpausen: »Und so werde ich jeden Zweifel ausräumen … dass er schuldig ist … diesen unfassbar grausamen Mord begangen zu haben.«

Ich fragte mich, ob ich eingreifen sollte, spürte aber einen ungeheuren Widerwillen, mich zu erheben. Synne rutschte auf ihrem Stuhl hin und her und sah mich an. Ich fand nicht den richtigen Augenblick, nicht die passenden Worte, als erreichten seine Argumente mich zu spät, als brauchten sie zu lange, um in ihrer wahren Bedeutung zu mir vorzudringen, so dass ich stets den richtigen Moment verpasste, wenn ich endlich zu protestieren bereit war. Christer Bonde redete und redete, zeigte ein ums andere Mal auf Hans Godvik, richtete seinen Zeigefinger dann auf die Geschworenen und sprach eindringlich auf sie ein.

Zu guter Letzt griff der Richter ein. »Herr Staatsanwalt, dies ist nicht der Moment für Ihr richtiges Plädoyer«, sagte er. »Halten Sie sich bitte an die bloße Darlegung des Falls. Es gibt keinen Grund, bereits jetzt mit der Beweisaufnahme zu beginnen.«

Christer Bonde nickte. »Ja, gut, Herr Richter«, sagte er. Danach ging er etwas moderater vor, änderte seinen Stil aber nicht wirklich. Sein Vorgehen war noch immer sehr fragwürdig. Ich war verärgert und verspürte zugleich eine gewisse Resignation. Trotz der Fragwürdigkeit seines Vorgehens war seine Beweisführung unangreifbar. Ich kannte den Fall, wusste über alle Fakten Bescheid und war auf sie vorbereitet.

Trotzdem wurde mir erst jetzt, da ich den Staatsanwalt hörte, bewusst, wie schlecht meine Karten waren. Ich sah zu Hans Godvik hinüber. Er muss es ebenso empfunden haben wie ich. Sein Gesicht war grau wie Papier, er starrte reglos auf die Tischplatte vor sich.
Ich stand auf und begann zu sprechen. Der Staatsanwalt war fertig, wir hatten eine Pause hinter uns, und der Richter hatte mich gefragt, ob ich etwas sagen wollte. Auch Verteidiger können Eingangsplädoyers halten, aber das ist alles andere als obligatorisch. In der Regel gibt es den Darlegungen der Staatsanwaltschaft nur wenig hinzuzufügen. Trotzdem pflegte ich dem Plädoyer der Staatsanwaltschaft immer etwas zu erwidern, auf jeden Fall bei Verfahren mit Geschworenen. Die Jury ist das Ein und Alles. Sie entscheidet über Schuld und Unschuld. Von ihr, von jedem einzelnen Geschworenen, hängt alles ab. Deshalb stelle ich mich ihnen vor, rede mit ihnen, zeige mich ihnen als Mensch und nicht bloß als anonymer Anwalt. In den nächsten Tagen bin ich mir bei jeder meiner Tätigkeiten bewusst, dass die Augen der Geschworenen auf mich gerichtet sind.
Deshalb war ich aufgestanden, wenn ich es auch jetzt bereute. Für gewöhnlich hatte ich keine Schwierigkeiten, mich vor Gericht zu artikulieren. Waren die ersten angstvollen Sekunden erst verstrichen, kamen die richtigen Formulierungen in der Regel wie von selbst. Aber eben nur in der Regel, denn an diesem Tag fehlten mir die Worte. Ich stotterte, blieb stecken und musste von vorn anfangen. Ich versuchte, ihnen die Gefahr bewusst zu machen, sich von den Argumenten der Staatsanwaltschaft bereits jetzt gefangen nehmen zu lassen.
»Jedes Verfahren vor Gericht ist eine Art Fiktion, eine Erzählung, ein Roman«, sagte ich ihnen. »Aber die Wirklich-

keit sieht anders aus. Sie besteht aus Millionen von Augenblicken, Geschehnissen und Sinneseindrücken. Bei so einem Verfahren greifen wir winzige Teile aus der Wirklichkeit heraus und präsentieren sie Ihnen. Wir nennen das Beweisaufnahme, und es ist das Ziel der Staatsanwaltschaft, diese kleinen Teile zusammenzufügen und sie Ihnen als Ganzes zu zeigen. Als eine Geschichte mit einem Anfang, einer Mitte und einem Schluss. Wie ein vollständiger Roman. Wie die Wirklichkeit. Es ist wie ein Puzzle, das schließlich ein Bild zeigt, bei dem alle Teile so gut zusammenpassen, dass wir uns erleichtert zurücklehnen und sagen können, dass unsere Arbeit beendet ist.

Aber«, versuchte ich zu sagen, »die Wirklichkeit ist nicht so. Manchmal passen die Teile nur deshalb zusammen, weil wir welche aussuchen, die zufällig passen, aber viele andere zur Seite legen. Meine Arbeit besteht darin, Ihnen auch die anderen Teilchen der Wirklichkeit zu zeigen, die Teile des Puzzles, die nicht passen. Meine Aufgabe ist es, Sie aufzufordern, kritisch zu denken und sich zu fragen, ob die Wirklichkeit tatsächlich so einfach und unumstößlich ist, wie uns der Staatsanwalt glauben machen will. Meine Aufgabe ist es, Sie dazu zu bringen, die schwierigen Fragen zu stellen.«

Ich spürte, dass meinen Worten Temperament und Überzeugungskraft fehlten. Dabei ist die Art, wie man etwas vorbringt, der Schlüssel zum Erfolg, auch und gerade bei einem Strafanwalt. Will man ein guter Anwalt sein, kommt es auf die Art des Vortrags und das Engagement an. Normalerweise verstand ich mich darauf, aber nicht an diesem Tag, da war ich nur Mittelmaß. Die Geschworenen waren unruhig. Jemand gähnte. Ich schwitzte.

Ich machte eine Pause und trank einen Schluck Wasser.

Ganz hinten in meinem Hirn rumorte es. Ein Anflug von Panik. Ich stellte das Glas weg, beugte mich wieder vor und sagte, was ich nicht sagen wollte.
»Der Staatsanwalt hat das Motiv angesprochen. Er hat nicht viel darüber gesagt, sondern bloß erwähnt, dass Hans Godvik der Überzeugung gewesen sei, Alvin Mo habe seine Tochter umgebracht, auch wenn er freigesprochen worden war. Das stimmt, ich war hier in diesem Gerichtssaal, als das geschah, als Verteidiger von Alvin Mo. Er wurde freigesprochen. Ich werde in diesem Verfahren allerdings deutlich machen, dass dieser Freispruch falsch war. Alvin Mo hat Maja Godvik getötet, und zwar auf eine mindestens ebenso bestialische und erschütternde Weise, wie er selbst zu Tode gekommen ist. Sie mögen sich fragen, warum ich das aufgreife, doch die Antwort ist ganz einfach. Ich glaube nämlich nicht, dass Hans Godvik im Sinne der Anklage schuldig ist. Ich sehe aber durchaus die Gefahr, dass er verurteilt werden kann. Sollte dies geschehen, ist es überaus wichtig, dass Sie die Hintergründe kennen. Wenn Hans Godvik Alvin Mo getötet hat, dann tat er es, um seine Tochter zu rächen. Weil man ihm alles genommen hat, was für ihn lebenswert war. Weil er verrückt vor Trauer war.«
Christer Bondes Kopf schnellte mit einem Mal hoch. Er sah mich an und notierte etwas auf seinem Block. »Verrückt vor Trauer«, hatte ich gesagt, und ich wusste, was er dachte. Er glaubte, ich wolle auf Unzurechnungsfähigkeit plädieren und Argumente vorbringen, die bewiesen, dass Hans Godvik bei dem Mord an Alvin Mo verwirrt gewesen war.
Als ich zum Schluss kam, war ich unter meiner Robe vollkommen verschwitzt. Synne drehte sich zu mir um. »Das war sehr gut«, sagte sie, wich meinem Blick aber aus, und ich

wusste, dass es nicht stimmte. Ich hatte den Kopf verloren. Synne und ich hatten darüber gestritten, inwieweit wir die Frage der Unzurechnungsfähigkeit im Eingangsplädoyer aufgreifen sollten, und ich hatte mich entschieden dagegen gewehrt. »Wir dürfen nicht zwei Sachen gleichzeitig vertreten«, hatte ich ihr gesagt. »Jedenfalls nicht vor den Geschworenen. Entweder wir gestehen ein, dass er schuldig ist, oder wir tun es nicht. Sobald wir auch nur erwähnen, dass er zum Zeitpunkt der Tat unzurechnungsfähig gewesen sein könnte, haben wir unsere Glaubwürdigkeit verloren. Dann reden wir von seiner Schuld, und daran werden sich die Geschworenen festbeißen. Das bleibt in ihren Köpfen. Beim Eingangsplädoyer von Unzurechnungsfähigkeit zu reden wäre das Dümmste, was ich tun könnte.«

Jetzt hatte ich es trotzdem getan. Ich hatte den Kopf verloren. Das war kein guter Start.

## Kapitel 48

Die Aussage von Hans Godvik entwickelte sich langsam, aber sicher zu einem Alptraum. Ich hatte schon schlimme Befürchtungen gehabt, als er zum Zeugenstand ging. Sein Gesicht war grau und blass, seine Hände zitterten, und seine Augen, die immer wieder zu mir herüberblickten, sahen aus wie die eines verzweifelten Kindes.

Es begann mit der Befragung des Richters. Ich habe nie verstanden, warum die Angeklagten immer zuerst vom Richter befragt werden. Die Richter kennen den Fall nicht, haben weder Dokumente noch eine persönliche Übersicht und können ihre Fragen deshalb nicht in der gleichen Weise planen wie ein Staatsanwalt oder Verteidiger. Sie fragen aufs Geratewohl. Manchmal klappt es, doch an diesem Tag nicht. Hans Godvik war mehr und mehr verwirrt und murmelte vor sich hin. Der Richter forderte ihn ein ums andere Mal auf, sich aufzurichten und ins Mikrofon zu sprechen, doch Godvik befolgte diese Aufforderung bloß für einen kurzen Moment, ehe sein Körper erneut zusammensackte, und wir ihn nur noch murmeln hörten. Der Richter, den ich als einen angenehmen, klugen Mann, aber als konventionellen Juristen kannte, wurde zunehmend ärgerlich. »Reden Sie lauter, Herr Godvik«, sagte er immer wieder. Nach einer Stunde waren wir alle verschwitzt und entnervt, aber noch immer meilenweit von einer zusammenhängenden Aussage entfernt. Das Gericht legte eine Pause ein.

»Sie müssen sich zusammenreißen, Herr Godvik«, sagte ich ihm, »konzentrieren Sie sich! Je klarer Sie antworten, desto schneller ist das vorbei.«
Er nickte und versprach mir, sich Mühe zu geben, aber seine Augen waren unverändert fern und abwesend.
Nach der Pause war der Staatsanwalt an der Reihe. Er war ungewöhnlich aggressiv, was es Hans Godvik nicht leichter machte.
»Warum haben Sie Alvin Mos Haus überwacht?«, bellte er. »Sprechen Sie ins Mikrofon.«
»Ich habe ihn nicht überwacht«, murmelte Hans Godvik.
»Sie haben ihn nicht beobachtet?« Christer Bonde schien alle Antworten für die Geschworenen zu wiederholen. »Was haben Sie dann gemacht?«
»Ich weiß es nicht.«
»Sie wissen es nicht? Sie haben nicht vor Mos Haus in Ihrem Auto gesessen?«
»Doch.«
»Ach ja. Für mich ist das eine Überwachung. Wie oft waren Sie da?«
»Ich weiß es nicht.«
»Sie wissen es nicht? Könnten Sie vielleicht andeuten, ob es häufig war oder nicht?«
»Keine Ahnung.«
»War es öfter als ein Mal?«
»Ja.«
»Öfter als zwei Mal?«
»Ich glaube schon.«
»Was haben Sie gesagt? Sprechen Sie bitte lauter. Ins Mikrofon.«
»Ja, tut mir leid.«

»Könnten Sie Ihre Antwort wiederholen?«

»Äh … wie lautete die Frage?«

So ging es weiter. Der Tag wollte einfach kein Ende nehmen. Christer Bonde hatte einen roten Kopf, und die Geschworenen rutschten leidend auf ihren Stühlen hin und her. Ich sackte hinter meinem Tisch zusammen und wünschte mich nur noch weg. Nur Synne saß aufrecht da, war aufmerksam und notierte sich alle Fragen und Antworten. Als der Richter die Sitzung schloss, hatte ich mit meinen Fragen noch nicht einmal begonnen.

»Fahr heute Abend zu ihm hinaus«, sagte ich zu Synne. »Versuch, ihn wieder in die Spur zu bringen.«

Sie sah mich zweifelnd an. »Solltest *du* das nicht tun?«

»Ich habe Kopfschmerzen. Ich schaff das nicht. Kannst du das nicht machen?«

Als am nächsten Morgen der neue Gerichtstag begann, kam es mir so vor, als hätten wir gar keine Pause gehabt. Christer Bonde war unverändert aggressiv, Hans Godvik immer noch abwesend. Als ich an der Reihe war, beugte ich mich vor, versuchte, seinen Blick einzufangen, und senkte meine Stimme etwas. Ich begann mit leichten Fragen und versuchte, einen Rhythmus zu finden und Kontakt zu ihm zu bekommen. Es half aber nur wenig. Ich stand auf, ging durch den Saal auf ihn zu, schob das Mikrofon bis an den Rand des Tisches und beugte es zu ihm nach unten. Dann warf ich ihm einen aufmunternden Blick zu.

»Sie haben dem Staatsanwalt bestätigt, Ihren Hund erschossen zu haben, erinnern Sie sich?«

»Ja.«

Ich nickte. »Können Sie mir sagen, warum?«

Er wurde still. »Herr Godvik?«, fragte ich. »Warum haben Sie Ihren Hund erschossen?«
»Ich weiß es nicht.«
»Können Sie sich denn daran erinnern, es getan zu haben?«
»Nein.«
»Woher wissen Sie dann, dass Sie es getan haben?«
»Der Hund war tot. Er lag … draußen.«
»Ja?«
»Und Irene sagte, ich hätte es getan.«
»Irene, Ihre Frau. Wie hat sie reagiert?«
»Sie war hysterisch.«
»Und Sie? Was haben Sie empfunden, als Ihnen klarwurde, was Sie getan hatten?«
Er verstummte aufs Neue und blieb lange still. Als ich die Frage gerade wiederholen wollte, blickte er auf und sagte: »Nichts.«
»Sie haben nichts gefühlt?«
»Ich glaube, ich hatte keine Gefühle mehr.«
Und ganz zum Schluss: »Glauben Sie, dass Alvin Mo Ihre Tochter umgebracht hat?«
»Ja.«
»Sie glauben das, obwohl er hier vor Gericht freigesprochen wurde?«
»Ja.«
»Warum?«
»Er hat es mir gesagt.«
»Wann?«
»Im Gericht. In dem Chaos nach dem Freispruch. Er kam zu mir und hat es mir gesagt.«
Es war jetzt vollkommen still im Saal.
»Was genau hat er gesagt?«

Sein Gesicht verzog sich, und sein Mund zitterte. »Er sagte … er sagte …«
»Was hat er zu Ihnen gesagt, Herr Godvik?«
»Er sagte, sie hätte ein Geräusch gemacht wie ein Katzenbaby. Als er sie … als er das Messer in sie gestoßen hat.«
Die letzten Wörter sprach er mit einem Stöhnen durch die Hände, die er sich vor das aufgelöste Gesicht geschlagen hatte.
Hans Godvik hatte das Gefühl, splitternackt und ungeschützt inmitten einer Welt zu stehen, die für ihn nicht mehr existierte. Seine Schultern zitterten lautlos. Ich ließ den Augenblick wirken und wartete lange. Dann fragte ich ihn:
»Wünschten Sie sich Alvin Mos Tod?«
»Ja. Von ganzem Herzen.«
Neue Pause. Ich wartete so lange wie nur möglich, bis die Stille unerträglich wurde.
»Haben Sie ihn getötet, Herr Godvik? Haben Sie Alvin Mo umgebracht?«
Er schüttelte fast traurig den Kopf. »Nein. Aber ich bin froh, dass es jemand getan hat.«

## Kapitel 49

Am nächsten Tag war der Richter wütend, und er ließ seine Wut an mir aus. Alle außer Hans Godvik waren anwesend. »Was soll das, Herr Verteidiger?«

Ich zuckte mit den Schultern. »Wie der Herr Staatsanwalt schon gesagt hat. Mein Mandant hat einen Zusammenbruch erlitten und befindet sich in der Notaufnahme des Krankenhauses. Mehr weiß ich auch nicht.«

»Wann kann er hier sein?«

»Das weiß ich nicht. Ich habe nicht mit ihm gesprochen, und ich bin auch kein Arzt.«

Er sah mich finster an. »Können wir auch ohne die Anwesenheit des Angeklagten weitermachen?«

»Nein«, sagte ich. »Das kommt überhaupt nicht in Frage.«

»Dann sorgen Sie dafür, dass er so bald wie möglich wieder an seinem Platz ist.«

Ich spürte, dass ich selbst ärgerlich wurde. »Ich kann das nicht beeinflussen, hohes Gericht. Die Gefängnisleitung hat ihn als krank eingestuft und den Notarzt gerufen. Was soll ich da Ihrer Ansicht nach tun?«

Er überhörte meine Frage. »Die Verhandlung ist vorläufig unterbrochen. Richten Sie sich darauf ein, dass es nach der Mittagspause weitergeht. Halten Sie mich bitte auf dem Laufenden.« Er warf mir einen letzten Blick zu, stand auf und rauschte, gefolgt von den anderen Richtern, aus dem Saal.

Ich blickte zu Christer Bonde hinüber. »Erkundigen Sie sich bei seiner Eskorte. Das sind doch Ihre Leute.«

»Das werde ich«, entgegnete er, ohne aufzublicken. Seit Beginn der Verhandlung hatte er mich nicht eines Blickes gewürdigt. Seine Verärgerung machte mich langsam wütend.
»Rufen Sie mich an«, sagte ich. Dann ging ich ins Büro und zeichnete bis zur Mittagspause Kreise aufs Papier.
Als das Telefon klingelte, war es nicht Christer Bonde persönlich, sondern seine Sekretärin. Sie berichtete mir, Hans Godvik habe Tabletten bekommen und sei in seine Zelle zurückgebracht worden. Am nächsten Tag sollte er aber wieder in der Lage sein, an der Verhandlung teilzunehmen.
»Und das Gericht?«, fragte ich. »Ist das Gericht informiert worden?«
»Ja. Morgen früh um neun Uhr geht die Verhandlung weiter.«
Ich dankte ihr und legte auf. Dann nahm ich einen neuen Zettel und zeichnete neue Kreise. Ich fragte mich, ob ich nach Hause gehen konnte.

Ich blieb sitzen, doch es gelang mir einfach nicht zu arbeiten. Um halb vier packte ich zusammen, nahm meinen Mantel und war bereits auf dem Weg aus meinem Büro, als das Telefon klingelte. Es war die Frau vom Empfang. »Hier ist jemand, der Sie sprechen will.«
»Wer denn?«
»Eine Nina Hagen. Sie ist in Begleitung ihres Anwalts.«
Ich dachte an ihr erstes Erscheinen bei mir. Auch da hatte ich mich mitten in einem Gerichtsverfahren befunden. Damals war sie altmodisch gekleidet und ungeschminkt gewesen und hatte eine Aussage gemacht, die das ganze Verfahren gekippt hatte. Mir wurde heiß und kalt, als ich daran dachte, wie sie mich getäuscht hatte, wie sie beide, Nina und

Alvin, mich getäuscht hatten. Jetzt wusste ich mehr über sie. Nina Hagen war wieder neutral gekleidet, sie trug einen grauen Pullover und eine graue Hose, die zu ihren hellen Haaren seltsam blass wirkten, war dieses Mal aber geschminkt und sah mich herausfordernd an.
Doch nicht Nina Hagen ergriff das Wort, sondern ihr Anwalt. Ich kannte ihn und mochte ihn nicht. Er war klein und dick, wusste mit Worten umzugehen und verstand sich auf eine ganze Reihe von hinterhältigen Tricks. Er hieß Sebastian Felder. Er war kein guter Jurist, aber ein Mann, vor dem man sich in Acht nehmen musste.
Mit ernstem Gesicht sagte er: »Eine traurige Sache ist das, Herr Brenne.«
Als ich nicht antwortete, fuhr er sogleich fort: »Sie sind sich doch wohl darüber im Klaren, dass Sie das Ihre Zulassung kosten kann?«
»Was wollen Sie?«, fragte ich, aber er war in Fahrt und nicht mehr zu stoppen.
»Es tut mir wirklich sehr leid, und ich mache mir Sorgen um Sie. Ich würde nur ungern sehen, dass Sie Ihren Lebensunterhalt verlieren. Sie sind ein guter Anwalt, auch wenn Sie in diesem Fall … wie soll ich das sagen … wohl den Blick für die Realität verloren haben.«
»Sind Sie bloß gekommen, um mir zu sagen, wie traurig das alles ist?«
Ein neuer Gesichtsausdruck, dieses Mal verletzt. »Natürlich nicht, Herr Brenne. Es wäre für alle Seiten das Beste, wenn wir uns verständigen könnten.« Er breitete die Hände aus und deutete auf Nina Hagen. »Meine Mandantin will Sie anzeigen. Weil Sie sie gequält und schikaniert haben. Ich muss ihr da natürlich professionell zur Seite stehen, aber …«

»Quälen und Schikanieren. Was soll denn das für ein Straftatbestand sein, Herr Felder?«

Verärgert gestikulierte er mit den Händen. »Sie wissen, was ich meine. Ich will damit nur sagen, dass ich gerne helfen würde, diese Sache aus der Welt zu schaffen.«

»Ach ja? Und wie?«

Er sah mich einen Moment lang an. »Meine Mandantin hat gerade erfahren, dass sie von Ihnen als Zeugin im Strafverfahren gegen Hans Godvik benannt worden ist.«

»Das ist richtig«, sagte ich.

»Nun, sie möchte das nicht. Sie hat in diesem Fall keine substanziellen Aussagen zu machen.«

»Was hat das mit …«

Felder hatte seinen theatralischen Gesichtsausdruck aufgegeben. Jetzt sah er aus wie immer, mürrisch und gekränkt. »Wird sie vorgeladen, wird sie vor Gericht in aller Öffentlichkeit über Ihren Einbruch bei ihr berichten. Und davon, wie Sie sie auch bei anderen Anlässen verfolgt haben.«

»Und wenn ich auf sie als Zeugin verzichte?«

»Dann zieht sie die Anzeige zurück und erklärt, das Ganze sei ein Missverständnis. Sie seien eingeladen gewesen, hätten aber versehentlich die Tür eingeschlagen. Dann ist die Sache vom Tisch, es ist Ihre Entscheidung. Ich persönlich hätte allerdings nichts dagegen, wenn alle Zeitungen des Landes von Ihrem Einbruch berichten würden.«

Ich sah ihn ruhig an, doch tief in meinem Inneren spürte ich Panik aufkommen. Ich wusste, dass mir das gefährlich werden konnte. Verlor ich meine Zulassung, hatte ich keine Arbeit mehr. Wie sollte ich dann meinen Bankkredit zurückzahlen? Vielleicht war es möglich, ohne Zulassung einen Schreibtischjob zu bekommen, aber allein der Gedanke daran bereitete mir Übelkeit. Ich sagte mir, dass es auch für Hans Godvik eine Katastrophe wäre, würde die Nachricht über den Einbruch während des Verfahrens publik werden. Dann hätte ich jegliche Glaubwürdigkeit verloren. Außerdem hatte ich, so wie die Dinge lagen, nichts gegen Nina Hagen in der Hand, was ich vor Gericht hätte vorbringen können.

»Nun? Wie entscheiden Sie sich, Herr Brenne?« Felder sah mich erwartungsvoll an.

»In Ordnung. Dann haben wir eine Abmachung. Wollen Sie das schriftlich?«

»Seien Sie kein Idiot, Brenne. Natürlich nicht.«

Er stand auf und reichte mir die Hand. »Gut, dass Sie zur Vernunft gekommen sind.«

Ich antwortete nicht und ignorierte seine Hand.

Jetzt schaltete sich Nina Hagen zum ersten Mal ein: »Warten Sie draußen auf mich, Felder. Ich muss mit Anwalt Brenne kurz etwas besprechen. Unter vier Augen.«

Als er die Tür hinter sich geschlossen hatte, sah ich sie abwartend an. Plötzlich lächelte sie, stand auf und streckte sich. »Haben Sie etwas Interessantes in meinen Schubladen gefunden?«

Ich spürte, wie mir unwillkürlich die Röte ins Gesicht stieg. Ihr Lächeln wurde daraufhin noch breiter. Ich antwortete nicht.

»Hat Ihnen gefallen, was Sie gesehen haben? Macht Sie das an?« Mir war heiß, und ich war gleichermaßen beschämt und wütend. Ihr Lachen war leise und seltsam warm. Innerlich triumphierte sie.

»Ich habe die Mail in Ihrem Computer gefunden«, sagte ich ihr, um etwas in die Offensive zu kommen und wieder die

Kontrolle über das Gespräch zu gewinnen. Abrupt verschwand das Lächeln von ihren Lippen.
»Ich weiß, dass Sie an dem Mord an Maja beteiligt waren, und ich glaube, Sie haben auch Alvin getötet. Früher oder später werde ich Sie dafür kriegen.«
»Soso, das glauben Sie also«, entgegnete sie. »Ich dachte mir schon so etwas. Aber der Glaube allein hilft Ihnen nicht weiter. Anwalt Brenne, ich bin Sie leid, und ich will, dass Sie von jetzt ab einen Bogen um mich machen, ist das klar?«
»Und wenn nicht?«
»Sie haben in meinem Leben gegraben«, sagte sie. »Und ich in Ihrem. Sie haben eine Lebensgefährtin namens Kari und einen Vater im Altenheim. Menschen, die Sie gernhaben. An die sollten Sie denken.«
Mit diesen Worten machte sie auf dem Absatz kehrt und ließ mich mit verkrampftem Gesicht sitzen, gedemütigt und wütend. Ich blickte auf meine Hände und bemerkte, dass sie zitterten. Nicht nur vor Wut. Nina Hagen war mir zwar körperlich unterlegen, doch wusste ich, wie gefährlich sie war. Doch außer Wut und Angst empfand ich noch etwas anderes, das mir erst abends, als ich mich schlaflos im Bett wälzte, bewusst wurde. Ich schämte mich. Ich hatte klein beigegeben, mich von ihr in die Ecke drängen und sie als Zeugin fallenlassen, um meine eigene Haut zu retten. Dabei wusste ich, dass sie eine Mörderin war. Ich versuchte, mir immer wieder zu sagen, dass es für Hans Godvik so besser war und ich nichts gegen sie in der Hand hatte. Doch war mir zugleich bewusst, dass ich alles dafür hätte tun müssen, um den Geschworenen zu zeigen, wer diese Frau wirklich war. Vielleicht ohne Erfolg, aber ich hätte es wenigstens versuchen müssen.

## Kapitel 50

Hans Godvik war wieder im Gericht. Ich wusste nicht, ob es die Erlebnisse im Zeugenstand waren oder die Pillen, die er bekommen hatte, aber er wirkte, wenn das überhaupt möglich war, noch abwesender als zuvor. Auf meine Frage, wie es ihm geht, sagte er, es sei alles in Ordnung, und blickte dabei lächelnd auf einen Punkt irgendwo über meiner Schulter. Ich war mir nicht sicher, ob er bis zum Ende der Verhandlung durchhalten würde.

»Der dreht uns durch«, flüsterte Synne mir zu, die in der Pause mit ihm zu reden versucht hatte. »Wir sollten etwas tun.«

Ich zuckte mit den Schultern. »Wir müssen versuchen, es irgendwie hinter uns zu bringen. Wir können nichts machen.«

Es war derselbe Gerichtsmediziner wie beim Maja-Fall, dieselbe leidenschaftslose Stimme, die sachlich alle Wunden, Verletzungen und Verstümmelungen auflistete. Beim letzten Mal hatten die Zuhörer mehr oder weniger still mitgelitten, jetzt flohen sie einer nach dem anderen aus dem Gerichtssaal.

»Die Geschlechtsorgane sind abgetrennt worden«, sagte der Pathologe, »hier und hier mit zwei glatten Schnitten.« Weitere Zuhörer verschwanden aus dem Gericht. »Die Zunge wurde mit einem schiefen Schnitt entfernt, vermutlich hat der Täter dafür mehrere Versuche gebraucht.« Wieder und

wieder fiel die Tür ins Schloss. »Beide Augen wurden herausgestochen, besser gesagt, in beide Augen wurde mit dem Messer hineingestochen.« Eine Geschworene, eine ältere Frau in der ersten Reihe, beugte sich nach vorn und erbrach sich über das Geländer auf den Boden. Der Richter erhob sich. »Einen Moment«, rief er, »die Verhandlung ist für einen kurzen Moment unterbrochen.«
Hans Godvik lachte. Ich weiß nicht, ob das alle mitbekamen, aber er lachte. Ein leises, seltsames Lachen, bei dem sich mir die Haare aufstellten. Ich war sofort bei ihm und drehte ihn von den Geschworenen weg.
»Was zum Teufel tun Sie da, Herr Godvik?«
»Er hat meine Tochter gesehen«, sagte er. »Er hat sie leiden sehen. Aber jetzt sieht er nichts mehr.« Dann lachte er wieder. Ich legte ihm den Arm um die Schultern und führte ihn nach draußen. Ehe ich die Tür hinter uns schloss, blickte ich mich noch einmal um. Einige der Geschworenen waren auf dem Weg nach draußen, blass und still, aber mindestens drei von ihnen standen wie gelähmt da und starrten uns nach, als wir durch die Tür traten. Ich fluchte.

Nach der Pause ging es besser. Der Richter bat den Staatsanwalt und den Pathologen, weniger drastisch ins Detail zu gehen und nur die Bilder zu zeigen, die wirklich notwendig waren.
»Ich glaube, wir haben bereits einen guten Eindruck von der Art der Verletzungen bekommen«, fügte er hinzu. »Wir beschränken uns auf das Notwendigste. Diese Bilder sind für uns alle eine schwere Belastung.«
Ich blieb passiv, bis der Staatsanwalt fast am Ende war, eigentlich hatte ich gar keine Fragen stellen wollen.

»Diese Verletzungen«, sagte Christer Bonde in einem etwas anderen Tonfall als zuvor. »Es gibt da etwas, das ich mich frage?«

»Ja?« Der Gerichtsmediziner war höflich und aufmerksam.

»Nun … ich sehe da Verletzungen an Geschlechtsorganen, Augen, Zunge und Fingern …«

»Nicht nur«, sagte der Gerichtsmediziner. »Stichverletzungen finden sich über den gesamten Körper verteilt. Außerdem ist ihm ja die Kehle durchgeschnitten worden.«

»Was wohl so eine Art Todesstoß gewesen sein muss. Was die anderen Verletzungen betrifft, kann man da nicht einen Zusammenhang mit dem Mord an Maja sehen?«

Der Gerichtsmediziner sah aus wie ein Fragezeichen. »Also ich meine, Maja ist doch getötet und sexuell missbraucht worden, vielleicht kann man aus den Verletzungen, die Alvin Mo zugefügt wurden, psychologisch etwas herauslesen. Die Augen, die sie sahen, die Finger, die sie berührten, die Geschlechtsorgane, die sie … Sie verstehen, worauf ich hinauswill?«

Der Gerichtsmediziner schüttelte den Kopf. »Ich bin nicht qualifiziert genug, das zu beur…«

Aber da war ich bereits auf den Beinen und protestierte. »Einspruch, Herr Richter!«

Der Richter sagte nur: »Der Zeuge braucht die Frage nicht zu beantworten. Und Herr Staatsanwalt, Sie sollten das doch wirklich besser wissen.«

Es war eine haarsträubende spekulative Frage gewesen. Trotzdem musste ich an Hans Godviks Lachen denken. Er hat meine Tochter leiden gesehen, aber jetzt sieht er nichts mehr, hatte er gesagt.

Während einer Pause stand ich allein auf der Galerie vor dem Gerichtssaal und starrte abwesend in die große Halle des Gerichtsgebäudes. Ich sah Angestellte, Angeklagte und Zeugen kommen und gehen sowie Anwälte in Roben, die sich intensiv mit ihren Mandanten berieten. Plötzlich spürte ich eine Hand auf meinem Oberarm. Ich zuckte zusammen, drehte mich um und sah in das Gesicht von Irene Godvik.

»Sie verzichten auf Nina Hagen als Zeugin?«, fragte sie. Sie sprach nicht laut, aber in ihrer Stimme lag eine fast erschreckende Intensität und unterdrückte Wut. Ihre Hand krallte sich wie eine Klaue um meinen Arm. Ich legte meine Hand auf ihre und befreite mich vorsichtig.

»Ja, das ist richtig«, sagte ich.

»Warum?«

»Ich musste. Ich habe nicht genug gegen sie in der Hand, das würde zu nichts führen. Es ist besser, die Polizei verfolgt das weiter. Die wird schon etwas …«

Ich spürte die Röte auf meinen Wangen und hörte, wie leer meine Worte klangen.

»Sie haben es versprochen …«

»Das nützt nichts, Frau Godvik. Ich kann nicht zaubern.«

»Das ganze System ist doch verkommen und verlogen«, schimpfte sie.

»Hören Sie, Frau Godvik …«, erwiderte ich, sah aber, dass sie mir nicht mehr zuhörte. Sie war wieder in ihrer eigenen Welt, ihr Atem ging, als wäre sie gerannt, und ihre Augen glänzten, als hätte sie hohes Fieber. Einen Augenblick lang glaubte ich, sie würde die Kontrolle verlieren und mir eine Szene machen, doch sie sah mich nur voller Verachtung an und machte auf dem Absatz kehrt.

Es wurden lange Tage. Tage mit heftigem Gegenwind, an denen ich das Gefühl hatte, nicht nur gegen den Staatsanwalt und die Zeugen zu kämpfen, sondern auch gegen mich selbst. Gegen meine eigene Nachlässigkeit und Trägheit. Es war, als hätte ich einen Marathon hinter mir, von dem ich mich noch nicht ganz erholt hatte. Ich kämpfte gegen mein eigenes Hirn an, gegen die Gedanken, die sich langsamer bewegten als sonst, gegen die fehlende Konzentration und die quälende, alles durchdringende Müdigkeit, die meine Augenlider nach unten zog und mich zwang, mitten während der Verhandlung hinter vorgehaltener Hand ein Gähnen zu unterdrücken.

Hans Godvik wurde mehr und mehr ein Schatten seiner selbst. Es kam mir so vor, als sähe ich dabei zu, wie sein Körper mit jedem Tag schneller verfiel.

Ich begann, Widerwillen gegen ihn zu empfinden, als wäre es seine Schuld, dass ich mich in dieser Situation befand, in diesem Saal, in diesem Gerichtsverfahren, in dem ich nicht sein wollte.

Synne war es, die uns mit unverminderter Energie zusammenhielt und immer wieder aufmunterte. Sie schrieb fleißig mit, redete in den Pausen mit Godvik und bestand darauf, dass wir uns jeden Tag Zeit nahmen, das Vorgehen des nächsten Tages zu besprechen. Ich begann, mich auch über sie zu ärgern, und war trotzig wie ein kleiner Junge, der zu viele Hausaufgaben aufbekommen hatte. Dabei wusste ich, wie ungerecht das war. Synne hielt meine kindlichen Ausfälle und mein mürrisches Getue aus, ohne mit der Wimper zu zucken.

Aber es gab auch andere, kurze Momente, in denen ich mich selbst zu vergessen schien und normal funktionierte. Einer der Kriminaltechniker nahm selbstsicher und gelassen im Zeugenstand Platz.

»Lassen Sie mich das noch einmal festhalten«, sagte ich. »Sie haben keine biologischen Spuren finden können, keine DNA am Tatort, sieht man einmal von Mos eigener ab.«

»Das ist richtig.«

»Ist das nicht ungewöhnlich?«

»Tja, wenn ich das richtig mitbekommen habe, war das Opfer ein ziemlicher Einzelgänger. Er hatte keine Freunde, hat keinen Besuch empfangen.«

»Aber der Mörder, hätte der nicht Spuren hinterlassen müssen?«

»Nicht notwendigerweise. Er kann sehr vorsichtig gewesen sein.«

»Ah ja. Das bedingt doch sicher ein gewisses Maß an Planung und Strategie, um nicht geschnappt zu werden, nicht wahr?«

»Sicher.«

»Eine Tatsache, die nicht gerade mit dem sonstigen Verhalten des Angeklagten übereinstimmt, oder was meinen Sie?«

»Das weiß ich nicht«, sagte der Zeuge.

Der Staatsanwalt wollte einen Einspruch einlegen, und ich sagte: »Ist in Ordnung, Sie brauchen die Frage nicht zu beantworten.«

»Er kann einfach nur Glück gehabt haben«, bemerkte der Zeuge, jetzt plötzlich leise und bescheiden.

»Ich nehme an, Sie haben die Blutspuren am Tatort gesehen. Die Verteilung der Spritzer im Raum?«

»Ja, natürlich.«

»Das war viel Blut, oder?«

Er nickte. »Das reinste Schlachthaus.«

»Ja, das kann ich mir denken. War das Blut sehr weit verteilt? Ich meine, ist es weit gespritzt?«
»Ja, weit, im Umkreis von einigen Metern. Ich kann es Ihnen ganz genau sagen ...« Er blätterte in einigen Papieren.
»Das wird nicht nötig sein. Meine Frage ist einfach: Hat der Mörder Blutspritzer abbekommen?«
»Ja, davon kann man ausgehen. Ziemlich viele sogar.«
»Sind Sie sich da ganz sicher?«
»Absolut.«
»Danke.«
Der junge Beamte, der bei der Durchsuchung von Hans Godviks Haus anwesend gewesen war, hatte gerade berichtet, wie er die zentralen Beweise gefunden hatte. Ich sah ihn an, blickte in meine Papiere und sah dann wieder ihn an. Er wirkte unruhig.
»Als Sie das Klebeband und die blutbefleckte Tasche gefunden hatten, haben Sie die weitere Suche da eingestellt?«
»Nein, nein, wir haben weiter alles durchsucht.«
»Waren Sie gründlich?«
»Selbstverständlich.«
»Haben Sie sonst noch etwas von Interesse gefunden?«
»Nein.«
»Nichts mehr?«
»Nein.«
»Und wie sieht es mit blutigen Kleidern aus? Haben Sie die irgendwo gefunden?«
»Nein, nichts der Art.«
»Können Sie die übersehen haben?«
Er schüttelte entschieden den Kopf. »Nein. Wären sie da gewesen, hätten wir sie gefunden. Da waren keine Kleider.«
»Und wie war es an den anderen Orten. Seinem Arbeitsplatz

oder der Hütte? Haben Sie da etwas Interessantes gefunden, abgesehen von dem Zettel mit Mos Namen?«
»Nein.«
»Wissen Sie, was Hans Godvik bei seiner Verhaftung für Kleider trug?«
»Nein, da müssen Sie jemand anders fragen.«

Ein neuer Zeuge, ein neuer Tag.
»Sie waren anwesend, als Hans Godvik ins Präsidium gebracht wurde?«
»Ja.«
»Die Kleider, die er trug, waren die neu und sauber?«
Ein Lächeln huschte über seinen Mund. »Nein, ganz im Gegenteil.«
»Könnten Sie uns das etwas genauer erläutern?«
»Ja. Sie waren unglaublich dreckig und zerschlissen, um es so zu sagen.«
»Ich verstehe. Wie lange ist er damit herumgelaufen, was meinen Sie?«
»Schwer zu sagen. Mindestens eine Woche, wenn nicht länger.«
»Genau. Waren Blutflecken darauf?«
»Nein.«
»Ist das nicht seltsam? Er müsste diese Kleider doch bei dem Mord getragen haben.«
Ein Schulterzucken. »Vermutlich hat er sich umgezogen.«
»Ja, das ist denkbar. Aber warum hat er dann die dreckigen Sachen wieder angezogen?«
»Das weiß ich nicht.«
»Ist das nicht seltsam?«
»Ich weiß es nicht.«

Das waren die guten Augenblicke, aber sie waren nicht sonderlich zahlreich, und nichts von dem, was ich vorbrachte, hatte wirklich Gewicht. Im Großen und Ganzen bestanden die Tage aus einer Aneinanderreihung von Trivialitäten und Beweisen. Christer Bonde war nicht brillant, aber systematisch. Die Geschworenen blickten immer öfter zu Hans Godvik hinüber, und ihre Blicke gefielen mir nicht. Seit sie die Bilder von Alvin Mos Leichnam gesehen hatten, strahlten ihre Blicke Abscheu und Mitleid aus.

Irene Godvik war bei der Verhandlung zugegen, sie saß jeden Tag in der ersten Zuschauerreihe und verfolgte alles aufmerksam. Auch sie sollte als Zeugin aussagen, weshalb ich das Gericht wegen ihrer Anwesenheit um Erlaubnis hatte bitten müssen. Christer Bonde hatte aber keine Einwände gehabt. Am Ende eines jeden Gerichtstages ging sie zu ihrem Mann und wechselte ein paar Worte mit ihm. Ich sah aber nie, dass sie sich berührten oder umarmten. Ich fragte mich, wie das auf die Geschworenen wirkte, brachte es aber nicht übers Herz, mit ihr darüber zu sprechen.

Dann trat Tobias Munk in den Zeugenstand, und ich wusste, dass dies eine meiner wenigen Chancen war, ein bisschen Zweifel aufkommen zu lassen. Ich stellte ihm sogleich die Frage nach möglichen weiteren Tätern, wies darauf hin, dass es noch andere Vergewaltigungsopfer von Mo gab und dass auch diese Partner und Eltern hatten, die auf Rache aus sein konnten. Munk war so unerschütterlich wie eine alte Eiche, die schon unzählige Stürme überlebt hatte. Er wusste genau, worauf ich hinauswollte.

»Wir haben alle überprüft«, sagte er. »Überprüft und ausgeschlossen.«

»Wirklich alle?«

»Alle, die einen Grund, ein Motiv haben könnten, Rache zu üben.«

Ich ging sie der Reihe nach durch, presste ihn aus und quälte ihn. Aber er hatte auf alles eine Antwort. Auf fast alles.

»Alvin Mo wurde wegen Vergewaltigung angezeigt, als er im Kinderheim war«, sagte ich. »Haben Sie diese Sache überprüft?«

Munk sah zu mir auf, er war zum ersten Mal überrascht. »Das wusste ich nicht«, sagte er. »Sind Sie sicher?«

»Ja. Er hat es mir selbst erzählt. Das Verfahren wurde damals eingestellt.«

»Ah ja, das kann sein.«

»Wenn ich das richtig verstehe, haben Sie diese Sache nicht überprüft oder sich die Frage gestellt, ob da ein Motiv liegen könnte.«

Munk seufzte. »Nein, das haben wir nicht. Aber wenn Sie recht haben, liegt diese Sache zwanzig Jahre zurück. Ein bisschen lange, um auf seine Rache zu warten, meinen Sie nicht auch?«

»Sie hätten es überprüfen müssen«, entgegnete ich beharrlich. »Es kann nicht ausgeschlossen werden, dass es da einen Zusammenhang gibt.«

»Das kann man nie«, sagte Munk. »Raum für Spekulationen gibt es bei jedem Fall. Zum Glück hatte der Angeklagte Blutflecken des Opfers in seinem Keller.«

Ich gab es auf.

Aus dem Augenwinkel heraus registrierte ich eine gewisse Unruhe im Saal. Ich drehte mich um und sah, dass Irene Godvik aufgestanden war und sich an der ersten Zuschauerreihe vorbei ungeduldig zum Ausgang schob. Sie sah blass und angespannt aus. Ich dachte, dass ihr jetzt vielleicht klargeworden war, dass ihr Mann wegen Mordes verurteilt werden würde.

Eines Abends rief mein Vater an. »Wie geht es dir, Mikael?«
»Alles in Ordnung. Aber dieser Fall ist sehr anstrengend.«
»Ja, das glaube ich. Ihr seid doch bald fertig, oder?«
»Ja, morgen beginne ich mit meiner eigenen Beweisführung. Ich denke, am Montag werden wir durch sein.«
»Du machst das gut, Mikael. Dann reden wir, wenn das Verfahren zu Ende ist.« Nach einer kurzen Pause fügte er hinzu: »Ich bin stolz auf dich, Mikael«, und legte auf.
Ich saß noch eine ganze Weile verblüfft da und hielt den Hörer in der Hand. Das sah ihm gar nicht ähnlich. Für meinen Vater war eine solche Aussage Gefühlsduselei. Normalerweise war es ihm unangenehm, so etwas zu sagen, und er ging auch davon aus, dass niemand so etwas gerne hörte.
»Wer war das?«, fragte Kari.
»Papa. Ich soll dir schöne Grüße ausrichten«, sagte ich automatisch. Plötzlich hatte ich Tränen in den Augen und musste mich abwenden, damit Kari das nicht sah.
»Er wird langsam alt«, sagte sie.
»Ja«, erwiderte ich. »Ich hole mir eine Tasse Tee. Willst du auch eine?«
»Gern.«
Als ich wieder zurückkam, sah sie zu mir auf und sagte: »Mikael, das ist nur ein Fall. Deine Arbeit, du kannst nicht …«
»Ich weiß«, sagte ich. »Ich weiß …«

## Kapitel 51

Der Richter sah mich über seine Brille hinweg an. Sein Blick war ebenso missbilligend wie der Klang seiner Stimme. »Sie haben sich selbst als Zeugen aufgeführt, Anwalt Brenne. Das ist … sehr unkonventionell. Wollen Sie an diesem Vorhaben wirklich festhalten?«

»Ja, das möchte ich, Herr Vorsitzender.«

»Hm … na dann. Kommen Sie bitte in den Zeugenstand.«

Ich stand auf, zog meine Robe aus und schlüpfte in mein Sakko, das über dem Stuhlrücken hing. Dann nahm ich auf dem Stuhl vor den Richterbänken Platz.

»Das versichere ich«, antwortete ich auf die bekannte Aufforderung, nichts als die Wahrheit zu sagen.

»Frau Anwältin Bergstrøm«, sagte der Vorsitzende. »Ihr Zeuge.«

Synne räusperte sich und stellte ihre erste Frage und bemerkte erst dann, dass sie vergessen hatte, das Mikrofon einzuschalten. Errötend begann sie noch einmal von vorn. »Ich möchte Sie nach einer bestimmten Episode im Zusammenhang mit dem Verfahren gegen Alvin Mo fragen«, sagte sie. »Sie waren Alvin Mos Verteidiger, nicht wahr?«

Ich bestätigte das, und sie führte mich durch die Minuten nach dem Freispruch.

»Dieser Kommentar von Alvin Mo, ich meine das, was er Hans Godvik gesagt hat, haben Sie das wirklich deutlich gehört?«

»Ja, ich habe das klar und deutlich verstanden.«

»Und wie haben Sie das aufgefasst?«

»Für mich war klar, dass Alvin Mo Hans Godvik gesagt hat, dass er Maja getötet hat.«

»Danke.«

Der Richter nickte ihr zu und wandte sich an Christer Bonde. »Herr Staatsanwalt, haben Sie weitere Fragen?«

»Nein, Herr Vorsitzender. Oder doch, ich möchte Herrn Brenne etwas fragen.« Er wandte sich an mich.

»Warum haben Sie der Polizei nichts davon gesagt?«

»Ich war in einer schwierigen Situation als Verteidiger von Alvin Mo. Und außerdem war ich mir sicher, dass ein solcher Kommentar nicht ausreichen würde, um das Verfahren wieder aufzunehmen.«

Er sah mich an. »Nun, ich höre, was Sie sagen, aber vielleicht hätten Sie diese Entscheidung der Polizei überlassen sollen.«

Als ich ihm nicht antwortete, fügte er hinzu: »Vielleicht wäre diese unglückselige Sache dann gar nicht erst passiert.«

Ich konnte kaum glauben, was ich da hörte: »Wollen Sie damit etwa sagen, dass ich die Schuld am Tod von Alvin Mo trage?«

Er wurde rot, sah mich aber trotzig an: »Das ist Ihre Deutung, Herr Rechtsanwalt.«

»Das ist doch …«, erwiderte ich, wurde aber vom Vorsitzenden unterbrochen.

»Danke, das reicht, wenn Sie beide bitte aufhören würden«, sagte er. »Damit sind Sie aus dem Zeugenstand entlassen, Herr Brenne. Das Gericht macht eine kurze Pause.«

Ich war immer noch wütend, als ich auf den Flur trat. Vielleicht traf mich die Äußerung so, weil der Staatsanwalt damit recht hatte. Es war mein Fehler, dass Alvin Mo getötet worden war, wenn es sich auch nicht so verhielt, wie Christer Bonde glaubte.

Auf dem Flur stand Kari. Sie sah blass und nervös aus, und ich verdrängte meine Wut, lächelte sie an und umarmte sie. Sie erwiderte mein Lächeln.

»Nervös, Schatz?«, fragte ich. Sie nickte.

»Das wird schon gutgehen. Erzähl einfach, wie es war, mehr musst du nicht tun.«

»Okay.«

»Das wird schon.«

Es war seltsam, sie im Zeugenstand zu sehen. Sie stand steif und ernst hinter dem Stuhl und nannte mit klarer Stimme ihren Namen. Als der Richter sie fragte, »ob sie mit dem Angeklagten oder sonst jemandem verwandt oder verschwägert …«, drehte sie sich um, noch ehe er zum Ende gekommen war, und zeigte auf mich. »Mit ihm«, sagte sie. »Er ist mein Lebensgefährte.«

»Wer?«, fragte der Vorsitzende verwirrt.

»Ich, Herr Vorsitzender«, sagte ich. »Die Zeugin ist meine Lebensgefährtin.«

Wir hatten im Vorfeld ausgemacht, dass Synne ihr die Fragen stellte. Der Anfang war etwas schleppend. Kari verhaspelte sich und sprach etwas zu schnell, doch mit der Zeit fand sie ihren Rhythmus und erzählte zusammenhängend, ohne dass ihr viele Fragen gestellt werden mussten. Sie sprach von der Nacht, in der Hans Godvik mit seiner Schrotflinte bei uns aufgetaucht war. Es war vollkommen still im

Gerichtssaal. Diese Geschehnisse waren für alle neu. Aus den Augenwinkeln heraus sah ich, dass die Journalisten eifrig mitschrieben. Ich wusste, dass wir am nächsten Tag auf den Titelseiten stehen würden.
»Glauben Sie, dass er Sie wirklich töten wollte?«, fragte Synne. »Dass er es ernst meinte, als er kam, meine ich?«
»Ich bin absolut überzeugt davon, dass es seine klare Absicht war, wenigstens Mikael in dieser Nacht zu töten.«
»Und warum hat er es dann nicht getan?«
»Er konnte einfach nicht abdrücken. Er wollte es, war aber nicht in der Lage, jemanden zu töten. Hans Godvik ist kein Mörder«, sagte Kari. Genau das hatte sie sagen sollen.
Christer Bonde stellte keine Fragen, ich glaube, er war einfach zu überrascht.

Der nächste Zeuge war ein Psychologe, den Synne aufgetrieben hatte. Sie führte ihn vorsichtig durch die im Vorfeld geplante Aussage. Er redete kompliziert und gewunden und benutzte zahlreiche Fachausdrücke. Die Quintessenz seiner Aussage war, dass Menschen durch Trauer psychotisch werden oder in psychotische Seelenzustände verfallen können und dadurch unzurechnungsfähig werden. Er machte in seiner Argumentation aber viele Umwege und meldete zahlreiche Vorbehalte an.
Als Synne fertig war, erhob sich Christer Bonde. »Sie meinen also, Menschen könnten durch große Trauer psychotisch werden?«
»Äh, ja, das ist möglich, jedenfalls ist es kein unbekanntes Phänomen.«
»Danke«, sagte Bonde. »Glauben Sie, dass Hans Godvik durch seine Trauer psychotisch geworden ist?«

»Mir fehlen die Kenntnisse, um dazu etwas sagen zu können.«
»Warum? Haben Sie ihn denn nicht untersucht oder mit ihm gesprochen?«
»Nein, das habe ich nicht.«
»Warum nicht? Das wäre doch sicher von Vorteil gewesen?«
»Natürlich, aber wenn ich das richtig verstanden habe, wollte er nicht mit mir reden.«
»Nein«, sagte Christer Bonde mit Nachdruck. »Auch mit unseren Psychologen hat er nicht sprechen wollen. Danke. Keine weiteren Fragen.«
Irene Godvik war unsere letzte Zeugin. Sie hatte nicht viel zu sagen und wiederholte nur, was sie mir schon über ihren Mann gesagt hatte und dass sie nicht glaubte, dass er jemanden töten könnte. Ich wusste, dass ihre Worte auf die Geschworenen keinen Eindruck machen würden. Sie war in erster Linie da, um zu zeigen, dass sie sich für ihren Mann einsetzte. Sie sprach leise und wirkte nervös. Sie sah mich nicht einmal an, als ich sie befragte.
Der Staatsanwalt machte ein verdrossenes Gesicht, er hatte keine Fragen an sie. Als sie fertig war, nickte sie mir zu und rang sich ein Lächeln ab. Ich nickte zurück. Auch als sie den Gerichtssaal verließ, warf sie ihrem Mann keinen einzigen Blick zu.
»Dann schließe ich die Beweisaufnahme«, sagte der Vorsitzende. »Heute ist Freitag, das gibt den Anwälten genügend Zeit, ihre Schlussplädoyers vorzubereiten. Wir beginnen Montagmorgen mit der Dokumentation, so lange wird das wohl nicht dauern, oder, Herr Staatsanwalt? Nein, das dachte ich mir. Danach kommen wir direkt zu den Plädoyers, da-

mit ist die Verhandlung für heute geschlossen. Ein schönes Wochenende Ihnen allen.«

Auf dem Flur stand Kari, belagert von Journalisten. Ich bahnte mir einen Weg zu ihr, nahm ihren Arm und sagte mit lauter Stimme: »Das reicht, Leute. Schluss für heute.« Sie wichen einen Schritt zurück, abgesehen von einem, der sich uns in den Weg stellte, die Kamera zückte und ein Foto von uns machte. Das Blitzlicht blendete mich. Ich war verärgert, und er sah mir das an, lächelte aber entwaffnend und sagte: »Was für eine Frau, Herr Verteidiger! Wirklich, eine tolle Frau!«
Ich musste einfach lächeln und erwiderte: »Ja, sie ist phantastisch.« Dann gingen wir nach Hause.

# Kapitel 52

Nach dem Essen fuhr ich noch einmal ins Gefängnis. Es gab eigentlich keinen Grund dafür, sah man einmal von meinem schlechten Gewissen ab. Ich wusste, dass ich Hans Godvik nicht so häufig besucht hatte, wie ich das eigentlich hätte tun sollen. Außerdem hatte ich mich in den letzten Wochen über seine Passivität und Trägheit geärgert. Das war ungerecht, schließlich konnte er nichts dafür, war er doch bloß ein Mann, der an seine Grenzen geraten war und dem das Leben mehr aufgebürdet hatte, als er zu tragen in der Lage war. Deshalb fuhr ich zu ihm, nahm seine Hand und bemerkte zu meiner Überraschung, dass es mir zum ersten Mal leichtfiel, mit ihm zu reden. Vielleicht weil die Arbeit erledigt war. Das Gerichtsverfahren war so gut wie vorüber, so dass wir uns wie zwei ganz normale Menschen gegenüberstanden.

Er strahlte eine Art resignierte Ruhe aus, als hätte er sich bereits mit seinem Schicksal abgefunden.

»Ich weiß, dass ich verurteilt werde«, sagte er. »Ich habe es nicht getan, werde aber dafür verurteilt.«

Ich konnte ihm einfach nicht widersprechen und die Fassade aus falschem Optimismus wahren.

»Aber das macht nichts. Das ist alles nicht mehr wichtig. Ich habe gedacht … Maja … sie kommt nicht mehr zurück. Und die Firma ist wohl auch am Ende. Ich glaube nicht, dass ich die Kraft habe, noch mal neu anzufangen. Und Irene …«

»Sie brauchen einander«, sagte ich. »Sie können einander helfen«, aber er schüttelte nur langsam den Kopf.
»Ich glaube, ich habe auch sie verloren. Sie macht mir Vorwürfe. Das ist nicht rational, aber für sie trage ich die Schuld an Majas Tod. Ich habe mich an diesem Tag mit Maja gestritten, wie es Eltern und Jugendliche manchmal tun. Deshalb ist sie nicht zur Schule gegangen. Für Irene reicht das. Ich glaube, sie wird mir das niemals verzeihen. Da draußen gibt es nichts mehr für mich.«
Es war, als spräche man mit einem Mystiker, einem Mönch, der sich entschlossen hatte, für den Rest seines Lebens in Einsamkeit und vollkommenem Schweigen zu leben. Mich hätte das stören sollen, aber das tat es nicht. Stattdessen erfüllte mich sein Verhalten mit einer Art Ruhe, als würde seine Gleichmütigkeit auf mich abfärben. Als ich auf dem Rückweg im Auto saß, war ich ruhiger als je zuvor in diesem Verfahren. Ich konnte nichts mehr tun.
Nur eine Sache hatte mich während des Gesprächs mit ihm gestört. Er hatte etwas über seine Frau gesagt. Wir hatten darüber gesprochen, wie seltsam es war, jetzt so vertraut miteinander reden zu können, obwohl er mich noch vor kurzem hatte töten wollen.
»Ich weiß nicht, was in Ihrem Kopf vorgegangen ist, Herr Godvik«, hatte ich gesagt. »Sie sind kein Gewalttäter, kein Rächer. Aber die nächtlichen Telefonanrufe und die Bilder im Briefkasten, das waren doch Sie, oder?«
Er hatte beschämt genickt. »Ja.«
»Was hätte es Ihnen genützt, wenn Sie mich umgebracht hätten? Sie hätten lieber auf Ihre Frau hören sollen.«
Er hatte mich überrascht angesehen und dann etwas verwirrt gelächelt. »Auf Irene? Wissen Sie denn nicht, was sie

getan hat? Das Ganze war doch ihre Idee. Sie war wütend, dass ich es nicht geschafft habe. Irene war … sie war in dieser Zeit doch noch viel verrückter als ich. Und ich war schon ziemlich neben der Spur.«

Irene Godvik hatte mich angelogen. Vermutlich war es nicht erstaunlich, dass sie mir gegenüber nicht eingeräumt hatte, mir den Tod zu wünschen, aber sie hatte gelogen, und das gefiel mir ganz und gar nicht.

Als ich am Samstagmorgen aufwachte, schien die Sonne. Trotzdem war ich total deprimiert. Ich schleppte mich in die Dusche und frühstückte mit einer liebevollen Kari und frisch gekochten Eiern, aber nichts davon half. Meine üble Laune raubte dem Morgen seine Frische, seine Farben, zog die Kraft aus meinen Gliedern und ließ mir den Gedanken, gleich mein Plädoyer zu schreiben, vollkommen absurd und unmöglich erscheinen.

Kari musterte mich kurz und entschied dann kurzerhand, erst einmal einen Spaziergang zu machen. Ich schaffte es nicht einmal zu protestieren.

»Ein bisschen frische Luft hilft bestimmt«, sagte sie. »Frische Luft und Sonnenschein.«

Ihre klugen Ratschläge ärgerten mich ebenso wie ihr Lächeln und ihr Geplauder, aber ich war klug genug, das für mich zu behalten, während wir langsam über den trockenen Asphalt in Richtung Zentrum schlenderten.

»Warum so niedergeschlagen, Mikael?«, fragte sie. »Das Verfahren ist doch fast überstanden. Okay, du wirst verlieren, aber so ist das halt manchmal. Du hast dein Bestes gegeben, mehr kann man doch nicht verlangen. Ich weiß nicht, wie oft du mir schon gesagt hast, dass Verteidiger solche Verfahren nicht persönlich nehmen dürfen. Dass das völlig unprofessionell wäre.«

»Du hast recht«, sagte ich, meinte es aber nicht so.

Das Problem war, dass ich eben nicht mein Bestes gegeben hatte. Hans Godvik hatte nicht die Verteidigung erhalten, die er hätte bekommen müssen. Ich hätte auf Unzurechnungsfähigkeit plädieren müssen. Ich hätte auf dem Gespräch mit dem Psychiater bestehen und meine Verteidigung darauf aufbauen müssen. Ich hätte mich auf seine Trauer konzentrieren müssen, auf den Schock über den grauenvollen Tod seiner Tochter, auf seine Wut und die unerträgliche Provokation durch Alvin Mo. Ein Erlebnis, das jedem den Verstand geraubt hätte. Ich hätte mich auf das konzentrieren müssen, was wirklich erreichbar war.

Stattdessen hatte ich mich an Nina Hagen festgebissen, vielleicht aufgrund meiner eigenen Schuldgefühle. Ich hatte Schatten und Gespenster gejagt. Normalerweise war ich ein guter Anwalt, nicht aber für Hans Godvik. Ich hatte Privatdetektiv gespielt, und darauf verstand ich mich nicht.

Zum ersten Mal musste ich mir selbst eingestehen, dass ich mich geirrt haben konnte und Hans Godvik möglicherweise doch der Mörder von Alvin Mo war. Dass ich meine Verteidigung auf Gefühlen und Theorien aufgebaut hatte statt auf Fakten. Mein Mandant würde verurteilt werden, und ich hatte nicht einmal eine Strategie, um eine Minderung der Strafe zu erwirken.

Wir schlenderten durch das Zentrum, tranken Kaffee, lasen in einem Café Zeitung, saßen auf einer Bank im Theaterpark und spürten zum ersten Mal in diesem Jahr warme Sonnenstrahlen auf der Haut. Vor uns kämpften ein paar Jugendliche mit ihren Skateboards gegen eine Treppe an. Es knallte

und klapperte, aber sie waren hochkonzentriert und jubelten jedes Mal, wenn ihnen ein Trick glückte. Der Lärm machte mir nichts. Einer von ihnen hatte seinen Fuß in Gips, vielleicht wegen eines missglückten Kunststücks. Seine Krücken lehnten an einer Mauer. Er benutzte sie nicht, sondern humpelte, eine Videokamera in der Hand, umher. Manchmal legte er sich auch hin und ließ seine Kameraden über ihn hinwegspringen. Dann schraubte er seine Kamera auf ein Stativ und brauchte Ewigkeiten, um sie richtig auszurichten. Er war mindestens ebenso aufgeregt und angespannt wie diejenigen, die sprangen.
Ich sah ihn an. Starrte auf die Videokamera in seinen Händen, sah seine Freude, als er eine Aufnahme überprüfte und realisierte, dass er einen guten Sprung eingefangen hatte.
Plötzlich erinnerte ich mich an die Theorie der Polizei, dass Mo den Mord an Maja gefilmt haben könnte. Ich hatte das damals als bloße Spekulation abgetan und nicht weiter darüber nachgedacht, doch jetzt, da ich die Begeisterung des Jungen mit der Kamera sah, wurde mir bewusst, dass das durchaus stimmen konnte. Ich hatte mir gar nicht die Frage gestellt, was Nina Hagen von dem Mord an Maja gehabt hatte. Für mich war zweifelsfrei sicher, dass sie eine Mörderin war und es ihr Freude oder Genugtuung bereitete zu töten. Aber an dem Mord selbst konnte sie nicht beteiligt gewesen sein, sonst hätte sie Mo kein Alibi geben können. Die Antwort war möglicherweise ein Film. Ein Film, der explizit für sie aufgenommen wurde. Mo hatte den Mord verewigt und Nina Hagen das Video gegeben.
Plötzlich war ich hellwach, so dass mein Selbstmitleid für kurze Zeit hektischer Energie Platz machte. Wenn Nina Hagen diesen Film besaß, war der sicher nicht mehr bei ihr zu

Hause, schon gar nicht nach meinem Einbruch. Mein Problem war, dass ich keine Idee hatte, wo er sonst sein könnte. Kari bemerkte meine Veränderung und fragte mich, an was ich dachte.
»Ach nichts«, sagte ich. »Mir ist nur gerade etwas eingefallen, aber das ist nicht wichtig.«

Ich hätte an diesem Tag mit meinem Plädoyer anfangen sollen, doch immer, wenn ich mich an den Schreibtisch setzte, war mein Kopf leer. Schließlich gab ich es auf und verschob die Arbeit auf den nächsten Tag.
Am kommenden Vormittag nahm ich einen Kaffee mit in mein Arbeitszimmer und setzte mich mit Block und Stift hin, um endlich zu beginnen. Sonst benutze ich für alles den Computer, nur die Plädoyers schreibe ich noch von Hand, das habe ich immer so gemacht. Manchmal ist es wie ein kreativer Rausch. Dann glaube ich, eine Chance zu haben, mit meinem Plädoyer einen schwierigen Fall zu drehen. Dann fliegt der Stift in dem verzweifelten Versuch, mit meinen Gedanken Schritt zu halten, über das Papier. Heute war es nicht so. Ich wusste, dass ich diesen Fall nicht gewinnen, sondern nur stilvoll untergehen konnte.
Oben auf das Blatt schrieb ich »Beweislast«. Dann blieb ich sitzen und starrte vor mich hin. Nach einer Weile fügte ich »Argumentation des Staatsanwalts« hinzu, doch noch bevor ich die Worte vollendet hatte, war mein Kugelschreiber plötzlich leer. Für mich war das ein Zeichen, ich schob den Block weg, schaltete den Computer ein und begann zunächst damit, Rechnungen zu bezahlen. Für gewöhnlich nicht gerade die amüsanteste Beschäftigung, aber an diesem Tag war mir sogar das lieber, als mein Plädoyer zu schreiben. Ich ar-

beitete mich durch den Stapel: eine Werkstattrechnung, Telefon, Versicherung, Strom, wieder einmal verblüffend hoch. Ich gab die Pin ein und belastete mein Konto.
Und auf einmal spürte ich etwas. Ein Kribbeln, das sich wie eine Klaue um meine Hirnrinde legte. Irgendetwas. Eine Sache, die ich vergessen hatte. Etwas, das ich irgendwo gesehen hatte, ohne mir Gedanken darüber gemacht oder die Bedeutung des Gesehenen verstanden zu haben. Ich blieb sitzen, starrte wie hypnotisiert auf meine Stromrechnung und versuchte, mich zu erinnern. »Mikael Brenne« stand auf der Rechnung, gefolgt von der Adresse. Plötzlich wusste ich es. Plötzlich saß ich in Gedanken auf einem anderen Stuhl, vor einem anderen Tisch und las eine andere Stromrechnung. Dort stand der Name »Klara Gulbrandsen c/o Nina Hagen«. Und plötzlich erinnerte ich mich an etwas, das Klara über Nina Hagen gesagt hatte. An den genauen Wortlaut: »Sie passt auf das Haus auf, das soll sie bekommen.«
Mit einem Mal war mir klar, wo Nina Hagen den Film von Majas Ermordung versteckt haben konnte. Wenn es ihn denn gab. Wenn sie ihn bekommen und nicht bereits beseitigt hatte.
Ich wusste, das Ganze basierte auf vagen Annahmen und Ideen, ich musste es aber ganz einfach versuchen. Ich hatte in diesem Fall alles falsch gemacht, konnte also ruhig auch noch das letzte Risiko eingehen. Zu verlieren hatte ich ebenso wenig wie Hans Godvik.
Deshalb nahm ich das Auto und fuhr in das Pflegeheim, in dem Klara Gulbrandsen wohnte.
Ich wusste nicht, ob sie sich an mich erinnerte. Sie sagte, sie täte es, ich war mir aber nicht sicher. Eigentlich spielte das aber gar keine Rolle, weil sie sich ohnehin über jeden Besuch

freute. Sie lag an diesem Tag im Bett, schüttelte aber den Kopf, als ich sie fragte, ob es ihr schlechtginge.
»Nein, nein«, sagte sie. »Das ist nur so ein trauriger, grauer Tag. An solchen Tagen habe ich keine Lust mehr aufzustehen. Das mache ich lieber, wenn die Sonne scheint.«
Es war nicht schwer, sie dazu zu bringen, von ihrer Jugend zu erzählen. Wie so vielen alten Menschen lag ihr die Vergangenheit näher als die Gegenwart, so dass sie mir voller Inbrunst von den Fischzügen erzählte, von ihrem Vater, der den Leuchtturm betreut hatte, und von den Bootstouren in die Stadt. Ich hörte ihr aufmerksam zu und fragte sie dann, wo sie denn aufgewachsen sei und wo ihr Haus läge. Sie sah mich entgeistert an.
»Ja weißt du das denn nicht?«
»Ich habe es vergessen.«
Sie schüttelte den Kopf, als wäre ich ein Schüler, der sie enttäuscht hatte. Dann sagte sie es mir. Ich blieb noch eine Weile sitzen und spürte das schlechte Gewissen in mir aufkeimen. Ich hatte das Gefühl, sie hinters Licht zu führen. Dann konnte ich mich nicht länger beherrschen.
»Ich muss jetzt leider gehen«, sagte ich.
»Kommst du wieder? Es war so nett.«
Ich versprach es ihr.

## Kapitel 53

Nach dem Essen stand ich auf. »Es wird nicht lange dauern, nur ein paar Stunden.«
Kari war ärgerlich. »Kannst du mir nicht wenigstens sagen, was du vorhast?«
»Ach, ich hab bloß so eine Idee. Vermutlich bringt das nichts. Ich erzähle es dir heute Abend. Falls etwas dabei herauskommt.«
»Mach nicht noch so eine Dummheit, Mikael.«
Ich küsste sie und versprach ihr, nichts Dummes zu tun, doch als ich hinter dem Steuer saß und aus der Stadt fuhr, war ich mir nicht mehr so sicher, wie klug mein Vorhaben war. Am Morgen war ich noch überzeugt davon gewesen, eine heiße Spur entdeckt zu haben, doch jetzt erschien mir die Idee unwahrscheinlich und dumm. Ich hielt die Chancen, etwas zu finden, für mikroskopisch klein und dachte, dass es sicher besser wäre, nach Hause zurückzufahren, mein Plädoyer zu schreiben und mich auf den morgigen Tag vorzubereiten. Aber ich fuhr weiter.
Ich brauchte fast eine Stunde, bis ich in die richtige Gegend kam. Der Tag war grau und wolkenverhangen gewesen, doch jetzt riss die Bewölkung auf, und die niedrigstehende Sonne hüllte die Landschaft in sanfte Pastelltöne und dunkle Schatten. Es war schwieriger, als ich angenommen hatte, den richtigen Ort zu finden; immer wieder verfuhr ich mich, musste in winzigen Sträßchen drehen und mehrmals nach dem Weg

fragen. Bei Einbruch der Dämmerung kam ich an eine Kreuzung, an der drei Wege abzweigten. Vor mir erkannte ich das Meer. Ich bog nach rechts ab, fuhr einen steilen Hang hinunter und kam zu einem alten Hof. Ich stieg aus und klopfte an die Tür. Eine alte Frau öffnete mir. Sie war mindestens siebzig, hatte aber klare, wache Augen.

»Ich suche nach dem Haus von Klara Gulbrandsen«, sagte ich, und sie nickte sofort.

»Klara wohnt da aber nicht mehr«, erwiderte sie. »Sie ist im Altenheim.«

»Das weiß ich«, sagte ich. »Ich will nur das Haus finden.«

Als sie noch immer zögerte, fügte ich hinzu: »Ich bin Makler. Ihre Nichte hat mich gebeten, mir das Haus anzusehen.«

Sie nickte und erklärte mir den Weg.

Ihren Anweisungen war leicht zu folgen: Ich musste nur zur Kreuzung zurückfahren und die Abzweigung nach links nehmen.

Am Ende der Straße parkte ich auf einem leeren Schotterplatz vor einem Zaun, stieg aus und schloss die Tür ab.

Ich ging durch ein Tor im Zaun und folgte einem schmalen, gepflasterten Weg, der nach unten führte. Vor mir lagen runde Felsen, getrennt durch steile Wiesenflächen, hinter denen ich das Meer als schwarze, leere Fläche erkennen konnte.

Die Temperatur war in den letzten Stunden ungewöhnlich stark gefallen, so dass die Feuchtigkeit auf dem Boden zu Reif gefror und sich die trockenen Halme entlang dem Weg wie weiße Striche vom Dunkel abhoben. Die Flächen ringsherum glitzerten im Licht der Sterne. Auf den Pfützen hatte sich bereits eine dünne Eisschicht gebildet, die unter meinen Sohlen knirschend zu Bruch ging. Ich kam zu einem weiteren Tor, das ich öffnete und hinter mir wieder schloss, eine Angewohnheit, die ich seit den Sommerferien meiner Kindheit nicht mehr abgelegt hatte, ging um einen runden Felsen herum und erblickte das Haus.

Es war niedrig und weiß und lag gut geschützt in einer Bucht vor einem dunklen, großen Felsen. In regelmäßigen Abständen strich das Licht des Leuchtturms draußen an der Fjordmündung über das Haus hinweg und erhellte mit seinem mächtigen Lichtstrahl den Himmel. Kaum war das Licht wieder verschwunden, wirkte die Finsternis noch dunkler.

Es dauerte fast zehn Minuten, bis ich das Haus erreichte. Im Schatten einer windschiefen, alten Kiefer blieb ich stehen. Keine Lampe brannte. Kein Laut war zu hören. Das Licht des Leuchtturms strich gleichmäßig und monoton über den Himmel, doch sonst rührte sich nichts. Ich war allein.

Die Tür war verschlossen. Ich suchte unter der Fußmatte, über dem Türrahmen und in den Spalten des Mauerwerks, überall dort, wo man einen Extraschlüssel für sein Landhäuschen verstecken konnte, doch ohne Erfolg. In der Eingangstür waren vier kleine Fenster, aber ich wollte nicht schon wieder eine Scheibe einschlagen. Ich musste ins Haus hinein und wieder heraus, ohne Spuren zu hinterlassen. Ich ging um das kleine, einstöckige Haus herum. Auf der Seite fiel das Gelände zum Meer hin ab. Dort war die Grundmauer höher, und in der Mitte führte eine kleine Treppe über drei Stufen hinunter zu einer Kellertür. Auf dem Absatz davor war es stockdunkel, so dass ich nichts sehen konnte und mich mit den Händen vorwärtstasten musste.

Die Tür war mit einem kleinen Riegel verschlossen. Statt eines Vorhängeschlosses steckte ein dicker, rostiger Nagel darin. Ich löste ihn, öffnete die Tür, trat einen Schritt ins

Dunkel und begann, nach einem Lichtschalter zu suchen. Ich fand ihn schließlich, als ich eine nackte Glühbirne zu fassen bekam, deren Kabel ich über den Deckenbalken bis zum Lichtschalter folgte. Die plötzliche Helligkeit blendete mich einen Moment lang, dann blickte ich mich um. Der Kellerraum war klein und ziemlich ordentlich. Auf einer alten Hobelbank lagen einige Werkzeuge, an einem Haken hingen ein paar alte Reusen, und unter der Decke klemmten alte Holzruder und ein Netz, das alt und verfault aussah. In einer Ecke lag ein kleiner Holzstapel, und an der rückwärtigen Wand führte eine schmale Treppe nach oben. Sie sah beinahe wie eine Hühnerleiter aus und endete vor einer niedrigen Tür. Schon auf der letzten Treppenstufe musste ich den Kopf einziehen. Die Tür gab ein paar Zentimeter nach, rührte sich dann aber nicht mehr. Als ich mich mit der Schulter gegen sie stemmte, stürzte drinnen etwas mit lautem Scheppern um, und die Tür flog auf. Einen Moment lang war ich vor Schreck wie gelähmt.

Ich stolperte nach oben und sah mich um. Ich stand in einem dunklen Flur. Nach gewissem Zögern schaltete ich das Deckenlicht ein. Ich wusste zwar nicht, wie weit es bis zum nächsten Nachbarn war, glaubte aber, dass das Haus von niemandem zu sehen war. Ich hatte keine anderen Gebäude gesehen.

Auf dem Boden lagen eine alte Werkzeugkiste und ein Staubsauger. Sie mussten vor der Kellertür gestanden haben. Die Werkzeugkiste war umgestürzt, und die einzelnen Utensilien lagen über den Boden verstreut. Ich räumte alles auf, wischte den Staubsauger ab und entfernte weiße Sägespäne, die auf den Boden gefallen waren. Dann schloss ich die Kellertür und stellte alles wieder so hin, wie es vermutlich gestanden

hatte. Die Haustür hatte ein normales Schnappschloss, so dass ich das Haus später durch sie verlassen konnte.
Ich begann, verschiedene Türen zu öffnen.
Es war ein kleines, einfach eingerichtetes Haus. Ein Wohnzimmer mit einem Holzofen, einer Sitzgruppe und einem Fernseher. Ein kleines Bücherregal unter dem Fenster. Die Küche war altmodisch eingerichtet. Unter dem Waschbecken stand eine Handpumpe an der Wand. Hinter der Küche lag ein kleiner Raum mit einer alten emaillierten Waschschüssel auf einem kleinen Schränkchen. An der Wand hingen ein Handtuch und zwei Waschlappen. Das Schlafzimmer war klein und kahl; das Bett wirkte für einen zu groß und für zwei zu klein, das war alles. Kein Laptop.
Ich setzte mich ins Wohnzimmer in den Sessel und dachte nach. Das einzig Moderne im ganzen Haus war der Fernseher, der auf einem schwarzen Rollwagen stand. Im Fach darunter befand sich ein DVD-Player. Er war eingeschaltet, ich sah die grüne Standby-Lampe. Ganz unten lagen mehrere Filmkassetten. Ich kniete mich hin und sah sie mir genauer an. Ein paar Komödien, ein paar Actionfilme, amerikanische Hollywoodstreifen und drei Pornofilme mit sadomasochistischem Inhalt, die man sicher nicht in einem normalen Laden kaufen konnte. Im Bücherregal standen alte Krimis und ein paar typische Buchclubausgaben. Ein Regalbrett ohne Besonderheiten. Dieses Sortiment konnte man in Tausenden von norwegischen Hütten finden. Auf dem obersten Brett lag eine kleine Videokamera, die neu und ziemlich teuer aussah. Daneben stand ein Aluminiumstativ. Ich nahm die Kamera in die Hände. Das Gewinde am Boden der Kamera passte zum Stativ. Unwillkürlich musste ich an Alvin Mo denken. Ein Schauer lief mir über den Rücken.

Dann begann ich mit der Suche. Ich war gründlich und systematisch, trotzdem brauchte ich nicht lange. Das Haus war nicht groß und nur sparsam möbliert. Ich schaute in jeden Schrank und klopfte an alle Wände. Im Schlafzimmer war ein Wandschrank. Ich nahm die Tischlampe aus dem Wohnzimmer und kroch hinein. Nichts, abgesehen von Spinnweben und weiteren Sägespänen. Der Kriechboden unter dem Dach nahm am meisten Zeit in Anspruch. Doch nirgendwo war etwas zu finden.

Zehn Meter vom Haus entfernt stand ein Klohäuschen. Ich suchte auch dort, blickte sogar durch die Öffnung nach unten und hielt den Atem an. Leer, abgesehen von dem, was an solchen Orten immer zu finden ist.

Ich ging ins Wohnzimmer zurück und setzte mich mürrisch und resigniert hin. In diesem Haus war nichts zu finden. Ich sah auf die Uhr, es war schon nach elf. Ich wollte Kari anrufen, bemerkte dann aber, dass mein Handy keinen Empfang hatte. Ich sollte längst zu Hause sein. Und mein Plädoyer hatte ich auch noch nicht geschrieben. In weniger als zehn Stunden begann die Verhandlung. Das letzte Kapitel des Mordes an Alvin Mo.

Einen Moment lang wurde ich von Müdigkeit übermannt. Ich rieb mir das Gesicht und hatte plötzlich etwas im Auge. Es brannte schrecklich, ich musste blinzeln und weinen, bis ich die Fremdkörper herausgespült hatte. Es waren Sägespäne. Frische, weiße Sägespäne. Die musste ich im Kleiderschrank an meine Hände bekommen haben. Ich erinnerte mich, dass ganz hinten auf dem Boden eine feine, weiße Schicht Sägespäne gelegen hatte. Plötzlich war ich nicht mehr müde.

## Kapitel 54

Die Holzpaneele an der Seitenwand des Schranks waren alt und ungestrichen. Ebenso die Leisten ringsherum, aber auf ihnen waren frische Spuren eines Schraubenziehers oder einer Brechstange zu erkennen. Befestigt waren sie lediglich mit einigen wenigen Nägeln. Ich kroch rückwärts aus dem Schrank heraus, holte einen Schraubenzieher und hebelte die Leisten nach oben. Auf leichten Druck hin löste sich daraufhin die ganze Bretterwand und gab einen kleinen, vielleicht zwanzig Zentimeter tiefen Hohlraum frei. In ihm stand ein Laptop.

Meine Hände zitterten, als ich ihn anschloss. Es kam mir wie eine Ewigkeit vor, bis der Bildschirm zum Leben erwachte. Kein Passwort, ich war direkt drin und konnte auf das Outlook-Symbol klicken. Ich scrollte nach unten und fand dieselbe Nachricht von »Wolverine«. Dann tippte ich Wolverine in das Suchfenster und wartete. Eine ganze Reihe von Mails wurde sichtbar. Ich warf einen Blick auf die Daten. September vor anderthalb Jahren. Ich öffnete die älteste und begann zu lesen.

*Von <Wolverine@hotline.no>*
*An: <Grimreaper@hotline.no>*
*Sitzt du im Knast? Kannst du deshalb nur dienstags und donnerstags chatten? Ich könnte wetten, dass es so ist. Haben dir die Bilder gefallen oder waren sie dir zu blutig? Ist dir schlecht?*

*Von <Grimreaper@hotline.no>*
*An <Wolverine@hotline.no>*
*Gut geraten. Ich sitze eine Strafe ab. Ich hoffe, das macht dir nichts aus. Jeder verdient doch eine neue Chance, weißt du. Die Bilder waren absolute Klasse. Schick mir noch mehr, je blutiger, desto besser.*

*Von <Wolverine@hotline.no>*
*An <Grimreaper@hotline.no>*
*Wusste ich's doch. Was hast du gemacht? Jemanden umgebracht? Wenn dir diese Psychobilder gefallen haben, bist du bestimmt krank genug dafür.*

*Von <Grimreaper@hotline.no>*
*An <Wolverine@hotline.no>*
*Ich bin wegen Vergewaltigung im Knast. Jetzt willst du bestimmt nichts mehr mit mir zu tun haben.*

*Von <Wolverine@hotline.no>*
*An <Grimreaper@hotline.no>*
*10.09. – 11.53 Uhr*
*Musste mir einen Kaffee kochen. Bist du noch da … hm, Vergewaltigung. Na ja. Nein, ich will den Kontakt nicht abbrechen, wieso denn. Ich will, dass du mir davon erzählst. Ganz genau. Was du mit ihnen gemacht hast, wie es war und wie sie aussahen. Würdest du das tun?*

*Von <Grimreaper@hotline.no>*
*An <Wolverine@hotline.no>*
*Meinst du das ernst? Die meisten, die davon erfahren, wollen nichts mehr mit mir zu tun haben.*

*Von <Wolverine@hotline.no>*
*An <Grimreaper@hotline.no>*
*10.09 – 11.55 Uhr*
*Klar meine ich das ernst. Ich mache keine Witze, ich mag so was wirklich. Ich bin Dienstag um 11 Uhr wieder am Computer. Ich freue mich.*

*Von <Grimreaper@hotline.no>*
*An <Wolverine@hotline.no>*
*Hallo, da bin ich wieder. Es gibt nicht so viel zu erzählen. Ich hab ihnen einfach das Messer an die Kehle gehalten, und sie haben sich so schnell wie möglich ausgezogen. Dann habe ich sie genommen.*

*Von <Wolverine@hotline.no>*
*An <Grimreaper@hotline.no>*
*15.09. – 11.09 Uhr*
*Klasse. Ich wünschte mir, ich wäre dabei gewesen und hätte zugesehen. Ich wette, du hattest auch Lust, das Messer zu benutzen, es einfach in sie zu stoßen und ihren Gesichtsausdruck zu genießen … ich wünschte mir, es wäre so.*

*Von <Grimreaper@hotline.no>*
*An <Wolverine@hotline.no>*
*Meinst du das ernst oder verarschst du mich?*

*Von <Wolverine@hotline.no>*
*An <Grimreaper@hotline.no>*
*15.09. – 11.13 Uhr*
*Ich meine das ernst. So was macht mich total an.*

*Von <Grimreaper@hotline.no>*
*An <Wolverine@hotline.no>*
*Mich auch. Das ist das Phantastischste, was ich jemals gemacht habe.*

*Von <Wolverine@hotline.no>*
*An <Grimreaper@hotline.no>*
*15.09. – 11.20 Uhr*
*Würdest du es noch einmal tun? Könntest du dir vorstellen, jemanden zu töten?*

*Von >Grimreaper@hotline.no>*
*An >Wolverine@hotline.no>*
*Und den Rest meines Lebens hier drinnen verbringen? Nein danke.*

*Von <Wolverine@hotline.no>*
*An <Grimreaper@hotline.no>*
*15.09. – 11.31 Uhr*
*Und was, wenn dich keiner schnappen würde?*

*Von <Grimreaper@hotline.no>*
*An <Wolverine@hotline.no>*
*Dann würde ich es wieder tun und das Messer auch benutzen. Das wäre geil. Absolut phantastisch. Ich würde das lieben!*

*Von <Wolverine@hotline.no>*
*An <Grimreaper@hotline.no>*
*15.09. – 11.39 Uhr*
*Ja, ich auch. Am liebsten ein junges Mädchen. Ein hüb-*

*sches. Jedenfalls bevor du dich um sie gekümmert hast, haha …*

*Von <Grimreaper@hotline.no>*
*An <Wolverine@hotline.no>*
*Wir könnten was zusammen machen.*

*Von <Wolverine@hotline.no>*
*An <Grimreaper@hotline.no>*
*Ja, das wäre klasse. Schon der Gedanke daran macht mich total verrückt. Wann kommst du raus?*

*Von <Grimreaper@hotline.no>*
*An <Wolverine@hotline.no>*
*In drei Wochen.*

*Von <Wolverine@hotline.no>*
*An <Grimreaper@hotline.no>*
*Das ist ja schon ganz bald! Können wir uns treffen? Wenn du das ernst meinst, habe ich eine Idee.*

*Von <Grimreaper@hotline.no>*
*An <Wolverine@hotline.no>*
*Ich meine das sehr ernst. Die Frage ist, ob du das auch so meinst?*

*Von <Wolverine@hotline.no>*
*An <Grimreaper@hotline.no>*
*15.09 – 11.57*
*Ja, ich auch. Vollkommen ernst. Lass uns nächstes Mal ein Treffen vereinbaren. Ciao.*

Ich blieb lange vor dem Bildschirm hocken und starrte auf die Mitteilungen. Einfache, fast kindliche Mails. Nina Hagen und Alvin Mo. Die Sprache klang so gewöhnlich, fast alltäglich, als planten sie einen harmlosen Ausflug. Trotzdem gab es keinen Zweifel, was dieser Dialog bedeutete.
Das war der Beginn. Der Anfang von allem. Diese Korrespondenz hatte zu dem Mord eines jungen Mädchens geführt. Sie hatten alles zusammen geplant. Nina Hagen sollte Alvin Mos Alibi sein. Ich fragte mich, ob sie sich im Klaren waren, wie risikoreich das Ganze war, wie wenig vorhersehbar Geschworene waren und wie schnell Mo hätte verurteilt werden können. Aber das spielte keine Rolle, sie waren das Risiko eingegangen und hatten Erfolg gehabt. Sie hatten alle getäuscht. Auch mich. Sie wären damit davongekommen, wäre Mo nicht so verrückt gewesen. Doch er hatte der Versuchung nicht widerstehen können, sich mit seiner Tat zu brüsten, und die Katze aus dem Sack gelassen, um Hans Godviks bodenlose und vollkommen hilflose Verzweiflung zu genießen. Er hatte sich im Glanz seiner ungeheuren Tat sonnen müssen.
Ich beendete das Programm, öffnete den Ordner »Eigene Dokumente« und dann »Eigene Bilder«. Nina Hagen hatte viele Bilder gespeichert, eine seltsame Mischung aus sexuellen Exzessen und gewöhnlichen Ferienbildern. Ich suchte nach den Fotos, die in meinem Briefkasten gesteckt hatten – der Mann, dem ins Auge geschossen worden war, die blonde Frau –, fand sie aber nicht.
Dann öffnete ich den Windows Media Player und überprüfte die Liste der abgespielten Filme, fand aber nur Musikvideos, so dass ich den Laptop schließlich ausschaltete. Was sich auf diesem Computer befand, war mehr als genug, um

Nina Hagens Beteiligung an Majas Ermordung zu beweisen. Es reichte unter Umständen aber nicht, um Hans Godvik zu retten. Ich kroch zurück in den Kleiderschrank, tastete mit den Fingern den kleinen Raum ab und fand fast unmittelbar, was ich suchte. Eine CD. Sie war mit ihrer Hülle an die Innenseite der Öffnung geklebt worden.

Die Fernbedienung lag oben auf dem Fernseher. Ich stand mitten im Zimmer und drückte auf Play. Flimmern, eine Kamera, die sich bewegte. Ein unscharfes Bild, das zur Seite kippte, ehe es sich wieder aufrichtete und deutlich wurde. Alvin Mos Gesicht in Nahaufnahme. Er sah konzentriert aus, verbissen. Er trat einen Schritt zurück, und ich sah, dass er einen weißen Overall trug, der an Armen und Hals eng anlag, sowie dünne Latexhandschuhe. Chirurgenhandschuhe. Dann trat er aus dem Bild heraus, und ich war zurück auf der Lichtung im Wald, auf der ich vor bald einem Jahr an einem warmen Sommertag gesessen und Insekten beobachtet hatte. Damals hatte ich die Wärme, die Stille und das Echo der grausamen Geschehnisse, die an diesem Ort vorgefallen waren, wie einen Druck hinter meiner Stirn gespürt.

Jetzt war ich nicht allein auf der Lichtung. Jetzt lag dort Maja Godvik. Gefesselt und nackt. Sie hatte einen Knebel im Mund. Das Bild bewegte sich leicht, verwackelte und wurde dann wieder scharf gestellt. Ein Teil meines Hirns erfasste, dass Alvin hinter die Kamera getreten war, um den Bildausschnitt und die Schärfe zu überprüfen. Plötzlich tauchte er wieder im Bild auf, kniete sich neben dem nackten Mädchen hin und strich ihr über den Körper. Dann drehte er den Kopf und lächelte direkt in die Kamera. Das Grinsen brannte sich auf meiner Netzhaut ein, eine Grimasse, ein fast autonomes Zucken des Mundes, das Erwartung und unendliche Erregung ausdrückte. Wahn und Irrsinn. Dann ergriff er ein blitzendes Messer, das neben ihm auf dem Boden gelegen hatte, und beugte sich vor.

Ich stand mitten im Zimmer und sah alles. Hatte Wurzeln geschlagen. Meine Augen starrten auf die Mattscheibe. Ich wollte wegsehen, konnte es aber nicht, war im Licht der Bilder gefangen, im Licht des Blutes, und wusste, dass ich nie wieder vergessen würde, was ich gesehen hatte. Erst als sich mein Mund plötzlich mit dickem, zähem Schleim füllte und sich mein Magen umdrehte, konnte ich mich wieder bewegen.

Ich rannte auf den Flur, fummelte an dem Schnappschloss herum, riss die Tür auf und stürmte nach draußen. In der dunklen Kälte blieb ich drei Meter von der Hausecke entfernt stehen und erbrach mich.

Ich kotzte alles aus mir heraus, bis mir Tränen in den Augen standen und nur noch Galle kam, und selbst da hätte ich mir gewünscht, mich weiter entleeren zu können, nicht nur meinen Magen, sondern auch mein Gehirn und meine Gedanken und mit ihnen die Bilder, die sich in meine Netzhaut geätzt hatten.

Irgendwann war ich fertig. Ich stand gekrümmt da, die Hände auf den Knien, spuckte und schniefte und erhob mich langsam. Der Himmel über mir war schwarz, aber voller Sterne. Das Licht des Leuchtturms fegte über den Himmel, und ich zählte die Sekunden, bis es wieder über dem Haus stand. Eine automatische Reaktion: Mein Hirn wollte an etwas anderes denken, an etwas Triviales.

Da hörte ich ein Geräusch. Wenn ich denn etwas hörte. Vielleicht spürte ich auch nur, dass sich hinter mir etwas bewegte. Die vage Ahnung von etwas Lautlosem, Schnellem, Gefährlichem. Ich wollte mich umdrehen, nach hinten blicken, aber es war zu spät. Als der Lichtkegel des Leuchtturms erneut über das Hausdach strich, traf mich etwas mit voller Wucht auf den Hinterkopf. Das Bild gefror für einen kurzen Moment, ehe alles dunkel wurde.

## Kapitel 55

Die Welt war zersplittert. Als sähe man durch einen Zerrspiegel, ein Kaleidoskop, das allem Form und Struktur, Sinn und Erkennbarkeit nahm. Ich sah nur noch zusammenhanglose Fragmente aus Licht und Farben. Es rauschte in meinen Ohren, und mein Hinterkopf schmerzte dumpf. Ich schloss die Augen. Vielleicht wurde ich erneut ohnmächtig.

Als ich das nächste Mal die Lider öffnete, konnte ich wieder sehen, allerdings doppelt, und der linke Teil meines Blickfelds war noch immer vernebelt. Mein Kopf schmerzte derart, dass es eine ganze Weile dauerte, bis ich über die Schmerzen hinaus auch noch etwas anderes wahrnahm. Ich zwang mich Stück für Stück, Informationen aufzunehmen und mir eine Übersicht zu verschaffen.

Ich war wieder drinnen im Haus, im Wohnzimmer, und ich war nackt. Ich saß auf dem Boden und lehnte mit ausgestreckten Beinen an der Wand. Einer meiner Füße war an den Ofen gefesselt, der andere an etwas Unbestimmbares, das aus dem Boden ragte. Ich starrte lange darauf und kam schließlich zu dem Schluss, dass es zwei oder drei dicke Nägel sein mussten, die in den Boden geschlagen und umgebogen worden waren, so dass sie schließlich einen Haken bildeten, an dem das Seil befestigt war. Ich versuchte, den Kopf zu drehen, doch die Schmerzen an meinem Hinterkopf ließen mich auf dem Rand eines dunklen Brunnens balancieren, am Rande der Bewusstlosigkeit.

Es dauerte lange, bis ich genug Kräfte gesammelt hatte, um den Versuch zu unternehmen, den Kopf in die andere Richtung zu drehen. Diese Seite ging besser, die Schmerzen waren erträglich. Meine Arme waren weit auseinandergestreckt und mit einem dünnen Seil an kräftige Nägel oder Klammern gefesselt, die offenbar in die Wand geschlagen worden waren. Vermutlich war es eine Fahnenschnur, die sich in meine Haut schnitt. Meine Hände hatten bereits ihre Farbe verändert, weil die Blutzirkulation unterbunden war. Sie schimmerten bläulich im Schein der Lampe. Vorsichtig zerrte ich mit dem rechten Arm an den Fesseln. Nichts geschah. Nichts gab nach. Ich dachte, dass ich es noch einmal versuchen konnte, wenn ich wieder bei Kräften war. Dann nickte ich für einen Augenblick ein oder verlor erneut das Bewusstsein.

Als ich das nächste Mal die Augen aufschlug, saß Nina Hagen am Tisch und schminkte sich. Vor ihr stand ein kleiner Spiegel. Eine offene Tasche und verschiedene Schminkutensilien lagen auf dem Tisch. Sie war vollkommen konzentriert, als sie den Kopf zur Seite neigte und die Augenbraue hochzog, um sich Lidschatten aufzutragen. Sie summte. Ich konnte die Melodie nicht erkennen, irgendein leiser monotoner Laut, der mir aus irgendwelchen Gründen Angst machte. Ich erkannte ihre Kleidung nicht richtig. Es sah aus, als hätte sie Plastik um sich gewickelt, eine glänzende Plastikfolie, die das Licht seltsam reflektierte und in meinen Augen brannte.

Ich schloss die Lider. Sie sollte nicht bemerken, dass ich wach war.

Sie muss es trotzdem mitbekommen haben, denn kurz darauf hörte ich, wie sie zu mir kam.

»Mikael Brenne«, sagte sie. Sie schien ihren Mund dicht vor mein Ohr zu halten. »Sehen Sie mich an, Mikael, ich weiß, dass Sie wach sind.«
Ich öffnete die Augen. Sie hockte direkt vor mir, ihr Gesicht keine vierzig Zentimeter von meinem entfernt. Sie war sehr kräftig geschminkt. Schwerer, grüner Lidschatten, reichlich Wimperntusche und schwarz nachgezeichnete Augenbrauen. Feuerroter Lippenstift. Sie legte beide Hände um mein Gesicht, hob es an und sah mir in die Augen, erst in das eine, dann in das andere.
»Hm«, sagte sie. »Ihren Pupillen ist anzusehen, dass Sie einen kräftigen Schlag erhalten haben, Mikael. Ich hoffe aber, Sie bleiben trotzdem wach.«
Dann tätschelte sie fast zärtlich meine Wange. Ich versuchte, etwas zu sagen, aber es kamen keine Worte, sondern nur unverständliche Laute.
»Psst, Mikael, Sie brauchen nichts zu sagen. Das ist gar nicht nötig.«
Sie war aufgestanden, und jetzt erkannte ich, dass sie eine Art Regenjacke trug, einen Umhang aus durchsichtigem Plastik. Einen dieser Überwürfe, die man einfach über den Kopf und die Kleider zieht und die mich immer irgendwie an englische Touristen denken ließen.
Aber Nina Hagen sah nicht wie eine englische Touristin aus. Unter dem Plastik war sie nackt; hinter den Reflexionen des Lichtes erkannte ich ihren Körper. Sie bemerkte meine Blicke und strich sich lächelnd am Körper entlang. »Findest du das schön, Mikael? Gefällt dir das?«
»Nein«, kam es über meine Lippen, heiser und schwach, aber deutlich zu verstehen.
Doch sie hatte das Zimmer bereits verlassen. Ich hörte sie

irgendwo hantieren, etwas schepperte. Wieder versuchte ich, meine Arme freizubekommen. Dieses Mal zerrte und ruckte ich mit aller Kraft und warf den Körper nach vorn, aber die Schmerzen im Kopf waren so schlimm, dass ich die Augen schließen und mir auf die Lippe beißen musste, um nicht zu schreien. Es nützte nichts. Ich konnte nicht einmal den Ansatz einer Bewegung der Nägel feststellen, an die sie mich gefesselt hatte.

Als ich wieder die Augen öffnete, stand sie lächelnd vor mir. Es war kein Alvin-Lächeln, keine verrückte Grimasse. Es war ein echtes Lächeln, und das entsetzte mich fast noch mehr. Ihre Augen funkelten vor Freude.

»Bitte geh nicht, bitte. Ich bin gleich wieder da.«

Als sie wieder vor mir stand, hielt sie den Werkzeugkoffer in der Hand. Ich versuchte, ihren Blick einzufangen, sah aber noch immer doppelt. Ich wusste, dass ich einen Kontakt zu ihr aufbauen musste.

»Ich …«, sagte ich.

»Ja?« Sie sah mich höflich fragend an. Geduldig.

»Die Leute wissen Bescheid, dass ich hier bin.«

»Das bezweifle ich.«

»Ich habe mit Ihrer Nachbarin gesprochen, nach dem Weg gefragt.«

»Ich weiß, sie hat mich angerufen. Sie meinte, es sei für einen Makler doch ein seltsamer Zeitpunkt für eine Hausbesichtigung.« Sie sah mich nachdenklich an. »Aber das ist eigentlich egal. Man wird dich doch nicht finden.«

»Sie haben sie getötet, nicht wahr? Ihre Mutter und Ihren Vater?« Ich begann zu husten. Sie wartete geduldig, bis ich wieder richtig Luft bekam. »Und die anderen. Ihre Pflegeeltern, die drei Frauen, Sie haben sie alle getötet, auch Alvin.«

In ihrem Blick lag beinahe so etwas wie Anerkennung. »Du hast wirklich gute Arbeit geleistet, Mikael. Guter Junge. Das meiste stimmt. Aber jetzt haben wir genug geredet. Du sollst dir deine Kräfte einteilen.«

»Fliehen«, sagte ich mit heiserer Stimme. »Sie können fliehen. Das Land verlassen. Machen Sie es nicht noch schlimmer, als es ohnehin schon ist. Lassen Sie mich einfach hier zurück, Nina. Sie haben einen großen Vorsprung.«

Sie stand lange nachdenklich da, dann hockte sie sich langsam hin, setzte sich rittlings auf meine Beine, die Knie rechts und links neben mir, und schüttelte den Kopf. »Nein, Mikael, so einfach geht das nicht. Vielleicht ist es an der Zeit, das Land zu verlassen.« Ein neues Lächeln folgte. »Aber jetzt zählen erst einmal nur wir zwei. Nur wir zwei.« Dann beugte sie sich vor und presste ihre Lippen auf meinen Mund. Gleichzeitig spürte ich ihre Hand auf meiner Hand. Während sie noch immer ihren Mund auf meinen drückte, nahm sie meinen kleinen Finger und brach ihn.

Die Schmerzen waren lähmend. Ich schrie laut auf, ihr direkt ins Gesicht. Ich konnte es nicht zurückhalten, dabei waren die Schmerzen gar nicht das Schlimmste, denn in dem Bruchteil der Sekunde, in dem die Schmerzen und der Schock mich lähmten, hatte Nina Hagen einen leisen Laut von sich gegeben. Eine Mischung aus Seufzen und Stöhnen. Vor Zufriedenheit. Glück. Ein Laut, wie ihn Frauen ausstoßen, wenn deine Finger sie zum ersten Mal sanft berühren. Als ich diesen Laut hörte, wusste ich, dass es nicht mit einem gebrochenen Finger enden würde. Es würde weitergehen. Bis ganz zum Schluss.

Ich glaube, dass ich in diesem Moment aufgegeben, mich vollkommen verschlossen habe. Ich wusste, das war das

Ende. Ich begann zu sterben, langsam, einsam, tief in meinem Inneren. Einen Augenblick lang dachte ich an Kari. An meinen Vater.

Ich wusste nicht, dass ich weinte, bis Nina mir mit irgendetwas die Tränen abwischte und mir sinnlose Worte ins Ohr flüsterte. Danach dachte ich nichts mehr. Danach folgten nur noch Schmerzen.

Sie brach mir auch den kleinen Finger der anderen Hand, gefolgt vom Ringfinger. Ich versuchte, meinen Hinterkopf gegen die Wand zu schlagen, um ohnmächtig zu werden, doch sie lehnte sich nach hinten, nahm ein großes Sofakissen und presste es mir hinter den Kopf. Ich versuchte, es mit dem Kopf wegzuschieben, doch da nagelte sie das Kissen einfach mit einem Hammer an die Wand, ehe sie mir mit demselben Werkzeug mit voller Wucht auf die Hand schlug, so dass ich es knacken hörte.

Dann begann sie mit dem Messer, einem gewöhnlichen Tapetenmesser, dessen Klinge man in der Länge justieren kann. Sie schnitt nicht zu tief, war konzentriert und systematisch und sparte die lebenswichtigen Organe aus. Ich sah ihren Mund, entspannt, geöffnet, und spürte, wie sie sich auf mir bewegte, sich hin und her wand. Sie war erregt. Ihr Regenumhang war voller Blut. Es perlte vom Plastik ab und rann in kleinen Bächen in ihren Schoß. Ihr Atem ging schwer, und ihre Brust hob und senkte sich, als wäre sie gerannt. Einmal legte sich ihre Hand um meine Geschlechtsorgane, wog sie prüfend, und eine Stimme in mir schrie: »Nein, nicht da«, aber sie ließ sie wieder los und ritzte weiter meine Brust auf. Arbeitete, atmete.

Ich hörte nicht, als sich die Tür öffnete. Keinen Laut. Auch Nina Hagen hörte es nicht. Vermutlich habe ich geschrien,

so dass das Knarren der Tür und die sich nähernden Schritte übertönt wurden.
Ich sah ihn über Nina Hagens Schulter hinweg, begriff aber nicht, was ich sah. Längst hatte ich mit der Umgebung abgeschlossen und war nur noch mit meinem Tod beschäftigt. Es war ein Kopf. Ein blonder Kopf. Ein Körper.
Nina registrierte nichts, sie war in Trance, in ihrer ganz eigenen Welt der Erregung. Sie reagierte erst, als der Kopf hinter ihr ganz leise und mit normaler Stimme »Hallo« sagte. Eine Frauenstimme.
Nina zuckte zusammen und war so rasch auf den Beinen, dass sie fast die Balance verloren hätte. »Sie!«, keuchte sie. Ich sah ein Messer in ihrer Hand aufblitzen. »Sie!«, wiederholte sie noch einmal. Es klang wie »stirb!«. Dann bewegte sie sich, hob die Hand mit dem Messer und stürzte auf die Frau zu.
Ich wollte sie warnen, aber meine Stimme, die noch vor einem Augenblick meine Schmerzen herausgeschrien hatte, war mit einem Mal verstummt. Ich war zu schwer verletzt, um verfolgen zu können, was sich vor meinen Augen abspielte. Es war wie eine Aufnahme aus dem Beginn des Filmzeitalters: Die Bewegungen hielten plötzlich inne, froren fest, um anschließend rasend schnell weiterzulaufen, viel schneller, als ich es erfassen konnte.
Die fremde Frau wurde von einem Nimbus aus Licht umgeben. Sie war ein schwarzer Engel, ein flammendes Schwert, schön und furchterregend zugleich. Ein Teil von mir wusste, dass ich verwirrt war, dass es so nicht sein konnte. Einen Augenblick lang fürchtete ich, nichts von alledem könne wahr sein. Ich hatte Angst, dass das alles nur Halluzinationen waren und gar niemand gekommen war, um mich zu retten.

Aber so war es nicht. Ich sah, dass Nina Hagen von etwas am Hals getroffen wurde, das wie eine hölzerne Keule aussah. Sah es und hörte den Laut des mit voller Wucht auftreffenden Schlages. Ein dumpfes, fleischiges Klatschen. Nina Hagen sackte zusammen und knallte so hart auf den Boden, dass ich die Erschütterung spürte und mir endlich sicher war, dass alles tatsächlich geschah.
Die fremde Frau hob den Arm und schlug noch einmal auf dieselbe Stelle.
Nina Hagen wurde auf die Seite geschleudert und blieb mit dem Kopf zwischen meinen ausgestreckten Beinen liegen. Ich sah sie sterben. Es dauerte eine Weile, sie versuchte, durch ihren zerschmetterten Kehlkopf Luft zu holen, und umklammerte mit den Händen ihren Hals, während sich ihre Brust hektisch hob und senkte. Dann warf sie sich hin und her und trommelte mit den Beinen auf den Boden, bis sie schließlich still wurde. Ich starrte sie dabei an und versuchte, ihren Blick einzufangen. Ich weiß nicht, nach was ich gesucht habe, vielleicht nach etwas Menschlichem, nach Reue, Angst oder sonst etwas, aber es gelang mir nicht. Erst als sie reglos dalag, sah ich durch die Haare, die wie Tang auf ihrem Gesicht lagen, eines ihrer Augen. Doch es war kein Leben mehr in ihrem Blick. Ihre Augen waren leer. Ohne Hass, ohne Begierde, ohne Leiden, ohne Angst. Da war nichts mehr da, nur noch die Hülle, die einmal Nina Hagen gewesen war.
Erst nach ihrem Tod hob ich meinen Blick und erkannte Irene Godvik. Sie beugte sich zu mir herunter und sah mich an. Ich vermochte den Ausdruck in ihren Augen nicht zu lesen. Etwas bewegte sich dort drinnen, ein Gedanke, ein Gefühl, das nicht ganz bis an die Oberfläche drang.

»Helfen Sie mir«, flüsterte ich heiser.

Ihr Blick glitt über mich hinweg, über meine Hände, meine Brust, all das Blut.

»Ja«, sagte sie nach einer kleinen Ewigkeit. »Ich werde Hilfe rufen.«

Nachdem sie angerufen hatte, begann sie vorsichtig, die Fesseln an meinen Knöcheln und Handgelenken zu lösen.

»Wie …?«

»Psst, leise. Bleiben Sie ruhig liegen. Sie sind schlimm verletzt.«

»Ja«, flüsterte ich. »Aber wie haben Sie mich gefunden?«

»Ich bin ihr gefolgt. Ich habe vor ihrem Haus gewartet. Als sie losfuhr, bin ich ihr nachgefahren.« Sie lächelte vage. »Ich weiß, Sie haben gesagt, ich soll das nicht tun, aber …«

Ich sagte nichts. Das Blut konnte wieder in meine Hände strömen, und die Schmerzen waren so stark, dass ich fast erneut ohnmächtig wurde. Sie half mir, mich richtig hinzulegen, und drückte ein Kissen unter meinen Kopf.

»Wie spät ist es?«, fragte ich. Meine Stimme hörte sich an, als käme sie von einem fernen Ort, als erreichten die Laute meine Ohren erst lange nachdem sie meinen Mund verlassen hatten. Ein bisschen erschreckte mich das.

Sie sah mich überrascht an, blickte aber auf ihre Armbanduhr. »Vier Uhr nachts … oder morgens. Warum?«

»Ich muss ins Gericht«, sagte ich und wurde wieder ohnmächtig.

## Kapitel 56

Ich kam wieder ins Gericht, aber das war erst drei Wochen später, bis dahin hatte ich das Krankenbett gehütet. Ich war noch immer schwach wie ein Kind und musste mich auf Synne stützen, als wir durch die Türen gingen, unsere Roben anzogen und warteten.

Hans Godvik war bereits gekommen. Ebenso Christer Bonde; er saß still am anderen Ende des Saals und starrte vor sich auf die Tischplatte.

Als die Richter den Saal betraten, erhoben sich alle, aber der Vorsitzende sah zu mir herüber und sagte sofort: »Bleiben Sie sitzen, Anwalt Brenne.« Dankbar sank ich wieder auf meinen Stuhl. Um den Kopf trug ich eine große Bandage, meine Hände waren in Gips. Unter meinem Hemd versteckten sich weitere Verbände.

»Kopfverletzungen«, hatten sie im Krankenhaus gesagt. »Blutungen, Schädelbruch. Ohne ärztliche Behandlung wären Sie daran gestorben, der Rest sind Bagatellen, flache Fleischwunden.«

Das mochte ja sein, trotzdem hatte ich des Nachts immer noch Schmerzen. Außerdem würde ich die Narben auf Brust und Schultern mein Lebtag behalten. Die Ärzte waren sich nicht sicher, ob ich den Tastsinn in meiner linken Hand vollkommen wiedererlangen würde.

»Wie Sie alle wissen«, sagte der Vorsitzende, »mussten wir dieses Verfahren vor den abschließenden Plädoyers für drei

Wochen unterbrechen, aufgrund … diverser Umstände, die Ihnen vermutlich aus der Presse bekannt sind. In diesem Zusammenhang kamen neue Beweise von zentraler Bedeutung zum Vorschein. Die Staatsanwaltschaft wollte die Anklage zunächst fallenlassen, was nach unserer Strafprozessordnung bis zum eigentlichen Schuldspruch möglich ist. Ich bin jedoch der Meinung – und der Staatsanwalt stimmt mir da zu –, dass der Angeklagte nach all den Strapazen, darunter dieser lange und belastende Prozess, ein Recht auf einen öffentlichen Abschluss des Verfahrens und ein richterliches Urteil hat. Das entspricht auch § 279 des Strafgesetzbuches. Es sind einige Wochen vergangen, doch so wie der Fall jetzt liegt, sehe ich keinen Grund für eine neuerliche Beweisaufnahme. Herr Staatsanwalt, Sie haben das Wort.«

Christer Bonde erhob sich langsam.

Ich blickte zu den Zuschauerbänken hinüber. Kari saß neben Peter, der in Richtung Staatsanwalt blickte. Kari sah zu mir herüber. Ich lächelte sie an.

Sie hatte bei mir gesessen, als ich nach der Operation im Krankenhaus zu mir gekommen war. Damals hatte sie nicht gelächelt. Im Gegenteil, kaum war ich einigermaßen wieder hergestellt, hatte sie mir die Leviten gelesen.

Auch Peter und Synne waren ins Krankenhaus gekommen. Alle waren wütend gewesen und hatten mich als verdammten Idioten bezeichnet. Für mich war das nur eine Bestätigung, dass ich ihnen etwas bedeutete.

Ich blickte wieder nach unten zu Kari. Ich sah es ihr nicht an, aber sie war schwanger. Sie hatte es mir noch am Krankenbett gesagt, nachdem sie endlich mit dem Schimpfen aufgehört hatte. Auch dass mein Vater geweint habe, als sie es ihm erzählt hatte.

»Hohes Gericht, verehrter Herr Vorsitzender, verehrte Geschworene«, begann Christer Bonde. »Wie der Herr Vorsitzende bereits gesagt hat, erscheint das Verfahren gegen Hans Godvik inzwischen in einem ganz anderen Licht als bei unserem letzten Gerichtstermin. Zum einen scheint der Mord an der Tochter des Angeklagten, Maja Godvik, aufgeklärt zu sein, auch wenn das keinen direkten Zusammenhang mit diesem Fall hat. Wie Sie wissen, wurde Alvin Mo hier in diesem Gericht von der Anklage des Mordes freigesprochen. Die Staatsanwaltschaft ist nun im Besitz eines Films, der zeigt, wie Alvin Mo Maja Godvik tötet. Ich sehe keinen Grund, diesen Film hier zu zeigen. Es ist … alles andere als angenehm, sich diese Bilder anzuschauen. Die Anklage betrachtet den Mord an Maja Godvik damit als aufgeklärt. Alvin Mo war der Täter.
Nina Hagen ist bei diesem Mord Mittäterin. Sie hat die Tat gemeinsam mit Alvin Mo geplant und ihm vor Gericht ein falsches Alibi gegeben. Auch das war Teil ihres ausgeklügelten Plans. Die Polizei hat E-Mails beschlagnahmt, aus denen diese Absprachen klar hervorgehen.«
Es war vollkommen still im Saal. Sogar die Journalisten verhielten sich ruhig. Christer Bonde räusperte sich.
»Was ich gerade gesagt habe, hat auch unmittelbare Bedeutung für unseren Fall. Auf Nina Hagens Computer wurden nämlich Bilder gefunden, die den Mord an Alvin Mo zeigen. Diese Fotos scheinen in regelmäßigen Abständen während des Mordes aufgenommen worden zu sein. Ich werde jetzt einige Fotomappen an die Geschworenen austeilen.«
Die Jury nahm sie entgegen, und die Geschworenen warfen vorsichtig ein paar Blicke hinein. Sie wussten, was sie erwartete.

»Natürlich ist mein Vorgehen heute etwas unorthodox. Es ist gleichermaßen Beweisaufnahme und Plädoyer in einem, ich tue dies aber in vollem Einverständnis mit dem Richter und dem Verteidiger. Und auch über die Schlussfolgerung, die ich im Folgenden ziehen werde, besteht Einigkeit.«
Er fuhr fort, indem er die Fotomappen gemeinsam mit den Geschworenen durchging. Als er fertig war, sagte er: »Sie erkennen, dass die Bilder während des Mordes aufgenommen wurden. Die zunehmenden Verletzungen von Alvin Mo zeigen dies ebenso wie die Tatsache, dass er auf den meisten dieser Fotos noch am Leben ist. Die Anklage ist deshalb überzeugt davon, dass Nina Hagen, die im Besitz dieser Bilder war, auch diejenige ist, die den Mord begangen hat. Vermutlich hat sie es getan, um nicht Gefahr zu laufen, durch Alvin Mo verraten zu werden.«
Er hielt einen Moment inne und sah zu mir herüber. Sein Gesichtsausdruck war neutral. Trotzdem glaubte ich, noch immer einen gewissen Widerwillen spüren zu können.
»Diese Theorie wird auch dadurch gestützt, dass Nina Hagen daran gehindert wurde, einen weiteren, gleichgearteten Mord zu begehen. Aller Wahrscheinlichkeit nach hat sie das Beweismaterial bei Hans Godvik versteckt, da er, wie sie richtig angenommen hatte, als Hauptverdächtiger des Mordes an Alvin Mo von der Polizei überprüft werden würde.
Meine Schlussfolgerung lautet deshalb wie folgt: Nina Hagen hat mit höchster Wahrscheinlichkeit den Mord an Alvin Mo begangen. Sie ist selbst tot, so dass der Fall nicht weiterverfolgt werden wird.
Hans Godvik, der Angeklagte dieses Prozesses, ist unschuldig und muss umgehend freigesprochen werden.

Die Staatsanwaltschaft bedauert es, dass sie sich durch die Umstände gezwungen sah, Hans Godvik anzuklagen und seinen Fall vor Gericht zu bringen.«

Kein Wort über mich, aber das war in Ordnung. Damit konnte ich leben.

»Herr Verteidiger«, sagte der Richter, und Synne erhob sich. Sie zeigte mit der Hand auf mich und erklärte, dass ich noch immer krankgeschrieben sei. In weniger als fünf Minuten brachte sie dann vor, was sie sagen wollte.

»Hans Godvik ist unschuldig«, schloss sie. »Daran besteht kein Zweifel. Ebenso wenig Zweifel gibt es daran, welches Urteil Sie als Geschworene jetzt fällen müssen. Aber ...« Sie sah auf und ließ ihren Blick über die Geschworenen, den Staatsanwalt und die Richter schweifen, hob die Hand und machte eine Geste mit Daumen und Zeigefinger: »Es war *so* knapp. Um ein Haar wäre Hans Godvik für einen Mord verurteilt worden, den er nicht begangen hat. Ein Strafrechtsverfahren ist eine ernste Sache. Es geht um Leben und Tod. Unerschütterliche Überzeugungen sind in dieser Branche ebenso gefährlich wie Arroganz, Kurzsichtigkeit und Voreingenommenheit. Dieser Fall ist tragisch. Er endet glimpflich. Wir, die Verteidigung, die Geschworenen, der Richter und auch der Staatsanwalt, sollten alle eine Lehre daraus ziehen.«

Christer Bonde wurde rot. Er nahm diese Äußerung persönlich, ich aber wusste, dass sich Synnes Worte ebenso gegen sie selbst richteten wie gegen ihn.

Auch der Vorsitzende machte nicht viele Worte. Er sagte beinahe wörtlich, dass sich die Geschworenen jetzt zurückziehen und Hans Godvik freisprechen müssten.

Danach hieß es warten. Ich zog es vor, sitzen zu bleiben.

Mein Kopf schmerzte wieder, und mir graute vor der Presse.
Es dauerte eine Viertelstunde, dann war die Jury wieder da. Es lag keine Spannung in der Luft, wohl aber eine matte Zufriedenheit, das Gefühl, endlich zu einem richtigen Ende gekommen zu sein und dieses Kapitel ein für alle Mal abschließen zu können, als der Sprecher der Geschworenen sich erhob und die Frage nach Hans Godviks Schuld mit Nein beantwortete.
Ich sah zu Hans Godvik hinüber. Er erhob sich schwer und kam zu mir herüber.
»Herzlichen Dank«, sagte er. »Wie geht es Ihnen?«
»So lala«, sagte ich. »Aber wie geht es Ihnen?«
Ich betrachtete seine Haare, die im Laufe des letzten Jahres grau geworden waren, die Falten und Furchen, die sich in sein Gesicht gegraben hatten, und fügte hinzu: »Sie können jetzt wieder zu leben beginnen. Es ist vorbei.« Dabei wusste ich, dass das nicht stimmte. Hans Godviks Leben war an dem Tag zerstört worden, an dem seine Tochter ermordet worden war. Ich hatte einen Freispruch für ihn erwirkt, aber er war wie ein zerbrochener Krug, den jemand zu kleben versucht hatte. Die Bruchstücke passten nicht mehr zusammen, und die Risse waren deutlich zu erkennen. Für Hans Godvik würde es nie vorbei sein.

## Kapitel 57

Ich ging zum Sonnenkönig. Zwei Tage zuvor hatte ich ihn angerufen und gebeten, einen alten Fall für mich aus dem Archiv herauszusuchen. Ich war kein Ausgestoßener mehr, zurzeit hatte ich bei der Polizei noch etwas gut, und so hatte er mir versprochen, sich darum zu kümmern. Er wartete in seinem Büro auf mich.

»Hier ist die Akte«, sagte er. »Aber ich verstehe nicht, was Sie damit wollen. Der Fall ist doch gelöst.«

»Nur ein paar Unklarheiten. Es gibt da etwas, das ich noch herausfinden möchte.«

»Okay.« Er reichte mir die Akte. »Viel ist es nicht. Die Ermittlungen wurden eingestellt, das steht hier.«

Die ganze Akte bestand aus maximal zehn Seiten, aber ich brauchte nur die Anzeige zu lesen. Schon nach zwei Minuten hatte ich gefunden, was ich suchte. Ich gab dem Sonnenkönig die Akte zurück. »Danke.«

»Das war alles? Haben Sie schon gefunden, was Sie gesucht haben?«

»Ja, ich glaube schon.«

»Und Sie wollen mir nicht sagen, worum es geht?«

»Nein«, sagte ich. »Wie Sie schon sagten: Die Ermittlungen wurden eingestellt.«

Die Sonne wärmte mein Gesicht, als ich die Autotür hinter mir schloss, langsam durch die Einfahrt ging und klingelte.

»Hallo, Frau Godvik«, sagte ich, als sie die Tür öffnete. »Darf ich hereinkommen?«

Ihre Küche glänzte sauber und ordentlich. Sie hatte Kaffee gekocht, und wir saßen uns gegenüber. Das Fenster war gekippt. Draußen kreischten spielende Kinder, ein fröhliches Rufen war zu hören.

Sie wirkte abwartend, wachsam.

»Gratuliere, der Fall ist zu den Akten gelegt worden«, sagte ich. »Ich hab es gestern erfahren. Das ging wirklich schnell.«

»Ja«, sagte sie. »Das habe ich Ihnen zu verdanken, Ihrer Aussage.«

»Die hat sicher geholfen, aber das wäre auch sonst so ausgegangen. Nina Hagen war eine gefährliche Frau. Und es war ja eindeutig Notwehr.«

»Ja, vielleicht«, sagte sie. Die Kinder kreischten jetzt lauter. Sie stand abrupt auf und schloss das Fenster. Ich meinte das wirklich so. Die Polizei wäre sicher davon ausgegangen, dass Irene Godvik in Notwehr gehandelt hatte. Außerdem glaubte ich nicht, dass irgendjemand Lust auf ein weiteres Verfahren gegen die Familie Godvik hatte. Trotzdem sah ich noch immer Nina Hagens Gesicht vor mir, als sie am Hals getroffen wurde. Beim ersten Schlag hatten sich ihre Augen vor Schock geweitet. Der zweite Schlag war erfolgt, um ganz sicherzugehen.

Die Stille zwischen uns wurde zunehmend bedrückend. Schließlich seufzte ich und sagte: »Ich habe heute etwas überprüft. Und dabei hat sich ein Verdacht von mir bestätigt.«

»Was denn?« Sie begegnete meinem Blick, ehe sie rasch den Kopf abwandte.

»Eigentlich ist diese Stadt nicht besonders groß. Es gibt hier nur wenige Kinderheime. Die meisten Kinder, die ihre Eltern verlieren, kommen in Pflegefamilien.«
Ihrem Gesicht war jetzt nichts zu entnehmen. Sie hatte dichtgemacht, passte aber auf, was ich sagte.
»Sie und Alvin Mo waren etwa gleich alt. Mir ist klargeworden, dass Sie gleichzeitig im selben Heim waren.«
Stille. Sie legte die Arme um sich, als fröre sie.
»Mo hat mir erzählt, dass er von einem Mädchen im Kinderheim wegen Vergewaltigung angezeigt worden ist. Er hat mir das mit sichtlicher Genugtuung berichtet. Die Ermittlungen wurden eingestellt, und Mo war der Meinung, das beweise doch wohl, dass das Mädchen gelogen habe.«
In ihren Augen blitzte es, vielleicht vor Wut.
»Ich habe die Polizeiakte von damals studiert. Das angebliche Vergewaltigungsopfer hieß Irene Nilsen. Das ist Ihr Mädchenname. Alvin Mo hat Sie vergewaltigt, als Sie vierzehn waren.«
»Nilsen ist ein ziemlich gewöhnlicher Name.« Es war kaum Kraft in ihrer Stimme, und ich schüttelte langsam den Kopf.
»Nein, Irene, das waren Sie. Dasselbe Geburtsdatum, dieselbe Personennummer.«
Ihre Hände räumten ziellos den Tisch ab, wischten ein paar Krümel beiseite und legten einen Kugelschreiber und einen Teelöffel nebeneinander.
»Warum haben Sie das nicht vor Gericht gesagt. In dem Verfahren gegen Mo?«
»Damals hat mir niemand geglaubt. Warum sollten sie mir jetzt glauben?«
Sie sah mich an und schüttelte beinahe ungläubig den Kopf.
»Ich konnte es nicht glauben, als ich entdeckte, dass es der-

selbe war, der … der das mit Maja gemacht hat.« Ihre Stimme war leise. »Es war, als hätte er … all meine Alpträume waren mit einem Mal wieder lebendig geworden. Er würde mich niemals in Frieden lassen. Er würde mich bis in den Tod verfolgen.«

Ich glaubte nicht, dass Mo das so geplant hatte. Vermutlich wusste er nicht einmal, dass Maja Irenes Tochter war, als er sie tötete. Ich hielt das für einen Zufall, eines dieser wahnwitzigen, unwahrscheinlichen Zusammentreffen, aus denen das Leben manchmal besteht. Vielleicht war es aber auch nicht nur Zufall. Ich erinnerte mich an das Foto von Maja in ihrem Schlafzimmer, an das offene, unfertige Gesicht eines jungen Mädchens. Hinter der Maske der erwachsenen Irene Godvik, hinter der Landschaft, die das Leben in ihr Antlitz gegraben hatte, war die Ähnlichkeit mit ihrer Tochter durchaus noch zu erkennen. Auch ihr Gesicht strahlte diese verwundbare Hilflosigkeit aus. Ich dachte, dass sie vermutlich beide diese undefinierbare Ausstrahlung hatten, die manche Vergewaltiger unmittelbar erkennen. Wie Raubtiere, die beim ersten Blick wissen, welches Tier das schwächste der Herde ist. Mo musste ihnen das angesehen und sie ausgewählt haben.

Aber das sagte ich Irene Godvik natürlich nicht.

»Ja, vielleicht«, antwortete ich. »Haben Sie Alvin Mo deshalb getötet?«

Ich glaube nicht, dass meine Frage sie schockierte. Sie antwortete nicht, sondern saß einfach nur da und starrte abwesend vor sich hin. Sie war in ihrer eigenen Welt, meilenweit von mir entfernt, als wäre die rotkarierte Decke, die zwischen uns auf dem Tisch lag, eine Landschaft, die ich nicht durchqueren konnte.

»War es deshalb, Irene?«

Sie antwortete noch immer nicht, so dass ich fortfuhr: »Ich weiß, dass Sie es waren. Ich war lange draußen in Nina Hagens Hütte, bevor Sie gekommen sind. Ich habe ihren Computer durchsucht. Habe mir alle Bilder, die darauf gespeichert waren, angesehen. Schließlich habe ich nach Beweisen dafür gesucht, dass sie Mo umgebracht hat. Deshalb war ich ja da. Aber als ich den Computer durchsucht habe, waren da keine Bilder von Alvin Mo. Nicht eines. Sie waren aber da, als die Polizei den Laptop durchsucht hat. Es gibt nur eine Möglichkeit, wie sie dorthin gekommen sein können. Sie haben sie auf den Computer geladen. Sie hatten reichlich Zeit, als ich bewusstlos war. Ich weiß, dass Sie ihn getötet haben.«

Sie war noch immer still, noch immer abwesend. Es fühlte sich an, als spräche ich mit mir selbst.

»Ich hätte das früher erkennen sollen, schon als Ihr Mann mir gesagt hat, dass Sie ebenso auf Rache aus waren wie er. Alle haben sich auf ihn konzentriert, schließlich ist er vor Mos Haus gesehen worden, ist bei mir aufgekreuzt und hat den Zettel mit Mos durchkreuztem Namen geschrieben. Und vermutlich auch, weil er ein Mann ist. Aber Ihr Motiv war nicht weniger gut und Ihr Alibi im Grunde nicht viel wert. Ich hätte daran denken müssen und die Polizei auch. Wie haben Sie es gemacht? Haben Sie gewartet, bis Ihre Schwester geschlafen hat? Sind Sie dann in die Stadt gefahren, haben getan, was Sie tun wollten, und sind wieder zurückgefahren?«

Als Irene Godvik endlich zu reden begann, klang ihre Stimme so ruhig und alltäglich, als spräche sie über das Wetter.

»Es war leicht. Meine Schwester trinkt auch manchmal zu

viel, wenn sie das auch nicht gerne zugibt. Als sie eingeschlafen war, habe ich einfach ihr Auto genommen, bin in die Stadt gefahren, habe … habe das gemacht … und bin anschließend wieder zurück.«
Ich nickte. »Ja. Aber das Klebeband und die Tasche mit den Blutflecken, warum haben Sie diese Sachen nicht beseitigt?«
Ein Schulterzucken. »Ich dachte nicht … ich wusste nicht, dass sie das mit dem Klebeband herausfinden konnten. Und die Tasche … ich hatte die Messer und die Kleider, die ich getragen hatte, in einer Plastiktüte in der Tasche verstaut. Dass da Blut in der Tasche war, habe ich nicht mitbekommen. Die Tüte muss ein Loch gehabt haben. Vielleicht durch eines der Messer, ich habe keine Ahnung …«
»Und was haben Sie mit der Plastiktüte gemacht?«
»Ich habe ein paar Steine hineingetan und sie in den Fjord geschmissen.«
»Ich frage mich auch noch eine andere Sache …«
»Ja?«
»Als Ihr Mann festgenommen wurde … und es immer schlechter für ihn aussah … haben Sie da nicht mal daran gedacht, sich zu stellen und alles zuzugeben?«
Sie errötete etwas, sagte dann aber trotzig: »Nein. Er hätte das tun sollen … wir hatten eine Abmachung … Er sollte Mo töten, aber er hat es nicht geschafft. Nach jener Nacht bei Ihnen war er vollkommen geknickt. Er hätte es tun sollen.«
»Warum?«
»Hätte er sich an diesem Tag nicht mit Maja gestritten, wäre sie zur Schule gegangen. Dann wäre das alles nie passiert.«
Ich sah sie resigniert an. »Das war ein Zufall, Irene. Und dafür wollten Sie Hans büßen lassen?«
Sie antwortete nicht darauf, aber ihre Augen sprachen Bän-

de. Sie waren voller Trotz, Selbstgerechtigkeit und Ablehnung.

»Nun«, sagte ich. »Vergessen Sie's. Er ist freigesprochen worden. Die Sache ist erledigt.«

»Ja«, sagte sie.

Wir blieben eine Weile still sitzen. Dann stand sie auf und schenkte mir ungefragt Kaffee nach. Eine alltägliche Handlung, die die Distanz zwischen uns verringerte und ein Gefühl von Nähe entstehen ließ.

»Was passiert jetzt mit Hans?«, fragte ich. »Mit Ihnen beiden?«

»Ich weiß es nicht. Vorläufig wohnt er bei seinem Bruder. Ich weiß nicht, was aus uns wird. Das kommt auch ein bisschen darauf an …«

»Worauf?«

»Unter anderem auch auf Sie. Was werden Sie machen? Werden Sie zur Polizei gehen?«

Ich schüttelte langsam den Kopf. »Ich werde nichts tun. Ich wollte das nur wissen.«

»Warum zeigen Sie mich nicht an?«

Ich dachte nach. Es war eine gute Frage, und ich war mir nicht sicher, ob ich sie beantworten konnte.

Irene Godvik war eine Mörderin. Egal, was sie ausgestanden hatte. Egal, welche Provokationen und Prüfungen sie hatte erdulden müssen, gab ihr das nicht das Recht zu töten. Ich wusste, dass ich das Urteil über Irene Godvik der Gesellschaft überlassen sollte und sowohl moralisch als auch professionell dazu gezwungen war, sie dem Gericht zu übergeben.

»Sie haben mir in dieser Nacht das Leben gerettet«, entgegnete ich.

Das stimmte, war aber nicht die ganze Wahrheit. Ich war müde. Ich war diesen Fall bis aufs Mark leid. Ich wollte nicht mehr. Ich wollte die Toten ruhen und die Lebenden leben lassen, so gut es ging. Ich hatte den Atem von Nina Hagen auf meinem Gesicht gespürt, ihre Erregung, als sie meine Haut mit der Klinge zerschnitt. Ich hatte mich mit meinem Tod abgefunden. Ich war nicht mehr derselbe wie zuvor. Diese Nacht hatte mich verändert. Irgendwie hatte sich die Perspektive verschoben, das Gleichgewicht. Es gab in diesem Fall schon zu viele Opfer. Maja. Hans Godvik, Irene, sogar Alvin Mo war als Opfer geendet, war in Blut und unter Schmerzen gestorben. Auch Nina Hagen war tot, und das Bild, das ich von ihr im Kopf hatte, war nicht das Bild aus jener Nacht, in der sie mich töten wollte. Es war das Bild eines jungen Mädchens, das im Nachthemd auf einem verlassenen Waldweg stand. Ein Mädchen, das regungslos, mit dem Daumen im Mund, ein Autowrack anstarrte.

»Wozu sollte das gut sein?«, fügte ich hinzu. »Es ist vorbei. Sie werden nicht wieder töten. Es besteht keine Wiederholungsgefahr.«

Es gab aber noch einen anderen Grund, den ich mir selbst kaum eingestehen konnte. Ich hatte sie in dieser Nacht ins Zimmer treten sehen, als Nina Hagen langsam, aber sicher dabei war, mich zu töten. Ich hatte sie gesehen, ohne sie zu erkennen, und sie war von einer Aura umgeben gewesen, einer Aura aus Licht. Ich hatte sie wie einen schwarzen Engel gesehen, wie eine Frau voller mystischer, unbekannter Kraft. Ich bin kein abergläubischer Mann. Ich wusste, dass meine Kopfverletzung der Grund für diese verzerrte Wahrnehmung gewesen war. Trotzdem war ich außerstande, dieses Bild zu vergessen.

Als ich mich erhob, um zu gehen, noch immer steif und ungelenk durch die Verletzungen, und sie mich höflich nach draußen begleitete, stellte ich ihr eine letzte Frage. Eine Frage, an die ich die ganze Zeit gedacht hatte, die ich ihr aber eigentlich nicht hatte stellen wollen. Jetzt tat ich es trotzdem.

»Noch eine Sache, Frau Godvik. Alvin Mo … all das, was Sie mit ihm gemacht haben … Wie konnten Sie? Wie konnten Sie ihm das antun?«

Ich sah sie an. Eine ganz normale Frau in einer sonnendurchfluteten Allerweltsküche, in der man das Gelächter der Kinder aus dem Nachbargarten hörte.

Zum ersten Mal an diesem Nachmittag, ja vielleicht zum ersten Mal, seit ich sie kannte, war ihr Blick vollkommen offen. Sie hatte nichts mehr zu verbergen.

»Es war leicht«, sagte sie. »Ich dachte daran, was er Maja angetan hatte. Ich dachte die ganze Zeit nur an Maja. An meine Tochter.«

Ihre Augen standen mit einem Mal voller Tränen.

Chris Tvedt

# FREI VON SCHULD

## Ein Fall für Mikael Brenne

Was muss passieren, damit ein Strafverteidiger seine ethischen Prinzipien über Bord wirft und sich in einer Welt wiederfindet, deren Spielregeln nicht im norwegischen Gesetz verankert sind? Diese Frage stellt sich der Anwalt Mikael Brenne aus Bergen leider viel zu spät. Zu diesem Zeitpunkt ist er bereits so in die lukrativen Machenschaften seines ausländischen Mandanten verstrickt, dass die ein oder andere Gesetzesübertretung für ihn lebensnotwendig geworden ist. Als Brenne einen Gehilfen seines Klienten im Affekt erschlägt, scheint sich die Schlinge um seinen Hals gefährlich zuzuziehen …

»Brillante Spannung.«
*Focus Online*

Knaur Taschenbuch Verlag

Alex Berg

# MACHTLOS

## Thriller

In Hamburg laufen die Vorbereitungen für den internationalen Krisengipfel auf Hochtouren. Erste Terrorwarnungen sind bereits bei den Geheimdiensten eingegangen. Zur selben Zeit wird die Anwältin Valerie Weymann am Flughafen verhaftet. In endlosen Verhören unterstellen ihr Agenten von BKA und CIA Kontakte zu Terrormitgliedern von al-Qaida. Die Anwältin ist fassungslos und verweigert die Aussage. Doch ihr juristisches Wissen nützt ihr nichts, als am Hamburger Hauptbahnhof eine Bombe explodiert. Der mutmaßliche Täter ist ein Bekannter von ihr. Noch in derselben Nacht wird Valerie in ein geheimes Gefängnis nach Osteuropa gebracht, und eine rasante Jagd auf Leben und Tod beginnt …

Knaur Taschenbuch Verlag